FATAL FLAW – FÜR IMMER DIE DEINE

FATAL SERIE 4

MARIE FORCE

Originaltitel: Fatal Flaw © 2020 HTJB, Inc.
Copyright für die deutsche Übersetzung aus dem Amerikanischen: Fatal Flaw – Für immer die Deine Christian Trautmann
Cover: Kristina Brinton
Buchdesign und Satz: E-book Formatting Fairies

ISBN: 978-1950654925

Die Fatal Serie

Für Jake, den besten Sohn, den eine Mutter sich erhoffen kann. Dein einziger „Fehler" ist, dass du zu schnell groß wirst!

1

In der Nacht, bevor sie an die Arbeit zurückkehren sollte, lag Lieutenant Sam Holland wach und schaute zu, wie auf dem Wecker die Zeit bis Mitternacht heruntertickte – die Stunde, in der sie offiziell wieder im Dienst sein würde. Noch fünf Minuten. Sam hatte damit gerechnet, es nicht erwarten zu können, endlich wieder zu arbeiten, nach zwei Wochen des ständigen Zusammenseins mit ihrem frisch angetrauten Ehemann, dem U.S. Senator Nick Cappuano. Doch als die letzten zwei Minuten ihres glückseligen Intermezzos dahinschwanden, breitete sich Verzweiflung in ihr aus, und sie fragte sich, wann sie jemals wieder so viel Zeit zusammen würden verbringen können.

„Was ist los, Liebes?", fragte er hinter ihr.

Früher hatte Sam es gehasst, sich mit jemandem das Bett zu teilen, und jetzt konnte sie sich nicht vorstellen einzuschlafen, ohne von seinen starken Armen umfangen zu sein. Ihre Niederlage gegen die Uhr akzeptierend, drehte sie sich um und schmiegte sich an seine Brust. „Ich bin noch nicht bereit, wieder an die Arbeit zu gehen."

„Du hast doch noch Stunden Zeit."

„Ist es schon nach Mitternacht?"

Er stützte sich auf den Ellbogen, um über ihre Schulter zu spähen. „Eine Minute nach."

„Die können mich jetzt jeden Moment anfordern."

„Vielleicht hast du ja Glück und die Kriminellen nehmen sich heute Nacht frei."

„Hoffen wir es mal." Sie küsste seinen wohldefinierten Brustmuskel und schlang einen Arm um Nick. „Du hast mich total verdorben."

„Inwiefern?"

„Bevor es uns gab, habe ich Urlaub gehasst. Zweimal pro Jahr musste ich welchen nehmen, ob ich wollte oder nicht, und die ganze Zeit habe ich mich gelangweilt und konnte es nicht erwarten, wieder an die Arbeit zu gehen. Doch jetzt ..."

„Mir geht es genauso." Er hob ihr Kinn und küsste sie. „Wir haben weitaus Besseres zu tun als zu arbeiten."

„Stimmt." Sie gab sich dem Kuss hin, denn sie konnte ihm ohnehin nicht widerstehen, obwohl sie beide am nächsten Morgen müde sein würden, wenn sie nicht noch ein bisschen Schlaf bekamen. Der Flug aus den Flitterwochen in Bora Bora hatte ihnen beiden einen Jetlag beschert.

Ohne den Kuss zu unterbrechen, legte er sich auf sie.

„Nick ..."

„Hm?"

„Wir haben es schon getan heute Nacht – zweimal, wenn ich mich recht entsinne", erinnerte sie ihn, während er von ihrer Wange hinunter zu ihrem Schlüsselbein eine Spur aus Küssen legte.

„Gibt's ein gesetzliches Limit für täglichen Sex?"

„Nicht dass ich wüsste."

„Dann halt den Mund und küss mich."

Sie lachte noch, als ihr Handy klingelte. Beide stöhnten genervt.

„Ignoriere es", schlug er vor und küsste sie erneut.

Dass sie tatsächlich halbwegs die Versuchung spürte, so zu tun, als hätte sie das Telefon nicht gehört, war dermaßen untypisch für sie, dass es ihr Angst machte. Offensichtlich war sie komisch geworden, seit sie verheiratet war. „Lassen Sie mich gehen, Senator. Zurück in die Realität."

„Ich will aber nicht", sagte er und ließ sie los.

Sam schnappte sich das Handy vom Nachttisch und klappte es

auf. Zum ersten Mal seit zwei Wochen sagte sie: „Lieutenant Holland."

„Lieutenant", meldete sich die Zentrale. „Man hat mich informiert, Sie seien ab Mitternacht wieder im Dienst."

Da Nick ohnehin wach war, schaltete Sam das Licht ein und nahm sich Stift und Block, die sie stets bereithielt. „Das ist korrekt."

„Uns wurde ein Doppelmord in Carl's Burger World in der Massachusetts Avenue gemeldet."

Sie schrieb sich die Adresse auf. „Ich mache mich gleich auf den Weg. Können Sie Detective Cruz anpiepsen?"

„Mach ich."

Sam beendete das Gespräch und gab Nick rasch einen Kuss. „Sorry."

„Die Pflicht ruft", stellte er dramatisch seufzend fest. „Was gibt es denn?"

„Doppelmord bei Carl's in der Mass Ave."

„Den Laden kenne ich nicht."

„Eine Freundin von mir hat dort gearbeitet, als ich auf der Highschool war. Ich bin seit Jahren nicht da gewesen." Sie zog eine Jeans und ein langärmeliges T-Shirt an, denn nachts war es kühl. Auf Nicks Seite des Bettes sitzend, schaute sie zu ihm, während sie sich Socken anzog. „Das war der beste Urlaub, den ich je hatte."

„Für mich auch."

„Das sollten wir irgendwann noch mal machen."

Auf seinem Gesicht erschien das sexy Lächeln, das sie so liebte. „Unbedingt."

Sam band ihre Turnschuhe zu und stand auf, um sich einen Pullover zu holen. Aus ihrem Nachttisch holte sie die Kassette, in der sie gut verschlossen ihre Waffe, Marke und Handschellen aufbewahrte, die sie seit zwei Wochen nicht angerührt hatte – das war die längste Auszeit, seit sie ihren Dienst im District of Columbia's Metropolitan Police Department vor zwölf Jahren angetreten hatte.

Bevor sie das Schlafzimmer verließ, gab sie ihrem Mann einen letzten Kuss. „Ich wünsche dir einen guten ersten Tag."

„Ich dir auch." Er zupfte an einer Strähne ihres langen, karamellfarbenen Haars. „Sei vorsichtig da draußen, Babe."

„Bin ich immer. Bis später." Sie war noch nicht mal zur Hälfte die Treppe hinuntergelaufen, als sie den Drang verspürte, noch einmal umzukehren und zu ihm zurückzulaufen. Wenn ihr jemand vor einem Jahr prophezeit hätte, sie würde sich so heftig verlieben, dass sie sich nach ihm sehnte, obwohl es gerade Leichen gab, um die sie sich zu kümmern hatte, hätte sie demjenigen vermutlich Prügel verabreicht.

„Ich mag ja schwer verliebt sein", sagte sie, als sie das Haus verließ und die Rampe hinunterging, die ihr Mann für ihren gelähmten Vater hatte bauen lassen, „aber es ist Zeit, an die Arbeit zurückzukehren."

Sam erreichte den Tatort zur gleichen Zeit wie ihr Partner Detective Freddie Cruz. Er trug einen seiner zum Markenzeichen gewordenen Trenchcoats, von denen er behauptete, sie seien notwendig, um seinen Part zu spielen. Sam wiederum war der Ansicht, diese Mäntel bewiesen nur, dass er als Kind zu viel vor dem Fernseher gesessen habe. Er bot ihr aus einer Sechserpackung einen Donut mit Puderzucker an und stopfte sich einen weiteren in den Mund.

Sie schüttelte den Kopf. „Kaufst du diese Dinger eigentlich in Großmengen?"

„Es kann nie schaden, auf mitternächtliche Einsätze vorbereitet zu sein."

„Ich hoffe, ich werde es noch erleben, wenn dein Stoffwechsel sich verlangsamt."

Er hielt ihr das gelbe Tatort-Absperrband hoch, und sie duckte sich darunter hindurch. „Freut mich, dich wiederzuhaben, Lieutenant. Ich habe deine Schlagfertigkeit vermisst."

„Ich bin erst seit einer Minute wieder da, und schon schleimst du dich bei mir ein?"

„Ich sehe, du erträgst es immer noch nicht, wenn man dir Komplimente macht. Schönen Urlaub gehabt?"

„Großartig. War viel zu schnell vorbei."

Die Streifenpolizisten, die die Meldung gemacht hatten, führten sie in den hinteren Raum des Restaurants, in dem die Tür der Kühlkammer offen stand. Darin befanden sich zwei Leute, die aussahen wie erfroren.

„Bäh", meinte die Gerichtsmedizinerin Dr. Lindsey McNamara, die sich zu ihnen gesellte. „Was für ein Abgang."

„Echt jetzt", bemerkte Freddie und verstaute die restlichen Donuts in seiner Manteltasche. Offenbar hatte er den Appetit verloren.

„Woher wissen wir, dass es sich um Mord handelt und nicht um einen Unfall?", wandte Sam sich an die Polizisten.

„Die Tür war von außen verriegelt", erklärte der eine der beiden und zeigte auf das aufgebrochene Vorhängeschloss.

„Wer hat das gemacht?"

„Der Vater des Jungen." Der Streifenpolizist zeigte auf den jungen Mann in dem Tiefkühlraum. „Daniel Alvarez, Alter siebzehn. Als er nach der Arbeit nicht nach Hause kam und sich auch nicht am Telefon meldete, machte sein Vater sich auf die Suche nach ihm. Die Tür des Restaurants war unverschlossen, deshalb ging er hinein und fand die Sachen des Jungen, die hier auf dem Tresen liegen." Er deutete auf eine Brieftasche, einen Schlüsselbund sowie ein Handy, die neben einer Banktasche mit offenem Reißverschluss lagen, aus der Bargeld quoll. Raub kam als Motiv daher wohl nicht infrage. „Der Vater drehte durch, als er das Vorhängeschloss am Tiefkühlraum sah. Er fand einen Hammer und brach es auf. Doch es war zu spät."

„Er hat also nicht nur die Fingerabdrücke vom Schloss gehämmert, sondern auch noch unseren Tatort verunreinigt, indem er die Opfer berührt hat. Sehe ich das richtig?"

Der Streifenpolizist trat nervös von einem Fuß auf den anderen. „Ja, Ma'am."

„Na fabelhaft", murmelte Sam und betrat den Kühlraum, um sich die zwei Opfer genauer anzusehen. Den zweiten Mann erkannte sie als Carl Olivo, den Inhaber und Betreiber des Restaurants. Er war deutlich gealtert, seit sie ihn zuletzt gesehen hatte. Das war während ihres Abschlussjahres auf der Highschool gewesen, als ihre Freundin Melissa für ihn gearbeitet hatte. Die Haut beider Opfer war bläulich verfärbt, ihre Augen geöffnet.

Freddie verzog das Gesicht, während er für einen genaueren

Blick in die Hocke ging. „Keine sichtbaren Zeichen für irgendeine Form der Gewaltanwendung."

„Der Sauerstoffmangel hier drin könnte sie vor der Kälte getötet haben", meinte Lindsey. „Ich werde mehr wissen, sobald ich die beiden im Labor habe."

Sam betrachtete die beiden Opfer genau und schaute sich anschließend in dem Kühlraum um. „Kümmern Sie sich darum", wandte sie sich an die Gerichtsmedizinerin. „Ich würde mich gern mit dem Vater des Jungen unterhalten."

„Joseph Alvarez", sagte der Streifenpolizist. „Er ist draußen bei Officer Gentile."

Sam folgte dem Polizisten durch die Küche und zur Hintertür hinaus, die in eine Gasse hinter dem Restaurant führte.

Joseph Alvarez war groß und breitschultrig, und diese breiten Schultern hoben und senkten sich unter den Schluchzern, während Officer Gentile ihr Bestes tat, um dem untröstlichen Mann beizustehen. Mit Erleichterung sah sie Hilfe nahen und machte Platz für Sam.

„Mein einziger Sohn", sagte Joseph zu niemand Bestimmtem. „Mein Junge."

Der Umgang mit den Familien von Mordopfern gehörte zum schwierigsten Teil von Sams Job, und es wurde nie leichter. „Ich fühle zutiefst mit Ihnen, Mr. Alvarez."

„Ich begreife es nicht. Wer sollte meinem Daniel denn so etwas antun? Oder Mr. Olivo? Alle liebten die beiden."

„Wäre es nicht möglich, dass ein Mitarbeiter den Kühlraum abgeschlossen hat, ohne zu wissen, dass die zwei sich darin befanden?", fragte Sam, noch immer nicht ganz überzeugt, dass es sich um Mord handelte.

Er schüttelte den Kopf. „Es waren nur die beiden da am Feierabend. Als ich Dannys Handy auf dem Tresen liegen sah, wusste ich, dass etwas nicht stimmte. Mein Sohn geht nirgendwohin ohne dieses verdammte Ding. Ich lag ihm deswegen ständig in den Ohren. Wenn er zwischen zwei Kunden nicht draufstarrte, befand es sich in seiner Tasche. Jemand muss sie bedroht haben, dass er sich ohne sein Telefon in den Kühlraum begeben hat."

„Wie lange nach Feierabend haben Sie gewartet, ehe Sie beschlossen, nach ihm zu sehen?"

„Gut zwei Stunden. Sie machen um neun zu, und anschließend geht er meistens noch mit Freunden aus. Er muss gegen elf zu Hause sein. Als er um halb zwölf noch nicht zurück war und sich nicht am Telefon meldete, machte ich mich auf die Suche nach ihm." Mr. Alvarez kramte in seiner Brusttasche und zog ein Päckchen Zigaretten heraus. Mit zitternden Händen steckte er sich eine an. „Ich weiß nicht, was mich zum Kühlraum zog. Bloß so ein Gefühl." Schaudernd brach er von Neuem zusammen. „Ich werde den Anblick der beiden da drin nie vergessen."

„Ist Ihnen aufgefallen, ob in der Küche oder im Restaurant irgendetwas anders war als sonst?"

Er schüttelte den Kopf. „Für mich sah alles ganz normal aus. Zuerst dachte ich, ich sei nicht ganz bei Verstand, einfach wie ein überbehütender Vater hier aufzukreuzen. Aber als ich das Handy entdeckte ... als ich Dannys Telefon sah, wusste ich, dass etwas Schlimmes passiert war." Er wischte sich das Gesicht ab, lehnte sich an die Mauer und schaute zum Himmel. „Vor einem Jahr habe ich meine Frau verloren. Brustkrebs. Danny und ich ... wir kamen gerade wieder klar. Ich kann nicht glauben, dass das passiert ist."

Bewegt von seiner Verzweiflung und inzwischen schon überzeugter davon, dass es sich um Mord handelte, legte Sam ihm ihre Hand auf den Arm. „Wir werden tun, was wir können, um die Person zu finden, die das hier getan hat." Auch wenn eine Verhaftung nicht viel Trost bringen wird, fügte sie im Stillen hinzu. Sein Sohn würde weiter für immer fort sein.

Nickend nahm er erneut einen tiefen Zug von seiner Zigarette.

„Hatte Danny mit irgendwem in der Schule oder außerhalb Ärger?"

„Mit niemandem. Mein Junge war beliebt. Alle mochten ihn. Er hatte eine nette Freundin und viele Freunde. Trieb Sport. Ein guter Junge." Joseph deutete zur Hintertür, die offen stand. „Dies war sein erster richtiger Job."

„Erwähnte er mal, ob Mr. Olivo mit irgendwem Ärger gehabt hat?"

„Nicht dass ich wüsste. Seine Frau ist auch letztes Jahr gestorben. Das hatten wir gemeinsam. Wir haben uns ein paarmal unterhalten, wenn ich Danny bei der Arbeit besuchte."

„Hatte Mr. Olivo noch weitere Verwandte in der Gegend?"

„Ich glaube nicht. Er erzählte einmal, seine Kinder seien in alle Winde verstreut und kämen seit dem Tod der Mutter nicht mehr oft vorbei. Ich hatte den Eindruck, dass er ein angespanntes Verhältnis zu seinen Kindern hatte. Aber nichts, was zu dieser Tat geführt haben könnte."

„Sie waren uns eine große Hilfe. Gibt es jemanden, den ich für Sie anrufen könnte? Vielleicht ein Familienmitglied?"

Er winkte ab. „Es gab nur mich und Danny. Aus meiner Familie lebt niemand mehr, und seit meine Frau gestorben ist, haben wir ihre Angehörigen nicht oft gesehen."

„Ich kann Sie doch hier nicht ganz allein lassen."

„Ich werde meinen Kumpel von der Arbeit anrufen. Der wird mich abholen. Gehen Sie ruhig, ich komme schon klar."

Sam musste sich an die Arbeit machen und herausfinden, was hier passiert war. Doch Joseph Alvarez' Gesichtsausdruck verriet ihr, dass er keineswegs klarkommen würde.

Sie schob die Hände in die Taschen und lehnte sich an die Mauer, die ihn stützte. „Na, ich werde mit Ihnen zusammen warten, bis Ihr Freund da ist."

2

———————

Sam und Freddie verbrachten die restliche Nacht damit, mit Carl Olivos anderen Angestellten zu sprechen, mit seinen Stammgästen und damit, seine verstreut lebenden Kinder aufzuspüren. Als die Sonne über der Hauptstadt aufzugehen begann, hatten sie das Porträt eines Mannes zusammengetragen, der bei seinen Angestellten und Gästen zwar sehr beliebt war, jedoch niemandem nahestand.

Von allen Leuten, mit denen sie sprachen, hatte nur Joseph Alvarez etwas wenigstens annähernd Persönliches über den sehr zurückgezogen lebenden Mann berichtet. Nach allem, was sie erfuhren, war Carl ein Workaholic, der seine gesamte Energie und Zeit in sein Restaurant steckte und am Ende des Arbeitstages nicht viel übrig gehabt hatte für seine Kinder, was die Entfremdung erklärte.

„Ich hasse Fälle wie diesen", bemerkte Sam gegenüber Freddie auf der gemeinsamen Fahrt zum Hauptquartier. Sie hatten Freddies klapprigen Mustang zur Inspektion in die Werkstatt gebracht. Offenbar war seine On-off-Freundin Elin Svendsen gerade wieder on und hatte sich über die Neigung des Fahrzeugs zu plötzlichen Fehlzündungen beschwert. Sam hatte sich ein Lachen verkneifen müssen, als Freddie ihr erzählt hatte, Elin denke jedes Mal, jemand schieße auf sie, wenn das passierte.

„Zwei anscheinend nette, unauffällige Menschen werden scheinbar grundlos ermordet."

„Wie gehen wir vor?"

„Ich würde sagen, wir warten auf die Ergebnisse von Lindsey und der Spurensicherung." Als Sam und Freddie das Restaurant verlassen hatten, waren die Techniker noch mit der Untersuchung des Kühlraumes beschäftigt gewesen. „Bis dahin haben wir nichts zu tun."

„Lindsey erwähnte, sie müsse warten, bis die Leichen aufgetaut seien, ehe sie eine Autopsie durchführen kann."

„Das ist krass."

Da Sam nicht widersprechen konnte, versuchte sie es gar nicht erst. „Es gibt allerdings etwas, was ich tun muss, sobald wir im Hauptquartier sind."

„Du willst mit Gardner sprechen."

Überrascht, dass er genau wusste, was sie vorhatte, sah Sam ihn an. „Du glaubst wohl, du kennst mich so gut, was?"

Er zuckte belustigt die Schultern. „Irre ich mich etwa?"

„Nein, du irrst dich nicht."

„Soll ich mitkommen?"

„Danke, aber ich gehe besser allein. Er hat dich und Gonzo bereits abgeblockt. Vielleicht habe ich allein eine bessere Chance."

„Wie du willst, Lieutenant. Die gesamte Truppe hängt sich rein, um die Sache mit deinem Vater aufzuklären. Ich hoffe, du weißt das."

„Ja, das tue ich, und ich bin dankbar für die Unterstützung." Sie hatte nicht wenig Zeit am Strand auf Bora Bora damit zugebracht, sich ihren Showdown mit Darius Gardner auszumalen, der auf sie und Freddie geschossen hatte. Das war in der Woche vor ihrer Hochzeit gewesen, als sie und Freddie ihm ein paar Fragen über die ungeklärten Schüsse auf ihren Vater hatten stellen wollen.

Im Hauptquartier gingen sie ins Kommissariat. Sam begab sich in ihr Büro, wo sie einen gigantischen Stapel Post auf dem Schreibtisch vorfand. „Was zum Geier?", murmelte sie. Um was auch immer es gehen mochte, sie würde sich nach ihrem Treffen mit Gardner darum kümmern.

Wenige Minuten später stand sie vor einem der Verhörräume des Stadtgefängnisses und beobachtete Darius Gardner durch die Scheibe. Er war über einen Meter achtzig groß, hatte dunkles Haar sowie dunkle Augen und besaß eine muskulöse Statur. Es war sicher ziemlich leicht für ihn, eine junge Frau zu überwältigen und sie brutal zu vergewaltigen, was ihm außerdem vorgeworfen wurde.

Während er in dem sterilen Raum auf Sam wartete, wirkte er arrogant und herablassend, allerdings deutlich weniger bedrohlich als bei der letzten Begegnung, als er auf Sam und ihren Kollegen geschossen hatte. Dank Freddies schneller Reaktion war niemand getroffen worden.

Unwillkürlich legte Sam die Finger auf die verheilende Kopfwunde. Als Freddie sie geschubst hatte, damit sie nicht von den Kugeln getroffen wurde, war sie mit dem Kopf auf einem Stein im Nachbargarten gelandet. Die Platzwunde hatte sich gelohnt – das SWAT-Team hatte Gardners Haus gestürmt und ihn wegen der Schüsse auf Polizisten verhaftet.

Später an jenem Tag hatte sich das Vergewaltigungsopfer, das Gardner vor Jahren eingeschüchtert hatte, endlich zu einer Anzeige durchgerungen. Wegen beider Delikte hatten sie ihn drangekriegt, doch das war nicht der Grund, weshalb Sam einen Großteil ihrer Flitterwochen über ihn nachgedacht hatte. Nein, sie dachte über ihn nach, weil die Chancen gut standen, dass er derjenige war, der vor über zwei Jahren auf ihren Vater geschossen hatte.

Da ihre Hochzeit unmittelbar nach der Auseinandersetzung mit Gardner stattgefunden hatte, hatte sie dieses Treffen zwei lange Wochen aufschieben müssen und es daher ganz oben auf ihre Liste gesetzt für ihren ersten Arbeitstag. Jetzt rollte sie mit den Schultern und machte sich bereit für den Kampf. Dies war ihre Arena, in der sie glänzte, und wenn es jemals einen Zeitpunkt gegeben hatte, an dem sie wirklich glänzen musste, dann jetzt. Irgendein namenloser, gesichtsloser Bastard hatte auf ihren Vater geschossen. Seitdem war er querschnittsgelähmt. Sam würde dafür sorgen, dass derjenige für seine Tat bezahlte, und wenn es das Letzte war, was sie tat.

„Sie müssen das nicht tun", sagte eine Stimme hinter ihr.

Erschrocken drehte Sam sich zu ihrem Mentor Detective Captain Malone um, der mit in die Hüften gestemmten Händen dastand. Seine freundlichen grauen Augen musterten sie eingehend.

„Doch, muss ich." Sie richtete ihre Aufmerksamkeit wieder auf Gardner, der mit den Fingern auf den Tisch trommelte, als hätte er Besseres zu tun, als hier auf sie zu warten. „Warum sind Sie so früh hier?"

„Ich hatte so ein Gefühl, dass dies hier heute Ihre erste Station sein würde. Ich dachte, Sie könnten ein wenig moralische Unterstützung gebrauchen."

„Das ist nicht meine erste Station." Sie berichtete ihm kurz von den Morden bei Carl's.

„Ach du Schande. Ich liebe dieses Restaurant, und ich kenne Carl."

„Wie gut kannten Sie ihn?"

Malone dachte einen Moment darüber nach. „Eigentlich gar nicht so gut, wenn ich es mir recht überlege. Wir plauderten ein wenig, wenn ich dort war, aber nur Oberflächliches."

„Das habe ich von fast jedem gehört, der ihn kannte. Sieht nach einem weiteren rätselhaften Fall aus."

„Sind sie das nicht alle?" Malone trat weiter in den kleinen Beobachtungsraum. „Cruz und Gonzales sind bei Gardner nicht weitergekommen."

Sam rollte erneut mit den Schultern, um die Anspannung zu vertreiben, die sich dort festsetzen wollte. „Ich weiß."

„Wie sieht Ihr Plan aus?", fragte Malone.

„Ich werde ihm mildernde Umstände anbieten für den Vorfall an seinem Haus, im Gegenzug für Informationen über die Schüsse auf meinen Vater."

„Haben Sie mit dem Staatsanwalt darüber gesprochen?", wollte er wissen.

„Nein. Ich habe nicht vor, irgendetwas für diesen Dreckskerl zu tun, ganz egal, was er mir zu sagen hat."

Malone lachte in sich hinein. „Sind Sie das selbe Mädchen, das erst vor zwei Wochen eine reizende Braut war?"

„Ich bin noch genau dieselbe." Sie sah sich Gardner noch einmal gründlich an. „Auf geht's."

„Sam." Malone legte ihr die Hand auf den Arm, damit sie ihn ansah. „Wenn Sie nicht das Gefühl haben, Sie kriegen ihn, lassen Sie es bleiben. Lassen Sie ihn noch eine Weile im Gefängnis schmoren. Je länger er drin ist, desto verlockender wird ihm Ihr Angebot vorkommen."

Sie wusste, dass der Captain recht hatte. Nach einem letzten tiefen Durchatmen betrat sie den Raum.

Gardner setzte sich auf, sah sie jedoch voller Verachtung an. „Sie schon wieder."

„Ganz genau."

„Was wollen Sie?"

„Das Gleiche wie an dem Tag, als wir bei Ihnen waren. Wenn Sie nicht auf mich und meinen Partner geschossen hätten, hätten wir die ganze Sache schon damals klären können."

„Welche Sache?"

„Ich will wissen, wo Sie am achtundzwanzigsten Dezember vor zwei Jahren waren."

Er schnaubte und verdrehte die Augen. „Ich werde Ihnen das Gleiche erzählen wie beim letzten Mal – ich habe verdammt noch mal keine Ahnung."

„Denken Sie nach. Was haben Sie in dem Jahr an Weihnachten gemacht?"

Er zuckte mit den Schultern. „Das, was ich jedes Jahr mache. Nichts."

Sam öffnete die Akte, die sie in den Verhörraum mitgebracht hatte. „Eine Überprüfung Ihrer Kreditkarten und Bankautomatenprotokolle ergab, dass Sie an jenem Tag in der Stadt waren."

„Und was beweist das? Ich *lebe* hier." Er lümmelte wieder auf dem Stuhl, den einen Arm auf der Lehne, als befände er sich im Wohnzimmer von jemandem. „Was ist denn eigentlich so wichtig an diesem Tag?"

Dieser Tag, dachte Sam*, hat mein Leben grundlegend verändert.* Sie nahm das Polizeifoto ihres Vaters aus der Mappe und legte es vor Gardner auf den Tisch. „Das war an dem Tag, an dem in der G Street auf Deputy Chief Skip Holland geschossen wurde." Sie nahm ein zweites Foto heraus, das ihren Vater im Rollstuhl zeigte, und legte es neben das erste. „Das ist er heute."

Gardner schenkte den Bildern etwa drei Sekunden seiner Aufmerksamkeit. „Ich verstehe immer noch nicht, was das mit mir zu tun hat."

„Sie haben eine Zeit lang in Washington Highlands gewohnt." Sie nannte eine Adresse in der First Avenue.

„Na und?"

„Wir haben Zeitungsausschnitte, Fotos und andere Dinge, die im Zusammenhang mit den Schüssen stehen, bei dieser Adresse gefunden, nachdem Sie dort gewohnt haben."

Gardner stützte die Ellbogen auf den Tisch und beugte sich vor. „Ich werde Ihnen das Gleiche erzählen, was ich diesen anderen Detectives schon erzählt habe, an dem Tag, als Sie mich verhaftet haben – ich habe in der G Street keinen Cop niedergeschossen."

„Wenn Sie erwarten, dass ich Ihnen das glaube, werden Sie mir verraten müssen, wo Sie an jenem Tag waren."

Er schlug mit der flachen Hand auf den Tisch. „Ich weiß es verdammt noch mal nicht!"

„Dann lassen Sie mich Ihre Erinnerung ein wenig auffrischen." Sie listete seine Kreditkarten-Transaktionen für den fraglichen Tag auf. „Klingelt da was?"

„Nein."

„Zu schade." Sam lehnte sich entspannt zurück. „Ich wollte Ihnen einen Deal anbieten für den Angriff auf zwei Polizisten mit einer tödlichen Waffe im Gegenzug für Informationen über die Schießerei vor zwei Jahren. Aber jetzt ..." Sie machte ein bedauerndes Gesicht.

„Sie können sich Ihren Deal sonst wo hinstecken."

Sam legte die Fotos von ihrem Vater wieder in die Mappe und klappte sie zu. „Tja, dann sind wir wohl fertig hier." Sie stand auf. „Der Deal läuft in achtundvierzig Stunden ab." Beim Verlassen des Raumes versuchte sie, das leichte Zittern ihrer Hände zu verbergen. Zu gern hätte sie ihre Faust in diese scheinheilige Visage geschlagen, nur würde sie das den Antworten, die sie brauchte, auch nicht näherbringen.

„Sie haben getan, was Sie konnten", meinte Captain Malone.

Sam nickte.

„Atmen Sie tief durch."

Sam tat es gleich zweimal.

„Wir machen weiter. Wir werden weitersuchen. Wir werden nicht aufgeben, bis dieser Fall gelöst ist."

Der Captain war einer der engsten Freunde ihres Vaters. Da sie nicht wagte, ihm in die Augen zu sehen, nickte sie nur. Sie wurde das überwältigende Gefühl nicht los, alle im Stich zu lassen durch ihre Unfähigkeit, diesen wichtigsten aller Fälle aufzuklären. Zum Wache stehenden Polizisten sagte sie: „Sie können ihn wieder zurückbringen."

„Ja, Ma'am, Lieutenant."

„Wissen Sie, was dieser Stapel Mist auf meinem Schreibtisch zu bedeuten hat?", fragte Sam den Captain auf dem Weg zum Kommissariat.

„Hochzeitskarten, glaube ich."

Erschrocken sah sie ihn an. „Im Ernst?"

„Wir wurden von Post überschwemmt. Die kamen alle letzte Woche. Ich habe gehört, dass ein weiterer Sack im Postraum steht."

„Du meine Güte", sagte Sam. „Wie peinlich."

„Betrachten Sie es mal von der Seite", meinte Malone lachend. „Ihre Undercover-Tage sind definitiv vorbei."

„Na wenigstens das." Sam hatte es gehasst, undercover zu arbeiten, besonders während der chaotischen Ermittlungen gegen den Drogenring der Familie Johnson, bei der letztlich ein Kind erschossen worden war. Obwohl schon Monate her, machte der Gedanke daran sie immer noch ganz krank.

„Wie war denn die Reise?"

„Gut."

Er hob eine Braue. „Nur ‚gut'?"

„Netter Versuch, aber mehr verrate ich nicht."

Beim Betreten des Kommissariats wurde Sam von ihren Kollegen ein freundlicher Empfang bereitet. Auch wenn sie noch unter der erfolglosen Begegnung mit Gardner litt, nahm sie die Scherze über ihre Bräune, die Flitterwochen, die Hochzeit und alles andere, was ihnen sonst noch einfiel, mit Humor.

„Na schön, Leute", verkündete sie schließlich. „Die Spielstunde ist vorbei. Geht wieder an die Arbeit." Sie begab sich in ihr Büro, schaltete das Licht an und schaute sich den riesigen

Kartenstapel genauer an, den sie vorhin kaum eines Blickes gewürdigt hatte.

An ihrem ersten Arbeitstag nach dem Urlaub verspürte sie wenig Lust, sich mit einem ganzen Stapel Post zu befassen. Aber da ihr nichts anderes übrig blieb, als auf die Ergebnisse der Autopsie und den Bericht der Spurensicherung zu warten, setzte sie sich an den Schreibtisch und sah die Karten durch. Sie waren adressiert an Sam Holland, Mrs. Nicholas Cappuano, Mrs. Senator Cappuano, Mrs. Sam Cappuano sowie Lt. Sam Holland. Die vielen Identitäten amüsierten sie. Ja, sie mochte jetzt zwar verheiratet sein, aber bei der Arbeit würde sie ihren Namen nicht ändern.

Ihr *Ehemann* – es verschaffte ihr immer noch einen Kick, das zu sagen – hatte kein Problem damit. Sie hatte ihm in der Hochzeitsnacht erzählt, sie habe vor, zu Hause Samantha Cappuano zu sein, was ihn völlig überrascht hatte.

Während sie die Hunderten von Gratulationskarten durchsah, staunte sie wieder einmal darüber, wie populär sie und Nick in der Hauptstadtregion im Verlauf ihrer stürmischen Romanze geworden waren.

„Möge euer Leben erfüllt sein von der Liebe und der Freude, die euch zusammengebracht haben", lautete eine Botschaft.

„Amen", sagte Sam. Sie freute sich auf ein Leben voller Liebe und Freude, wie sie es mit Nick in den vergangenen Monaten schon gehabt hatte. Auf die dramatischen Ereignisse, die der Mord an seinem Boss, Senator John O'Connor, nach sich gezogen hatte, hätte sie hingegen gut verzichten können. Es war Nicks Berufung für Johns restliche Amtszeit gefolgt, dann kam der Mord an dem Freund der Familie O'Connor und Anwärter auf ein Amt beim Obersten Gerichtshof Julian Sinclair, und schließlich Nicks Entscheidung, bei der Herbstwahl für den Senat zu kandidieren. Außerdem war da noch die Ermittlung in einem Fall gewesen, die in der Entführung und Vergewaltigung von Sams Kollegin, Detective Jeannie McBride, gegipfelt war.

Das Leben, hatte sie zu Nick in den glücklichen Tagen ihrer Hochzeitsreise gesagt, konnte unmöglich so verrückt weitergehen wie in letzter Zeit. Er war skeptisch gewesen, aber dazu hatte er auch allen Grund.

Sam folgte ihrer Nase zu einem pinkfarbenen Umschlag, der

nach billigem Parfüm roch. Als sie ihn öffnete, fiel ärgerlicherweise Konfetti auf ihren Schreibtisch. Warum glaubten die Leute, man wolle eine Karte voller geschreddertem Papier, das man zusammenfegen musste? „Glück, Gesundheit und Wohlstand für die Ehe", stand auf der Karte.

Unter der gedruckten Botschaft hatte der Absender per Hand in Druckbuchstaben geschrieben: „Liebe Sam, ich freue mich sehr zu hören, dass Du jetzt alles hast, was Du Dir je erträumt hast – einen Job, den Du liebst, eine Familie, die Du liebst und einen Mann, der Dich genauso liebt, wie Du ihn liebst. Niemand verdient dieses Glück mehr als Du. Ich hoffe, ihr zwei lebt lange genug, um dieses Glück, die Gesundheit und den Wohlstand zu genießen." Unterschrieben war sie mit „Ein alter Freund".

Sie ließ die Karte auf ihren Schreibtisch fallen, stand auf und ging zur Tür, um Cruz hereinzuwinken. „Bring mir einen Beweismittelbeutel", forderte sie ihn auf.

Freddie kam in ihr Büro, den Beutel in der einen Hand, einen halb gegessenen Schokoriegel in der anderen.

„Bring mir auch ein Paar Handschuhe."

„Was hast du denn vor?"

„Besorg sie mir einfach, ja?"

Mit verwirrtem Blick verließ er das Büro wieder.

Sam starrte die Karte auf ihrem Schreibtisch an und ging in Gedanken alle Möglichkeiten durch. In den zwölf Jahren ihrer Karriere bei der Polizei hatte sie sich einige Feinde gemacht, und innerhalb von Sekunden hatte sie eine ziemlich lange Liste möglicher Verdächtiger zusammen.

Freddie kehrte mit den Handschuhen zurück. „Was hast du?"

„Eine nur schwach verhüllte Drohung." Sie wiederholte den Wortlaut der Karte. „Kommt mir jedenfalls so vor."

„Lass mich mal sehen."

Sie deutete auf die offen auf ihrem Schreibtisch liegende Karte.

Freddie biss von seinem Schokoriegel ab. „Ich versteh's nicht", erklärte er, den Mund voller Karamell und Nougat.

„Lies sie noch einmal."

„Okay. Und?"

„Da hofft jemand, dass wir *lange genug leben*, um unser Glück genießen zu können? Schreibt man so etwas normalerweise auf eine Hochzeitskarte?"

„Hm, da hast du vermutlich recht."

„Ach, meinst du wirklich? Mann, und ich dachte, du wärst einer meiner besten und hellsten Mitarbeiter."

Er warf ihr einen finsteren Blick zu und biss erneut von seinem Schokoriegel ab.

Sam zog die Handschuhe an und hob die Karte mitsamt dem Umschlag in den Beweismittelbeutel. „Bring das ins Labor und richte denen aus, ich will es so schnell wie möglich untersucht haben. Und beschmier den Beutel nicht mit Schokolade."

Er verdrehte die Augen. „Und was ist mit dem Rest?"

Sam schaute auf den Stapel ungeöffneter Karten. „Bis wir mehr Informationen haben, um mit den Morden bei Carl's weiterzumachen, sollten wir uns Handschuhe überstreifen und uns jede dieser Karten genau ansehen."

„Du glaubst, Nick hat auch eine erhalten?"

Sam sog scharf die Luft ein. „Gott, daran habe ich noch gar nicht gedacht. Vielleicht besteht für dich ja doch noch Hoffnung." Während er ihr einen tadelnden Blick zuwarf, weil sie grundlos den Namen des Herrn genannt hatte, griff sie nach dem Telefon, um ihren Mann anzurufen. Auf diese Weise an ihn zu denken, löste schon wieder ein Glücksgefühl bei ihr aus, trotz des beunruhigenden Anlasses für ihren Anruf.

„Hey, Babe", meldete er sich. „Wie läuft's?"

„Ganz okay, würde ich sagen. Die Sache bei Carl's war hart. Carl und ein siebzehnjähriger Junge, der das einzige Familienmitglied seines Vaters war."

„Du meine Güte."

„Allerdings."

„Wie ist es mit Gardner gelaufen?"

Natürlich nahm er an, dass sie sich um diese Angelegenheit bereits gekümmert hatte. Er wusste, wie dringend sie diesen Verbrecher zur Rede hatte stellen wollen. „Gar nicht."

„Tut mir leid, das zu hören. Geht es dir gut?"

„Ja. Eine weitere Sackgasse. Bis jetzt."

„Also, was ist los? Vermisst du mich schon?"

Was würde er wohl sagen, wenn sie ihm gestehen würde, dass

sie ihn seit dem Moment des Abschieds vermisste? „Das weißt du. Sag mal, hast du eigentlich Post bekommen während unserer Abwesenheit?"

„Tonnenweise. Und du?"

„Ich auch. Hat dein Büro sich darum gekümmert?"

„Nicht um die Karten und die privaten Briefe."

„Tu mir einen Gefallen und rühr nichts davon an, bevor ich da bin."

„Was ist denn los, Samantha?"

Er war der Einzige, dem es gestattet war, sie so zu nennen, und er tat es eigentlich auch nur in besonders wichtigen Momenten. „Ich bin mir nicht sicher. Ich werde es dir erklären, wenn wir uns sehen."

„Und ich dachte schon, ich müsste den ganzen Tag auf meine reizende Ehefrau warten. Was für eine hübsche Überraschung."

Sie lächelte. „Ich bin gleich da."

3

„Soll das ein Witz sein?", fragte Sam beim Anblick des Grußkartenberges auf dem Tisch in Nicks Büro in Capitol Hill. Es mussten Tausende von Umschlägen sein. „Du bist ja viel beliebter als ich."

„Weil ich viel charmanter bin als du", erwiderte ihr attraktiver Ehemann. Mit seinen eins achtundachtzig, den braunen Haaren, die sich im Nacken kringelten, den wundervollen hellbraunen Augen und einem zur Sünde verführenden sinnlichen Mund waren ihm die Blicke der Frauen überall sicher. Zweifellos stammten nicht wenige der Karten von seinen Bewunderern.

„Ich kann nicht bestreiten, dass du charmanter bist als ich", räumte sie ein. Für besonderen Charme war sie nie bekannt gewesen und überließ diese Eigenschaft getrost ihm. „Möglicherweise haben die acht Millionen Bürger, die du vertrittst, etwas damit zu tun, dass mehr Leute sich mit dir freuen als mit mir."

„All diese Leute", sagte er, auf den Kartenberg deutend, „freuen sich mit uns beiden."

„Nicht alle." Zwar ging es gegen ihre Natur, ihm alles anzuvertrauen, vor allem Sachen, von denen sie wusste, dass sie ihn aufregen würden. Trotzdem erzählte sie ihm von der unterschwellig bedrohlich klingenden Karte, die sie erhalten hatte.

Die Hände in die Hüften gestemmt, betrachtete er den Berg mit schwer zu deutender Miene.

Sam ging zu ihm und legte ihm die Hand auf den Rücken. „Was denkst du?"

Er sah sie an. „Es hört nie auf, oder? Sobald wir eine Bedrohung gegen dich ausgeschaltet haben, taucht die nächste auf."

Sam wusste, dass er auf die letzte Mordermittlung anspielte, die einen Prostitutionsring aufgedeckt hatte, mit Kontakten in höchste Regierungskreise. Während sie dem Mann auf der Spur war, der zwei Frauen vergewaltigt und ermordet und außerdem Detective McBride entführt und ebenfalls vergewaltigt hatte, war Sam gewarnt worden, sich zurückzuhalten. Andernfalls drohe ihr ein ähnliches Schicksal.

„Wir wissen doch noch gar nicht, ob es sich tatsächlich um eine neue Drohung handelt. Vielleicht hält sich da jemand nur für witzig."

„Das glaubst du nicht wirklich, denn sonst wärst du nicht hier."

„Ich weiß noch nicht, was ich glauben soll. Es könnte nichts sein. Oder doch etwas. Ich muss alle Karten mitnehmen und durchsehen, okay?"

„Was immer du tun musst."

Sam schloss mit einem Griff hinter sich die Bürotür. Erlöst von den neugierigen Blicken seiner vielbeschäftigten Mitarbeiter, nahm sie Nicks linke Hand und küsste den Platinring, den sie ihm erst vor Kurzem auf den Finger gesteckt hatte. Der Anblick des Rings bewegte sie nach wie vor. Dass der Mann, der ihr vor Jahren abhandengekommen war, jetzt für immer ihr gehörte, fand sie nach wie vor schwer zu glauben. „Ich will nicht, dass du dir Sorgen machst, bevor wir sicher sein können, dass es einen Grund dafür gibt."

Er legte die Arme um sie und das Kinn auf ihren Kopf. Sie passten zusammen wie zwei Hälften eines Ganzen. Sam schloss die Augen und atmete den Duft seines gebügelten Hemdes ein, ebenso den seines Zitronenparfüms, das so gut zu ihm passte. Sie konzentrierte sich auf die Erinnerung an die schönen Tage und Nächte, die sie zusammen auf Bora Bora verbracht hatten.

„Ich mache mir ständig Sorgen um dich", sagte er. „Das weißt du."

„Auf der Karte stand etwas davon, dass wir *beide* lange genug leben." Sie sah ihn an. „Sollte sich herausstellen, dass wir uns wegen dieser Karte wirklich Sorgen machen müssen, wirst du dann Personenschutz in Betracht ziehen? Vor allem bei deinen Wahlkampfstationen?" Bei der Vorstellung der Menschenmassen, die er auf seiner Wahlkampfroute anziehen würde, schauderte sie. Wie leicht wäre es für jemanden, auf ihn zu schießen.

„Darum kümmern wir uns, wenn wir tatsächlich vor diesem Problem stehen."

„Das könnte schnell passieren, und ich will nicht, dass du dich stur stellst im Hinblick auf Personenschutz."

„Und wer wird dich beschützen, meine Liebe?"

Sie grinste breit und legte die Hand auf ihre Dienstwaffe, die im Holster an ihrer Hüfte steckte. „Ich habe meinen Schutz gleich hier."

„Samantha ..."

„Ich werde aufpassen", versicherte sie ihm und stellte sich auf Zehenspitzen, um ihn zu küssen. „Ich habe neuerdings so vieles, für das ich leben will. Es wäre idiotisch, leichtsinnig zu sein."

„Ich bin froh, das von dir zu hören." Er betrachtete erneut den Berg Karten. „Könnte das Peters Werk sein?" Sams Exmann hatte versucht, sie beide mit stümperhaft selbst gebastelten Autobomben umzubringen. Er war vor Kurzem aus dem Gefängnis entlassen worden, wegen einer Ermittlungspanne, die Sam wurmte, weil sie zum Teil ihre Schuld war. Sie hatte ihre Detectives Peters Wohnung ohne einen Durchsuchungsbeschluss betreten lassen. Ein dummer Fehler, für den sie jetzt bezahlte, weil dieser Irre auf freiem Fuß war.

„Das wäre durchaus denkbar, und es entspräche auch seinem Stil. Der gute alte Peter liebt das Passiv-aggressiv-Spiel."

„Und es stört ihn mächtig, dass wir mittlerweile verheiratet sind, wo er doch alles darangesetzt hat, uns voneinander fernzuhalten."

Vor sechs Jahren, nachdem Sam und Nick sich auf einer Party kennengelernt und eine denkwürdige Nacht zusammen verbracht hatten, hatte Peter, ihr damaliger platonischer Mitbewohner, alles darangesetzt, dass sie Nick nie mehr wiedersah. Noch heute konnte sie nicht recht fassen, dass sie auf seine Tricks hereingefallen war und am Ende vier schreckliche Ehejahre mit diesem Kontrollfreak verbracht hatte, in denen sie mit Nick hätte zusammen sein können. In der Nacht vor ihrer Hochzeit mit Nick hatte Peter sie draußen auf der Straße vor ihrem Haus zur Rede gestellt. Unter dem Verstoß gegen ein richterliches Verbot, sich ihr zu nähern, hatte er sie mit einer Schusswaffe bedroht und sie wissen lassen, ihre Beziehung würde „niemals vorbei sein". Für dieses Vergehen war er mit einer lächerlichen zweiwöchigen Haftstrafe davongekommen und jetzt wieder frei.

Nick küsste sie auf die Stirn und verweilte dann bei ihren Lippen. „Denk nicht daran oder an ihn", sagte er, ihre Gedanken ahnend, wie so oft. „Lass die Vergangenheit ruhen. Jetzt zählt nur die Zukunft."

„Ich schwöre bei Gott – falls er die Eier hat, uns zu bedrohen, werde ich ihn mit meinen eigenen Händen umbringen."

„Im Gefängnis wirst du mir nichts nützen, Babe." Sein verwegenes Grinsen beruhigte sie. „Obwohl du in einem orangen Overall bestimmt sexy aussehen würdest."

„Sehr witzig. Kannst du mir ein paar Müllsäcke für all diese Karten besorgen?"

„Mal sehen, was ich finde", erklärte er. „Ich brauche sie aber zurück, sobald du mit ihnen fertig bist."

„Wofür?"

„Ich muss mich bedanken."

Sam starrte ihn an. „Im Ernst?"

„Das ist das glamouröse Dasein eines Politikers."

„Was ist mit den Hunderten, die an mich geschickt wurden?"

„Ich brauche alle, die aus Virginia stammen."

„Na, besser du als ich."

Er ging, um die Säcke zu holen, und Sam setzte sich an seinen Schreibtisch, auf dem Berichte, Aktenmappen und Schreibutensilien lagen, alles mit jener peniblen Präzision geordnet, die sie wahnsinnig machte. Sie schaute kurz nach, ob Nick noch nicht auf dem Rückweg war, dann drehte sie den Aktenstapel um und brachte ihn durcheinander, sodass die Kanten nicht mehr bündig aufeinanderlagen, wie er es mochte.

Außerdem stellte sie das Foto von ihnen beiden beim Staatsbankett im Weißen Haus – an dem Abend hatten sie sich verlobt – auf den Kopf. Zum Schluss kritzelte sie noch „Sam liebt Nick" auf einen Post-it-Zettel und legte diesen in die Schublade. Die Vorstellung, wie er den Zettel später fand, gefiel ihr. Als er zurückkam, saß sie ganz unschuldig da, die Füße auf den Schreibtisch gelegt, die Hände im Schoß.

Er blieb beim Hereinkommen unvermittelt stehen. „Was machst du da?"

„Ich warte nur auf dich, mein Liebster."

Er musterte sie misstrauisch. „Aha. Sonst nichts?"

„Was sollte ich denn sonst noch tun?" Es kostete sie ziemlich viel Selbstbeherrschung, nicht loszulachen. Seinen Ordnungssinn zu sabotieren, gehörte zu ihrem Lieblingszeitvertreib.

Sam stand auf, nahm ihm die Säcke ab und zog sich Gummihandschuhe an, um die Karten in die Säcke zu füllen. Nick half ihr, die schweren Säcke zu ihrem Wagen zu tragen, den sie verbotenerweise vor dem Hart Building geparkt hatte.

Er hielt ihr die Wagentür auf und beugte sich für einen Kuss zu Sam herunter. „Wird ein langer Tag, was?

„Sieht ganz danach aus."

„Tja, wie gehabt."

Detective Jeannie McBride saß am Fenster im Schlafzimmer ihres Freundes Michael und schaute auf die von Bäumen gesäumte Straße im Stadtteil Foggy Bottom hinunter.

„Kaffee?", fragte er und reichte ihr einen dampfenden Becher.

Für ihn brachte sie ein Lächeln zustande. „Danke."

„Hast du Pläne für heute?", erkundigte er sich, während er sich die Krawatte band.

„Eigentlich nicht." Wie sollte sie ihm erzählen, dass es sie schon enorme Kraft kostete, überhaupt aus dem Bett aufzustehen, zu atmen, zu essen, zu funktionieren? Vom Schlafen ganz zu schweigen. Jedes Mal, wenn sie die Augen schloss, befand sie sich wieder in diesem gelben Raum, ans Bett gefesselt, während ein Ungeheuer über sie herfiel.

Wie konnte sie Michael gestehen, dass allein die Vorstellung, er oder irgendein anderer Mann fasse sie an, sie krank machte? Oder dass die tiefe Liebe, die sie einst für ihn empfunden hatte, verschwunden war? An ihre Stelle war eine Taubheit getreten, so undurchdringlich, dass sie sich schon fragte, ob sie überhaupt jemals wieder etwas empfinden würde.

„Wollen wir uns zum Lunch treffen?"

Da dies eine Dusche erforderte, Anziehen und das Verlassen des tröstlichen Kokons, den sein Haus für sie darstellte, schüttelte sie den Kopf. „Nein, danke."

Er setzte sich neben sie und nahm ihre Hand. „Ich mache mir Sorgen um dich, Jeannie. Jeden Morgen wache ich auf mit der Hoffnung, dies sei der Tag, an dem du anfängst, dich ein wenig besser zu fühlen. Aber stattdessen scheint es schlimmer zu werden."

„Ich brauche einfach noch mehr Zeit."

„Ich will dich nicht so leiden sehen. Es muss doch etwas geben, was wir tun können. Wie wäre es mit der Therapeutin, die Sam vorgeschlagen hat ...“

„Nein", sagte Jeannie scharf – schärfer, als sie beabsichtigt hatte. Schließlich war Michael ihr ganzer Halt und Trost gewesen in den dunklen Tagen, die auf die schreckliche Tat gefolgt waren. Es war nicht fair, ihn jetzt anzufahren. „Es tut mir leid, aber das Letzte, was ich gebrauchen kann, ist, das alles noch einmal zu durchleben." Das Geschehen mit ihrem Lieutenant zu rekapitulieren, hatte gereicht. Irgendwann würde sie auch vor Gericht noch einmal alles erzählen müssen. Nein, ein Therapeut war das Letzte, was sie brauchte.

„Wie du willst."

Er sah traurig und müde aus, was ihre Schuldgefühle darüber, was sie ihm zumutete, nur verstärkte. Es schien lange her zu sein, dass sie glücklich und frisch verliebt gewesen waren, nicht bloß einige Wochen. Sie streichelte sein Gesicht. „Vielleicht sollte ich wieder in meine Wohnung ziehen. Ich bin momentan keine angenehme Gesellschaft."

Er nahm ihre Hand und küsste die Handfläche. „Das ist nicht nötig. Du fühlst dich wegen der Alarmanlage hier sicherer. Und ich möchte, dass du dich sicher fühlst."

Sie fühlte sich nirgendwo sicher. Sie war Polizistin, Detective bei der Mordkommission, und man hatte sie am helllichten Tag entführt. Würde sie sich überhaupt jemals wieder sicher fühlen?

„Ich hatte gehofft, du würdest dich besser fühlen, nachdem man ihn gefasst hat."

„Das tue ich doch." Wie konnte sie ihm erklären, dass die Verhaftung des Gewalttäters die Erinnerung an das, was er ihr angetan hatte, noch lange nicht auslöschte?

„Ich dachte, du würdest wieder arbeiten wollen, ein bisschen zurück in die Normalität."

Was war noch normal? In ihren acht Jahren als Police Officer hatte sie gelernt, dass man ein Monster einsperren konnte und trotzdem Tausend andere weiter durch die Straßen streiften, auf der Suche nach einem Opfer, nach jemandem, dessen Leben sie für immer verändern würden.

„Ich bin noch nicht bereit", sagte sie. Wie konnte sie ihm sagen, dass sie bezweifelte, jemals wieder an die Arbeit zurückkehren zu können oder in irgendeinen Bereich ihres früheren Lebens?

Die Türklingel läutete, und sie erschraken beide.

„Ich gehe", sagte er und küsste sie auf die Stirn, bevor er ging.

Sie fragte sich, wie lange es dauern würde, bis er sie verließ.

Eine Minute später war er zurück. „Da ist jemand, der dich besuchen will." Sein entschlossener Gesichtsausdruck machte sie nervös.

„Ich will niemanden sehen ..."

Michael trat zur Seite und ließ Lieutenant Holland eintreten, die einen großen Müllsack vor ihr auf den Boden fallen ließ.

Jeannie fuhr sich mit zitternden Fingern durch die Haare und fragte sich, ob sie so schrecklich aussah, wie sie sich fühlte.

„Tut mir leid, dich zu behelligen, Detective", meinte Sam ganz sachlich. „Aber ich könnte deine Hilfe gebrauchen."

„Oh. Wirklich?"

Sam berichtete ihr von der Karte mit der Drohbotschaft, die sie erhalten hatte, und von den Tausenden von Karten, die sie jetzt durchsehen mussten, um herauszufinden, ob es noch weitere Drohungen gab. „Ich dachte, du wärst vielleicht bereit, mir bei der Ermittlung zu helfen."

Da es Mühe und Konzentration erforderte, wollte Jeannie Nein sagen, doch der flehende Ausdruck auf Michaels Gesicht hielt sie davon ab, dieses eine Wort auszusprechen, das ihr schon auf der Zunge lag.

„Kann ich auf dich zählen?", fragte Sam.

Jeannie dachte an die Stunden, die ihr Lieutenant – und ihre Freundin – während der ärztlichen Untersuchung nach der Vergewaltigung, der Versorgung ihres gebrochenen Handgelenks und der traumatischen Befragung an ihrem Bett gesessen hatte. Nun bedrohte irgendwer ihre Kollegin und Freundin. Wie konnte sie ihr die Hilfe verweigern? Jeannie räusperte sich und sagte: „Selbstverständlich."

Lächelnd zog Sam mehrere Paar Latex-Handschuhe aus der einen Tasche, eine Handvoll Plastikbeutel für Beweismittel aus der anderen und hielt ihr beides hin.

In der Hoffnung, dass ihre zitternden Beine sie tragen würden, erhob Jeannie sich von ihrem Platz am Fenster und ging auf Sam zu. Auf halbem Weg fiel ihr ein, dass sie sich gar nicht mehr daran erinnern konnte, wann sie zuletzt geduscht hatte. Sie nahm die Handschuhe und die Beutel von Sam entgegen.

Sam wartete, bis Jeannie sie ansah, um Blickkontakt herzustellen. In den Augen ihres Lieutenants erkannte sie eine Spur Traurigkeit neben Entschlossenheit. „Sag mir Bescheid, wenn du etwas findest."

Jeannie versprach es.

„Danke."

„Kein Problem."

Nachdem Sam den Raum verlassen hatte, betrachtete Jeannie den großen Sack auf dem Boden. Panik erfasste sie. Warum nur hatte sie sich bereit erklärt, zu helfen? Sie war doch beurlaubt. Die konnten nicht von ihr verlangen, dass sie arbeitete. Was hatte Sam sich dabei gedacht, zu ihr nach Hause zu kommen und sie in eine Ermittlung hineinzuziehen, wo Jeannie doch einfach nur in Ruhe gelassen werden wollte?

Offenbar spürte Michael ihre Panik, denn er legte die Arme um sie und drückte sie an sich.

Jeannie atmete tief seinen vertrauten, beruhigenden Duft ein und kämpfte gegen die Panik an, die sie zu überwältigen drohte.

„Du kannst das, Jeannie. Ich weiß, dass du es kannst. Sam

muss wirklich deine Hilfe brauchen, sonst hätte sie dich nicht behelligt."

Jeannie nickte.

„Warum duscht du nicht schön heiß, und ich mache dir ein Frühstück, bevor du mit der Arbeit anfängst?"

„Okay." Sie nahm seinen Vorschlag an, aber nur, weil sie diesen besorgten, verzweifelten Ausdruck auf seinem Gesicht nicht mehr sehen wollte. Zum ersten Mal seit Wochen schien er Hoffnung zu schöpfen.

Als sie unter dem heißen Wasserstrahl stand, dachte sie an Sam und ihren Ehemann, den Senator, und wie glücklich die zwei an ihrem noch nicht lange zurückliegenden Hochzeitstag gewesen waren. Das war das einzige Mal gewesen, dass Jeannie nach der Gewalttat gegen sie das Haus verlassen hatte. Die Vorstellung, dass jemand die beiden bedrohte, machte Jeannie wütend. Das, fand sie, war besser als das taube Gefühl. Alles war besser als das.

4

So viel zu einer angenehmen, ruhigen Rückkehr an die Arbeit, dachte Sam, als sie die Besprechung im Konferenzraum vorbereitete. Ein Doppelmord und Hasspost konnten jeden Tag kompliziert machen. Aber sie fand, dass sie so kurz nach dem Urlaub schon ziemlich hart geprüft wurde.

Die Spurensicherung hatte die Küche in Carls Restaurant untersucht, aber keine nützlichen Hinweise gefunden. Nach den Autopsien gab Lindsey bekannt, dass die beiden Opfer infolge von Sauerstoffmangel im Kühlraum erstickt waren. Als wahrscheinlichen Todeszeitpunkt nannte sie die Zeit um halb elf herum. Sam schloss aus all dem, dass jemand ins Restaurant gekommen sein musste, möglicherweise Carl und Daniel mit einer Waffe bedroht und sie in den Kühlraum geschickt hatte, den er dann abschloss. Als Daniels Vater gegen halb zwölf auftauchte, waren sie längst tot.

Was Sam am meisten Kopfzerbrechen bereitete, war die Banktasche mit den Einnahmen auf dem Tresen. Warum hatte der Räuber sie nicht mitgenommen?

„Was denkst du, Boss?", wollte Freddie wissen, als er den Konferenzraum betrat. Er hatte Sandwiches für sie beide mitgebracht. Seines war ein extra großes für Fleischliebhaber, während es sich bei ihrem um ein kleines vegetarisches Sandwich handelte. Und sie würde diejenige sein, die von dieser Mahlzeit zunahm. Das Leben war nicht fair.

„Ich denke an das Geld."

„Welches Geld?"

„Die Tasche voller Bargeld auf dem Tresen bei Carl's. Wenn jemand ins Restaurant kam und die beiden zwang, in den Kühlraum zu gehen, warum hat derjenige dann das Geld nicht mitgenommen?"

„Weil er das Restaurant gar nicht ausrauben wollte?", schlug er mit vollem Mund vor.

„Wer könnte ein paar Tausend Dollar extra nicht gebrauchen?"

„Du willst also andeuten, ganz gleich, weshalb derjenige dort war, er hätte das Geld mitnehmen sollen?"

„Nicht sollen. Es kommt mir nur komisch vor, dass der oder die Täter es nicht mitgenommen haben. Verdammt, ich hätte es getan."

Ihr Handy gab einen Signalton von sich, der eine Nachricht von Nick ankündigte. *Sehr passend, dass du das Foto auf den Kopf stellst, weil du ja mein Leben auch schon auf den Kopf gestellt hast. Rache ist süß :)*

Sam vibrierte innerlich. Wie viele Stunden noch, bis sie endlich zu ihm nach Hause konnte?

„Was hat denn dieses alberne Grinsen zu bedeuten?", wollte Freddie wissen und holte sie damit zurück in die Wirklichkeit. „Muss wohl der *Ehemann* sein."

Sam klappte ihr Handy zu und schob es in die Tasche. „Wir müssen herausfinden, ob es irgendwelche verärgerten ehemaligen Angestellten von Carl gibt."

„Und wie stellen wir das an?"

„Wir schauen uns in seinem Büro um. Mal sehen, was wir finden. Iss auf." Sie aß den letzten Bissen ihres Sandwiches und spülte ihn mit einer Flasche Wasser hinunter. Dabei wünschte sie die ganze Zeit, es wäre eine Cola light. Nicks Freund und Arzt Harry hatte sie dazu gebracht, ihr geliebtes Cola light aufzugeben, nachdem sie ihm von heftigen Magenschmerzen berichtet hatte. Diese Diagnose hatte sie Harry bis heute nicht verziehen, obwohl ihre Magenschmerzen verschwunden waren. Sie betrat das Kommissariat und winkte ihren Kollegen Detective

Tommy „Gonzo" Gonzales sowie dessen Partner Detective Arnold zu sich.

„Was gibt es, Lieutenant?", fragte Gonzo.

Sam bemerkte, dass er müde aussah, vermutlich wegen der Nächte mit dem Säugling, den er, wie er erst seit Kurzem wusste, mit einer Exfreundin gezeugt hatte. Das Baby lebte jetzt bei ihm und seiner Verlobten Christina Billings, die außerdem zufällig Nicks Stabschefin war. Sam war nicht gerade begeistert davon, wie sich ihr privates und ihr berufliches Leben vermischten.

„Ihr müsst mir einen Gefallen tun." Sie erzählte den Detectives von der Drohkarte, die sich unter den Glückwunschkarten befunden hatte, die sie erhalten hatte, während sie auf Hochzeitsreise war. „Ich brauche Hilfe bei der Durchsicht der anderen Karten."

Gonzo und Arnold warfen einen langen Blick auf den Berg Karten auf dem Konferenztisch, dann sahen sie sich an.

„Ich weiß, glaubt mir. Es ist Mist. Aber wenn jemand einen Police Officer und einen U.S. Senator bedroht, können wir das nicht ignorieren."

„Na ja, könnten wir schon", meinte Freddie mit seinem liebenswürdigsten Grinsen. „Aber weil es sich bei dem Police Officer um unseren Lieutenant handelt und der Senator zufällig ihr Mann ist, werden wir die Angelegenheit nicht ignorieren."

„Das ist nicht der Grund", fuhr Sam ihn an. „Wir würden auf jeden Fall ermitteln, ganz gleich, gegen wen sich die Drohung richtet."

„Selbstverständlich", räumte Freddie zerknirscht ein. „Der Scherz ging wohl nach hinten los. Tut mir leid."

„Nein, nein", sagte Sam. „Ich weiß, dass du nur Spaß gemacht hast, und glaub mir, es nervt mich gewaltig, für eine derart blöde Aufgabe Kollegen abzustellen, Ja, vielleicht sollten wir es tatsächlich ignorieren."

„Wir werden es nicht ignorieren", sagte Gonzo. „Geh und arbeite an deinen Mordfällen. Wir stürzen uns auf diese Karten und schauen mal, was wir finden."

„Danke", sagte Sam, erleichtert darüber, dass er es verstand. Das tat er eigentlich immer, und das machte ihn für sie zu einem der geschätztesten Kollegen und engsten

Freunde. „Ihr, äh, müsstet allerdings vorsichtig mit den Karten aus Virginia umgehen." Sie spürte, wie sie vor Verlegenheit rot wurde. „Nick muss sich ... na ja, für sie schriftlich bedanken."

„Geht klar", meinte Gonzo, ohne sich auch nur das Geringste anmerken zu lassen, obwohl ihm sicher eine Bemerkung zu ihrem Prominenten-Liebesleben auf der Zunge lag.

„Na los, Cruz, machen wir uns auf den Weg."

Im Wagen auf dem Weg zu Carl's meinte Freddie: „Tut mir leid wegen des Scherzes. Ich wollte damit nichts andeuten."

„Weiß ich. Ich hasse die viele Aufmerksamkeit, die Nick und ich in dieser Stadt bekommen. Ich wünschte, die Öffentlichkeit hätte uns langsam satt und würde sich zur Abwechslung mal auf jemand anderen stürzen."

„Ich bezweifle, dass sie so bald von euch die Nase voll haben wird, vor allem weil Nick sich im November zur Wahl stellt."

„Das macht mich verrückt. Ich will mein Leben in Ruhe führen. Ist das zu viel verlangt?"

„Weil du du bist und er er und die Leute nun mal an euch interessiert sind, würde ich sagen, ja, es ist wohl wirklich zu viel verlangt."

Sam machte ein finsteres Gesicht und stöhnte, als ihr Handy einen Klingelton von sich gab, den sie für den einen Reporter reserviert hatte, den sie inzwischen tolerierte: Darren Tabor vom *Washington Star*.

„Was?", blaffte sie ins Telefon und fragte sich, ob der Typ eine übersinnliche Begabung besaß.

„Zwei Wochen in den Tropen haben an Ihrem unwirschen Naturell offenbar nichts geändert", stellte Darren fest.

„Was wollen Sie?"

„Obwohl ich gekränkt war, dass ich nicht zur Hochzeit eingeladen wurde, möchte ich Ihnen meine Glückwünsche aussprechen."

„Danke. Noch was?"

„Was gibt es Neues über die Morde bei Carl's?"

„Gottverdammt nichts."

„Normalerweise sind Sie nicht so entgegenkommend, Lieutenant."

„Ich würde Sie ja bitten, mich nicht zu zitieren, aber ich kann meine Worte wohl schlecht zurücknehmen."

„Ich werde Sie nicht zitieren, wenn Sie mir sagen, dass es die Ermittlungen beeinträchtigen könnte."

Genau aus dem Grund nahm Sam seine Anrufe entgegen. Das und ein Gefallen, den er ihr erwiesen hatte und den sie nicht so schnell vergessen würde. „Ach, zitieren Sie mich diesmal ruhig. Vielleicht führt es uns auf eine Spur, wer weiß. Wir können jede Hilfe gebrauchen."

„Dann werde ich ‚gottverdammt' mal lieber in ‚verdammt' umformulieren."

Sam gab einen verächtlichen Laut von sich. „Unbedingt!"

„Hauptsache, Sie behalten im Kopf, dass Sie exklusive Informationen jederzeit an Ihren Lieblingsreporter weitergeben können."

„Auf Wiederhören, Darren."

„Ich glaube wirklich, der mag dich langsam", meinte Freddie, nachdem sie das Gespräch beendet hatte.

„Ja, wie Schimmel Feuchtigkeit mag."

Das brachte ihren Partner zum Lachen. „Du hast es vielleicht mit Worten. Apropos – es wäre mir ganz lieb, du würdest nicht dauernd das benutzen, das mit G anfängt und mit t aufhört."

„Du meinst ‚gut'? Oder ‚Geschlecht'? Da wäre natürlich auch noch ‚galant'."

Freddie zog ein Gesicht, das sie zum Lachen brachte.

Sie verbrachten den Nachmittag damit, sich in Carls sorgfältig geführte Bücher, Bankkonten und Personalakten zu vertiefen und stellten dabei fest, dass er vor acht Jahren zuletzt jemanden entlassen hatte.

„Das schließt einen wütenden Exangestellten wohl aus", sagte Sam frustriert. Nur selten gelangte sie bei einer Mordermittlung an einen Punkt, an dem sie keine Ahnung hatte, wie es weitergehen sollte. „Wir brauchen dringend irgendeine Spur, aber wir haben nichts."

„Vielleicht sollten wir uns den Jungen noch mal genauer ansehen", schlug Freddie vor. „Möglicherweise war der doch nicht ganz so sauber, wie sein Vater glaubte."

„Durchaus denkbar. Trotzdem werde ich das Gefühl nicht los,

dass er einfach nur zur falschen Zeit am falschen Ort war. Aber lass uns ruhig mal sehen, was wir über ihn herausfinden können."

Drei Stunden brachten sie damit zu, Lehrer, Trainer und die Eltern von Daniels Freunden zu befragen, außerdem seine völlig am Boden zerstörte Freundin. Am Ende entstand ein Bild des Jungen, das exakt dem entsprach, was sein Vater über ihn erzählt hatte – ein guter Junge auf dem richtigen Weg in eine glänzende Zukunft.

„Deprimierend", meinte Freddie auf dem Rückweg zum Hauptquartier. „Der Junge hatte alles auf der Welt, wofür es sich zu leben lohnt."

„Das war kein Zufall", sagte Sam. „Jemand ist da in den Laden marschiert, um einen der beiden zu töten. Der andere war bloß ein Kollateralschaden. Da Daniel eine absolut saubere Weste hat, setze ich mein Geld auf Carl."

„Aber der Typ war völlig harmlos. Wer würde den töten wollen?"

„Ich habe nicht die leiseste Ahnung", gestand sie.

Joseph Alvarez wartete im Hauptquartier auf sie.

Sams Magen zog sich zusammen, wie früher, als sie noch abhängig von Cola light gewesen war.

„Lieutenant", meinte Joseph, dessen Gesicht von Kummer und Erschöpfung gezeichnet war. „Sagen Sie mir, dass Sie herausgefunden haben, wer meinen Danny umgebracht hat."

„Kommen Sie mit in mein Büro, Mr. Alvarez."

Sie bedeutete ihm, sich zu setzen und lehnte sich an ihren Schreibtisch. „Ich wünschte, ich könnte Ihnen etwas anderes mitteilen, aber wir haben nichts."

Er sah enttäuscht aus, und das ging ihn nahe. Er hatte schon genug durchgemacht.

„Wir vermuten, dass es sich nicht um eine Zufallstat handelte, sondern geplant war. Wir glauben, einer der beiden war das Ziel, während der andere zur falschen Zeit am falschen Ort war. Wir wissen jedoch nicht, was einer der beiden getan haben könnte, um jemanden zu einem Mord zu motivieren. Allen Aussagen zufolge waren die zwei sehr beliebt und respektiert. Mr. Olivo war ein unauffälliger Mann, der gern für sich allein blieb." Sie holte tief Luft. „Ich fürchte, wir stecken momentan fest. Wir haben nicht mal den kleinsten Beweis, der in eine bestimmte Richtung deutet oder uns einen Hinweis darauf gibt, wer die dritte Person in der Restaurantküche letzte Nacht gewesen sein könnte."

Betrübt schaute Mr. Alvarez auf seine Schuhe. „Derjenige, der meinem Danny das angetan hat, könnte also ungeschoren davonkommen?"

„Nicht, wenn es nach mir geht. Ich würde mir gern Dannys Zimmer ansehen. Das müssen wir ohnehin, so leid es mir tut. Wenn er einen Computer besitzt, werden wir ihn zur Untersuchung mitnehmen müssen. Alles geht natürlich schneller mit Ihrer Zustimmung, dann müssen wir nicht auf einen Durchsuchungsbeschluss warten."

„Was immer nötig ist."

„Wir werden jeden Aspekt berücksichtigen und alles in unserer Macht Stehende tun, das verspreche ich Ihnen."

„Ich habe über Sie in der Zeitung gelesen. Daher weiß ich, wie hartnäckig Sie sein können."

„Ich werde auch in Dannys Fall meine Hartnäckigkeit unter Beweis stellen und Sie über den Verlauf der Ermittlungen informieren. Ich werde mein Bestes für Sie geben, Mr. Alvarez, und für Danny."

„Ich nehme an, mehr kann ich wohl nicht verlangen."

Nachdem er gegangen war, stand Sam eine ganze Weile da und ging in Gedanken noch einmal jede Sekunde durch, die seit ihrer Ankunft bei Carl's um Mitternacht vergangen war. Schließlich drehte sie sich um und rief Freddie.

Sie untersuchten Daniel Alvarez' Zimmer gründlich, ebenso den Computerraum im Keller, wo er sich gern aufgehalten hatte. Der Computer wurde zur genaueren Analyse ins Labor geschickt, doch weiteres Material, das für die Ermittlung nützlich gewesen wäre, fanden sie nicht. Im Gegensatz zu vielen anderen Jugendlichen seiner Altersgruppe hatte Daniel keine dunklen Geheimnisse vor seinem Vater gehabt. Sam war froh, dass sie nichts fanden, was seinem Vater weiteren Kummer bereitet hätte. Leider brachte die Durchsuchung sie auch in dem Fall nicht weiter.

In Carl Olivos kleinem Haus hatten sie ebenfalls kein Glück.

All seine Unterlagen waren perfekt geordnet. Das Haus war sauber und ordentlich und enthielt keinerlei Hinweis darauf, weshalb irgendwer seinen Tod gewollt haben könnte.

Niedergeschlagen und erschöpft nach der Nacht ohne Schlaf, kehrten Sam und Freddie ins Hauptquartier zurück, um Gonzo und Arnold abzulösen, die den Tag damit zugebracht hatten, Sams Post zu öffnen. In der Gesamtsumme machte das 4132. Mehr als dreitausendfünfhundert Karten waren an Nicks Büro geschickt worden, der Rest an Sams. Keine einzige der übrigen 4131 Karten enthielt eine Drohung, weder versteckt noch offen.

„Ist es nicht komisch, dass ich etwa zehn Karten gelesen habe und gleich auf die einzige gestoßen bin, die eine Drohung enthielt?", fragte Sam ihren Kollegen Freddie, als sie kurz nach neun eine Pizza aßen.

„Du meinst, jemand hat sie oben auf den Stapel gelegt, damit du sie bestimmt siehst?"

„Wäre doch möglich."

„Das hieße, sie kommt von hier. Wer, außer Lieutenant Stahl, würde denn so etwas tun?"

„Wahrscheinlich niemand, aber wer weiß? Jemand könnte einfach hereinmarschiert sein und die Karte einem Mitarbeiter aus der Verwaltung gegeben haben, der sie dann auf meinen Schreibtisch gelegt hat. Oder er hat sie einem Cop gegeben und ihn gebeten, sie an mich weiterzugeben. Wegen der Hochzeit hätte niemand Bedenken gehabt, sie auf meinen Schreibtisch zu legen."

„Aber es ist ein Poststempel drauf, das schließt deine Theorie also aus."

„Sehr rätselhaft", sagte Sam, knüllte das Papiertuch zusammen, das sie als Serviette benutzt hatte, und warf es in hohem Bogen in den Papierkorb. „Lass uns aufräumen und von hier verschwinden. Ich muss nach Hause und mich um diese Papierschnittwunden kümmern."

„Die Gefahren in diesem Job lassen nie nach."

„Weiß ich. Danke für deine Überstunden."

„Kein Problem."

„Wie läuft es eigentlich mit Elin?"

„Wir haben uns hin und wieder getroffen nach der Hochzeit."

„Definiere ‚getroffen'."

„Wieso muss ich das definieren?"

„Reden wir hier über ein Date zum Abendessen oder Sex?"

Er reagierte genervt. „Das geht dich nichts an."

„Ah, ihr habt euer Sexfestival wiederaufleben lassen. Ich verstehe."

„Wenn du meinst."

„Bist du mal mit der Frau ausgegangen, mit der deine Mutter dich verkuppeln wollte? Die aus der Kirche?"

„Ja. Der Funke sprang nicht über. Da knisterte nichts. War aber echt nett."

„Davon bin ich überzeugt, wenn deine Mutter sie mochte." Während sie sich unterhielten, packten sie alle Karten und Briefe ein. „Damit ich das richtig verstehe – während du weiterhin mit Elin die Laken in Brand setzt, triffst du dich mit diesen Frauen, die deine Mutter für dich aussucht?"

„Lass es doch bitte nicht so klingen, als würde ich Elin betrügen. Sie weiß, dass ich mit anderen Frauen ausgegangen bin, und sie hat kein Problem damit."

„Und du hast kein Problem damit, wenn sie mit anderen Männern ausgeht?"

„Solange sie nicht mit ihnen schläft, ist es mir egal."

Nur dass er überhaupt nicht aussah, als wäre es ihm egal. Ganz im Gegenteil. „Ach Freddie, komm schon. Natürlich ist es dir nicht egal. Du spielst da mit dem Feuer."

Er warf die Hände in die Luft und sagte: „Was willst du denn von mir hören? Meine Mutter kann sie nach wie vor nicht leiden, und ich habe es satt, ständig zwischen den Fronten zu stehen."

„Ich dachte, du seist inzwischen bereit, deiner Mutter zu erklären, dass Elin die Frau ist, die du willst."

„Dachte ich auch", gab er deprimiert zu. „Jedes Mal, wenn ich das Thema anzusprechen versuche, präsentiert sie mir eine weitere Frau, die ich kennenlernen soll. Als wüsste sie genau, was ich ihr sagen will, aber sie will es einfach nicht hören."

„In der Zwischenzeit trifft die Frau, die du liebst oder vielleicht nicht liebst, sich mit anderen Männern. Tja, aber solange du damit kein Problem hast ..."

„Ich *habe* ein Problem damit!" Er fuhr sich durch die dunklen Haare, sodass sie hinterher ganz zerzaust waren. „Ich hasse es!

Aber wie kann ich von ihr verlangen, dass ich der Einzige bin, wenn ich mich nicht ebenso verhalte?"

„Du hast mich nicht um meine Meinung gebeten, aber es ist allerhöchste Zeit, dass du die Situation unter Kontrolle bekommst. Es macht dich verrückt."

„Ich weiß", räumte er ein und ließ sich in seinen Sessel fallen.

„Du bist fast dreißig Jahre alt, Freddie. Irgendwann wirst du mal dein eigenes Leben führen müssen und nicht das, das deine Mutter sich für dich vorstellt."

„Ich bin nicht nur das Muttersöhnchen. Wäre es nach ihr gegangen, hätte ich zum Beispiel die Polizeiakademie nie besucht."

„Das wäre schade gewesen. Du hast gerade bewiesen, dass ich recht habe."

„Hm, von der Seite habe ich es bisher gar nicht betrachtet."

„Geh nach Hause und schlaf ein bisschen. Wir sehen uns morgen früh wieder."

„Bis dann."

5

Freddie brachte den Karton mit den Karten in Sams Büro und stellte ihn in die Ecke, wie sie es von ihm erbeten hatte. Als er die Tür abschloss, kam Lieutenant Stahl um die Ecke.

„Sie arbeiten heute lange, Detective", bemerkte Stahl, und sein Doppelkinn schwabbelte bei jedem Wort.

„Genau wie Sie, Lieutenant."

„Was hat Sie hier so lange beschäftigt?"

„Nichts Besonderes. Hab mich nur um Papierkram gekümmert." Tausende Karten durchzusehen, das konnte man getrost Papierkram nennen. Ganz schön clever, fand er. „Und Sie?"

Stahl sah auf die geschlossene Tür zu Sams Büro – das früher seines gewesen war –, dann sah er Freddie wieder an. „Nichts."

„Wollten Sie etwas von Lieutenant Holland?"

Stahls Miene verfinsterte sich. „Ganz bestimmt nicht."

Die Feindschaft zwischen den beiden Lieutenants war kein Geheimnis im Department. Stahl hatte schon mehrmals Drohungen gegen Sam ausgestoßen, vor allem seit er vergeblich versucht hatte, sie zu bestrafen, weil sie während der Ermittlungen im Mordfall Senator O'Connor mit Nick, der in dem Fall ein Zeuge gewesen war, zusammengekommen war. Sam glaubte, er habe dem Verteidiger ihres Exmannes Informationen zugespielt, die zu Peters Entlassung aus dem Gefängnis geführt hatten. Nur hatte sie das nicht beweisen können. Noch nicht.

„Tja, bis dann", sagte Freddie und machte sich davon, solange die Gelegenheit günstig war. Der ehemalige Vorgesetzte des Kommissariats war die letzte Person, mit der Freddie zusätzliche Zeit zu verbringen wünschte. Es gab niemanden, der irgendetwas Gutes über diesen Kerl zu sagen wusste.

Wie stets nach einer Begegnung mit Stahl rief Freddie kurz Sam an, um sie darüber zu informieren, dass der zwielichtige Lieutenant nach Feierabend im Kommissariat herumgeschlichen war.

„Was zur Hölle macht er da?", fragte sie.

„Wer weiß?"

„Ich würde ihm diese Karten-Geschichte durchaus zutrauen. Wäre das nicht klasse, wenn sich im Labor herausstellte, dass seine Fingerabdrücke überall auf der Karte sind?"

„Superklasse, aber so viel Glück werden wir nicht haben."

„Traurig, aber wahr. Er weiß, dass ich ein Auge auf ihn habe. Irgendwann werden wir ihm ein Bein stellen."

Freddie stieg in seinen Mustang, der kein bisschen weniger klapprig war nach dem teuren Tag in der Werkstatt, und startete den Motor, damit die Heizung lief. Für Mitte April war die Nacht kühl in Washington. „Für mich kann das gar nicht früh genug passieren."

„Ganz deiner Meinung. Danke für die Info. Bis morgen."

„Bis später." Freddie betrachtete das Telefon in seiner Hand, während er darauf wartete, dass der Wagen warm wurde, und dachte über das Gespräch nach, das er früher am Abend mit Sam geführt hatte. Ja, er liebte Elin. Er liebte alles an ihr. Er liebte ihre Schlagfertigkeit, ihre scharfsinnigen Bemerkungen, diese hellblauen Augen, die ihn mit solch einem Verlangen ansahen, und ja, er liebte den Sex mit ihr, der einfach fantastisch war. Nicht dass er irgendwelche Vergleichsmöglichkeiten hatte, da er es zum ersten Mal mit ihr getan hatte. Doch er glaubte fest, er könnte mit einer ganzen Armee von Frauen schlafen und würde nicht diese Verbundenheit spüren wie bei ihr.

Dann dachte er an seine Mutter und wie sehr sie seine Beziehung zu Elin missbilligte, weil sie sie für zu feurig und weltlich für ihren heiligen Sohn hielt. Sie hatte ihn allein großgezogen, und ihre Kirche war der Mittelpunkt für sie beide gewesen. Mit fünfzehn hatte er Enthaltsamkeit geschworen und diese auch vierzehn lange Jahre durchgehalten – bis er Elin kennenlernte und alle Gelübde in einem Sturm der Lust weggefegt wurden. Erstaunt hatte er festgestellt, dass er genau wie jeder andere Mann war, der seinem kleinen Freund das Kommando überließ.

Vor dem Intermezzo mit Elin hatte er sich anderen Männern, die auf der ständigen Suche nach der nächsten Bettpartnerin waren, überlegen gefühlt. Festzustellen, dass er trotz seines christlichen Schwurs nicht besser war als jeder andere, kam für ihn einer Offenbarung gleich, um es milde auszudrücken.

Weshalb er jetzt hier im Dunkeln saß und sie anrufen wollte. Wenn er es tat, würde er bei ihr landen, und sie würden es innerhalb von fünf Minuten miteinander treiben. Und wieso war das noch mal schlecht? Sein Schwanz richtete sich auf bei dem Gedanken an ihre zarte Haut und die straffen Muskeln, die sie im Fitness-Studio trainierte, ihre wundervollen Brüste mit den gepiercten Nippeln, die ganz hart wurden und seine Brust streiften, wenn er in Elin eindrang.

Freddie stöhnte und drückte die Schnellwahltaste, die für ihre Nummer reserviert war. Er hoffte, dass sie nicht mit einem anderen ausgegangen war. Seit sie sich einverstanden erklärt hatte, ihn zu Sams Hochzeit zu begleiten, führten sie eine lockere, unverbindliche Beziehung. Und natürlich hatte Sam recht mit ihrer Annahme, dass es zwischen ihm und Elin weiterhin vor allem um Sex ging.

„Ich habe mich schon gefragt, ob du heute Abend anrufen würdest", sagte sie. Ihre Stimme klang heiser vom Schlaf. Sie sich im Bett vorzustellen half nicht gerade, was seine Erektion anging.

„Was hast du gemacht?"

„Nicht viel. Und du?"

„Komme gerade von der Arbeit."

„Langer Tag. Willst du vorbeikommen?"

Seine Erektion zuckte als Antwort, aber er zwang sich, seine Lust zu ignorieren. „Wir könnten ausgehen", sagte er, obwohl er gar kein Interesse hatte, irgendwo anders zu sein als in ihrem Bett. „Vielleicht einen Club besuchen oder so was."

„Ich bin müde. Mir ist nicht nach ausgehen."

„Wir können uns ja an einem anderen Abend sehen."

Ihr sanftes Lachen veranlasste ihn, den Wagen zu starten und in ihre Richtung loszufahren. „*So* müde bin ich auch wieder nicht."

„Ich komme."

„Noch nicht, aber bald."

Freddie schluckte. Es gab da nichts mehr zu leugnen – er war süchtig nach ihr, und es wurde Zeit, die Beziehung in das nächste Stadium zu überführen, ob seine Mutter es nun guthieß oder nicht.

Sam fuhr in ihrem Wagen nach Hause, als ihr Handy klingelte. Sie drückte die Freisprechtaste, um den Anruf entgegenzunehmen. „Holland."

„Hier auch", meldete sich ihr Vater mit rauem Lachen. „Ich dachte, du heißt jetzt Cappuano."

Sam grinste. „Nur zu Hause."

„Kannst du auf dem Heimweg vorbeischauen? Hier liegt eine Tonne Post für dich herum, und Celia hat ein paar Fragen wegen einiger Sachen von dir oben."

Sam spürte ein flaues Gefühl im Magen bei der Erwähnung der Post. „Klar. Bin gleich da. Wieso hörst du dich so verschnupft an?"

„Nur eine leichte Erkältung. Bis gleich."

Sie nutzte die verbleibenden Minuten im Auto, um ihren Freund Roberto anzurufen, einen jungen Mann, den sie während ihrer Undercover-Tätigkeit bei der Johnson-Familie kennengelernt hatte.

„Ist das mein Lieblings Lady-Cop?", meldete er sich.

„Genau der. Wie geht es dir, Roberto?"

„Ich komme klar. Hab Hochzeitsfotos gesehen. Ich hatte ja keine Ahnung, dass du so vornehm bist."

Sam prustete los. „Spar dir den Blödsinn. Wie läuft es im Job?" Sie hatte ihm einen Posten als Angestellter im Rathaus besorgt nach seiner Verletzung bei der Schießerei, die den jungen Quentin Johnson das Leben gekostet hatte.

„Langweilig, aber sicherer, als mit Drogen zu dealen."

„Das will ich hören."

„Also, was kann ich für dich tun?"

„Die Morde bei Carl's."

„Hab davon gehört. Stimmt es, dass man sie im Tiefkühler gefunden hat?"

„Jap."

„Brutaler Abgang. Was willst du wissen?"

„Alles, was dir zu Ohren kommt. Wir haben momentan nichts, also nehme ich alles, was du hast."

„Ich rede heutzutage nicht mehr so häufig mit Typen, die Leute in Tiefkühlräume einsperren. Dafür hast du ja gesorgt."

„Freut mich zu hören, dass du auf dem Pfad der Tugend bleibst. Halt einfach die Ohren offen für mich, ja?"

„Für dich immer, Lieutenant."

„Wie geht's deiner Freundin? Wacht sie immer noch wie ein Pitbull über dich?"

Das brachte den jungen Mann zum Lachen. „Meine Angel kümmert sich sehr gut um mich. Vergiss nicht, dass du mich mit deinem Dad zusammenbringen wolltest. Wir Gelähmten müssen zusammenhalten."

„Das arrangiere ich, bald. Rufst du mich an, falls du etwas hörst?"

„Du weißt, dass ich das tun werde."

Nachdem sie in der Ninth Street geparkt hatte, nahm sie Latexhandschuhe aus dem Kofferraum und stopfte sie in die Manteltaschen. Auf dem Weg die Rampe zum Haus ihres Dads hinauf sagte sie sich, es gebe keinen Grund, sich wegen einer zufälligen Karte unter Tausenden anderen Sorgen zu machen. Sie entschied, dass die Karte nur der üble Scherz von irgendjemandem war, und betrat das Haus. Ihr Vater und ihre Stiefmutter waren im Wohnzimmer.

„Da ist ja meine eigensinnige Tochter, die früher ihren gelähmten Vater wenigstens hin und wieder besucht hat." Ihr Vater klang heiser und verschnupft.

„Was ist los mit dir?", erkundigte Sam sich und beugte sich herunter, um ihm einen Kuss auf die warme Stirn zu geben. Dann sah sie Celia an. „Hat er Fieber?"

„Temperatur. Ich glaube, er hat den gleichen Mist, den ich bei der Hochzeit hatte."

Nur dass sich bei einem Querschnittsgelähmten eine Erkältung rasch zur Lungenentzündung ausweiten konnte. Angst breitete sich in ihr aus.

„Keine Sorge", sagte ihre Stiefmutter, die Krankenschwester, die offenbar Sams Besorgnis ahnte. „Ich beobachte es genau."

„Davon bin ich überzeugt", sagte Sam. „Hast du den Arzt schon verständigt?"

Da sie wusste, wie nah Vater und Tochter sich standen, lächelte sie nachsichtig. „Morgen, falls es nicht besser wird."

„Ach, lass mich in Ruhe", meinte Skip. „Mir geht's gut. Was gibt es denn Neues zu den Morden bei Carl's?"

„Absolut nichts. Weniger als nichts, falls das möglich ist." Wie schon oft, schilderte sie ihm den Fall in allen Einzelheiten, in der Hoffnung, dass er eine Idee hatte.

Er hörte zu und dachte eine Weile still darüber nach. Dann sagte er: „Was ist mit dem Berufsverband? Unternehmer sind doch meistens in der Handelskammer oder im Rotary Club organisiert. Vielleicht kannte ihn jemand durch eine dieser Gruppen und kann irgendwie Licht in die Sache bringen."

„Das wäre möglich", räumte Sam ein. „Ich werde das morgen überprüfen. Ich arbeite seit kurz nach Mitternacht und bin erledigt."

„Dann wollen wir dich nicht aufhalten", meinte Skip. „Celia, was wolltest du sie denn wegen der Kartons auf dem Dachboden fragen?"

„Ach ja. Möchtest du die auch alle in Nicks Haus haben?"

„Nein. Wenn es euch nichts ausmacht, dann können die gern hierbleiben. Es ist Zeug von der Schule und der Akademie. Wenn ich das zu allem anderen auch noch mit anschleppe, wird er sich scheiden lassen."

„Dann ist es wohl besser, die Sachen bleiben hier", meinte Celia.

„Ich kann noch immer nicht glauben, dass ich eurem Plan gefolgt bin."

Celia lachte. „Bei deinen verrückten Arbeitszeiten könntet ihr fünf Jahre verheiratet sein und noch immer in zwei Häusern leben, wenn ich deine Sachen nicht gepackt hätte."

Sam gab ihrer Stiefmutter einen Kuss auf die Wange. „Das kann ich nicht bestreiten, und ich kann dir gar nicht genug dafür danken."

Celias hübsches Gesicht strahlte. „Es war mir ein Vergnügen, Schätzchen."

„Es ist schon lange her, dass ich bemuttert wurde. Ich wusste gar nicht, wie sehr mir das gefehlt hat."

„Oh, tja." Celias grüne Augen wurden feucht. „Das ist lieb von dir, so etwas zu sagen."

„Ja, ist es", meldete Skip sich zu Wort. „Das viele Papier da drüben ist für dich und deinen Mann." Er deutete mit den Augen auf den Stapel Post auf dem Flurtisch.

Sam staunte.

„Die Karten strömten nur so herein", berichtete Celia. „Wir konnten es nicht fassen!"

Sam betrachtete den Haufen Karten und fragte sich, ob sie eine weitere Drohung darin finden würde. Außerdem überlegte sie, wie sie den Haufen einpacken sollte, ohne dass ihr Vater es bemerkte. „Kannst du dir vorstellen, dass wir über viertausend in unsere Büros geschickt bekommen haben? Oder sollte ich präzisieren: dreitausendsechshundert an Nicks Büro und sechshundert ans Hauptquartier? Er ist viel beliebter als ich."

„Woher weißt du die genaue Zahl?", erkundigte Skip sich und beobachtete sie aufmerksam.

Shit, dachte sie. Es war doch klar, dass der ehemalige Chief of Detectives sofort misstrauisch werden würde. „Aus keinem bestimmten Grund."

„Das soll ich dir glauben, wo du nach einem langen Urlaub offenbar Zeit findest, die Glückwunschkarten zu eurer Hochzeit zu zählen?"

Vom besten Detective, dem sie je begegnet war, in die Enge getrieben, wand Sam sich.

„Spuck's aus, Lieutenant. Und zwar sofort."

„Für einen Mann im Rollstuhl kannst du ganz schön einschüchternd wirken."

Er schien erfreut zu sein, das zu hören. Die Augenbraue auf

der Seite seines Gesichts, die nicht gelähmt war, hob sich. Das war das Signal an Sam, dass sie lieber anfangen sollte zu reden.

„Eine der Grußkarten an mich enthielt eine Drohung."

„Was für eine Drohung?"

Widerstrebend erzählte Sam ihm, was in der Karte gestanden hatte.

„Hast du sie vom Labor untersuchen lassen?"

Sie bestätigte das. „Hat vielleicht gar nichts zu bedeuten."

„Wenn du das glauben würdest, würden jetzt keine Gummihandschuhe aus deiner Manteltasche hängen, mit denen du die Post in Beweismittelbeuteln verstauen kannst."

Sam starrte ihn fassungslos an.

Er grinste triumphierend. „Mit meinen Augen ist noch alles bestens in Ordnung, mein kleines Mädchen."

Stimmt, dachte sie und zuckte innerlich zusammen, als sie das Keuchen hörte, das aus seiner Brust kam. *Aber das trifft auf deine Lungen ganz bestimmt nicht zu.*

6

Sam nahm den Müllbeutel voller Glückwunschkarten mit in das Haus, das sie mit Nick bewohnte, drei Häuser von dem ihres Vaters in derselben Straße entfernt. Inzwischen hatte sie endlich den Großteil ihrer Kleidungsstücke und eine Menge ihrer teuren Schuhsammlung in das Gästezimmer gebracht, das der mit Nick befreundete Bauunternehmer für sie zum begehbaren Kleiderschrank umgebaut hatte.

Die momentan noch in einen Abstellraum gestellten Sachen – einschließlich das restliche Drittel ihrer Schuhsammlung – würden später gebracht werden. Sam fand, sie sollte das in mehreren Abschnitten erledigen, um Nick mit seiner ausgeprägten Pingeligkeit nicht zu überfordern, wo ihr doch jeder Ordnungssinn fehlte.

Celia hatte Sam viel Zeit und Ärger gespart, indem sie die Sachen aus dem Zimmer eingepackt hatte, das sie seit den Schüssen auf ihren Vater in dessen Haus bewohnt hatte. Ihre Stiefmutter hatte zweifellos recht – ohne ihre Hilfe würde Sam wahrscheinlich noch jahrelang in keinem der beiden Häuser richtig wohnen.

Als sie die Rampe erreichte, die zu ihrer Haustür hinaufführte, drehte sie sich zum Haus ihres Vaters um und fragte sich, ob sie hätte bleiben sollen, um Celia beizustehen, falls sein Zustand in der Nacht schlimmer wurde.

Die Tür ging auf. „Hey, Babe", begrüßte Nick sie. „Kommst du rein?"

Celia hatte versprochen anzurufen, wenn sie Hilfe brauchte, also riss Sam sich vom Anblick des Hauses los und ließ sich von ihrem Mann in ihr eigenes Haus schieben, ein renoviertes Stadthaus doppelter Größe, das er gekauft hatte, damit sie in der Nähe ihres Dads und ihrer Arbeit war. Natürlich war auch sein Arbeitsweg kurz, da ihr neues Zuhause in Capitol Hill lag.

„Was ist denn los?", erkundigte er sich, nahm ihr den Mantel ab und hängte ihn in den Schrank. Sam hätte ihn einfach aufs Sofa geworfen. Warum ihn aufhängen, wo sie ihn doch morgen früh ohnehin wieder brauchte?

„Ich glaube, mein Dad ist krank. Er ist ganz verschnupft und keucht, außerdem hat er Fieber."

„Was hat Celia gesagt?"

„Sie kümmert sich um ihn, aber ich mache mir Sorgen wegen einer möglichen Lungenentzündung."

„Und was ist das?" Nick deutete auf den Müllsack voller Glückwunschkarten, den sie neben sich abgestellt hatte.

„Noch mehr Grußkarten, die an Dads Adresse geschickt wurden – zumindest hoffe ich, dass es sich ausschließlich um Grußkarten handelt."

Nick küsste sie auf die Stirn, dann auf die Lippen. „Der erste Arbeitstag meiner armen Frau war viel stressiger, als er hätte sein sollen, oder?"

Sie nickte. „Und jetzt auch noch diese Sache mit meinem Dad. Vielleicht sollte ich wieder zurückgehen. Nur für alle Fälle."

„Wenn du das willst, werde ich dich begleiten. Wir können dort übernachten."

„Wirklich? Es würde dir nichts ausmachen?"

„Es ist mir lieber, du bist ganz in seiner Nähe und kannst ihn im Auge behalten, als wenn du hier vor lauter Sorge und Unruhe ständig auf und ab läufst."

Sam hatte gar nicht gemerkt, dass sie während ihrer Unterhaltung hin und her gelaufen war. Sie blieb stehen und verschränkte ihre Finger voller nervöser Energie. „Tut mir leid. Sobald etwas mit ihm ist, flippe ich aus. Wir können uns glücklich schätzen, zwei ziemlich gute Jahre nach den Schüssen bekommen zu haben. Die ganze Zeit wussten wir, wie heikel sein Gesundheitszustand ist. Schon eine einfache Erkältung kann bedrohlich werden für ihn."

Nick ging zu ihr und legte den Arm um sie. Er löste die Klammer aus ihren langen Haaren und fuhr mit den Fingern durch ihre Locken. Sam atmete Nicks Duft ein, den Duft nach Zuhause, schloss die Augen und legte den Kopf an seine Brust. In Momenten wie diesen konnte sie sich nicht mehr daran erinnern, wie es gewesen war, ohne ihn zu leben.

„Manchmal fühle ich mich schuldig, weil ich so dankbar dafür bin, dass er die Schüsse überlebt hat, auch wenn ich es schrecklich finde, wie er jetzt leben muss", sagte sie.

„Ich glaube, inzwischen hat er sich damit arrangiert. Auf seine Weise."

„Ja, aber es ist trotzdem schrecklich." Wirklich zu schaffen machte ihr jedoch, dass der Fall auch nach über zwei Jahren noch nicht aufgeklärt war, trotz der Bemühungen von Sam und Skips früheren Kollegen beim Metropolitan Police Department. „Langsam gebe ich die Hoffnung auf, den Fall jemals lösen zu können."

„Es wird dir noch gelingen."

Sie sah ihm ins Gesicht. „Du klingst sehr überzeugt."

„Ich glaube eben an dich." Ohne den Blickkontakt zu unterbrechen, näherte er seine Lippen ihren.

Sam schlang ihm die Arme um den Nacken und begann ein Spiel mit ihrer Zunge, das ihn zum Stöhnen brachte.

„Das war ein langer Tag", sagte er. „Den Großteil habe ich damit zugebracht, dich zu vermissen und von Bora Bora zu träumen."

Sie blieb mit ihren Lippen dicht vor seinen. „Ging mir genauso."

Seine Hände fanden ihren Weg zu ihrem Po und drückten zu. „Wann können wir wieder hin?"

Sam lachte. „Nicht schnell genug."

Er überraschte sie, indem er sie plötzlich hochhob und ihre Beine um seine Taille legte. „Es gibt aber keinen Grund, warum wir ein bisschen von der Magie nicht hier zu Hause aufleben lassen könnten."

„Ach ja?"

„Mmm-hmm." Seine Küsse wurden drängender, während er sie auf das Sofa legte. „Ich glaube, ich habe schon Entzugserscheinungen."

„Nun stell dir nur vor", sagte sie und fuhr ihm durch die Haare, „auf dieser Droge bleiben wir für den Rest unseres Lebens."

„Versprichst du mir dieselbe tägliche Dosis, wie ich sie auf Bora Bora bekommen habe?"

Sam lachte und zog ihn zu sich herunter, um noch mehr von diesen aufregenden sinnlichen Küssen zu bekommen.

„Dann ist das ein Ja?"

„Sie sind aber heute Abend ziemlich beharrlich, Senator."

Seine Hände waren schwer beschäftigt damit, sie beide ihrer Kleidung zu entledigen. „Und ziemlich scharf."

Normalerweise ging er äußerst raffiniert vor, doch heute Abend war es einfach nur dringend. Kaum waren sie beide nackt, drang er in sie ein und ließ den Kopf auf ihre Brust sinken. „Wow, das habe ich gebraucht."

Sie liebte es zu sehen, wie seine legendäre Selbstbeherrschung bröckelte und zusammenbrach, wenn er sie stürmisch nahm. Auf seinem Rücken und seiner Stirn bildete sich ein Schweißfilm. Sam gab sich ihm hin und liebte ihn mehr, als sie je für möglich gehalten hätte.

„Babe", flüsterte er. „Ich kann nicht ..." Er stöhnte und umklammerte sie fester.

„Es ist in Ordnung." Sie ließ ihre Hände über seinen Rücken gleiten und krallte die Finger in seinen Po, was ihn anscheinend endgültig die Kontrolle verlieren ließ,

Seine Züge verrieten die Anspannung, als er zum Höhepunkt gelangte. Dabei hielt er ihren Arm und ihre Schulter so fest gepackt, dass sie vermutlich blaue Flecke bekommen würde. Nicht dass sie das kümmerte.

„Tut mir leid", meinte er außer Atem.

„Was denn?" Sie strich ihm die feuchten Haare aus der Stirn.

„Du bist nicht gekommen."

„Das kannst du beim nächsten Mal wiedergutmachen."

„Und das werde ich, versprochen." Er ließ die Hand an ihrem

Arm hinuntergleiten und verschränkte seine Finger mit ihren. „Ich wünschte, wir hätten Bora Bora nie verlassen."

„Ja?"

„Das waren die besten Tage meines Lebens. Ich hätte mit dir für immer dort bleiben können."

„Nach einer Weile hättest du deine Arbeit und deine Freunde und dein Leben hier vermisst."

„Ich hatte alles, was ich brauche, bei mir."

„Du wärst fett und faul und schlampig geworden."

Er lachte in sich hinein und küsste ihre Brust, was einen sinnlichen Schauer bei Sam auslöste. „Wir haben eine gute Methode gefunden, um Kalorien zu verbrennen."

„Kann man wohl sagen."

„Vor allem gefiel mir, dass ich dich jede Nacht für mich hatte."

„Du wirst mich jede Nacht für dich haben."

„Das ist nicht dasselbe. Nicht mal annähernd genug."

Sam legte die freie Hand auf sein Gesicht und drängte ihn sanft, sie anzusehen. „Was hat das alles zu bedeuten?"

Zögernd wich er ihrem Blick kurz aus, ehe er sie wieder ansah. „Dich ganz für mich allein zu haben hat mir gezeigt, wie wenig Zeit wir zu Hause füreinander haben."

„Jetzt, wo wir offiziell zusammenleben, wird es besser werden."

„Nein, wird es nicht. Wir werden stets so viel zu tun haben, dass es schwer wird, Zeit für uns zu finden."

„Schon, aber wenn wir unsere Beziehung an die erste Stelle setzen, werden wir es irgendwie hinbekommen."

„Ich habe Christina heute gesagt, dass ich für den Wahlkampf ab sofort nur noch an zwei Abenden pro Woche und an einem Wochenendtag zur Verfügung stehe."

„Geht das denn?"

„Ich habe einen Fünfundsechzig-Punkte-Vorsprung vor meinem republikanischen Konkurrenten, deshalb riskiere ich es einfach."

„Ist das ein ungewöhnlich hoher Vorsprung?"

„Ich nehme es an", antwortete er bescheiden. „Die Hochzeit hat uns einen hübschen kleinen Schub gegeben."

„Freut mich, dir helfen zu können."

Sein sexy Grinsen machte ihr weiche Knie, selbst wenn sie

nicht nackt in seinen Armen lag. „Wie dem auch sei, angesichts des soliden Vorsprungs sehe ich keine Notwendigkeit, so viel Zeit für den Wahlkampf aufzubringen. Besonders wo es so viele andere Dinge gibt, die ich lieber tue", erklärte er und küsste sie.

„Du hörst keinen Widerspruch von mir."

„Ich dachte mir, dass du da einer Meinung mit mir bist." Er legte sein Kinn auf ihre Brust. „Möchtest du jetzt rüber zu deinem Vater?"

Sam überlegte. „Celia meinte, sie würde anrufen, falls sich etwas verändert. Also können wir wohl hierbleiben."

„Soll ich dir bei den Karten helfen?"

„Gern. Je schneller ich das erledigt habe, desto eher kann ich ins Bett."

„Was glaubst du, warum ich dir meine Hilfe angeboten habe?"

„Und ich dachte, dein Angebot sei ganz selbstlos."

„O nein, Babe, nicht ganz."

Terry O'Connor lief auf dem Gehsteig vor Lindsey McNamaras stilvollem Townhouse auf und ab, um Mut für den nächsten Schritt zu sammeln. Sie hatten sich bei Sams und Nicks Brautparty kennengelernt und ganz harmlos miteinander geflirtet. Bei der Hochzeit hatten sie den ganzen Abend getanzt. Nachdem sie zwei Wochen lang Nachrichten und E-Mails hin- und hergeschickt sowie jeweils einige Stunden dauernde Telefonate hinter sich hatten, sollte heute Abend das erste offizielle Date stattfinden. Nur war sie bei der Arbeit aufgehalten worden, weshalb es nun fast schon elf war und sie ihn auf ein Glas Wein eingeladen hatte.

Und aus diesem Grund lief er nervös auf und ab. Er musste es ihr sagen. Sein Mentor hatte ihm klar gemacht, dass es ihnen beiden gegenüber unfair wäre, noch länger zu warten. Dieser Mentor hatte ihn außerdem wiederholt davor gewarnt, er werde seine Rehabilitation gefährden, wenn er so kurz nach seiner Entlassung aus der Entzugsklinik eine Beziehung einging. Terry hatte sich einverstanden erklärt, vorsichtig weiterzumachen, und ihr gegenüber aufrichtig zu sein, war ein wichtiger erster Schritt.

Er rieb sich die feuchten Handflächen an der Jeans ab und

nahm all seinen Mut zusammen, denn den würde er auch brauchen. Am Ende würde sie es mit ihm riskieren wollen oder eben nicht. Alles, was er tun konnte, war, ihr die Wahrheit zu sagen. Der Rest lag allein bei ihr. Es aufzuschieben würde nichts daran ändern. Es war nun einmal die Geschichte seines Lebens – jetzt und für immer.

Als leitende Gerichtsmedizinerin wusste sie vermutlich, dass er zu den Verdächtigen gezählt hatte beim Tod seines Bruders, aber sie kannte wahrscheinlich nicht die genauen Umstände seines jahrelangen Kampfes mit dem Alkohol.

„Na schön, bringen wir es hinter uns", sagte er sich. Er ging durch die Pforte und den Weg entlang bis zur Haustür. Während er darauf wartete, dass sie die Tür öffnete, atmete er mehrmals tief durch, um seine Nerven zu beruhigen.

Und dann war sie da, mit ihren langen Beinen und diesem biegsamen Tänzerinnenkörper, mit dem sie ihn bei der Hochzeit umgehauen hatte. Die langen roten Haare hatte sie zu einem Dutt gebunden, und aus ihren grünen Augen blitzte der Übermut, mit dem er inzwischen stets bei ihr rechnete. Auf ihre typische Lindsey-Art nahm sie seine Hand und zerrte ihn beinahe ins Haus.

„Das war vielleicht ein langer Tag!" Sie führte ihn in ein modern eingerichtetes Wohnzimmer, das Wärme und Freundlichkeit verströmte und ganz zu ihr passte. Die offene Bauweise gestattete es ihm, sie in der Küche zu beobachten, wo sie eine Flasche Wein entkorkte. „Was magst du lieber? Roten oder weißen?"

„Für mich keinen, danke."

Sie drehte sich überrascht um, ob er das tatsächlich ernst meinte. *Jetzt kommt's*, dachte er. Auf der Hochzeit waren sie so sehr mit Tanzen beschäftigt gewesen, dass sie nicht gemerkt hatte, dass er gar keinen Alkohol trank.

„Wirklich nicht?"

Er bestätigte es und setzte sich aufs Sofa.

Sie gesellte sich zu ihm und winkelte die endlos langen Beine an.

Terry gab sich Mühe, den Blick auf ihr Gesicht gerichtet zu

halten statt auf die cremefarbene Haut oberhalb ihres pinken Trägertops.

„Ist alles in Ordnung?", fragte sie.

„Ja. Natürlich."

„Warum bist du dann so angespannt?"

„Bin ich?"

Sie nickte.

Terry lehnte sich zurück und atmete lange aus. „Es gibt etwas, das ich dir sagen muss."

„Okay."

Auf geht's. „Ich habe gerade zwei Monate in einer Entzugsklinik verbracht."

Diese Worte hingen eine gefühlte Ewigkeit in der Luft.

„Bitte sag etwas."

Sie stellte ihr Weinglas auf den Couchtisch. „Weswegen?"

„Alkoholabhängigkeit."

Ihre Miene war vollkommen ausdruckslos. „Wie lange bist du schon trocken?"

„Sechsundachtzig Tage."

Sie stieß die Luft aus.

„Mit diesem Teil meines Lebens habe ich abgeschlossen, Lindsey. Das schwöre ich. Ich hätte beinahe alles verloren, und jetzt ... Der Senator hat mir die Chance gegeben, ein ganz neues Leben anzufangen, und das würde ich niemals aufs Spiel setzen." Er staunte nach wie vor darüber, dass Nick ihn gefragt hatte, ob er sein stellvertretender Stabschef werden wollte. Terry genoss es, wieder im Politikgeschäft zu sein.

„Ich, äh ... das muss ich erst einmal sacken lassen."

Sein Herz pochte wie wild, als er näher an sie heranrutschte, ihre Hand nahm und seine Finger mit ihren verschränkte. „In der Nacht, in der mein Bruder ermordet wurde, war ich so betrunken, dass ich mich nicht mehr daran erinnern konnte, mit wem ich zusammen gewesen bin. Deshalb konzentrierten sich die Ermittlungen vorübergehend auf mich. Sam hielt es tatsächlich für möglich, dass ich meinen Bruder getötet habe. Das Schlimmste war jedoch, dass ich nicht mit Sicherheit sagen konnte, ich war es nicht, denn ich erinnerte mich ja an nichts."

„Ich kenne nicht sämtliche Details, aber ich weiß, dass sie dich genau unter die Lupe genommen hat. Bei Morden findet sich der Täter oft unter den Familienmitgliedern."

„John war nur deshalb Senator, weil ich meine Chance schon vergeben hatte, noch ehe ich meine Kandidatur verkünden konnte."

Sie musterte ihn. „Was ist passiert?"

„Ich wurde ein paar Tage vorher betrunken am Steuer erwischt. All die Jahre der Vorbereitung und Planung waren zunichte gemacht. Mein kleiner Bruder, der das Amt nicht mal wollte, war plötzlich der Mann der Stunde und ich die große Enttäuschung." Er wagte es, sie direkt anzusehen, und musste erkennen, dass das Lebhafte in ihren Augen, das er so mochte, verschwunden war. „Hast du eine Ahnung, wie es ist, für Graham O'Connor eine Enttäuschung zu sein?" Sein Vater hatte vierzig Jahre lang dem Senat gedient. Sein ganzes Leben lang hatte Terry sich auf den Tag vorbereitet, an dem er für den Sitz seines Vaters kandidieren würde. Doch eine einzige Nacht hatte alles geändert – für ihn und für seinen Bruder.

Lindsey blieb still, deshalb redete Terry weiter. „Manchmal frage ich mich, ob das, was John widerfahren ist, in gewisser Hinsicht meine Schuld war."

Sie stutzte. „Wie um alles in der Welt könnte das deine Schuld sein?"

„Wenn er nicht gezwungen gewesen wäre, für den Senat zu kandidieren, dann wäre er vielleicht nach Chicago gezogen, um mit der Frau zusammenzuleben, die er liebte, und mit ihrem gemeinsamen Sohn."

„Wie alt war er, als er zum Nachfolger deines Vaters im Senat gewählt wurde?"

„Gerade dreißig. Er durfte gerade erst kandidieren." Das war eine weitere unangenehme Tatsache in Terrys Leben.

„Er war also dreißig Jahre alt, lebte aber nicht mit seinem Sohn und der Frau zusammen, die er angeblich liebte, ja?"

„Mein Vater übte großen Druck auf ihn aus, diese Situation unter Verschluss zu halten. Damals wäre es ein Riesenskandal gewesen, dass der fünfzehnjährige Sohn eines Senators ein Kind gezeugt hat."

„Wenn er sich mit dreißig den Forderungen deines Vaters nicht widersetzt hat, dann hätte er das vermutlich nie getan. Du kannst dir nicht die Schuld geben für die Tatsache, dass sein Sohn ihn schließlich umgebracht hat, als er herausfand, dass John sich mit anderen Frauen traf. Das ist nicht deine Schuld, Terry."

Er war ihr dankbar für den Versuch, ihn zu trösten, aber die Schuldgefühle trug er trotzdem mit sich herum. „Was wird jetzt aus uns?"

Sie schaute auf ihre Hand in seiner, dann sah sie ihm wieder ins Gesicht. Sie wirkte traurig. „Ich muss darüber nachdenken."

„Ich nehme an, das ist besser als: ‚Ich will dich nie mehr wiedersehen.'"

Ihr Lächeln erreichte nicht ganz ihre Augen. „Das habe ich nicht gesagt."

Er hielt ihre Hand zwischen seinen Händen. „Nimm dir alle Zeit, die du brauchst. Du weißt, wo du mich findest, wenn du lange genug nachgedacht hast."

Er wollte seine Hände zurückziehen, doch sie verstärkte ihren Griff. „Danke, dass du es mir gesagt hast."

„Ich hätte es schon eher tun sollen."

„Tja, aber wann ist der genau richtige Zeitpunkt für eine Unterhaltung wie diese?"

„Verdammt, wenn ich das wüsste", sagte er mit einem schiefen Lachen. „Das ist alles neu für mich." Er nahm sich ein Herz und beugte sich vor, um sie auf die Wange zu küssen – genau in dem Augenblick drehte sie das Gesicht ihm zu. Ihre Lippen trafen sich, und da seine Augen weit offen waren, konnte er sehen, wie sich ihre Lider flatternd schlossen. Ermutigt hob er die Hand an ihr Gesicht und achtete darauf, dass der Kuss nicht zu stürmisch und fordernd wurde.

Als er sich endlich von ihr löste, pochte sein Herz schon wieder wie verrückt. Sie schien einfach diese Wirkung auf ihn zu haben. „Tut mir leid."

„Nein, tut es nicht", neckte sie ihn.

„Nein", gab er lachend zu. „Tut es wirklich nicht." Widerstrebend ließ er ihre Hand los und stand auf. „Ich hoffe, du rufst mich an."

„Das werde ich. Wenn ich so weit bin."

„Na gut", sagte er, und dann begleitete sie ihn zur Tür.

Terry trat in die kühle Luft hinaus und atmete mehrmals tief ein. In den sechsundachtzig Tagen seiner Nüchternheit hatte er sich nie derartig nach einem Drink gesehnt wie jetzt. Doch statt eine seiner Lieblingsbars anzusteuern, zog er sein Handy hervor und rief seinen Mentor an.

7

Sam und Nick arbeiteten sich durch den Stapel Karten und tranken dabei eine Flasche Wein.

„Diese hier ist nett", meinte Nick. „‚Ihr seid ein wunderbares Paar. Kann es gar nicht erwarten, eure wunderbaren Kinder zu sehen.'"

Sam sah ihn an. „Muss eine der sechs Personen in der Region sein, die noch nichts von meinen Fruchtbarkeitsproblemen gehört hat." Die Fehlgeburt, die sie kurz nach dem Valentinstag erlitten hatte, bewies zwei Dinge – erstens, dass sie schwanger werden konnte, entgegen dem, was man ihr nach einer früheren Fehlgeburt mitgeteilt hatte. Und zweitens, dass sie nicht bereit war, es ein weiteres Mal zu versuchen. Vor ihrer Hochzeit hatte sie sich eine empfängnisverhütende Spritze geben lassen. Das befreite sie für drei Monate vom Nachdenken über das „Problem", das ihr ganzes Leben überschattete.

„Sie wären wunderschön, besonders wenn sie aussehen würden wie ihre Mutter."

Sie trank einen großen Schluck Wein und beobachtete Nick dabei über den Rand des Glases. „Möchtest du mir irgendetwas sagen?"

Er zuckte die Schultern. „Ich habe mich nur gefragt."

„Was?"

„Was nach diesen drei Monaten ist."

Sam verspürte ein flaues Gefühl im Magen. Fast wäre ihr die Zeit lieber gewesen, in der sie geglaubt hatte, überhaupt keine Kinder bekommen zu können. „Und?"

„Hast du schon mal darüber nachgedacht?"

Sam starrte ihn an. „Fragst du mich das im Ernst? Als würde ich nicht *ständig* daran denken. Ich kann mich nicht erinnern, woran ich früher gedacht habe, bevor ich wusste, dass es möglich ist …" Sie verstummte, denn dieses Thema schnürte ihr immer wieder die Kehle zu.

Er nahm ihre Hand in seine behandschuhte Hand. „Sorry. Ich hätte das nicht auf diese Weise fragen sollen. Ich weiß, dass du darüber nachgedacht hast."

„Wie sehr ich davon besessen bin, meinst du."

Seine Miene war nicht zu deuten. Nick ließ ihre Hand los, nahm eine weitere Karte, öffnete den Umschlag mit dem Brieföffner und überflog den Text. Dann warf er die Karte beiseite und nahm sich die nächste.

„Das war's? Ende der Diskussion?"

„Ich wünschte, ich hätte nichts gesagt." Seufzend lehnte er sich auf dem Sofa zurück, zog die Latexhandschuhe aus und fuhr sich durch die Haare. „Ich komme nicht klar damit, wie traurig du wirst, sobald wir darüber sprechen. Es macht mich ganz fertig."

„Wenn ich daran denke, wieder schwanger zu werden, stelle ich mir vor, wie ein Baby in mir wächst." Sie legte die Hand auf ihren Bauch. „Es heißt, wenn das Baby die ersten Bewegungen macht, fühle es sich an wie Schmetterlingsflügel. Kannst du dir vorstellen, wie das sein muss?"

„Sam …"

„Ich bin nie bis zu diesem Stadium gekommen, also weiß ich auch nicht, wie es sich anfühlt, wenn ein Baby sich in meinem Bauch bewegt. Doch muss ich wegen dem, was ich in der Vergangenheit durchgemacht habe, bei dem Gedanken an eine Schwangerschaft auch sofort daran denken, das Baby zu verlieren." Sie wischte sich eine Träne ab, die ihre Wange hinunterrollte. „Und es war schon schlimm genug, dein Baby einmal zu verlieren. Wenn das noch mal passiert …"

Er nahm sie in den Arm. „Ich möchte, dass du weißt, wie es

sich anfühlt, wenn sich ein Baby in dir bewegt. Mehr als alles andere wünsche ich mir das."

„Irgendwie habe ich vier Fehlgeburten überstanden. Ich weiß nicht, ob ich es noch einmal überleben würde."

„Dann riskieren wir es einfach nicht mehr. Es ist das Risiko nicht wert."

„Aber das Wissen, ich *könnte* schwanger werden ... das ändert alles." Sam richtete sich auf und nahm eine weitere Karte. Sie wollte die Arbeit hinter sich bringen und ins Bett. „O Mann."

„Was ist denn?"

Sie starrte auf die Karte.

„Sam?"

„Die ist von meiner Mutter."

„Was steht drin?"

„Äh ... dass sie die Fotos gesehen hat, dass ich schön ausgesehen habe, du sehr attraktiv bist und wir toll zusammen aussehen." Sie warf die Karte zur Seite. „Blablabla."

Nick nahm die Karte. „Du hast den Teil ausgelassen, in dem sie schreibt, wie gern sie dich irgendwann sehen und mich kennenlernen würde."

„Als würde das je passieren."

„Wann hast du sie zuletzt gesehen?"

„Bei meiner ersten Hochzeit. Da brach sie einen heftigen Streit mit meinem Dad vom Zaun – mitten in der Zeremonie. Danach wollte sie keiner von uns mehr wiedersehen." Sam betrachtete lange die Karte, ehe sie Nick ins Gesicht sah. „*Sie* hat *ihn* verlassen, für einen anderen. Welches Recht hat sie, Jahre später aufzutauchen und so zu tun, als sei das alles seine Schuld gewesen?"

„Gar keines."

„Was ist? Ich merke doch, dass du dazu mehr zu sagen hast."

„Nur dass es lediglich zwei Leute sind, die genau wissen, was in einer Ehe vorgeht."

Sam schleuderte die Karte auf den Haufen, der weggeworfen werden sollte. „Er war ihr völlig ergeben, und sie verdiente es nicht mal."

„So solltest du es sehen. Aber wer weiß denn schon, was wirklich gewesen ist?"

Sam sah ihn fassungslos an. „Du kannst sie nicht im Ernst verteidigen."

„Ich kenne sie ja nicht einmal. Ich sage nur, es könnte mehr hinter der Geschichte stecken als das, was dein Vater dir erzählt hat."

Bevor Sam auf diese empörende Aussage etwas erwidern konnte, klingelte ihr Handy. Da sie Jeannies Nummer auf dem Display erkannte, nahm sie den Anruf entgegen. „Hallo Jeannie."

„Tut mir leid, dass ich so spät anrufe, aber ich dachte mir, du würdest wissen wollen, dass ich noch eine gefunden habe."

Sam ließ den Kopf hängen, denn sie wurde sich der Tragweite bewusst. Hier handelte es sich nicht länger um eine einzelne Drohung. Vielmehr hatten sie es mit einem kalkulierten, absichtlichen Vorgehen zu tun. „Was steht drin?"

„,Rosen sind rot, Veilchen sind blau, peng, peng, du bist tot, dich vermisst keine Sau.'"

Sam musste an die Menschenmassen denken, die Nick bei seinen Wahlkampfveranstaltungen angelockt hatte, und ihr wurde mulmig.

„Lieutenant?"

„Ich bin noch da."

„Genau wie die andere Karte roch auch diese nach Blumen, Nelken, würde ich sagen, und Konfetti war dabei."

„Alles eintüten."

„Schon erledigt."

„An wen war die Karte adressiert?"

„An Nick."

Sam fuhr sich durch die Haare und hoffte, wenigstens einen kurzen Moment zu haben, in dem sie diese neueste Entwicklung verarbeiten konnte, ehe sie mit ihm reden musste.

„Ist alles in Ordnung?", wollte Jeannie wissen.

„Ja, ich denke nur nach. Hast du die ganze Zeit gearbeitet?"

„Mit Ausnahme einer Pause fürs Abendbrot."

„Danke, Jeannie. Ich weiß deine Hilfe sehr zu schätzen."

„Und ich danke dir für den Anstoß."

„Sobald du bereit bist, wieder zurückzukehren ..."

„Vielleicht komme ich allmählich an den Punkt. Heute fühlte

es sich jedenfalls gut an, wieder im Spiel zu sein, auch wenn es eher von der Seitenlinie aus war."

Genau das, dachte Sam, ist das Ziel gewesen bei der Einbeziehung dieser traumatisierten Polizistin. „Freut mich. Ich komme morgen früh vorbei und hole die Karte ab."

„Ich werde da sein."

Sam legte ihr Telefon auf den Tisch.

„Was stand drin?", wollte Nick wissen.

Sie wiederholte die Botschaft und betrachtete den attraktiven Mann, der zum Mittelpunkt ihres Lebens geworden war. Und nun bedrohte jemand sein Leben. Aber warum? „Du brauchst Personenschutz."

„Du auch."

„Diese Drohung galt dir. Die reden davon, dich zu *erschießen.*"

„Warum sollte jemand mich erschießen wollen? Ich bin doch noch gar nicht lange genug im Amt, um jemanden dermaßen zu verärgern."

„Wenn es sich um jemanden handelt, den ich ins Gefängnis gebracht habe und der nun auf Rache sinnt – welche bessere Möglichkeit gäbe es, als jemanden auf dich schießen zu lassen, um sich an mir zu rächen?"

„Oder es ist jemand, der verbittert darüber ist, dass ich einen Sitz im Senat erhalten habe, ohne ihn mir verdient zu haben – wie könnte der sich wohl besser an mir rächen, als durch einen Schuss auf dich?"

Sie sah ihn finster an. „Ich trage eine Waffe. Ich arbeite mit einem Partner zusammen, der eine Waffe trägt. Mir wurde Wachsamkeit antrainiert. Das ist also nicht das Gleiche."

„Ich werde nur um Personenschutz bitten, wenn du mir verrätst, welche Maßnahmen das Department zu deinem Schutz ergreift – und keine Minute früher."

„Gut."

„Gut."

„Mann, bin ich müde." Sie betrachtete die zwei- oder dreihundert noch ungeöffneten Karten. „Ich schiele schon fast." Während sie die letzten noch verbliebenen Karten durchsahen, trank Nick den Wein aus.

„Können wir jetzt ins Bett gehen?", fragte er, nachdem die letzte Karte geöffnet war.

Obwohl sie es kaum erwarten konnte, die Karte von Jeannie zu bekommen, antwortete sie: „Ja, ich denke schon." Früher hätte sie sich gleich auf den Weg gemacht und erledigt, was gut auch bis zum nächsten Morgen warten konnte. Doch nun hatte sie einen guten Grund, um zu Hause zu bleiben – den besten Grund.

Sie folgte Nick nach oben, putzte sich die Zähne und zog sich aus, während sie in Gedanken die beunruhigend lange Liste derer durchging, die ihr – und ihrem Mann – möglicherweise Schaden zufügen wollten. Morgen würde sie jeden von ihnen überprüfen, außerdem die, die ihr bisher noch nicht eingefallen waren.

Im Bett zog Nick sie an sich. Die Wärme seiner Haut an ihrer Haut, sein wundervoller Duft, seine Brusthaare, die ihr Gesicht streiften – all das bewirkte, dass sie ihn von Neuem begehrte.

„Ich weiß, du bist müde", sagte er, ein Gähnen unterdrückend. „Wir müssen nichts tun."

Sam schloss die Hand um seine Erektion und massierte ihn. „Gar nichts?"

Er sog scharf die Luft ein und drückte sie fester an sich. „Mach weiter so, dann werden wir ganz bestimmt etwas tun."

„Ich habe Kopfschmerzen."

„Soll ich dir eine Tablette holen?"

„War nur ein Scherz. Jetzt, wo ich deine Frau bin, darf ich nicht mehr so leicht zu haben sein wie zu der Zeit, als ich nur deine Freundin war. Und ich war sehr leicht herumzukriegen seit der Hochzeit."

Lachend erwiderte er: „Das ist doch gut." Er legte sich auf sie. „Mir ist es lieber so."

Sam schlang ihm die Arme um den Nacken und war gefangen von dem Zauber, der sie stets aufs Neue erstaunte.

„Bis du gekommen bist und es mir gezeigt hast, war mir gar nicht klar, was mir entgeht", sagte er und küsste sie zärtlich.

„Nick", flüsterte sie, gerührt von seinen Worten. Er war den Großteil seines Lebens ganz allein gewesen. Jetzt aber hatten sie einander, und sie wollte ihm all das geben, was ihm entgangen war – besonders eine eigene Familie. „Ich liebe dich."

„Ich liebe dich auch, Babe." Er drang geschmeidig in sie ein und verharrte anschließend vollkommen regungslos. „Das ist es, wofür ich jetzt lebe. *Du* bist es, wofür ich lebe."

Sie bog sich ihm entgegen, um ihn zu drängen, sich zu bewegen. „Ich empfinde genauso. Was sagt das über uns, dass wir nicht genug davon bekommen können?"

„Dass wir uns ziemlich glücklich schätzen können", meinte er und begann, sich langsam und kontrolliert zu bewegen.

„Ja, stimmt." Sams Orgasmus baute sich auf wie eine Welle, die auf den Strand zurollt, und als diese Welle sich brach, schrie sie ihre Lust heraus und nahm ihn mit. Nachher, als er von ihr heruntergerollt war, hielt sie sich an ihm fest. Sie war entschlossen, alles in ihrer Macht Stehende zu tun, um diesen Mann und diese Liebe vor wem auch immer zu beschützen.

Jeannie stand unter der Dusche und ließ sich vom herabprasselnden Wasser die Verspannungen in Nacken und Rücken massieren, nach dem langen Tag, den sie damit verbracht hatte, an Michaels Esstisch Post zu öffnen. Sie hatte ernst gemeint, was sie zu Sam gesagt hatte. Wieder nützlich sein zu können, hatte dazu geführt, dass sie sich ein wenig besser fühlte.

Vielleicht war es wirklich an der Zeit, ins Leben und an die Arbeit zurückzukehren, sich nicht länger in Michaels komfortablem Haus vor der Welt zu verstecken.

Mit der einen Hand an die Kachelwand gestützt, genoss sie die Massage noch einen Moment. Als sie kurze Zeit später aus dem Badezimmer kam, fand sie Michael schon im Bett vor. Seine Augen waren geschlossen. Sie betrachtete seine breiten Schultern, die muskulöse Brust und die glatte dunkelbraune Haut. Seit ihrer ersten Begegnung fand sie, er sei der attraktivste Mann, den sie je gesehen hatte. Von Anfang an hatte er sie nicht zuletzt durch seine Körpergröße von über zwei Metern beeindruckt. Hinzu kam die erfolgreiche Karriere in der Finanzwelt, sein Stilbewusstsein und die Zärtlichkeit ihr gegenüber vom ersten Tag an. Da hatte es nicht lange gedauert, bis sie sich in ihn verliebte.

Er war drauf und dran gewesen, ihr einen Antrag zu machen. Bevor es passierte. Die Anzeichen waren schwerlich zu übersehen gewesen. Seit der Gewalt gegen sie war er ihr Fels gewesen, unendlich geduldig und noch zärtlicher, obwohl sie bei jeder Berührung, jeder Liebkosung zusammenzuckte. Kein einziges Mal mehr hatten sie seit der Tat über die Zukunft gesprochen, die vorher so sicher zu sein schien.

Ohne die Augen zu öffnen, streckte er die Hand aus. „Komm ins Bett."

„Woher wusstest du, dass ich hier bin?"

„Ich weiß immer, wo du bist." Er klopfte neben sich auf das Bett. „Komm schon. Du hast heute hart gearbeitet. Du musst müde sein."

Das war sie. Müde des Versteckspiels, des Opferseins, des ständigen erneuten Durchlebens des Albtraums. Sie ließ den seidenen Bademantel, den er ihr gekauft hatte, zu ihren Füßen fallen und schlüpfte unter die kühle Decke. Vor Michael war Bettzeug einfach nur Bettzeug gewesen. Jetzt wurde sie mit ägyptischer Baumwolle verwöhnt. Sie kuschelte sich an ihn und fühlte seine Anspannung, als er merkte, dass sie nackt war.

„Baby, was machst du?"

„Ich halte dich fest", sagte sie, obwohl ihr ganzer Körper als Folge jenes verhängnisvollen Tages in Panik zu sein schien. „Ist das in Ordnung?"

Er lachte unsicher. „Natürlich. Darf ich dich auch halten?"

Sie war ihm dankbar dafür, dass er fragte und offenbar spürte, wie viel Mühe sie das alles kostete. Sie nickte und hob den Kopf, damit er den Arm darunterschieben konnte.

Er zog sie nah an sich, jedoch nicht so nah, dass sie sich beengt fühlen konnte.

Sie legte den Kopf auf seine Brust und erinnerte sich an all die Nächte, in denen sie genau so eingeschlafen war, eng an ihn geschmiegt, in seinen starken Armen, seinen Duft einatmend. Dass sie sich sagte, er sei nicht so wie der Mann, der ihr Gewalt angetan hatte, beruhigte ihre überaktive Fantasie und ihre verrückt spielenden Nerven.

„Es ist alles in Ordnung, Liebes", flüsterte er und küsste sie zärtlich auf die Stirn. „Du bist hier in Sicherheit. Du wirst geliebt. Alles ist in Ordnung."

Tränen liefen ihr aus den geschlossenen Augen und benetzten seine Brust und ihr Gesicht. Er war so gut zu ihr gewesen.

Geduldig. Verständnisvoll. Sie wollte ihm etwas zurückgeben, etwas zurückgewinnen von dem, was sie beide durch die Hände dieses Ungeheuers verloren hatten. Wenn sie nur sicher sein könnte, dass es die Dinge nicht irgendwie schlimmer machte.

Zögernd ließ sie ihre Hand über seine Brust gleiten und merkte, wie seine Bauchmuskeln sich anspannten.

„Jeannie?"

Wenn sie jetzt sprach, wenn sie nur ein einziges Wort sagte, würde sie möglicherweise die Nerven verlieren. Also blieb sie still, während ihre Hand seinen Körper von Neuem erkundete, den sie doch schon so gut gekannt hatte.

Michael lag regungslos da, und sie fragte sich schon, ob er überhaupt atmete.

Auch während sie ihn streichelte, liefen die Tränen weiter. Sie nahm ihren Mut zusammen und schob die Hand unter die Decke, wo sie sein Glied hart und pochend vorfand.

„Sorry", sagte er, und es klang, als hätte er die Zähne zusammengebissen. „Kann nichts dagegen ..."

„Ist schon in Ordnung." Sie hob den Kopf und küsste seinen Bauch, während sie ihn streichelte.

Er sog scharf die Luft ein, als er ihre Absicht bemerkte. „Jeannie, Liebes, du musst das nicht ... Oh, wow!"

Sie nahm ihn in den Mund und setzte ihre Zunge genau auf die Art ein, die er mochte. Die ganze Zeit musste sie sich sagen, dass dies nicht der Mann war, der ihr Gewalt angetan hatte. Dies war der Mann, der sie liebte, der ihr in den dunkelsten Tagen ihres Lebens beigestanden hatte. Dies war der Mann, den sie liebte. Sie ließ die Haare herabhängen, sodass ihr Gesicht dahinter verborgen blieb und er ihre Tränen nicht sehen konnte, die weiter strömten, obwohl sie es gern ohne hinbekommen hätte.

„Oh, das ist gut, Baby. So gut." Er fuhr ihr durch die Haare, ermutigte sie, doch ansonsten lag er still. Selbst die Hüften hielt er ruhig, die normalerweise zu diesem Akt beitrugen. Ohne einen Muskel zu bewegen, gab er ihr genau das, was sie brauchte: totale Beherrschung.

Jeannie hatte schon vergessen, welch ein Gefühl der Macht es auslöste, einen Mann mit dem Mund zu verwöhnen, ihm Lust mit den Lippen, der Zunge und der Hand zu bereiten.

„*Jeannie ...*"

Sie erkannte den warnenden Tonfall.

„Es ist lange her ... ich kann nicht ..."

Statt sich zurückzuziehen, umfasste sie mit der freien Hand seine Hoden und drückte leicht zu, was, wie sie wusste, ihn zum Höhepunkt bringen würde.

Seine Brust dehnte sich mit jedem Atemzug, als sie sich küssend wieder hinauf zu seinem Mund bewegte. Starke Arme umfingen sie, erneut nicht zu fest, nicht einengend. „Wow", sagte er nach langem Schweigen. „Darauf war ich nicht gefasst."

„Beklagst du dich?", erwiderte sie und probierte es mit einem neckenden Ton.

„Nein. Nein, keine Klagen." Er streichelte ihren Rücken, eher beruhigend denn verführerisch. „Du hast mir gefehlt."

„Ich war die ganze Zeit hier."

„Nein, warst du nicht."

„Tut mir leid."

Er schüttelte den Kopf. „Entschuldige dich nicht." Er wischte die Tränen von ihren Wangen und betrachtete ihr Gesicht. „Könnte ich ... vielleicht ... diesen Gefallen erwidern?"

„Ich weiß nicht, ob ich kann."

„Wir können es superlangsam angehen. Ganz langsam."

Sie sah das Verlangen in seinem Blick, hörte es aus seiner Stimme. „Was, wenn ich nicht kann?"

„Dann hören wir auf und probieren es ein andermal. Und wir werden es so lange probieren, bis du nicht mehr den Wunsch verspürst, abzubrechen."

Ihre verdammten Augen füllten sich schon wieder mit Tränen, und Jeannie wischte sie ungeduldig fort. Sie dämpften ihre Bemühungen, diesen wichtigen Teil ihres Lebens zurückzuerobern.

„Hey", sagte er und wischte ihre Tränen mit den Daumen ab. „Wir müssen es nicht tun."

„Ich will es. Ignoriere einfach die Tränen. Anscheinend kann ich sie nicht aufhalten."

Er hielt ihr Gesicht in seinen großen Händen und küsste sie zärtlich. Wenn sie daran dachte, wie stürmisch er sie früher geküsst hatte, machte seine Zurückhaltung sie traurig und der

Gedanke an all das, was sie verloren hatten. Doch sie würden es zurückbekommen, und wenn sie den Rest ihres Lebens damit zubrachten. Sie würden ihren Weg finden. Diese Entschlossenheit war neu und vielleicht ein Hinweis darauf, dass sie möglicherweise ein klein bisschen wieder die Frau war, die sie einst gewesen war.

„Ich möchte, dass du dich auf den Rücken legst", sagte er. „Geht das?"

In dieser neuen Position würde er über ihr sein.

„Es ist okay, wenn du das nicht möchtest", versicherte er ihr, ihre Beunruhigung offenbar ahnend.

„Nein, das können wir." Sie rollte von ihm herunter, auf den Rücken und schaute zu ihm hoch.

Er blieb auf seiner Seite, den Kopf auf dem Kissen, und legte die Hand auf ihren vibrierenden Bauch. „Sag einfach stopp", forderte er sie sanft auf. „Jederzeit."

Jeannie biss sich auf die Unterlippe und nickte, während er anfing, die Hand zu bewegen. Obwohl die Berührungen dieses Mannes kaum zu verwechseln waren mit denen des Gewalttäters, ließ sie die Augen offen, um jeden Zweifel daran auszuschließen, wessen Hand da langsam über ihren Bauch, ihren Arm, ihren Hals strich. Er wiederholte es dreimal, ehe er ihre Brust mit einbezog.

Sie erinnerte sich daran, dass sie genau wusste, wessen Hand sie liebkoste, wessen Finger ihre Nippel zum Leben erweckten, und dass *dieser* Mann sie liebte. Trotz ihrer Bemühungen, die aufsteigende Panik unter Kontrolle zu halten, ließ sie sich nicht aufhalten. Plötzlich rang sie um jeden Atemzug, als säße ein Elefant auf ihrer Brust.

Sofort zog Michael seine Hand zurück. „Atme, Schatz."

So sehr sie sich auch bemühte, sie schien keine Luft mehr in ihre Lungen zu bekommen.

Er packte ihre Schultern, zwang sie, sich aufzusetzen und schüttelte sie sachte, aber beharrlich. „Atme!"

Punkte tanzten vor ihren Augen, und dann verschwand die Panik, so unvermittelt, wie sie entstanden war. Jeannie sog tief die Luft ein, schnappte nach ihr, dankbar für jeden Atemzug.

„Du meine Güte", flüsterte Michael und drückte sie.

Trotz ihrer Angst vor erneuter Panik klammerte sie sich an ihn. „Tut mir leid", sagte sie, als sie wieder sprechen konnte.

„Nein, nein. Es lag an mir. Ich wollte zu viel zu früh. Ich hätte nicht …"

Jeannie schloss die Arme fester um ihn. „Du hast überhaupt nichts falsch gemacht. Ich dachte, ich wäre schon bereit."

Jetzt hatte sie Grund, sich zu fragen, ob sie jemals wieder bereit sein würde. Und wenn es dann endlich so weit war, würde er dann immer noch auf sie warten?

8

Als Sam am nächsten Morgen unterwegs war, um die Karte von Jeannie abzuholen, war sie in Gedanken bei ihrem Vater und seiner sich rasch verschlechternden Gesundheit. Sie war alarmiert gewesen, wie viel kränker er über Nacht geworden war. Celia hatte ihr versichert, dass sie gleich mit ihm zum Arzt fahren würde und es deshalb keine Notwendigkeit gebe, dass Sam zu Hause bleibe. Trotzdem hätte sie das wohl besser tun sollen, da sie heute vermutlich ohnehin zu nichts zu gebrauchen sein würde. Zu hören, wie er um jeden Atemzug rang, hatte schlimmste Befürchtungen in ihr geweckt.

Sie klopfte an Jeannies Tür und fragte sich, ob sie lieber vorher hätte anrufen sollen. Wahrscheinlich. Als sie hörte, wie die Riegel drinnen zurückgeschoben wurden, nahm sie Haltung an und versuchte die Angst abzuschütteln, die der Besuch bei ihrem Vater ausgelöst hatte.

Die Tür ging auf, und zu Sams großem Bedauern sah Jeannie aus, als hätte sie die ganze Nacht nicht geschlafen.

„Komm rein." Sie führte Sam zum Esstisch, auf dem die Karten, die keine Drohung enthielten, in Kartons standen. „Hier ist sie." Jeannie hatte die Karte geöffnet, ehe sie sie in den Beweismittelbeutel getan hatte, sodass Sam beide Seiten lesen konnte.

Ein Schauer überlief sie bei der Lektüre der Worte. Natürlich interessierte sie sich besonders für die Zeile „Peng, peng, du bist tot." Nick wäre unglaublich verwundbar auf seiner Wahlkampftour.

„Warum sollte jemand euch beiden so etwas schicken?", meinte Jeannie. „Ich verstehe es nicht."

„Wir auch nicht."

Jeannie ging ins Wohnzimmer, setzte sich aufs Sofa und zog die Beine unter sich. „Wie sieht der nächste Schritt aus?"

„Ich nehme an, ich werde die Chefetage informieren müssen."

„Und Personenschutz für Nick arrangieren, hoffe ich."

„Das auch." Sam setzte sich in den Sessel Jeannie gegenüber. „Alles in Ordnung?"

Jeannie zuckte die Schultern. „Definiere ‚in Ordnung'."

„Ich, äh ..."

„Mach dir keine Gedanken", sagte Jeannie und winkte ab.

„Wenn es etwas gibt, worüber du reden möchtest, dann bin ich jederzeit für dich da."

Jeannie schüttelte den Kopf. „Darüber willst du nicht reden. Du willst diese Karte und schnellstmöglich wieder verschwinden, um herauszufinden, wer dich und deinen Mann bedroht."

„Ich gebe zu, dass ich endlich anfangen will, in dieser Sache zu ermitteln. Aber falls du reden möchtest, bleibe ich, solange du mich brauchst."

Jeannie musterte sie verdächtig eingehend. „Warum hast du angenommen, wir seien nie richtige Freundinnen gewesen? Vorher, meine ich?"

Sam lehnte sich ein wenig zurück und stellte sich innerlich darauf ein, doch noch eine Weile zu bleiben. „Ich, hm, weiß nicht, aber ich nehme an, es lag wohl eher an mir."

Lachend erwiderte Jeannie: „Da muss ich dir zustimmen."

Obwohl sie zum Protest den Mittelfinger hob, war Sam froh, ihren weiblichen Detective wieder lachen zu hören. „Da wir wieder BFFs sind, könntest du mir verraten, was dich heruntergezogen hat, wo es dir doch eigentlich schon ein bisschen besser zu gehen schien."

Jeannie strich sich über ihre schwarze Yogapants. „Es ging mir tatsächlich besser, zumindest habe ich das gedacht. Bis ich versucht habe ... mit Michael ... du weißt schon."

Sam fuhr zusammen. „Was ist passiert?"

„Ich bin ausgerastet. Habe hyperventiliert. Das war vielleicht eine Show."

Sam wollte das Richtige sagen, nur wusste sie nicht, was in diesem Augenblick das Richtige gewesen wäre. „Ich weiß, es ist nicht dasselbe – überhaupt nicht –, aber Nick und ich hatten es auch sehr schwer, nach meiner Fehlgeburt wieder zueinanderzufinden."

Jeannie erschrak. „Wann hattest du eine Fehlgeburt?"

Sam ärgerte sich, dass sie es zur Sprache gebracht hatte, denn die Konfrontation mit dem Mann, der Jeannie Gewalt angetan hatte, war der Grund für die Fehlgeburt gewesen. Sie wusste, dass sie der Kollegin die Wahrheit erzählen musste, bevor sie die Geschichte von jemand anderem erfuhr. „Als ich Sanborn festnahm, bekam ich einen Ellbogenstoß in den Bauch. Eins führte zum anderen." Sam zuckte die Schultern. „Ich war gerade erst schwanger, trotzdem hat es uns ziemlich umgehauen."

„Oje, wow. Niemand hat mir davon erzählt." Jeannie erschauerte. „Dieser Dreckskerl. Was er uns beiden genommen hat ..."

Sam lehnte sich nach vorn, die Ellbogen auf den Knien. „Er hat uns viel genommen. Keine Frage. Aber wir müssen versuchen, weiter unser Leben zu führen, damit er nicht am Ende gewonnen hat."

„Das weiß ich, und ich versuche es auch", versicherte Jeannie ihr. Dann fügte sie hinzu: „Ich dachte, du kannst nicht schwanger werden."

„Das dachte ich auch. Überraschung!"

„O Sam! Das sind doch großartige Neuigkeiten! Du kannst es wieder versuchen. Wenn du bereit dafür bist."

Ein erneuter Versuch war das Letzte, worüber sie reden wollte. „Die Sache ist nur, dass es eine Weile dauert, bis man nach einem derart traumatischen Erlebnis wieder im Sattel sitzt – besonders nach dem, was dir passiert ist."

„Wie lange wird es dauern, bis Michael die Nase voll hat vom Warten darauf, dass es mir irgendwann besser geht?"

„Ich bezweifle, dass er sich da ein zeitliches Limit gesetzt hat."

„Er muss es doch total überhaben, dass ich in seinem Haus wie ein Trauerkloß herumhänge."

„Warum ziehst du dich dann nicht an und kommst mit mir eine Weile zur Arbeit?"

„Oh. Ich glaube nicht, dass ich das kann."

„Warum nicht?"

„Ich bin einfach ... ich bin noch nicht bereit."

Obwohl Sam es nicht erwarten konnte, endlich wieder an die Arbeit zu gehen, schlug sie die Beine übereinander, verschränkte die Arme und nahm eine bequeme Sitzhaltung ein.

„Willst du denn nicht los?", wollte Jeannie wissen.

„Doch."

„Na dann geh!"

„Mein Dad ist krank."

Erstaunt über den abrupten Themenwechsel setzte Jeannie sich auf. „Was hat er denn?"

„Ich vermute, wir werden erfahren, dass er eine Lungenentzündung hat, wenn Celia ihn heute Morgen zum Arzt bringt."

„Du lieber Himmel. Es tut mir so leid, das zu hören."

„Eine Lungenentzündung ist doppelt kompliziert für einen Querschnittsgelähmten."

„Das kann ich mir vorstellen. Du machst dir sicher schreckliche Sorgen."

„Ich versuche ruhig zu bleiben", gestand Sam. „Erinnerst du dich an den Fall Tyler Fitzgerald?"

Verwirrt über den erneuten Themenwechsel musste Jeannie erst überlegen. „Der Junge, der in einem Park gekidnappt und ermordet wurde? Vor Jahren. Ungelöst, richtig?"

Sam nickte. „Das war der Fall meines Vaters – der einzige, den er nicht lösen konnte. Den würde ich mir gern noch einmal ansehen. Vielleicht erkennt ein frischer Blick auf die Sache etwas, das früher nicht aufgefallen ist." Nachdem sie ihren Vater heute Morgen so krank erlebt hatte, verspürte sie den Drang, die ungeklärten Dinge für ihn zu regeln. Die Zweifel, ob er das überhaupt wollen würde, verdrängte sie. Stattdessen war sie geradezu besessen von der Idee, ihm verkünden zu können, dass sie Tylers Mörder endlich gefasst hatten.

Jeannie saß eine ganze Weile still da – Sam dachte schon, dass sie den Köder nicht schlucken würde. Aber dann stand sie auf. „Gib mir zehn Minuten."

Sam schaute ihr hinterher, als sie nach oben ging, und lächelte. *Ja*", flüsterte sie und schickte einen Text an Freddie, damit er alle darauf vorbereitete, dass McBride zurückkam und sie keinen Wirbel deswegen machten.

Der Sergeant am Empfang hielt Sam auf ihrem Weg ins Hauptquartier auf. „Lieutenant, der Chief sucht nach Ihnen", informierte er sie und nickte Jeannie respektvoll zu.

Sam überlegte kurz, dann wandte sie sich an Jeannie. „Komm mit. Er wird sich riesig freuen, dich zu sehen, und darüber ganz vergessen, was er von mir schon wieder will."

Jeannie verdrehte die Augen. „Du weißt, was er will."

Der Mann, den sie als Kind Onkel Joe genannt hatte, würde zweifellos alarmiert sein wegen der Drohpost, die sie erhalten hatte.

„Deshalb will ich dich ja dabeihaben." Sam ging voran zum Büro des Chiefs, wo die Sekretärin sie gleich hineinwinkte.

„Er erwartet Sie schon, Lieutenant", informierte die flotte Sekretärin sie.

„Na klasse", murmelte Sam und hätte schwören können, dass sie Jeannie kichern hörte. Doch als sie über die Schulter schaute, war der Miene der Kollegin nichts anzusehen.

Im Büro des Chiefs stellte Sam fest, dass er die Kavallerie hinzugezogen hatte. Deputy Chief Conklin sowie Captain Malone saßen vor dem Schreibtisch. Alle drei Männer standen auf, als Sam mit Jeannie hereinkam.

„Detective McBride", begrüßte Chief Farnsworth sie und kam um seinen Schreibtisch herum, um ihr die Hand zu schütteln. „Es ist schön, Sie wieder bei uns zu haben."

„Danke, Sir. Ich bin mir gar nicht sicher, ob ich schon wieder da bin. Auf jeden Fall bin ich heute hier."

„Ach, wir nehmen, was wir bekommen können."

„Ich möchte mich bedanken für die Unterstützung des Departments während dieser schwierigen Zeit, Sir."

„Und wir wissen Ihr Opfer zu schätzen, das Sie in Ausübung Ihres Dienstes gebracht haben."

Da Sam merkte, dass Jeannies Fassung bröckelte, sagte sie: „Sie wollten mich sprechen?"

„Ja, Lieutenant. Nehmen Sie bitte Platz."

„Danke, aber ich muss noch ..."

„Setzen Sie sich", forderte Farnsworth sie streng auf und zeigte auf den noch freien Stuhl.

Conklin sprang auf, um Jeannie seinen Platz anzubieten.

„Was haben Sie da?", wollte Farnsworth wissen, auf den Beweismittelbeutel deutend, den Sam in der Hand hielt.

Widerstrebend gab sie ihm den Beutel und beobachtete, wie sein zerfurchtes Gesicht einen zornigen Ausdruck annahm. Er reichte den Beutel an Conklin weiter, der sich den Inhalt genau ansah, ehe er den Beutel an Malone weitergab.

„Ich werde das Tremont bringen", erklärte Malone und meinte damit den Chief of Detectives.

„Wozu?", wollte Sam wissen.

„Damit er die Ermittlungen leitet", antwortete Malone.

„Verstehe ich das richtig – ich bin diejenige, die bedroht wird, aber jemand anderes wird die Ermittlung leiten? Sehr sinnvoll, da derjenige ja auch genau weiß, wer etwas gegen mich hat."

„Sparen Sie sich Ihren Sarkasmus, Lieutenant", sagte Farnsworth. „Wenn Sie in diesem Fall ermitteln, entsteht ein Interessenkonflikt, das wissen Sie genau."

„Was ich vor allem weiß, ist, dass niemand es besser oder schneller könnte als ich. Ich habe bereits eine Liste von zwanzig möglichen Verdächtigen. Wie viele Tage würden wir verlieren, wenn ein anderer Detective in meinem Leben herumschnüffelt, um dorthin zu gelangen, wo ich längst bin?"

Farnsworth und Conklin tauschten Blicke.

„Sie hat recht", meinte Malone, und Sam sah ihn dankbar an. „Dahinter könnte jeder stecken – jemand, den sie verhaftet hat, jemand, den sie schon jahrelang kennt, jemand, mit dem einer der beiden mal zusammen war."

„Oder verheiratet", sagte Sam finster und dachte dabei an ihren auf Rache sinnenden Exmann, der sicher nichts lieber täte, als ihr in den ersten Wochen ihrer Ehe Sorgen zu bereiten.

„Oder verheiratet", pflichtete Malone ihr bei.

„Sie glauben, es könnte Gibson sein?", fragte Farnsworth.

Allein der Gedanke an ihren Exmann machte Sam schon ganz krank. „Ich glaube, alles ist möglich." Als Peter sie in der Nacht vor ihrer Hochzeit mit einer Pistole bedroht und ihr erklärt hatte, ihre Beziehung würde nie vorbei sein – hatte er das gemeint?

„Er wäre schön dumm, so etwas zu tun, wo er doch weiß, dass wir ihn mit Argusaugen beobachten", gab Malone zu bedenken.

„Das hat ihn auch nicht davon abgehalten, in der Nacht vor der Hochzeit vor meinem Haus aufzukreuzen", erinnerte Sam ihn.

„Nehmen wir ihn mal gründlich unter die Lupe", schlug Farnsworth vor.

„Lassen Sie mich die Ermittlungen leiten?", wollte Sam wissen.

Die Miene des Chiefs blieb ausdruckslos.

Als Malone endlich sprach, hielt Sam es vor Ungeduld schon nicht mehr aus.

„Sie hat wirklich einen Vorteil allen anderen gegenüber in dieser Sache", räumte er ein.

„Was ist mit den Morden bei Carl's?", fragte Conklin.

„Totaler Stillstand im Moment. Wir haben alles getan, was wir immer tun, aber es hat absolut nichts erbracht. Jetzt setzen wir unsere Hoffnungen darauf, dass einer unserer Informanten uns weiterbringt."

Alle sahen den Chief erwartungsvoll an.

„Na schön", meinte der schließlich. „Es gefällt mir zwar nicht, aber ich gebe Ihnen eine Woche für diese Sache. Danach werden wir die Lage neu bewerten."

„Danke, Sir", sagte Sam erleichtert.

„Ich will regelmäßig unterrichtet werden", fügte Farnsworth hinzu.

„Selbstverständlich. Kein Problem."

„Machen Sie sich an die Arbeit."

„Äh, Chief, bevor wir gehen, möchte ich Sie darüber informieren, dass ich Detective McBride darum gebeten habe, sich den Fall Tyler Fitzgerald noch einmal vorzunehmen."

„Warum jetzt?"

„Mein Vater ist krank."

Chief Farnsworth horchte auf. „Wie meinen Sie das?"

Sam hasste es, ihre Ängste in Worte zu fassen, aber er musste Bescheid wissen. „Ich befürchte, er könnte eine Lungenentzündung haben."

„Die kann man doch behandeln."

Sie hatte Angst, vor allen in Tränen auszubrechen, wenn noch länger über dieses Thema gesprochen wurde. „Ich möchte, dass jemand einen frischen Blick auf den Fall wirft."

Er sah sie lange an, ehe er nickte. „Halten Sie mich auf dem Laufenden – sowohl was die beiden Fälle angeht als auch was den Zustand Ihres Vaters betrifft."

„Mich auch", sagte Malone, während Conklin zustimmend nickte.

„Mach ich", versprach Sam und gab Jeannie ein Zeichen, ihr zu folgen.

„Wow", sagte Jeannie auf dem Weg ins Kommissariat. „Sind die immer so angespannt?"

„Meistens."

„Besser du als ich."

„Man gewöhnt sich dran", erwiderte Sam und stellte überrascht fest, dass sie sich bis zu einem gewissen Punkt tatsächlich daran gewöhnt hatte, vom Chief und seinen Stellvertretern in die Mangel genommen zu werden. Leider häufig genug.

Während sie durch die Korridore gingen, schienen die Officer, an denen sie vorbeikamen, überrascht, aber auch erfreut zu sein, Jeannie hier zu sehen.

„Ich komme mir vor wie ein Affe im Zirkus", flüsterte sie Sam zu.

„Es wird noch ein oder zwei Stunden lang komisch sein, danach ist alles wieder Routine."

„Versprochen?"

Sam blieb stehen und sah ihren weiblichen Detective an. „Tu, wonach auch immer dir ist. Beantworte keine Fragen, die du nicht beantworten willst. Du allein entscheidest. Wir machen es so, wie du es für richtig hältst."

Jeannies Augen füllten sich mit Tränen, doch sie blinzelte sie zurück. „Danke für all deine Unterstützung."

Sam drückte Jeannies Arm, führte sie ins Büro und öffnete

dort einen Aktenschrank. Sie nahm zwei dicke Ordner heraus und gab sie Jeannie. „Das sind die Akten, die mein Vater über den Fall Fitzgerald angelegt hat. Er wurde vor ungefähr zehn Jahren zu den Akten gelegt, aber mein Vater blieb dran bis zu dem Tag, an dem er angeschossen wurde. Ich wollte mich immer darum kümmern, kam aber nie dazu. Wie das Leben so spielt."

„Tja, du hattest ja auch ein bisschen was um die Ohren, Lieutenant."

„Der Fall ist mir wichtig."

„Ich werde mein Bestes geben."

„Das weiß ich zu schätzen. Wenn du hier drin arbeiten möchtest, ist das kein Problem."

„Mal sehen, wie es im Kommissariat läuft, aber vielleicht komme ich auf dein Angebot zurück."

„Wie du am besten klarkommst."

Jeannie schaute zum Kommissariat, in dem es ungewöhnlich ruhig war. „Hast du sie gewarnt, dass ich kommen würde?"

„Kann sein."

Jeannie nickte und straffte die Schultern.

„Vergiss nicht – tu nur das, wobei du dich wohlfühlst. Wenn du lieber zu Hause arbeiten möchtest, sag mir Bescheid, dann fahre ich dich."

„Ich denke, ich komme zurecht."

Freddie kam an die Tür und stutzte, als er Jeannie entdeckte. „Detective McBride. Schön, Sie wieder hier zu sehen."

„Danke." Sie ging an ihm vorbei und machte sich auf den Weg zu ihrem Büroabteil. Die anderen Detectives grüßten verhalten und machten sich gleich wieder an ihre Arbeit.

9

Als Sam sicher war, dass Jeannie erst einmal zurechtkommen würde, wandte sie sich an Freddie. „Danke für die Vorarbeit."

„Gern geschehen. Wir freuen uns alle, sie wiederzuhaben." Er zeigte zum Konferenzraum. „Kommst du mit?"

„Was ist denn?"

„Wirst du schon sehen."

Mit Bestürzung betrachtete sie den neuen Haufen Grußkarten auf dem Konferenztisch, dazu drei hohe Stapel Aktenmappen.

„Noch mehr Post?", sagte sie. „Du willst mich auf den Arm nehmen."

„Es nervt, derartig populär zu sein, was?"

„Im Ernst. Was ist mit den Mappen?"

„Alles deine Fälle."

„Alle?"

„Jeder einzelne. Ich dachte, wir gehen sie zusammen durch. Vielleicht entdecken wir ja jemanden darunter, der einen Groll gegen dich hegt."

„Das dürfte auf alle zutreffen."

„Bis wir den Laborbericht über die Drohkarte haben, können wir doch die Liste der Verdächtigen auf diejenigen beschränken, die in letzter Zeit aus der Haft entlassen wurden."

Beim Anblick der Aktenstapel sehnte Sam sich heftig nach

Bora Bora. Ihr war absolut nicht danach, sich mit dieser Sache zu befassen.

„Lieutenant?"

„Ich danke dir für deine Hilfe bei der Zusammenstellung der Akten und für die Gedanken, die du dir darüber gemacht hast."

„Aber?"

„Ich fürchte, wir verschwenden unsere Zeit. Innerhalb von vier Sekunden sind mir gestern Abend Hunderte von Leuten eingefallen, die mir keinen einzigen glücklichen Augenblick gönnen."

„Wir werden uns jeden Einzelnen anschauen", erklärte er entschlossen. Es machte ihm zu schaffen, dass irgendwer sie bedrohte.

„Es ist Zeitverschwendung, Freddie."

„Wie kannst du das sagen? Jemand bedroht dich – und deinen Mann. Das kannst du doch nicht einfach ignorieren."

„Ich habe auch nicht die Absicht, es zu ignorieren." Sie dachte an die eine Woche, die der Chief ihr für die Verfolgung der Spuren gegeben hatte. Doch die schiere Größe dieser Aufgabe war ihr nicht bewusst gewesen, bis sie die Aktenstapel auf dem Tisch sah. „Viel lieber würde ich etwas über Gardners Rolle bei den Schüssen auf meinen Vater herausfinden."

„Es gibt keinen Grund, warum wir nicht beides machen können."

Sam hatte das Gefühl, ihr Kopf explodiere gleich. Ihr Handy gab den Signalton für eine eingehende Nachricht von sich. Sie klappte es auf und las erschrocken den Text von Celia: *Lungenentzündung. Er liegt auf der Intensivstation im George Washington Hospital. Komm, sobald du kannst.*

Benommen ließ Sam sich auf einen der Stühle sinken.

„Was ist denn?", erkundigte Freddie sich.

„Mein Dad. Er hat eine Lungenentzündung."

„Um Himmels willen."

„Ja."

„Was brauchst du?"

„Ich habe keine Ahnung." Die Aktenstapel schienen größer zu werden, während sie die Nachricht über ihren Vater zu verarbeiten versuchte. Ihr Handy klingelte, und Sam meldete sich. „Holland."

„Sam", sagte Celia mit bebender Stimme. „Dein Dad fragt nach
dir. Man will ihn an ein Beatmungsgerät anschließen, und er
möchte dich vorher sehen. Kannst du kommen?"

Sams Magen begann heftig zu schmerzen. „Ich bin schon
unterwegs."

„Beeil dich", fügte ihre Stiefmutter hinzu und legte auf.

„Ich fahre dich", sagte Freddie, nachdem Sam ihm berichtet
hatte.

Er legte ihr die Hand auf die Schulter und führte Sam aus dem
Konferenzraum. Auf dem Flur begegneten sie Lieutenant Stahl.

„Einen Augenblick, Lieutenant", sagte er und warf Freddie
einen feindseligen Blick zu.

„Nicht jetzt", fuhr der ihn an.

Stahls Augen verengten sich vor Zorn zu schmalen Schlitzen.
„Achten Sie auf Ihren Ton, Detective."

Freddie ignorierte ihn und schob Sam in ihr Büro. „Hol deine
Sachen."

Sam wollte ihren überbesorgten Partner abschütteln, wie sie es
normalerweise tat, wenn er so wurde. Doch diesmal gelang es ihr
nicht, die richtigen Worte zu finden. Sie nahm ihre Schlüssel aus
der Schreibtischschublade.

Als Freddie das Büro abschloss, tauchte Gonzo auf. „Alles in
Ordnung?"

„Der Vater des Lieutenant liegt im Krankenhaus. Wir sind auf
dem Weg dorthin."

Gonzo sah Sam an. „Was kann ich tun?"

„Sieh die ungeöffneten Karten im Konferenzraum durch.
Schau, ob es noch welche gibt, die ins Labor müssen", sagte
Freddie. „Mach ein bisschen Druck beim Labor, wegen der
Ergebnisse bei den ersten beiden Karten."

„Geht klar. Haltet ihr mich auf dem Laufenden?"

Sam versprach es und deutete zum Kommissariat. „Habt ein
Auge auf McBride. Lasst sie nicht zu viel tun heute. Schickt sie
irgendwann nach Hause."

„Kein Problem. Übrigens habe ich weiter über Gardner
nachgeforscht. Etwas Neues habe ich bisher nicht gefunden, aber
ich habe das Gefühl, ich komme der Sache allmählich näher."

„Das weiß ich zu schätzen. Danke." Sam spürte die Blicke aller im Hauptquartier auf sich, als sie mit Freddie auf den Ausgang zueilte. Die Krankheit ihres Vaters würde sich rasch bei allen herumsprechen. Der beliebte und mit Ehrungen ausgezeichnete Officer Skip Holland hatte nur noch drei Monate bis zu seiner Pensionierung gehabt, als ein Schütze ihr Leben für immer veränderte. Diesen Schützen zu finden war zu einer der frustrierenderen Herausforderungen in Sams Leben geworden.

Während Freddie sie beide zum George Washington University Hospital in der 23rd Street fuhr, rief Sam Nick an, erwischte jedoch nur seine Mailbox. Seine Stimme zu hören, weckte ihre Sehnsucht nach ihm. „Hey, ich bin's. Man hat meinen Dad mit Lungenentzündung auf die Intensivstation im George Washington gelegt. Dorthin bin ich jetzt unterwegs. Freddie ist bei mir. Tja, wir sehen uns dann wohl irgendwann." Sie beendete das Telefonat und steckte das Handy wieder ein.

„Du weißt, dass er kommen wird, sobald er die Nachricht hört", meinte Freddie.

Sam schaute aus dem Fenster auf die vorbeifliegende Stadt. „Ja." Vor zwei Jahren erst hätten sie Skip beinahe verloren. Seitdem hatte er sich auf bewundernswerte Weise mit dem Schicksal arrangiert. Ab einem gewissen Punkt hatte auch seine Familie seine eingeschränkten Möglichkeiten akzeptiert und mit ihnen zu leben gelernt. Ihn jetzt zu verlieren, besonders ehe derjenige gefasst werden konnte, der auf ihn geschossen hatte, wäre unvorstellbar.

Sie erreichten die Intensivstation, wo Celia sie mit Sams Schwestern Angela und Tracy sowie Tracys Mann Mike erwartete. Celias Augen waren gerötet. Sie umarmte erst Sam und dann Freddie.

„Was sagen die Ärzte?", wollte Sam wissen. Ihre Stiefmutter und ihre Schwestern in Tränen aufgelöst zu sehen, half nicht gerade, ihre eigene Furcht im Zaum zu halten.

„Sie schließen ihn an ein Beatmungsgerät an, aber er möchte vorher mit dir sprechen." Celia legte den Arm um Sam. „Er hört sich schlimm an, du solltest darauf gefasst sein."

Sam nickte und ließ sich von Celia in den Raum führen, in dem Monitore piepten und eine Krankenschwester etwas in einen

Computer tippte. Die mühsamen Atemgeräusche ihres Vaters waren alles, was Sam wahrnahm.

Celia beugte sich über das Bett und küsste ihren Mann auf die Stirn. „Schatz, Sam ist hier."

Skips Lider hoben sich flatternd. „Sam."

Sam legte die Hand auf seinen Arm und erschrak über die Hitze, die seine Haut abstrahlte. „Ich bin hier, Dad."

Skip sah zu Celia. „Gib uns eine Minute, Liebling."

„Ich warte draußen", sagte sie.

Sam wandte sich an die Krankenschwester. „Können wir uns einen Moment allein unterhalten?"

„Der Doktor möchte ihn so rasch wie möglich an das Beatmungsgerät anschließen."

„Wir beeilen uns."

Die Krankenschwester verließ das Zimmer, und Sam konzentrierte sich auf ihren Vater. Sie strich ihm die Haare aus dem Gesicht, denn er sollte diese zärtliche Berührung spüren. Ihr kam in den Sinn, dass dies die letzte Gelegenheit sein konnte, bei der sie mit ihm sprach, und das war ein so überwältigender Gedanke, dass sie sich sehr zusammenreißen musste.

„Du erinnerst dich", brachte er zwischen zwei keuchenden Atemzügen heraus.

Sam wusste genau, was er meinte. Sie dachte an das Medizinfläschchen, das sie sicher in einem Schließfach verwahrte.

„Sam. Bitte." Er sog gierig die Luft ein. „Lass das hier nicht weitergehen. Versprich es mir."

Ihr war, als quetsche jemand ihr Herz zusammen. „Ich verspreche es. Mach dir keine Sorgen." Vor Jahren hatte sie sich einverstanden erklärt, ihm zu helfen, wenn die Zeit käme. Doch jetzt ... die Vorstellung, es tatsächlich zu tun, war niederschmetternd.

„Hab dich lieb, Sam Cappuano", flüsterte er Worte, die sie nur selten aussprachen.

Sam presste ihre Lippen sanft auf seine Stirn, und Tränen liefen ihr aus den Augen. Zweifellos konnte er sie auch fühlen. „Hab dich auch lieb, Skippy. Du schaffst das. Ich weiß es."

„Falls nicht ..."

„Ich kümmere mich darum. Und ich werde niemals aufhören, nach der Person zu suchen, die dir das angetan hat."

„Hör auf zu suchen." Seine Lider schlossen sich. „Leb dein Leben, mein Mädchen."

„Ruh dich aus." Sie wischte sich das Gesicht ab und blieb bei ihm, bis die Krankenschwester zurückkam. Draußen vor dem Zimmer lehnte sie sich mit dem Rücken an die Wand, mit geschlossenen Augen und pochendem Herzen. Die vergangenen zwei Jahre waren in vielerlei Hinsicht für ihn ein Albtraum gewesen. Er musste dieser sehr eingeschränkten Existenz überdrüssig sein. Aber Sam war noch nicht bereit. Und sie wäre es selbst dann nicht, wenn ihr noch zwanzig Jahre blieben, um sich darauf vorzubereiten, ihn zu verlieren.

„Sam."

Sie machte die Augen auf und entdeckte Freddie, der sie besorgt beobachtete. Auch er mochte ihren Vater sehr.

„Wie geht es ihm?"

„Nicht so gut."

„Was kann ich für dich tun?"

Sie zuckte hilflos die Schultern. „Da du ja eine direkte Verbindung zu Gott hast, könntest du vielleicht, na ja, du weißt schon ..."

„Schon erledigt."

„Danke. Du musst nicht bleiben. Du kannst wieder an die Arbeit gehen, wenn du willst."

„Wenn es dir recht ist, würde ich lieber hierbleiben. Ich nehme mir Urlaub dafür."

Dankbar für seine Gegenwart, nickte sie. Sie gingen zurück zu den anderen im Wartezimmer, wo der Arzt sie eine halbe Stunde später aufsuchte. Er berichtete, Skip habe hohe Dosen Antibiotika erhalten und sei an ein Beatmungsgerät angeschlossen worden, das seine Atmung unterstützen solle. Um es erträglicher für ihn zu machen, sei er in Narkose versetzt worden.

„Zum jetzigen Zeitpunkt ist es mehr oder weniger ein Geduldsspiel", schloss der Doktor seine Ausführungen. „Wir müssen abwarten, wie er auf die Medikamentierung anspricht."

„Er könnte also wieder gesund werden?", fragte Angela hoffnungsvoll.

„Ich will keine Versprechungen machen, die ich nicht halten kann", sagte der Doktor. „Die nächsten vierundzwanzig Stunden werden uns Aufschluss geben."

„Danke, Doktor", sagte Celia.

„Ich werde später noch einmal nach ihm sehen. In der Zwischenzeit bitte nur immer jeweils ein Besucher."

Als der Doktor den Raum verließ, kam Nick herein und hielt nach Sam Ausschau.

Sie stand auf, ging zu ihm und führte ihn auf den Gang hinaus.

Er legte den Arm um sie. „Ich bin so schnell wie möglich hergekommen. Ich war noch in einem Meeting."

„Ich bin froh, dich zu sehen." Das Gesicht an seine muskulöse Brust geschmiegt, informierte sie ihn über den Zustand ihres Vaters.

„Das ging alles so schnell", sagte er.

„Ich weiß."

„Vielleicht sollte ich Scotty anrufen und ihm erklären, dass wir unseren Ausflug verschieben müssen." Nick hatte sich mit einem liebenswerten Jungen aus einem Kinderheim in Richmond angefreundet, und der Junge war seither für Nick und Sam ein enger Freund geworden. Vor ihrer Hochzeit hatten sie sogar darüber gesprochen, den Jungen, den sie ins Herz geschlossen hatten, zu adoptieren. Sams Hochzeitsgeschenk an Nick waren Tickets für das Eröffnungsspiel der neuen Saison im Fenway Park in Boston für ihn und Scotty, der, genau wie Nick, ein großer Fan der Boston Red Sox war.

„Du kannst ihn nicht enttäuschen", sagte Sam. „Mein Dad hat mir dabei geholfen, an die Tickets zu kommen. Er würde wollen, dass ihr hingeht."

„Ich kann dich doch jetzt nicht allein lassen."

„Ich komme schon zurecht. Ich habe Celia und meine Schwestern. Freddie wird auch in der Nähe bleiben. Es ist in Ordnung, wirklich."

Nick stieß einen tiefen Seufzer aus. „Warten wir ab, was der morgige Tag bringt."

Sams Augen brannten von den unterdrückten Tränen. Aber ihrem Mann etwas vorzujammern würde ihrem Vater auch nicht helfen. „Willst du trotzdem mit Scotty an diesem Wochenende sprechen?" Auf der Hochzeitsreise waren sie übereingekommen, dass Nick bei dem Ausflug nach Boston mit Scotty über die Möglichkeit reden sollte, dass der Junge in Zukunft bei ihnen lebte.

„Das hatte ich ja eigentlich vor, aber wir werden erst einmal sehen, wie es hier läuft."

Sie wusste, was er meinte. Alles war zurückgestellt, bis Skip sich erholt hatte.

Nick drückte sie an sich. „Was immer auch passiert, Sam, ich bin da."

Bis zu diesen Worten war es ihr gelungen, die Tränen zurückzuhalten.

Er küsste sie auf die Stirn. „Es wird alles gut, Babe."

Sie würde nie bereit dafür sein, ihren Vater zu verlieren, doch Nick an ihrer Seite zu wissen, machte diese schreckliche Situation schon ein bisschen erträglicher.

Jeannie ging die Tyler-Fitzgerald-Akte Seite für Seite durch. Skip Hollands Notizen waren gründlich und detailliert. Er hatte mit Leuten gesprochen, die den Siebenjährigen und seine Familie kannten. Der Junge war regelmäßig auf dem Schulspielplatz gewesen, wo er auch an einem Samstagabend im Juni 1986 verschwand. Skip hatte außerdem mit seinen Mitschülern der zweiten Klasse gesprochen. Jeannie las jedes Wort in jedem einzelnen Bericht. Der Schmerz der Familie war fühlbar, und es machte sie unendlich traurig, sich vorzustellen, was sie in den zehn Tagen zwischen dem Verschwinden des Jungen und dem Fund seiner Leiche auf einer Mülldeponie in Maryland durchgemacht haben mussten. Es gab Fotos von dem liebenswerten Jungen vor seinem Tod und danach. Die Obduktion ergab Tod durch Ersticken als Ursache.

Skip hatte Artikel von den Zeitungen in Washington gesammelt, außerdem von Zeitungen überall im Land, die diese in jenem Sommer aufgegriffen hatten. Sich in die Akte zu vertiefen half ihr, ihre Gedanken von den eigenen Sorgen abzulenken. Dafür musste sie ihrem Lieutenant dankbar sein. Es war eine gute Entscheidung gewesen, wieder an die Arbeit zurückzukehren.

„Ich habe gehört, dass du hier bist", sagte eine vertraute Stimme.

Jeannie schaute auf und entdeckte das lächelnde Gesicht ihres Partners Detective Will Tyrone. Groß, mit blonden, kurz geschnittenen Haaren, einer athletischen Figur und einem süßen Jungsgesicht, war auch er ihr eine echte Stütze gewesen in den dunklen Tagen nach der Gewalttat gegen sie.

„Hey, hallo", begrüßte sie ihn. „Was machst du hier?" Normalerweise arbeiteten sie in der Nachtschicht, von elf bis morgens um sieben.

„Lieutenant Holland hat mich in letzter Zeit für die Tagschicht eingeteilt."

„Wer war dein Partner?"

„Cruz, als sie Urlaub hatte. Jetzt weiß ich nicht genau. Bist du wieder richtig zurück?"

„Ich bin mir noch nicht sicher. Momentan schaue ich von Stunde zu Stunde."

Will schnappte sich einen herumstehenden Stuhl, der zu einem anderen Büroabteil gehörte, und setzte sich rittlings darauf. „Was treibst du da?"

Jeannie erzählte ihm vom Fall Fitzgerald und dass Sam sie gebeten hatte, sich diesen noch einmal anzusehen.

„Kann ich dir helfen?"

„Ehrlich gesagt würde ich gern mit den Eltern sprechen, aber ich habe meinen Wagen nicht."

„Ich kann dich fahren."

„Das wäre toll. Danke." Sie nahm ein Notizbuch aus ihrer untersten Schublade und fuhr sich über die Haare, um festzustellen, dass ihre Frisur noch saß. „Ich sag nur rasch Gonzo Bescheid. Sam hat ihm die Verantwortung für mich übertragen."

„Bevor wir aufbrechen ..."

Jeannie fiel seine gequälte Miene auf. „Was ist denn?"

„Du sollst wissen, dass ich nicht aufhören kann, an diesen Tag zu denken und daran, ob ich nicht irgendetwas hätte tun können, um das, was passiert ist, zu verhindern."

Es machte sie traurig, ihn derartig verzweifelt zu sehen. „Es war nicht deine Schuld, Will. Wir sind jeder einen anderen Weg gegangen. Es gab nichts, was du hättest tun können." Sie legte ihre

Hand auf seinen Unterarm. „Ich bin zu dem Schluss gekommen, dass mir das aus einem bestimmten Grund passiert ist. Ich habe noch keine Ahnung, welcher Grund das sein könnte, aber ich hoffe, dass es mir im Lauf der Zeit klar wird."

„Niemand verdient, was dir passiert ist."

„Nein, aber traurigerweise geschieht es viel zu oft. Vielleicht werde ich ein besserer Cop sein, weil ich jetzt genau weiß, wie die Opfer sich fühlen."

„Ich bin froh, dass du dem Ganzen jetzt etwas Positives abgewinnen kannst. Man hat mich bedrängt, an etwas anderes zu denken als daran, wie gern ich den Kerl umbringen würde, der dir das angetan hat."

„So verlockend es auch wäre, es würde nichts ändern an dem, was geschehen ist. Und deiner Karriere wäre es auch nicht förderlich."

Das entlockte ihm endlich ein Grinsen.

„Ich bin sehr dankbar für deine Freundschaft und die Unterstützung. Das hat mir viel bedeutet." Sie lächelte, weil dieses Kompliment ihn erröten ließ. „Was hältst du davon, wenn ich die Fitzgeralds mal anrufe und ihnen sage, dass wir gern mit ihnen sprechen würden?"

„Hört sich nach einem guten Plan an."

10

In den vier Stunden auf der Intensivstation bekam Sam ganze fünfzehn Minuten mit ihrem Dad. Der Maschine zu lauschen, die seine Atmung übernommen hatte, zerrte an ihren Nerven. Sie fragte sich, ob sie jemals wieder über einen Fall mit ihm würde sprechen können, wenn sie nicht weiterkam. Oder ob sie sich jemals wieder Rat holen konnte, egal über welchen Aspekt ihres Lebens. Er war ihr Prüfstein gewesen und in vielerlei Hinsicht so lange ihr bester Freund, dass sie sich ein Leben ohne ihn nicht vorstellen konnte. Dass er auf der Intensivstation lag, brachte außerdem Erinnerungen zurück an die schrecklichen Tage nach den Schüssen auf ihn, als man ihnen erklärt hatte, sie müssten mit dem Schlimmsten rechnen.

Vielleicht würde er genau wie damals den Tatsachen trotzen. Doch in der Zwischenzeit machte das Warten sie verrückt. Nick war nach Hause gefahren, um sich umzuziehen und ihr Sachen mitzubringen. Die Gespräche ihrer Schwestern und Stiefmutter über den möglichen Ausgang der Erkrankung hatten sie aus dem Wartezimmer vertrieben, weshalb sie jetzt den langen Flur vor der Intensivstation auf und ab lief.

Nick kehrte mit ihren Sachen zurück, genau in dem Moment, als Freddie durch die Doppeltür zur Intensivstation gestürmt kam.

„Was ist los?", wollte Sam von ihm wissen.

„Wir haben einen Mord."

„Wo?"

„Chevy Chase, in der Nähe der Alice Deal Middle School."

„Ein Kind?"

Freddie schüttelte den Kopf. „Eine Hausfrau, von ihrer Tochter entdeckt, als diese von der Schule nach Hause kam."

Sam schaute zu Nick, der sie genau beobachtete.

„Du kannst im Augenblick ohnehin nicht viel tun hier", bemerkte er.

„Wahrscheinlich sollte ich trotzdem nicht gehen. Nicht mal für eine Weile."

„Gibt es denn irgendetwas, was du ihm noch zu sagen hättest und nicht schon gesagt hast?"

Er kannte sie so gut, dass es manchmal beängstigend war. „Nein."

„Dann fahr. Dein Dad würde es wollen. Ich werde bei Celia und den anderen bleiben. Falls sich etwas tut, rufe ich dich an."

„Macht es dir wirklich nichts aus? Schließlich hast du auch einiges um die Ohren."

Sam fragte sich unwillkürlich, wie sie jemals ohne ihn zurechtgekommen war. Sie stellte sich auf Zehenspitzen und küsste ihn. „Ich bin wieder zurück, so schnell ich kann."

„Ich werde hier sein." Er strich ihr mit dem Finger über die Wange. „Sei vorsichtig da draußen."

„Bin ich immer."

„Sei heute besonders vorsichtig. Du hast vieles im Kopf, was dich beschäftigt."

„Erklärst du Celia, wohin ich unterwegs bin?"

„Auf jeden Fall."

„Danke." Sie küsste ihn noch einmal, dann folgte sie Freddie zum Fahrstuhl, noch immer nicht überzeugt davon, dass sie wirklich gehen sollte. Wenn das Schlimmste passierte während ihrer Abwesenheit, würde sie schon irgendwie damit fertig werden. Denn Nick hatte recht, ihr Vater hätte gewollt, dass sie fuhr. Der Job, hätte er gesagt, wartet immer, ohne Pause. Sie hoffte, ihre Stiefmutter und ihre Schwestern würden das verstehen. Falls nicht, würde Nick schon irgendwie die Wogen glätten.

Sam und Freddie erreichten kurze Zeit später ein zweistöckiges Haus im Kolonialstil in einer von Bäumen gesäumten Straße in Chevy Chase. Krankenwagen standen davor, und die übliche Menge besorgter Nachbarn hatte sich vor dem gelben Absperrband versammelt. Sam und Freddie zückten ihre Dienstmarken, bahnten sich ihren Weg durch die Menge und bückten sich unter dem Band hindurch. Ein Streifenpolizist begrüßte sie.

„Was haben wir?", fragte Sam.

Der Officer schaute in ein Notizbuch. „Crystal Trainer, Alter fünfunddreißig, auf der hinteren Terrasse gefunden von ihrer Tochter Nicole, Alter zwölf, als diese von der Schule nach Hause kam." Er deutete auf den Garten, in dem eine Polizistin ein völlig aufgelöstes Mädchen tröstete. „Keine Spuren gewaltsamen Eindringens, und so weit wir das bis jetzt sagen können, ist auch drinnen nichts beschädigt. Mrs. Trainers Handtasche und Mobiltelefon lagen auf dem Küchentisch. Auch vom Bargeld in ihrem Portemonnaie scheint nichts zu fehlen. Der Sohn der Toten, Josh, Alter acht, müsste jeden Moment aus der Schule nach Hause kommen."

Wo er erfahren würde, dachte Sam, dass sich sein Leben für immer verändert hatte. „Ehemann?"

„Wurde von der Tochter benachrichtigt und ist auf dem Heimweg von der Arbeit."

„Nachbarn?"

Er zeigte auf das Absperrband, wo zwei Officer mit den dort versammelten Leuten redeten. „Bis jetzt hat noch niemand ausgesagt, etwas Ungewöhnliches gesehen oder gehört zu haben."

„Gute Arbeit", lobte sie den Polizisten, zog sich Latexhandschuhe an und ging auf die offene Haustür zu. Zu Freddie sagte sie: „Kümmer dich um die Befragungen."

„Mach ich", antwortete er.

In dem hübsch eingerichteten Haus nickte Sam dem Officer zu, der sie empfing.

„Hier entlang, Lieutenant."

Sie folgte ihm vom Wohnzimmer in eine geräumige Küche mit modernen Geräten aus gebürstetem Edelstahl. Auf dem Küchentisch lag eine Designerhandtasche, daneben Schlüssel und ein Handy.

„Mit Bedauern habe ich gehört, dass Ihr Vater krank ist",

bemerkte der Officer und riss Sam damit aus ihren Gedanken zu diesem Fall.

„Danke.“

„Wir hoffen alle für ihn.“

„Das wissen wir sehr zu schätzen, und er sicher auch.“

Sie traten durch eine offene Glasschiebetür auf die Steinterrasse hinaus, auf der ein Glastisch stand sowie schmiedeeiserne Stühle mit grün-weiß gestreiften Sitzkissen. Gepflegte Topfblumen sorgten für fröhliche Farbtupfer.

Der Officer zeigte auf die tote Frau, die am anderen Ende des Tisches auf dem Bauch lag. „Ich vermute, dass sie von hinten mit einem stumpfen Gegenstand attackiert wurde“, erklärte er, auf ihren Hinterkopf deutend. Wegen des vielen Blutes konnte man kaum erkennen, dass sie blond war.

Jemand schnappte hinter ihnen erschrocken nach Luft, und Sam drehte sich um. Ein Mann im Anzug wurde gerade beim Anblick der Toten blass. Er schwankte und musste sich an einem der Stühle festhalten. Irgendwie kam er Sam bekannt vor.

„Um Himmels willen“, sagte er. „*Crystal.* Was ist passiert?“

„Das wissen wir noch nicht. Wie heißen Sie?“

„Jed. Jed Trainer.“

„Und sie ist Ihre Frau?“

„Ja.“ Er nickte, dann sah er Sam an. „Wir haben uns vor einigen Monaten getrennt, es aber weiter versucht.“ Die Stimme versagte ihm, und seine Augen füllten sich mit Tränen. „Himmel, Crystal. Ich kann das nicht glauben.“

„Einer unserer Officer meinte, Ihr Sohn müsste jeden Moment nach Hause kommen“, sagte Sam.

Er hob eine zitternde Hand, um auf seine Uhr zu schauen. „Ja, jede Minute. Wie soll ich ihm das beibringen? Sie standen sich so nahe. Und die arme Nicole, die sie gefunden hat …“

„Gehen Sie und kümmern Sie sich um Ihren Sohn. Wir sprechen später weiter, nachdem Sie die Gelegenheit gehabt haben, ihm zu erklären, was passiert ist.“

„Ja. Ja, okay.“ Er warf einen weiteren langen Blick auf die auf der Terrasse liegenden Frau, dann drehte er sich um und ging hinein.

Lindsey McNamara kam heraus. „Da sehen wir uns schon

wieder", begrüßte sie Sam und begutachtete kopfschüttelnd den Tatort, ehe sie Sams Arm drückte. „Tut mir leid, das mit Ihrem Dad. Er ist ein Kämpfer."

„Darauf verlassen wir uns."

„Falls ich irgendetwas tun kann, wissen Sie ja, wo ich bin."

„Danke."

Lindsey zog sich Handschuhe an, kniete sich hin und machte sich an die Untersuchung der Leiche.

„Für den Anfang bräuchte ich erstmal den Todeszeitpunkt", sagte Sam.

„Der Blutgerinnung und Leichenstarre nach zu urteilen, würde ich sagen vor drei Stunden." Lindsey hob ein paar Haarsträhnen an und untersuchte die Wunde am Hinterkopf genauer. „Sieht nach einem einzigen tödlichen Schlag von hinten aus. Hat sie vermutlich vollkommen überrascht."

Ein schmerzlicher Aufschrei drang aus dem Haus, und Sam erschauerte. „Das wird der Sohn sein, der die Nachricht erfährt."

„Wie alt?", fragte Lindsey.

„Acht."

„Du liebe Zeit. Armes Kind."

„Kinder, Plural. Die zwölfjährige Tochter hat sie gefunden."

„O nein."

So viele unterschiedliche Emotionen stürmten gleichzeitig auf Sam ein – da war die Sorge um ihren Vater, Gedanken über den neuen Fall und die armen Kinder, die ihre Mutter verloren hatten –, dass sie sich zur Konzentration auf ihren Job zwingen musste. Sie machte sich Sorgen wegen McBride und ob es womöglich ein Fehler gewesen war, ihren noch genesenden weiblichen Detective kurz nach der Gewalttat gegen sie wieder zur Arbeit mitzunehmen. Dann war da noch die Sache mit Gardner und dem Angebot, das sie ihm gemacht hatte, in der Hoffnung, im Gegenzug neue Informationen über die Schüsse auf ihren Vater zu bekommen. Nicht zu vergessen die Drohungen unter den Hochzeitskarten. Das war alles ein bisschen viel.

„Sam?" Lindsey riss sie aus ihrer Anspannung. „Ist alles in Ordnung?"

„Ja, ich gehe die ganze Sache nur in Gedanken durch."

„Falls Sie mal eine freie Minute inmitten all des Chaos haben, könnte ich einen Rat gebrauchen."

„Zu welchem Thema?"

„Wollen Sie jetzt?"

„Wir haben eine Minute. Um was geht's denn?"

„Terry O'Connor."

„Aha. Was ist mit ihm?"

„Er hat mir von seinem Alkoholproblem erzählt."

„Und?"

Lindsey sah zu dem Officer, der die Befragung vor dem Haus durchführte. „Wir sollten wohl besser ein andermal darüber reden."

„Ich habe im Augenblick Zeit, während ich auf den Ehemann warte."

„Tja, also, er hat den Ball in meine Hälfte gespielt. Jetzt liegt es bei mir, ihn anzurufen."

„Was hindert Sie?"

„Ich bin von Alkoholikern umgeben aufgewachsen. Mein Vater, Großvater, Onkel. Ich bin mir nicht sicher, ob ich dem gewachsen bin. Verstehen Sie?"

„Ich kann verstehen, dass es abschreckend ist."

Während sie sich unterhielten, stülpte Lindsey Mrs. Trainer Plastikbeutel über die Hände, um Beweise zu sichern, und bereitete die Leiche auf den Abtransport vor. „Wie gut kennen Sie ihn?"

„Überhaupt nicht gut. Wir hatten auch keinen guten Start, weil ich ihn des Mordes an seinem Bruder verdächtigt habe."

Lindsey arbeitete weiter an der Toten. „Und seitdem?"

„Ich sehe ihn hin und wieder, wenn Nick und ich zum Sonntagsessen bei den O'Connors sind. Wenn Sie mich fragen, ist er ein völlig anderer Mensch seit unserer ersten Begegnung."

„Inwiefern?"

„Na ja, zum einen ist er trocken und scheint das auch bleiben zu wollen. Nick hat die Entzugsklinik und tägliche AA-Meetings zur Bedingung für sein Jobangebot gemacht."

„Er ist begeistert, Nicks stellvertretender Stabschef zu sein", sagte Lindsey.

„Bisher ist Nick mit seiner Arbeit sehr zufrieden. Das ist alles, was ich Ihnen berichten kann."

„Das ist schon ziemlich viel." Sie schaute zu Sam auf. „Wenn Sie an meiner Stelle wären, würden Sie ihm eine Chance geben?"

Sam dachte eine Minute darüber nach. So sehr es sie auch manchmal nervte, dass Nicks Leute mit ihren Leuten zusammen waren – sie mochte Lindsey und wollte, dass sie glücklich war. „Angesichts dessen, wie hart er daran gearbeitet hat, sein Leben wieder in den Griff zu bekommen, würde ich sagen, dass er momentan eine ganz gute Partie ist. Ich kann natürlich nichts voraussagen, aber da Sie von Dates reden und noch nicht von Heirat, wüsste ich nicht, was dagegen spricht."

Beim Wort „Heirat" verzog Lindsey das Gesicht. „Von Heirat ist nicht die Rede."

„Dann liegt die Entscheidung ganz bei Ihnen, ob er das Risiko wert ist."

Begleitet von Freddie, kam Jed Trainer auf die Terrasse hinaus. Seine Augen waren vom Weinen gerötet. „Das war das Schwerste, was ich je tun musste", sagte er und gab einen Schluchzer von sich. „Ich habe die Kinder nach nebenan geschickt, damit sie nicht zusehen müssen, wie ihre Mutter aus dem Haus getragen wird."

„Das ist eine gute Idee", meinte Sam. „Trotzdem werde ich mit beiden reden müssen."

„Ich werde Sie zu ihnen bringen, sobald Sie hier fertig sind."

„Ich habe die Kinder von einem Streifenpolizisten begleiten lassen, damit sie nicht über ihre Mutter reden oder darüber spekulieren, was passiert ist, bevor du die Gelegenheit hattest, mit ihnen zu sprechen", sagte Freddie.

„Das ist gut, danke."

Die Spurensicherung erschien, und Sam wandte sich an Jed. „Mr. Trainer, können wir für ein paar Minuten hineingehen?"

„Selbstverständlich", erwiderte er und warf einen letzten Blick auf die Leiche auf der Terrasse, bevor er ins Wohnzimmer voranging und sich auf das Sofa setzte. Er zerrte an seinem Krawattenknoten und öffnete den obersten Hemdknopf.

Sam setzte sich ihm gegenüber auf das Zweiersofa. Freddie nahm neben ihr Platz. „Können Sie mir sagen, wann Sie Crystal zuletzt gesehen haben?", fragte Sam.

„Vorgestern. Ich hatte die Kids zum Abendessen bei mir und sah sie, als ich die beiden zurückgebracht habe."

„Wie sah die Sorgerechtsregelung zwischen Ihnen aus?"

„Die Kinder lebten bei ihr und verbrachten jedes zweite Wochenende bei mir. Ich reise beruflich viel, deshalb sehe ich sie auch unter der Woche, wenn ich kann."

„Und Mrs. Trainer kam damit klar?"

„Wir haben uns sehr ins Zeug gelegt, um es für die Kids erträglich zu machen."

„Von wem ging die Trennung aus?"

„Von ihr."

„Was war ihre Begründung?"

Er fuhr sich mit der Hand über den Mund und wurde sichtlich angespannt. „Ich hatte eine Affäre. Sie fand es heraus, und das war's."

„Sie haben gesagt, Sie hätten an Ihrer Ehe gearbeitet. Befanden Sie sich in Therapie?"

Er nickte. „Wir haben tatsächlich Fortschritte gemacht. Aber jetzt ... Ich kann immer noch nicht glauben, dass sie nicht mehr da ist."

„Wo waren Sie heute?"

Plötzlich wurde ihm die Bedeutung ihrer Frage bewusst, und seine Kooperationsbereitschaft schlug um in Wut. „In meinem Büro."

„Den ganzen Tag?"

„Bis auf die zwanzig Minuten, in denen ich mir ein Sandwich gekauft habe."

„Wir werden Ihr Alibi überprüfen müssen, um Sie als Verdächtigen ausschließen zu können."

„Von mir aus." Er stand auf, ging in die Küche und kam mit einem Notizblock zurück. Er zog einen Kugelschreiber aus der Hemdtasche und schrieb einen Namen sowie eine Telefonnummer auf. „Meine Sekretärin kann Ihnen meine Aufenthaltsorte für den ganzen Tag bestätigen."

„Danke."

„Ich habe sie nicht umgebracht. Ich habe sie geliebt und wollte unsere Ehe retten. Ich hab Mist gebaut und tat, was ich konnte, um es wiedergutzumachen. Was soll ich denn jetzt tun?"

„Sie können sich, so gut es Ihnen möglich ist, um Ihre Kinder kümmern", schlug Freddie vor.

„Mr. Trainer, hatte Ihre Frau mit irgendwem Probleme? Mit Familienmitgliedern, Freunden, jemandem aus der Gemeinde?"

Er schüttelte den Kopf. „Alle liebten Crystal. Sie hatte jede Menge Freunde und war Vorsitzende der Elternvertretung in Nicoles Schule. Die Leute mochten sie."

„Ist es möglich, dass sie Probleme mit jemandem hatte und es Ihnen verschwieg?", fragte Freddie.

„Das bezweifle ich. Obwohl wir getrennt waren, haben wir doch oft miteinander gesprochen. Sie hätte mir erzählt, wenn etwas nicht in Ordnung gewesen wäre."

„Hat sie gearbeitet?", wollte Sam wissen.

„Nein, nur sehr viel ehrenamtlich."

„Können Sie uns eine Liste der Organisationen geben, für die sie tätig war? Und von den Freunden, mit denen wir reden könnten?"

Jed schrieb die Namen und Adressen auf das Blatt Papier, das er ihnen gegeben hatte.

„Falls Ihnen doch noch einfällt, mit wem sie möglicherweise ein Problem oder Streit gehabt hat, lassen Sie es uns bitte wissen." Sam gab ihm ihre Karte. „Selbst der kleinste Hinweis kann uns weiterbringen."

„Der Officer draußen meinte, die Türen seien unbeschädigt. Heißt das, es war jemand, den wir kennen?", fragte er. „Hat sie einen befreundeten Menschen ins Haus gelassen ohne zu ahnen, dass der ihr etwas antun wollte?"

„Das ist durchaus möglich", sagte Sam. „Oder die Tür war unverschlossen und es handelt sich um eine Zufallstat."

„Glauben Sie das wirklich?"

„Mein Instinkt sagt mir, es war kein Zufall", gestand Sam und erhob sich, um sich die Familienfotos genauer anzusehen. Sie kannte dieses Paar von irgendwoher. „Sind wir uns schon mal begegnet?"

„Sie kamen mir bekannt vor, aber habe ja auch jeden Tag die Berichterstattung über Ihre Hochzeit gesehen."

„Wie lautete Crystals Mädchenname?"

„Martin."

Der Name kam ihr genauso bekannt vor wie das Gesicht, doch Sam konnte es noch nicht einordnen. „Wo ist sie denn zur Highschool gegangen?"

„Roosevelt."

„College?"

„Maryland. College Park."

Das schloss Schule und College aus. Sam hatte die Wilson High besucht, die American und die George Washington University. „Könnte sie eine Affäre gehabt haben?"

Jed reagierte beinahe entsetzt auf die Frage. „Nein."

„Sicher?"

„Absolut. Wir haben an unserer Ehe gearbeitet."

„Erzählen Sie mir, wie es zu Ihrer Affäre kam."

„Bin ich ein Verdächtiger, Lieutenant?"

„Jeder ist verdächtig, bis er es nicht mehr ist." Sam kehrte zum Zweiersofa zurück und setzte sich Jed gegenüber. „Ich werde Ihnen erklären, wie solche Dinge manchmal ablaufen. Ein Ehemann begeht einen Fehler – einen Fehler, den er bereut und nach dem er heimkehrt, um die Scherben seiner Ehe zu kitten. Nur gibt es da irgendwo noch eine Frau, die ihn liebt. Möglicherweise hat er ihr Versprechungen gemacht, ihr gesagt, er habe vor, seine Frau zu verlassen. Vielleicht hat sie gehofft und ihm geglaubt, als er behauptet hat, sie sei *die* Frau für ihn. Verstehen Sie, worauf ich hinauswill?"

Jed schüttelte den Kopf. „Janet war es nicht. Das war eine kurzlebige Sache. Ich habe keine Versprechungen gemacht. Sie wusste, dass ich verheiratet bin und meine Frau niemals verlassen hätte."

„Wenn Sie Ihre Frau nicht verlassen wollten, wozu dann die Affäre?"

„Es ist einfach passiert. Ich habe es nicht geplant. Und es geschah nicht, weil ich meine Frau nicht mehr liebte. Es hatte nichts mit ihr zu tun."

Na schön, dachte Sam. *Wenn Sie das meinen.* „Wie hat Ihre Frau es herausgefunden?"

„Sie erhielt eine Textnachricht."

„Von wem?"

„Wir haben nie in Erfahrung bringen können, woher sie kam. Es handelte sich um eine unbekannte Nummer."

„Also hat entweder die Frau, mit der Sie etwas hatten, diese Nachricht geschickt oder jemand hat es herausgefunden und den Text geschickt."

„Janet hätte so etwas nicht getan. Das entspräche nicht ihrem Charakter."

„Wir brauchen ihren vollständigen Namen, Adresse und Telefonnummer."

„Müssen Sie sie wirklich mit da hineinziehen?"

„Ja, das müssen wir." Sie bedeutete ihm, die gewünschten Informationen ebenfalls auf das Blatt Papier zu schreiben. „Wer könnte sonst noch einen Groll gegen Crystal gehegt haben?"

Jed fuhr sich mit zitternder Hand über die Wange. „Ich habe Ihnen doch schon gesagt, dass jeder sie mochte."

„Jeder. Sie hatte nie Krach mit irgendwem, eine Meinungsverschiedenheit in der Elternvertretung, eine Auseinandersetzung im Mütterverein?"

„Nicht dass ich wüsste. Sie kam gut aus mit den Leuten und hasste Dramen jeglicher Art, also ging sie denen aus dem Weg." Er sah Sam an. „Ich würde jetzt wirklich gern bei meinen Kindern sein."

„Wir begleiten Sie, damit wir kurz mit ihnen sprechen können."

„Sie werden rücksichtsvoll sein, ja?"

„Selbstverständlich. Ich möchte nur wissen, was Nicole gesehen hat, als sie nach Hause gekommen ist, und ob ihr jemand einfällt, der ihrer Mutter etwas hätte antun wollen."

Sam und Freddie folgten Jed zum Haus nebenan, wo Nicole und Josh sich in der Obhut eines älteren Paares befanden. Josh sprang auf und rannte zu seinem Vater.

„Martha, Larry, dies sind Lieutenant Holland und Detective Cruz", wandte Jed sich an die Nachbarn. „Sie haben ein paar Fragen an die Kids."

„Wir möchten gern auch mit Ihnen beiden sprechen", sagte Sam zu dem älteren Paar. „Wenn Sie solange in der Küche warten könnten, wären wir Ihnen sehr dankbar."

Martha sah besorgt zu Nicole auf dem Sofa. „Aber die Kinder …"

„Wir beeilen uns", sagte Sam. „Versprochen."

„Es ist okay", fügte Jed hinzu.

Larry legte den Arm um seine Frau und begleitete sie aus dem Zimmer.

Sam sah zu Freddie.

„Mr. Trainer, würden Sie und Josh mich bitte ins Esszimmer begleiten?", meinte Freddie.

„Nicole?", fragte Jed. „Schätzchen, macht es dir was aus, mit Lieutenant Holland zu sprechen?"

Das Mädchen setzte sich auf und schüttelte den Kopf.

„Ich bin gleich nebenan im Esszimmer mit Josh, ja? Komm zu mir, wenn du mich brauchst."

Als sie allein waren, setzte Sam sich neben Nicole auf das Sofa. „Das mit deiner Mom tut mir sehr leid."

„Danke." Nicole wischte sich die Tränen aus dem Gesicht. „Ich kann nicht aufhören zu weinen."

„Das ist doch ganz normal. Du hattest einen schrecklichen Schock." Sam ließ dem Mädchen einen Moment Zeit, um sich zu fangen, ehe sie fortfuhr: „Kannst du mir schildern, was passiert ist, als du nach Hause kamst?"

Nicole nickte. „Weil die Schule nur zwei Blocks entfernt ist, meinten meine Mom und mein Dad, ich könne dieses Jahr zu Fuß gehen. Oft geht meine Mom mir entgegen, aber heute war sie nicht da."

„Hast du dir etwas dabei gedacht?"

„Nein, denn manchmal telefoniert sie oder so. Sie macht sich nur Sorgen, wenn ich um drei noch nicht zu Hause bin."

„Als du heute nach Hause kamst, war da die Tür offen?"

Nicole schüttelte den Kopf und sagte: „Ich bin durch die Garage gegangen. Wir haben einen Türöffner mit Code, den man eintippen kann. Ich fand es komisch, dass die Haustür nicht offen war, denn normalerweise wartet Mom schon an der Tür, selbst wenn sie telefoniert."

„Du kamst also ins Haus. Und dann?"

„Ich rief sie, aber sie antwortete nicht. Ich sah, dass die Glasschiebetür offen stand. Ich ging nach draußen, und sie war …

Da war so viel Blut. Ich fing an zu schreien, damit sie aufwacht, aber das tat sie nicht."

„Hast du sie berührt?"

Sie gab einen Schluchzer von sich. „Ich hab an ihrer Schulter gerüttelt, aber sie wachte nicht auf." Sie rieb sich die geröteten Augen. „Ich rannte nach drinnen und rief die Polizei an. Ich wusste nicht, was ich sonst tun sollte."

Sam nahm die Hand des Mädchens. „Du hast alles richtig gemacht. Du hast gesehen, dass deine Mom verletzt war, und hast Hilfe gerufen."

„Wenn ich unterwegs nicht mit Jessica gequatscht hätte, wäre ich vielleicht früher hier gewesen ..."

„Das hätte keine Rolle gespielt. Als du nach Hause kamst, war sie bereits seit einer Weile tot."

„Oh."

„Fällt dir jemand ein, der deiner Mom vielleicht Böses gewollt haben könnte?"

Nicoles hübsche braune Augen füllten sich erneut mit Tränen. „Sie war so lieb. Das fanden alle meine Freundinnen. Die kamen gern zu mir, weil Mom immer da war und uns Kekse und Snacks gemacht hat."

„Rufst du mich an, wenn dir jemand einfällt, mit dem sie Streit hatte oder der wütend auf sie war?" Sam schrieb ihre Handynummer auf die Rückseite ihrer Karte und gab sie Nicole. „Du kannst mich jederzeit anrufen."

„Ich werde nachdenken, vielleicht fällt mir jemand ein."

„Deine Mom wäre stolz auf dich, wie du dich heute verhalten hast", sagte Sam.

„Glauben Sie wirklich?"

„Das weiß ich."

11

Als sie mit Freddie in die Stadt unterwegs war, erkundigte sich bei Nick nach dem Zustand ihres Vaters und erfuhr, dass es keine Veränderungen gab.

„Wie geht es dir, Liebes?"

„Ganz gut. Die Arbeit lenkt mich ab." Ihre Unterhaltung mit der sich vor Kummer verzehrenden Zwölfjährigen hatte sie ihre eigene Situation in einem neuen Licht erkennen lassen. Es könnte alles noch schlimmer sein. „Du solltest nach Hause fahren und schlafen."

„Ich werde warten, bis du wieder hier bist."

„Könnte noch eine Weile dauern."

„Das macht nichts", versicherte Nick ihr. „Ich habe mit meinem Vater gesprochen. Er lässt dir ausrichten, dass er für Skip betet."

„Das ist nett von ihm. Richte ihm meinen Dank aus."

„Mach ich. Was hat es mit dem Fall auf sich?"

„Fünfunddreißigjährige Mutter zweier Kinder wurde ermordet auf der Terrasse gefunden, von ihrer zwölfjährigen Tochter. Der achtjährige Sohn kam gerade nach Hause, als wir dort waren."

„O Mann. Die armen Kinder."

„Ja, das war hart."

„Irgendwelche Verdächtigen?"

„Natürlich nicht. Wir haben mit dem von ihr getrennt

lebenden Ehemann gesprochen, mit den Kindern, den Nachbarn. Alle sagten dasselbe – sie war die perfekte Mutter, und alle mochten sie."

„Eine weitere harte Nuss."

„Sind sie das nicht alle?" Sam schaute zu ihrem Partner, der seinen eigenen Gedanken nachzuhängen schien. „Ich bin da, sobald ich kann."

„Lieb dich, Babe."

„Ich dich auch."

Freddie brachte den Wagen vor einer Ampel in Woodley Park, wo er wohnte, zum Stehen.

„Soll ich dich zu Hause absetzen?", fragte Sam.

„Nein, mein Wagen steht beim Hauptquartier."

Sam schaute aus dem Fenster und sah ein Paar Arm in Arm auf dem Gehsteig. Sie stutzte. „Hey, ist das nicht deine Mom?"

Freddie sah genauer hin und schnappte nach Luft. „Soll das ein verdammter Witz sein? Sie ist mit jemandem zusammen und macht mir die Hölle heiß wegen Elin?" Er starrte dem lebhaften Paar hinterher, obwohl längst grün war. Die Autos hinter ihm fingen an zu hupen. Der Mann, der bei seiner Mutter war, drehte sich um. Offenbar wollte er wissen, was da hinten los war. Freddie erschrak. „Ach du Schande! Das ist …"

Der Fahrer in dem Wagen hinter ihnen drückte unablässig auf die Hupe.

„Freddie? Was ist denn?"

„Ich kann es nicht fassen." Er war blass geworden, und seine Lippen waren weiß vor Zorn. So wütend hatte Sam ihn noch nie erlebt. „Sie ist eine solche Heuchlerin!"

„Fahr mal rechts ran", forderte Sam ihn auf und zeigte zu einem Parkplatz.

Freddie gehorchte und stellte den Motor aus. Er hielt das Lenkrad weiterhin derart fest umklammert, dass seine Knöchel weiß hervortraten.

„Rede mit mir. Wer ist der Kerl?"

„Der Vater, von dem ich seit zwanzig Jahren weder gehört noch etwas gesehen habe."

„Wow", sagte Sam. „Woher weißt du, dass er es war? Wäre es

nicht möglich, dass es sich bloß um jemanden handelte, der ihm ähnlich sieht?"

„Er war es", meinte Freddie. „Den würde ich überall wiedererkennen. Ich habe zwei Drittel meines Lebens damit verbracht, in jeder Menschenmenge, auf allen Gehsteigen nach ihm Ausschau zu halten ..."

„Was macht er mit deiner Mutter zusammen?"

„Eine sehr gute Frage. Während sie mir ein schlechtes Gewissen wegen Elin einredet, trifft sie sich hinter meinem Rücken mit ihm. Sie hat mir die Hölle heiß gemacht, und jetzt das!"

„Du musst mit ihr sprechen, ehe du voreilige Schlüsse ziehst."

„Was müssen wir darüber noch reden? Du hast sie gesehen. Sie hat förmlich an ihm geklebt."

„Vielleicht ging es um etwas ganz anderes. Du wirst es nur erfahren, wenn du mit ihr sprichst."

„Im Augenblick will ich absolut nicht mit ihr reden. Dieser Mistkerl hat uns ohne ein Wort verlassen. Vor zwanzig Jahren! Was sollte sie jetzt von ihm wollen?"

„Warum fragst du sie nicht?"

Er startete den Motor wieder. „Erst mal muss ich mich beruhigen, bevor ich mit ihr spreche."

Sam hatte keine Ahnung, was sie sagen sollte, deshalb schwieg sie.

Freddie schlängelte sich schneller als üblich durch den Feierabendverkehr.

In der Beratungsfirma in der Innenstadt, bei der Jed Trainer Geschäftsführer war, nahmen Sam und Freddie den Fahrstuhl in den sechsten Stock.

Janet Nealson schien geschockt darüber zu sein, dass die Polizei nach ihr fragte.

„Was kann ich für Sie tun?"

„Jed Trainers Frau wurde heute in ihrem Haus ermordet."

Janet erschrak sichtlich, und ihre Beine drohten nachzugeben. Sie hielt sich an der Tischkante fest und setzte sich.

„Wo waren Sie um die Mittagszeit?", wollte Sam wissen.

Diese Frage riss Janet aus ihrer Benommenheit. „Bin ich eine Verdächtige?"

„Ich habe gefragt, wo Sie waren."

„Hier. Ich bin seit halb acht hier."

„Sie sind nicht weg gewesen aus irgendeinem Grund?"

„Nein", versicherte sie. „Die meiste Zeit waren wir in Meetings. Das Mittagessen haben wir uns kommen lassen."

„War Mr. Trainer den ganzen Tag hier?"

„Er verschwand kurz in der Mittagspause. Er ist Vegetarier, deshalb wollte er etwas anderes als der Rest von uns."

„Sie hatten eine Beziehung mit Mr. Trainer?"

„J...ja", gab sie zu.

„Wie endete die?"

„Seine Frau fand es heraus, und sie war sehr aufgebracht. Er ... er entschied sich, zu ihr zurückzukehren und verheiratet zu bleiben."

„Wie kamen Sie damit zurecht?"

„Ich war enttäuscht. Zwischen uns gab es eine echte Verbindung." Sie faltete die Hände, vermutlich, damit sie nicht so zitterten. „Die armen Kinder. Jed hat immer erzählt, Crystal sei eine großartige Mutter."

„Wussten die Leute hier von Ihrer Affäre?"

„Nein. Wir waren äußerst diskret."

„Haben Sie eine Idee, wer seine Frau darüber informiert haben könnte?"

„Keiner von uns beiden hatte eine Idee. Wir dachten, außer uns wüsste es niemand."

„Sie haben es überhaupt keinem erzählt?" Freddie klang ungewöhnlich gereizt.

„Nein", bestätigte sie. „So viel Jed mir auch bedeutet hat, habe ich mich doch dafür geschämt, mich mit einem verheirateten Mann zu treffen. Es wäre beruflich nicht gut gewesen für mich, wenn jemand davon erfahren hätte. Und ganz sicher wollte ich nicht, dass meine Freunde oder meine Familie erfuhren, wie sehr ich plötzlich einem gewissen Klischee entsprach."

„Wie war Ihre berufliche Beziehung nach dem Ende der Affäre?", erkundigte Sam sich.

„Freundlich. Wir haben uns beide große Mühe gegeben, ein kollegiales Verhältnis aufrechtzuerhalten."

„Das war sicher nicht einfach."

Sie zuckte niedergeschlagen die Schultern. „Ich wusste, worauf ich mich einlasse. Daher war ich kaum überrascht, als er zu seiner Frau zurückkehrte."

„Hat er denn je angedeutet, er wolle sie verlassen?"

„Wir haben nicht über die Zukunft gesprochen."

„Ist das ein Nein?"

„Er hat nie Andeutungen gemacht, dass er vorhabe, seine Frau für mich zu verlassen."

„Wo fanden Ihre Treffen statt?"

Ihr attraktives Gesicht rötete sich vor Verlegenheit. „Wir sind ins Hotel gegangen."

„In welches?"

Sie nannte ein Hotel in Crystal City. Interessant, dachte Sam, dass er für die Stelldicheins eine Gegend gewählt hatte, die den Namen seiner Frau trug.

„Was glaubte seine Frau, wo er sich aufhält, wenn er mit Ihnen zusammen war?"

„Er sagte ihr, er sei auf Geschäftsreise. Soweit ich weiß, hat sie das nie infrage gestellt."

„Hat er sich je wütend über seine Frau geäußert?", wollte Freddie wissen.

„Nicht mir gegenüber."

„Ich komme nicht umhin, mich zu fragen, weshalb er eine Affäre angefangen hat, wo er doch zu Hause eine so tolle Frau hatte", meinte Freddie.

„Ich war nicht in seine Gedanken eingeweiht. Wir sprachen nicht über das Warum. Zumindest hat er mir seine Gründe nie anvertraut. Jedenfalls habe ich nie ein schlechtes Wort von ihm über sie gehört."

Sam überreichte ihr eine Visitenkarte. „Wenn Ihnen noch etwas einfällt, was uns bei den Ermittlungen weiterhelfen könnte, rufen Sie mich an."

Janet nahm die Karte. „Ich weiß, dass Sie es vielleicht nicht glauben, aber es tut mir aufrichtig leid, was ihr passiert ist – und ihrer Familie."

„Danke für Ihre Zeit."

Sie ließen sich Trainers Alibi von seiner Sekretärin bestätigen und verließen dann das Gebäude.

„Was jetzt?", fragte Freddie.

„Wir warten die Ergebnisse des Labors und der Autopsie ab", erwiderte Sam und schaute auf ihre Uhr. „Morgen haken wir mal bei ihren ehrenamtlichen Tätigkeiten nach."

„Möchtest du auf direktem Weg ins Krankenhaus? Ich kann ein Taxi zum Hauptquartier nehmen."

„Nein, das ist schon in Ordnung. Ich setze dich ab und fahre dann hin."

„Ich kann dich zum Krankenhaus begleiten."

„Das ist nett von dir, aber fahr lieber nach Hause und schlaf, damit wenigstens einer von uns morgen fit ist."

„Wenn du dir sicher bist ..."

„Und was diese Sache mit deiner Mutter angeht ..."

„Ich möchte nicht darüber sprechen."

„Ich kenne sie gut genug, um zu wissen, dass sie dir niemals absichtlich wehtun würde. Ich wette, es gibt eine plausible Erklärung dafür."

„Egal welche Begründung sie hat, ich werde nicht nachvollziehen können, warum sie mit ihm zusammen war." Er gab ihr die Autoschlüssel. „Das Gute an der Sache ist, dass es mich jetzt einen Scheiß zu kümmern braucht, was sie von Elin hält."

„Freddie, es sieht dir gar nicht ähnlich, so zu reden."

„Tja, das ist eben der neue und verbesserte Freddie."

„Ich mochte den alten Freddie", murmelte Sam.

„Der alte Freddie war ein Schwächling, der zugelassen hat, dass seine Mutter viel zu viel Einfluss auf ihn hatte. Der neue Freddie ist ein eigenständiger Mann."

Ehe Sam etwas entgegnen konnte, klingelte ihr Handy. Ein Blick auf das Display verriet ihr, dass Captain Malone sie anrief.

„Captain."

„Lieutenant, ich hörte, Sie haben einen neuen Mordfall?"

„Ja, Sir." Sam informierte ihn über den aktuellen Stand der Ermittlungen. „Wir warten jetzt auf die Ergebnisse der Spurensicherung und des Labors. Als Erstes werden wir uns morgen früh die Stellen ansehen, wo sie ehrenamtlich tätig war."

„Den Ehemann haben Sie bereits überprüft?"

„Wir haben uns gerade sein Alibi bestätigen lassen. Seine finanzielle Situation überprüfen wir noch." Sie sah zu Freddie,

und er nickte. Jed Trainer konnte jemanden engagiert haben, um
seine Frau zu töten. Ein Blick auf seine Bankkonten würde
Aufschluss darüber geben.

„Ausgezeichnet. Gibt es was Neues von Ihrem Vater?"

„Alles unverändert – er ist an ein Beatmungsgerät
angeschlossen und mit Antibiotika vollgepumpt. Im Augenblick
können wir nur abwarten."

„Ich werde demnächst mal nach Celia schauen."

„Danke, Sir. Das wird sie bestimmt freuen. Mich auch."

„Kopf hoch, Sam. Er ist zäh und hat schon Schlimmeres überlebt."

„Ja." Sie schluckte hart. „Sir."

„Ich rufe auch an, weil Darius Gardner um ein Treffen mit
Ihnen gebeten hat."

Sam horchte auf. „Wirklich?"

„Das habe ich aus dem Gefängnis gehört."

„Würden Sie Detective Gonzales bitten, sich dort mit mir zu
treffen?"

„Mach ich."

„Danke." Sam beendete das Gespräch. „Nun sieh mal einer
an", wandte sie sich an Freddie. „Gardner will mich sehen."

„Ich frage mich, worum es geht."

„Vielleicht plagt ihn sein Gewissen."

„Höchst unwahrscheinlich."

„Wäre es nicht toll, endlich diesen Fall um meinen Vater
aufzuklären?"

„Ja, allerdings. Das ist längst überfällig."

„Natürlich muss das passieren, wenn mein Dad sich gar nicht
darüber freuen kann. Ist das nicht echtes Pech?"

„Mir ist klar, dass sein Zustand ernst ist", meinte Freddie. „Das
habe ich inzwischen mitbekommen. Aber ich glaube nicht, dass es
das schon war für ihn."

„Woher willst du das wissen?"

„Nur so ein Gefühl."

„Normalerweise bliebe mir gar keine andere Wahl, als mich
über eine solche Aussage lustig zu machen. Aber im Augenblick
ist das verdammt tröstlich."

„Ich weiß deine Zurückhaltung zu schätzen."

Gonzo erwartete sie bereits im Gebäude.

„Überprüf seine Finanzen und dann fahr nach Hause", sagt Sam zu Freddie. „Wir sehen uns morgen früh wieder hier."

„Ich melde mich, falls ich auf etwas stoße."

Er ging, und Sam schaute ihm hinterher, ein wenig besorgt, dass der neue Freddie dem alten alles vermasseln könnte.

„Alles in Ordnung?", erkundigte Gonzo sich. Er war nicht nur der älteste Kollege ihres Teams, sondern auch ein guter Freund und Ratgeber.

„Der ist aufgewühlt wegen etwas. Hab ein Auge auf ihn, ja?"

Sie gingen durch das Gewirr der Flure zum Stadtgefängnis. „Wird gemacht."

„Danke."

„Wie geht's deinem Vater?"

„Unverändert. Nicht gut."

„Das tut mir leid. Wenn ich irgendetwas tun kann, frag einfach."

„Danke. Wie macht McBride sich?"

„Sie scheint klarzukommen und ist jetzt mit Tyrone unterwegs, um mit Fitzgeralds Eltern zu sprechen."

Sam nickte. „Das ist gut."

„Das ist ein kluger Zug", bemerkte er.

„Was denn?"

„Sie mit einem zu den Akten gelegten Fall behutsam wieder in den Job zu bringen."

„Ach, na ja." Noch immer machten Komplimente sie irgendwie verlegen. „Schien mir sinnvoll zu sein."

„Ist es auch."

„War noch was in der Post?"

„Eine Karte, die du dir ansehen solltest. Hat aber Zeit."

„Wir kümmern uns später darum."

Beim Gefängnis angekommen baten sie einen der Aufseher, Gardner in einen Verhörraum zu bringen. Als er hereingeführt wurde, empfand Sam Schadenfreude darüber, dass er offenbar in einen Kampf verwickelt gewesen war. Das eine Auge war zugeschwollen, und die Nase war gebrochen. Kein Wunder, dass er mit ihr reden wollte.

„Mr. Gardner", sagte sie. „Sie erinnern sich an Detective Gonzales."

Er nickte steif.

„Sie haben um dieses Treffen gebeten. Was können wir für Sie tun?"

„Sie wollen Informationen darüber, wer auf Ihren Vater geschossen hat?"

Ein Kribbeln lief ihr den Rücken hinunter. „Das ist richtig."

„Ich war es nicht."

Sam musterte ihn skeptisch. „Und das soll ich glauben?"

„Ich schwöre beim Leben meines Sohnes, ich war es nicht. Jeder, der mich kennt, wird Ihnen bestätigen, dass ich niemals auf sein Leben schwören würde, wenn ich lügen würde."

„Schön zu wissen, dass Sie diese moralische Einstellung haben."

Er sah sie finster an. „Wollen Sie Informationen oder nicht?"

Gardner schien darüber nachzudenken, was er sagen wollte. „Da gab es einen Typen, der damals zur gleichen Zeit wie ich in dem Haus in der First Avenue wohnte. Eines Nachts kam er ziemlich aufgedreht nach Hause und prahlte mit etwas, das mit einem Cop zu tun hatte."

Sam spürte das Adrenalin in ihren Adern, das ihren Herzschlag beschleunigte. Sie bemühte sich, Gardner nichts merken zu lassen.

„Hat dieser Typ auch einen Namen?"

„Leroy. Mehr weiß ich nicht. Hab seinen Nachnamen nie aufgeschnappt, und ich weiß auch nicht, was aus ihm wurde. Aber ich erinnere mich daran, dass er über einen Cop geredet hat."

„Und Sie meinen, das war zwischen Weihnachten und Neujahr vor zwei Jahren?"

„Ich weiß, dass es zu der Zeit war. Jemand hatte einen Weihnachtsbaum aus Bierflaschen gebastelt und mit Lichtern verziert. Diese kleinen blinkenden Lämpchen haben mich wahnsinnig gemacht. Deshalb erinnere ich mich daran."

„Wie kommt es, dass Sie sich neulich nicht daran erinnern konnten?"

Sein Schulterzucken war so dreist, wie Sam es von ihm gewohnt war. „Das ist lange her. Man kann nicht von mir erwarten, dass ich mich sofort an jeden Scheiß erinnere. Ich brauchte ein bisschen Zeit, um darüber nachzudenken."

Die Faust im Gesicht hat das Ganze zweifellos beschleunigt, dachte Sam. „Können Sie mir diesen Leroy beschreiben?"

„Er war ein großer Schwarzer, vielleicht eins neunzig und hundertzehn Kilo. Muskulös."

„Mehr wissen Sie nicht über ihn?"

Gardner schüttelte den Kopf. „Er war nicht lange da."

Sam legte die Hände auf den Tisch und beugte sich näher zu ihm herüber. „Sollte ich herausfinden, dass Sie mir etwas vorlügen, werden die Blessuren in Ihrem Gesicht Ihre geringste Sorge sein. Verstanden?"

„Ich sage die Wahrheit."

Seltsamerweise glaubte Sam ihm. „Das sollten Sie auch lieber." Sie wandte sich zum Gehen.

„Hey! Was haben Sie für mich?"

„Nichts", antwortete sie. „Sie werden für die Vergewaltigungen richtig lange sitzen. Da kann ich absolut nichts machen."

„Sie Miststück! Sie haben gesagt, Sie arrangieren einen Deal, wenn ich Informationen zu den Schüssen auf Ihren Vater habe."

Sie sah zu Gonzo. „Würde ich so etwas wohl sagen?"

„Kann ich mir nicht vorstellen, Lieutenant."

Sam grinste Gardner an. „Da müssen Sie mich falsch verstanden haben."

„Verdammte Schlampe."

„Ich liebe es, wenn sie mit diesen Beschimpfungen anfangen. Du nicht auch, Detective Gonzales? Das kribbelt richtig."

Gonzo verdrehte die Augen. „Sind wir hier fertig?"

Sam sah Gardner an. „Wir sind fertig."

Er schrie ihr Flüche in den Rücken, bis zwei Polizisten ihn wegführten. *Das war für Faith Miller*, sagte sie sich und dachte an die Staatsanwältin, die Gardner bedroht hatte.

„Ich werde mich gleich mal um diese neue Spur kümmern", meinte Gonzo. „Du willst sicher schnell wieder zurück zum Krankenhaus."

„Das wäre großartig." Sie schaute auf ihre Uhr und konnte kaum glauben, dass es schon acht war. „Ich muss jetzt wirklich dorthin."

„Fahr. Ich sag dir Bescheid, wenn ich etwas herausgefunden habe."

„Mein Vater meinte, wir sollten uns Carl Olivos Verbindungen zu Organisationen wie dem Rotary Club ansehen", sagte Sam. „Es ist vage, aber er fand, wir sollten uns das mal anschauen."

„Ich werde auch das überprüfen."

„Danke."

Auf dem Weg zurück ins Kommissariat wurde Sam von mindestens zehn Kollegen angehalten, die wissen wollten, wie es ihrem Vater ging. Ihre Besorgnis baute Sam wieder ein bisschen auf. Im Kommissariat informierte Freddie sie, dass er immer noch Trainers Finanzen prüfe, bis jetzt jedoch nicht auf etwas Ungewöhnliches gestoßen war.

„Mach noch eine Stunde weiter, dann verschwinde", sagte sie. „Ich fahre zurück zum Krankenhaus. Ruf mich an, wenn du etwas von Lindsey oder der Spurensicherung hörst." Sie wollte gehen, stoppte jedoch, als ihr die Karte einfiel, die Gonzo erwähnt hatte. „Zeig mir die Karte."

„Oh, ach ja." Er ging in sein Büroabteil und kam mit der Karte wieder heraus. Sie steckte bereits in einem Beweismittelbeutel.

„Liebe Sam", begann der Text. „Nach allem, was du in deinem Leben für andere getan hast, hoffe ich, dass du wirklich all das bekommst, was du verdienst. Und noch mehr. Mit viel Liebe, ein alter Freund." Die Worte „all das" waren dreimal unterstrichen.

„Wow", sagte Sam. „Das ist gruselig."

„Fand ich auch."

„Bring sie ins Labor", sagte Sam und rieb sich die Schläfen. „Ich hatte gehofft, es sei irgendjemandes Vorstellung von schrägem Humor. Aber wer immer es ist, er hört nicht auf damit."

„Vielleicht wird es Zeit, dass wir uns mal mit deinem Exmann unterhalten."

Der schon den ganzen Nachmittag drohende Kopfschmerz setzte jetzt rasch ein. „Das werde ich machen. Ich will nicht, dass irgendwer von euch sich damit befassen muss."

„Warum nicht?", wollte Gonzo mit einem Glitzern in den Augen wissen. „Jeder von uns hätte liebend gern mal fünf Minuten allein mit dem."

„Nein", stellte sie klar. „Ich werde das machen."

„Ach, du verdirbst mir den ganzen Spaß."

„Das ist mein Job. Ich mache mich auf den Weg. Ruf mich an, falls du etwas hörst."

„Geht klar. Grüß deine Stiefmutter und deine Schwestern."

„Mach ich." Als Sam das Kommissariat verließ, kam Lieutenant Stahl um die Ecke. Sie versuchte ihm auszuweichen, doch er versperrte ihr den Weg. Viel hätte nicht gefehlt, und sie wäre von seinem dicken Bauch abgeprallt. Dieser Beinah-Zusammenstoß fügte ihrer länger werdenden Liste von Unpässlichkeiten Übelkeit hinzu. „Was wollen Sie?"

„Einen Moment Ihrer Zeit."

„Kann ich nicht erübrigen." Seit Sam ihn als leitenden Lieutenant der Mordkommission abgelöst hatte, machte er ihr das Leben schwer. Er hatte sogar seinen neuen Posten bei den Internen Ermittlungen benutzt, um ein Disziplinarverfahren gegen Sam einzuleiten, weil sie während der Ermittlungen im Mordfall John O'Connor etwas mit Nick angefangen hatte. Zum Glück war er damit nicht erfolgreich gewesen. Trotzdem piesackte er sie weiter.

„Nicht so schnell, Lieutenant", sagte er, und sein Doppelkinn schwabbelte bei jedem Wort.

„Ich muss los. Könnten Sie mir bitte aus dem Weg gehen?"

„Die Internen Ermittlungen untersuchen Ihre Hochzeit", erklärte er mit kaum verhohlener Schadenfreude.

Wie bitte? Sie ließ sich nichts anmerken, weil sie ihm diese Genugtuung nicht gönnte. Sie schob sich an ihm vorbei und murmelte: „Von mir aus."

Er folgte ihr. „Ist das alles, was Sie darüber zu sagen haben, dass Sie einige Kollegen Ihrer Abteilung eingeladen haben und andere nicht?"

Sam wirbelte herum und kam seinem vorgewölbten Bauch schon wieder zu nahe. „Wovon um alles in der Welt reden Sie überhaupt?"

„Es hat eine Beschwerde gegeben." Stahl strahlte tatsächlich bei diesen Worten. „Wie Sie sehr wohl wissen, darf ein Vorgesetzter seine Untergebenen nicht ungleich behandeln."

„Ich habe niemanden ungleich behandelt. Ich habe meine *Freunde* eingeladen. Wissen Sie, was *Freunde* sind, Lieutenant?"

Sein fettes Gesicht lief violett an vor Wut, während er ihr ein Papier hinhielt.

Sam blieb keine andere Wahl, als es zu nehmen, oder er hätte sie berührt.

„Anhörungsverfahren."

„Schon wieder? Allmählich verwandeln Sie sich in ein übles Klischee, Lieutenant. Können Sie sich jemand anderen aussuchen?"

„Ist sicher ärgerlich für Sie, in Schwierigkeiten zu stecken – mal wieder –, und der liebe alte Daddy kann diesmal gar nichts für Sie tun."

Sam platzte der Kragen. „Sie können mich, Sie erbärmlicher Kerl!"

Irgendwie schaffte es sein ohnehin schon violett angelaufenes Gesicht, noch eine Spur dunkler zu werden. Sam blieb jedoch nicht, um seine Erwiderung zu hören. Sie hatte mehr als genug von diesem Tag.

12

S am rief Gonzo vom Auto aus an und berichtete ihm von der Begegnung mit Stahl.

„Dieser Mistkerl", murmelte Gonzo. „Der braucht echt ein Privatleben."

„Bis er eines hat, will er mir das Leben schwermachen." Sam hielt das Lenkrad umklammert und versuchte, die Wut im Zaum zu halten. „So ungern ich das einer Reaktion würdige – könntest du dich umhören und herausfinden, wer sich beschwert hat, weil er nicht zur Hochzeit eingeladen war?"

„Unbedingt. Jedenfalls habe ich nicht die leiseste Beschwerde gehört von jemandem, der nicht eingeladen war. Aber ich werde herausfinden, wer es war."

„Sei behutsam und sag nicht, dass ich nachgefragt habe."

„Mensch, Sam, du müsstest mich doch kennen", meinte er, und in seiner Stimme schwang Humor mit. „Ich bin bekannt für meine behutsame Art."

Trotz ihres Ärgers entlockte ihr diese Bemerkung ein Lächeln. „Hab ich einen Fehler gemacht, Gonzo? Hätte ich jeden einladen sollen?"

„Sei nicht albern. Wie hätte das wohl funktionieren sollen?"

„Ich hasse die Vorstellung, dass ich Stahl einen weiteren Grund geliefert habe, sich in meine Angelegenheiten einzumischen."

„Ich würde mir keine Sorgen machen deswegen. Wer auch immer sich angeblich beklagt hat, würde es nicht wagen, in einer offiziellen Anhörung gegen dich auszusagen. Es gibt keinen einzigen Detective in dieser Abteilung, der nicht unendlich große Stücke auf dich hält. Das weiß ich definitiv."

„Mindestens einen gibt es aber offenbar."

„Fahr zu deinem Dad. Ich werde mich um alles hier kümmern."

Sam war dankbar für seine Unterstützung und Freundschaft. „Schon was wegen der Sergeant-Liste gehört?"

„Noch nichts."

„Ich drück dir die Daumen und habe schon meinen Anspruch angemeldet, dich im Team zu behalten."

„Ich mag es, wenn du solche Sachen sagst, Lieutenant."

Sam lachte. „Ich kann auch anders, und das hat Stahl gerade zu spüren bekommen. Dafür würgt er mir bestimmt noch eine rein."

„Red nicht mehr von dem, sonst kriege ich Albträume."

Noch immer grinsend meinte Sam: „Bis später." Vor dem Krankenhaus hielt sie auf dem ersten freien Parkplatz, den sie finden konnte, und lief anschließend im Eiltempo zur Intensivstation. Nick saß allein im Wartezimmer. Er hatte die Arme vor der Brust verschränkt und den Kopf nach hinten gegen die Wand gelehnt. Da er zu schlafen schien, zog Sam sich wieder zurück, um eine Krankenschwester zu finden, die vielleicht neue Informationen über den Zustand ihres Vaters hatte.

„Keine Veränderungen", erklärte die zuständige Schwester.

„Hätte inzwischen eine Veränderung eintreten müssen?"

„Nicht unbedingt. Schauen wir mal, was die nächsten Stunden bringen. Die Antibiotika sollten bald Wirkung zeigen."

Nach diesem nicht sonderlich ermutigenden Bericht ging Sam zurück ins Wartezimmer, wo sie sich auf den Schoß ihres Mannes setzte.

Er schloss die Arme um sie, ohne die Augen aufzumachen. „Ich hoffe doch sehr, dass du meine Frau bist, sonst bin ich in großen Schwierigkeiten."

„Ich bin es", sagte sie, schmiegte sich an seine Brust und atmete den vertrauten Duft ein.

„Harter Tag?"

„Miserabler Tag, und hier gibt es auch noch keine Veränderung."

„Noch nicht. Die haben gesagt, es kann eine Weile dauern."

„Wo sind alle hin?"

„Angela ist mit Celia los, um etwas zu essen zu besorgen. Tracy ist im Augenblick bei deinem Dad."

„Hast du ihn schon gesehen?"

„Ganz kurz vor einigen Stunden."

„Ich danke dir sehr dafür, dass du die ganze Zeit hiergeblieben bist."

„Es hat mir nichts ausgemacht. Ich hätte heute Abend ohnehin frei gehabt."

Sam küsste ihn sanft, und er schlug endlich die Augen auf.

Er berührte ihr Gesicht. „Was ist passiert?"

„Was ist *nicht* passiert?" Die Frustration des Tages drohte sich Bahn zu brechen. „Mein Vater ringt mit dem Tod, wir haben eine ermordete Frau, die bei allen beliebt war, und deren arme Kinder sind am Boden zerstört. Ich habe eine neue Spur, was die Schüsse auf meinen Dad angeht, aber das musste ich an Gonzo weitergeben, weil ich dringend hierher wollte. Freddie hat seine Mom mit seinem nichtsnutzigen Vater herumknutschen sehen, weshalb er jetzt der ‚neue' Freddie ist. Außerdem hat Stahl mir eine weitere Vorladung der Abteilung Interne Ermittlungen ausgehändigt, weil irgendwer in meiner Abteilung sauer darüber ist, dass er nicht zu meiner Hochzeit eingeladen war."

„Wow. Und all das heute?"

Sam nickte. „Ich will wieder zurück nach Bora Bora. Und zwar sofort."

„Ich wünschte, ich hätte einen Zauberstab und könnte es geschehen lassen."

„Wenn du einen Zauberstab hättest, würde ich wollen, dass du meinen Dad damit wieder gesund machst. Ganz gesund. Das würdest du tun, oder?"

Er gab ihr einen zärtlichen Kuss auf die Stirn. „Das würde ich sofort tun, wenn ich könnte."

„Dafür liebe ich dich – und für ganz viele andere Dinge."

„Ich liebe dich auch, Babe. Tut mir leid, dass du einen miesen Tag hattest."

„Wie lange bleibt Tracy denn da drin? Ich will auch zu ihm."

„Geh doch hin und sag ihr, dass du da bist."

Sam kuschelte sich enger in seine Arme und genoss den Trost, den nur er ihr bieten konnte. „Mach ich. Gleich."

Nachdem Freddie nichts Auffälliges in Trainers Finanztransaktionen hatte entdecken können, gab er Sam per Textnachricht das Ergebnis durch und ging hinaus auf den Parkplatz. Seit er seine Mutter mit seinem Vater gesehen hatte, grübelte er darüber nach. Er wusste, dass Sam recht hatte – er sollte mit seiner Mutter darüber sprechen und klären, was das zu bedeuten hatte. Nur wollte er auf keinen Fall zu hören bekommen, dass seine Mutter diesem Mistkerl eine zweite Chance gab.

Wie konnte sie überhaupt mit ihm reden, nachdem er sie mit einem kleinen Kind sitzen gelassen hatte? Als Freddie daran dachte, wie sie sich damals ohne Unterhaltszahlungen hatten durchbeißen müssen, wollte er seinen Vater am liebsten umbringen. Seine Mutter hatte jahrelang zwei Jobs gehabt, damit es für sie beide ein Dach über dem Kopf und Essen auf dem Tisch gab. Ohne ihre Kirche hätte es überhaupt kein gesellschaftliches Leben gegeben, schlicht und einfach, weil sie es sich nicht hätten leisten können. Und nun traf sie sich wieder mit ihm? Lachte mit ihm? Ging in aller Öffentlichkeit mit ihm spazieren, ohne sich auch nur im Geringsten darum zu scheren, wer sie womöglich mit dem Mann zusammen sah, der ihnen solches Leid verursacht hatte?

Die ganze Sache machte Freddie krank. Und wütend. Dass seine Mutter Elin ablehnte, hatte ihn langsam in den Wahnsinn getrieben. Tja, das war jetzt vorbei. Nie mehr würde er seiner Mutter gestatten, Einfluss auf sein Leben oder seine Entscheidungen zu nehmen.

Normalerweise hätte er Elin angerufen, um zu fragen, ob sie Zeit hatte. Aber heute Abend war er der neue Freddie, und der fragte nicht. Der neue Freddie tauchte einfach auf, und wenn ihr das nicht passte, Pech für sie. Als er Elins Apartment erreichte, war er in übler Stimmung. Ihm war klar, dass er heute Abend keine angenehme Gesellschaft wäre, doch das hielt ihn nicht davon ab, zwei Stufen auf einmal nehmend ihre Treppe hinaufzustürmen. Es hinderte ihn nicht daran, ein wenig zu laut an ihre Tür zu klopfen. Und als sie ihm in einem Bademantel aus Seide und sonst nicht viel mehr am Leib öffnete, hob er sie prompt auf die Arme und trug sie zum Bett.

„Freddie, was ...“

„Nicht reden“, sagte er. „Nicht jetzt.“ Er küsste sie stürmisch und zog sich hastig aus, wobei er den Kuss nur unterbrach, um sich des Pullovers zu entledigen.

Sie sah ihn mit großen blauen Augen an. „Was ist los?“

„Nichts.“ Er widmete sich ihrem Hals, hinterließ eine Spur sinnlicher feuchter Küsse auf ihrer Haut, auf dem Weg hinunter zu ihren Brüsten, die seine Fantasien dominierten. Unter der Aufmerksamkeit seiner Zunge und schließlich seiner Zähne erwachten die gepiercten Nippel zum Leben.

Sie stieß einen kleinen Schrei aus und grub die Finger so fest in seine Haare, dass es vermutlich wehgetan hätte, wäre er nicht davon besessen gewesen, sie zu nehmen, jetzt, sofort.

Geschmeidig drang er tief in ihre enge, feuchte Wärme ein. *Wow, fühlte sich das gut an!*

„Freddie! Kondom!“ Ihre entsetzte Stimme riss ihn aus seiner lusterfüllten Benommenheit, in die er abgedriftet war.

„Sorry“, murmelte er und zog sich aus ihr zurück, um sich aus dem Vorrat auf ihrem Nachtschrank zu bedienen. Er streifte sich ein geripptes über, das sie bevorzugte. Als er sich wieder zu ihr umdrehte, sah sie ihn mit einem verwirrten Ausdruck im Gesicht an.

„Warum erzählst du mir nicht, was los ist?“, fragte sie.

„Habe ich doch schon gesagt. Es ist nichts.“

Sie rollte sich unter ihm weg und band ihren Bademantel zu.

Stöhnend ließ er sich mit dem Gesicht voran aufs Bett sinken. „Komm schon, Elin.“

„Komm du doch. Verrate mir, warum du hier auftauchst und dich wie der große Macho aufführst, obwohl du das überhaupt nicht bist.“

„Das ist mein neues Ich.“

Sie sah ihn bestürzt an. „Was zum Geier soll das heißen?"

„Ich habe es satt, so vorhersehbar und langweilig zu sein."

„Du bist weder das eine noch das andere. Wer hat dir das gesagt?"

„Spielt keine Rolle. Mir ist nur klar geworden, dass es an der Zeit ist, einige Veränderungen vorzunehmen."

„Was denn für Veränderungen?"

„Können wir nicht erst Sex haben, und danach verrate ich es dir?"

„Erst erzählen, dann Sex."

Freddie stieß einen tiefen Seufzer aus. Warum mussten alle Frauen in seinem Leben ihn in den Wahnsinn treiben? Konnte nicht eine von ihnen einfach zu verstehen und umgänglich sein? Er betrachtete eines von Elins langen muskulösen Beinen, und sein Schwanz zuckte mit neu erwachendem Interesse.

„Komm her", sagte er.

Sie setzte sich aufs Bett.

„Näher." Er breitete den Arm aus für sie. Als sie sich an seine Brust schmiegen wollte, stoppte er sie, damit sie ihn ansah, während er mit ihr sprach.

Sie legte eine Hand auf seinen Bauch. „Du benimmst dich komisch."

„Tut mir leid. Das ist nicht meine Absicht. Ich will dir etwas erzählen, aber ich habe Angst, dich zu verschrecken. Es ist etwas, was ich dir schon lange sagen möchte."

„Okay."

Während sie ihn erwartungsvoll ansah, fuhr Freddie mit den Fingern sachte über ihr schönes Gesicht und ließ die Finger dann durch ihre weißblonden Haare gleiten. „Ich liebe dich."

Ihre Augen weiteten sich und sie öffnete die Lippen, als wollte sie etwas sagen.

„Ich weiß, dass dir keine ernste Beziehung vorgeschwebt ist, aber für mich wurde es irgendwann ziemlich ernst."

„Aber ... ich dachte ... du wolltest dich auch mit anderen treffen."

„Ich wollte nie mit jemand anderem zusammen sein als mit dir."

„Warum dann ...? Ich verstehe nicht."

„Ich habe mich von meiner Mutter völlig kirre machen lassen, aber damit ist jetzt Schluss."

„Was hat sich geändert?"

„Ich habe mir eingestanden, dass du diejenige bist, die ich will. Ich will keine Spielchen mehr spielen oder das tun, was andere von mir erwarten." Er gab ihr einen Kuss. „Ich liebe dich. Ich will mit dir zusammen sein. Ich will, dass wir zusammenziehen."

Sie wich zurück. „Was hast du gerade gesagt?"

„Welchen Teil soll ich wiederholen?" Freddie drehte sich, sodass er auf ihr lag. „Dass ich dich liebe? Oder dass ich mit dir zusammenleben will?"

„Beides", sagte sie leise und wirkte noch immer ein wenig perplex.

Er küsste sie wieder. „Ich liebe dich", flüsterte er. „Ich möchte mit dir leben."

Sie schlang ihm die Arme um den Nacken. „Ich dachte schon, du suchst nach einem Weg hinaus aus der Beziehung, als du verkündet hast, du willst dich auch mit anderen treffen."

„Ich wollte nie raus aus der Beziehung, und ich wollte auch nie eine andere. Nicht, seit ich dich zum ersten Mal gesehen habe."

Sie fuhr ihm durch die Haare. „Ich liebe dich auch."

Einen Moment lang war Freddie nicht sicher, ob er richtig gehört hatte. Dann sickerten die Worte langsam in sein Bewusstsein, und sein Herz hüpfte. „Wirklich?"

Sie nickte. „Aber ich liebe den alten Freddie, nicht den Kerl, der heute Abend hier aufgekreuzt ist und sich wie ein Alphamännchen aufführt. Das bist du nicht."

Dankbar für das Wissen, dass sie seine Gefühle erwiderte, öffnete er ihren Bademantel und genoss es, ihre Haut an seiner zu spüren. Weich, aber stark, süß und doch hart, war Elin alles für ihn geworden. Es war eine solche Erleichterung, ihr seine Gefühle gestehen zu können und zu wissen, dass sie diese Gefühle erwiderte.

Er gab sich allergrößte Mühe, ihr zu zeigen, wie sehr er sie liebte, indem er sich jedem einzelnen Zentimeter ihres wundervollen Körpers widmete. Wo er zuvor gedrängt hatte, zeigte er nun Zärtlichkeit. Sie war die erste Frau, mit der er geschlafen hatte, und nun war sie die erste, der sein Herz gehörte. Er wollte ihr alles geben, ihr jeden Grund geben, für immer bei ihm zu bleiben. Normalerweise hätte die Missbilligung seiner Mutter seine Freude über das Zusammensein mit Elin getrübt, doch heute Abend weigerte er sich einfach, an etwas anderes zu denken als an die warme, bereitwillige Frau, die seine Begierde entfachte.

Er umfasste ihre Brüste und fuhr mit der Zunge erst über die eine, dann die andere Brustwarze. Er saugte und biss sanft hinein, was Elin wild machte.

Sie packte seinen Po und hob das Becken, damit er sie endlich nahm.

Obwohl er sich vorgenommen hatte, sich Zeit zu lassen, konnte er diesem Drängen nicht widerstehen. Geschmeidig drang er in sie ein und seufzte. Er war genau dort, wo er sein wollte. Während er sich langsam bewegte, um die Lust in die Länge zu ziehen, sah er ihr in die Augen.

Ihre zitternden Beine verrieten ihm, dass sie bereits kurz vor dem Höhepunkt stand, daher beschleunigte er sein Tempo. Bei derartigen Gelegenheiten, wenn sie in völligem Einklang miteinander waren, konnte Freddie kaum glauben, dass er vor wenigen Monaten noch Jungfrau gewesen war. Elin passte so vollkommen zu ihm, und als sie ihm ihre Beine um die Taille schlang, hatte er Mühe, seine Selbstbeherrschung aufrechtzuerhalten.

„Elin", stieß er keuchend hervor und hielt ihren Po gepackt, um sie hart zu nehmen.

Kurz vor ihrem heftigen Orgasmus stieß sie einen durchdringenden Schrei aus, was auch für ihn ein explosives Ende einleitete.

Als er schwer atmend auf ihr lag, war Freddie nie zufriedener gewesen. Er hatte seinen Anspruch geltend gemacht auf die Frau, die er liebte. Zu wissen, dass sie ihn auch liebte, war das beste Geschenk, das er je erhalten hatte.

„Ja", sagte sie so leise, dass er sie fast nicht hörte.

Er hob den Kopf, um ihr in die Augen zu sehen. „Was?"

„Ich möchte mit dir zusammenziehen."

„Wirklich?"

„Ja."

„Bist du dir sicher?"

Sie nickte.

Er drückte sie fest an sich. „Du hast mich so glücklich gemacht."

13

Jeannie saß mit Will in seinem Wagen vor Michaels Haus in Foggy Bottom, einem Stadtteil Washingtons.

„Was wirst du tun?", fragte Will.

„Ich weiß es wirklich nicht."

„Es muss doch einen Grund dafür geben, dass Deputy Chief Holland nicht gründlich gegen den Bruder ermittelt hat."

„Nur können wir ihn nicht fragen."

„Stimmt", meinte Will.

Jeannies Verstand arbeitete fieberhaft, seit sie das Haus der Eltern von Tyler Fitzgerald verlassen hatten. Nachdem sie mit den Eltern Schritt für Schritt den Tag durchgegangen waren, an dem ihr Sohn entführt worden war, deutete einiges darauf hin, dass ihr Sohn Cameron etwas mit dem Verschwinden seines Bruders zu tun gehabt haben könnte. Doch aus irgendeinem Grund hatte Skip Holland sich diesen Bruder, der kurz nach Tylers Entführung zur Army gegangen war, nie genauer angesehen.

Cameron hatte vier streitsüchtige Jahre beim Militär absolviert, die mit seiner unehrenhaften Entlassung geendet hatten. Seither hatte er immer wieder in Schwierigkeiten gesteckt, kleinere Delikte zwar nur, aber zunehmend.

„Was wirst du Sam sagen?"

„Das weiß ich ehrlich gesagt noch nicht."

„Vielleicht solltest du nichts sagen, bis wir wissen, wie es mit ihrem Vater weitergeht."

„Gutes Argument."

Jeannie drehte sich ein bisschen in ihrem Sitz, um ihren Partner besser ansehen zu können. „Ich kann mir nicht vorstellen, was er sich dabei gedacht hat. Es war eine deutliche Spur. Wie konnte er ihr nicht nachgehen?"

„Wir müssen uns mit dem anderen Bruder, Caleb, unterhalten. Er war zusammen mit Tyler und Cameron an diesem Abend an der Schule."

„Hast du seine Aussage gelesen, die er bei Skip gemacht hat?", fragte Jeannie.

„Ja, und die wirft mehr Fragen auf, als sie Antworten gibt. Was ist eigentlich mit dem Partner? Mit wem hat Skip damals zusammengearbeitet?"

„Das Department hat damals eine große finanzielle Krise durchlitten und war daher von enormen Kürzungen betroffen. Die meisten Detectives arbeiteten in dieser Zeit allein."

„Was ist mit dem Gerichtsmediziner, der an dem Fall arbeitete?"

„Den aufzuspüren steht auf meiner To-do-Liste für morgen."

„Du kennst jemanden, der ein bisschen weiß, wie Skip tickt ..."

Jeannie schüttelte sich bei dem Gedanken. „Der Chief."

„Genau."

„Lassen wir das mal als letzte Möglichkeit offen."

„Einverstanden. Was ist mit Sam?"

„Ich werde ihr erklären, dass wir an dem Fall arbeiten, aber noch keine Ergebnisse haben. Es sollte alles unter uns bleiben, bis wir mehr wissen."

„Du bist der Boss, Detective."

Das entlockte Jeannie ein kleines Lächeln.

„Fühlt es sich gut an, wieder dabei zu sein?"

„Es tut gut, sich wieder nützlich zu fühlen."

„Ich bin jedenfalls schrecklich froh, dich wiederzuhaben." Sein Lächeln war scheu. „Du hast mir gefehlt."

„Du mir auch." Ihr Handy klingelte, und Jeannie nahm den Anruf von Michael entgegen. „Hey, ich bin mit Will draußen vor der Tür."

„Okay. Ich wollte nur mal hören, wie es dir geht."

„Ich bin gleich da." Sie beendete das Gespräch und wandte sich an Will. „Sehen wir uns morgen?"

„Ja."

Jeannie stieg aus dem Wagen und winkte, als Will davonfuhr. Als ihr klar wurde, dass sie allein auf der Straße stand, in der sie entführt worden war, fing ihr Herz an zu rasen. Sie fragte sich, ob der Tag kommen würde, an dem sie durch die Stadt gehen konnte, ohne ständig Angst zu haben, jemand könnte ihr auflauern.

Als sie die acht Stufen bis zu Michaels Haustür hinaufgestiegen war, glaubte sie, ihr Herz springe ihr gleich aus der Brust. Ihre Hände zitterten so heftig, dass es unmöglich war, den Schlüssel ins Schloss zu bekommen.

Michael öffnete die Tür und führte Jeannie hinein. „Ist alles in Ordnung mit dir?"

„Jetzt ja", antwortete sie und fühlte sich sofort durch seine Größe und beeindruckende Präsenz getröstet. Niemand würde ihr etwas tun können, solange er bei ihr war, dessen war sie sich sicher.

„Warum schwitzt und zitterst du?"

„Tue ich das?"

„Jeannie, was ist los?"

„Nur eine kleine Panikattacke auf der Straße."

Er runzelte die Stirn. „Hast du nicht gesagt, Will sei bei dir?"

„War er auch. Ist passiert, nachdem er losgefahren war. Ich stand allein auf der Straße, nur eine Sekunde, aber das reichte schon."

„Verdammt. Ich hätte gleich zur Tür gehen sollen, stattdessen habe ich schnell noch die Spülmaschine ausgeräumt."

„Es ist nicht deine Schuld, und irgendwann muss ich mich ja wohl mal wieder draußen aufhalten. Also kann ich ebenso gut jetzt anfangen, mich wieder daran zu gewöhnen."

„Ich hasse die Vorstellung, dass irgendetwas dir solche Angst macht, dass du zitterst."

Jeannie ließ sich von ihm umarmen und spürte seine bedingungslose Liebe. Er hielt sie mit einem Arm, während er mit der freien Hand den Alarm einschaltete. Der dreifache Piepton, der die Aktivierung signalisierte, nahm ihr den letzten Rest Angst.

Zum ersten Mal seit der Gewalttat erinnerte sie sich wieder daran, welche Gefühle Michael ganz zu Anfang in ihr ausgelöst hatte. In seinen Armen erlebte sie eine Art Wiedererwachen, denn ihr Körper reagierte auf die alte vertraute Weise auf ihn.

„Michael?“

„Hm?“

„Küsst du mich bitte? Aber richtig, so wie früher. Vorher.“

„Bist du dir sicher? Ich will dir keine Angst machen.“

„Das wirst du nicht.“ Jeannie zog seinen Kopf zu sich herunter. Ihre Lippen berührten sich und blieben einen langen, aufregenden Moment so, ehe er den Kopf neigte, um sie leidenschaftlicher zu küssen. Jeannie vergaß alle Sorgen und Ängste und gab sich ganz dem Verlangen hin. *Das* war es, was sie gebraucht hatte. *Er* war, was sie gebraucht hatte. Sie hielt sich an ihm fest und überließ ihm die Initiative, als seine Zunge ihre fand.

Als er den Kuss schließlich beendete, fühlte sie sich benommen und spürte ein sinnliches Kribbeln überall, das sie an bessere Tage erinnerte.

„Wow, Jeannie“, flüsterte er und legte seine Stirn an ihre. „Du hast mir gefehlt. Das mit uns hat mir gefehlt.“

„Mir auch.“ Sie nahm seine Hände und hielt sie. „Es tut mir leid, was letzte Nacht passiert ist. Du musst allmählich sehr frustriert sein.“

Er richtete sich zu seiner ganzen Größe auf. „Komm mit, ja?“

„Wohin bringst du mich?“

Sein Lächeln war ansteckend. Er ging rückwärts und führte sie dabei in die Küche, wo der Tisch für ein romantisches Dinner zu zweit gedeckt war. Ihr lief das Wasser im Mund zusammen, und sie ließ seine Hände los, um auf den Herd und in den Ofen zu schauen. „Hast du das alles zubereitet?“ Sie war verblüfft, wie viel Mühe er sich gegeben hatte.

„Das Lob gebührt nicht mir allein. Wie dir schmerzlich bewusst ist, bin ich ein schrecklicher Koch, deshalb habe ich das Essen bestellt. Immerhin ist es mir gelungen, es warmzuhalten.“

Sie lachte und folgte seiner Aufforderung, sich an den Tisch zu setzen.

Er schenkte ihnen beiden ein Glas Wein ein und setzte sich

neben sie. „Auf dich", sagte er und hob sein Glas. „Die tapferste, stärkste und mutigste Frau, der ich je begegnet bin."

Seine Worte drangen ihr direkt ins Herz. „Allzu tapfer habe ich mich in letzter Zeit nicht gefühlt."

„Es war eine Weile ziemlich hart für uns, aber du sollst wissen, dass ich mit niemand anderem zusammen sein möchte als mit dir." Er legte eine Schmuckschachtel auf den Tisch.

Jeannie sog scharf die Luft ein und starrte auf die charakteristische kleine blaue Schachtel, als handle es sich um eine Granate, die jeden Moment explodieren könnte.

„Bevor du irgendetwas sagst, hör mich an. Okay?" Als sie nicht antwortete, sagte er: „Jeannie?"

„Ja, ja", sagte sie, ohne den Blick von der Schachtel abzuwenden. „Okay."

„Das habe ich zwei Wochen vorher gekauft."

Erst jetzt sah sie ihn wieder an.

„Ich wollte dich an jenem Wochenende fragen. Ich hatte alles geplant."

Das hatte sie schon vermutet, doch aus seinem Mund zu hören, dass es noch etwas gab, was der Gewalttäter ihr genommen hatte, machte sie unendlich wütend. Aber diesen Augenblick sollte er nicht auch noch bekommen, deshalb konzentrierte sie sich fest auf Michael.

„Ich werde dich jetzt nicht fragen."

Eine eigenartige Enttäuschung überkam sie. „Oh. Okay."

„Du hast versprochen, mich anzuhören."

Sie erwiderte sein Lächeln und nickte.

„Ich werde dich nicht jetzt fragen, aber ich gehe auch nirgendwo hin. Ganz gleich, wie lange es dauert und welche Hindernisse unterwegs auftauchen werden, ich bin hier und werde bleiben."

Jeannie biss sich auf die Lippe, in der Hoffnung, die Tränen zurückhalten zu können.

„Es sei denn, du hast die Nase voll von mir und willst das gar nicht hören."

Lachend drückte sie ihn.

Er zog sie auf seinen Schoß.

„Danke", flüsterte sie.

„Ich weiß, was du nach dem gestrigen Abend gedacht hast. ‚Wie lange soll er das noch mitmachen?‘ Habe ich recht?"

„Kann sein."

„Jetzt hast du eine Sache weniger, um die du dir Gedanken machen musst. Ich liebe dich. Ich werde dich immer lieben, und nichts könnte das jemals ändern."

„Das ist gut zu wissen."

„Dies ist die Stelle, an der das Mädchen üblicherweise erwidert: ‚Ich liebe dich auch, und wenn ich bereit bin, werde ich den Ring und alles, was damit verbunden ist, annehmen.‘"

„Hm." Sie neckte ihn ein wenig. „Könnte ich den Ring vielleicht sehen, damit ich weiß, worauf ich mich einlasse?"

Mit gespielt genervter Miene öffnete er die Schachtel, und zum Vorschein kam ein atemberaubend schöner Diamant im Kissenschliff in einer Platinfassung.

„Oh." Mehr brachte sie nicht heraus, denn ihr fehlten einfach die Worte.

„Gefällt er dir? Deine Mom hat mir geholfen, ihn auszusuchen."

„Sie hat mir nichts davon erzählt!"

„Ich habe sie zur Geheimhaltung verpflichtet." Er küsste Jeannie auf die Wange, dann auf die Lippen. „Du hast meine Frage nicht beantwortet."

Sie war zu sehr damit beschäftigt, diesen wundervollen Ring zu betrachten, um sich an seine Frage zu erinnern.

„Gefällt er dir?"

„Ich liebe ihn. Er ist spektakulär."

„Und er gehört dir, sobald du bereit bist. Keine Eile, kein Druck, kein Stress."

„Darf ich ihn mal anprobieren?"

„Erst wenn du bereit bist, ihn dranzulassen."

„Oh, das ist gemein!"

Er zuckte die Schultern. „Das ist mein letztes Angebot."

„Du bist ein harter Verhandlungspartner."

Er küsste sie erneut, machte die Ringbox zu und steckte sie in die Tasche. „Wie wäre es mit Abendessen?"

. . .

Lindsey beendete die Autopsie Crystal Trainers mit dem Ergebnis, dass sie durch einen einzigen Schlag auf den Kopf getötet worden war, vermutlich mit einem Hammer oder einem ähnlichen stumpfen Gegenstand. Die Sinnlosigkeit der Taten, mit denen sie konfrontiert wurde, machte sie oft traurig. Hier war eine junge Mutter, die mitten im Leben gestanden hatte, bis es ihr von einem Moment zum anderen genommen worden war. Es gab keinerlei Abwehrverletzungen, keine Hautfetzen unter den Fingernägeln, nichts, was darauf hindeutete, dass Crystal auch nur die leiseste Ahnung vom bevorstehenden schnellen und dramatischen Ende gehabt hatte.

Nachdem sie aufgeräumt und die Leiche ins Leichenschauhaus zurückgebracht hatte, informierte sie den Bestatter, den die Familie ausgesucht hatte, tippte ihren Bericht und schickte ihn an Sam und Freddie.

Als sie ihren Arbeitsplatz verließ, stand sie seltsam neben sich und bedauerte den Tod der jungen Mutter. Außerdem musste sie ständig an Terry denken und was er ihr gesagt hatte.

Ihr Verstand riet ihr, möglichst rasch das Weite zu suchen, doch meldete sich beharrlich diese andere Stimme, die zu bedenken gab, er könne endlich der Richtige sein.

„Bäh", sagte sie laut, als sie ihren silbernen Sportwagen aufschloss und in dem Sitz aus Leder Platz nahm. „So was Dummes. Ich bin eine gebildete, professionelle Frau, die im Dunkeln Selbstgespräche wegen eines Mannes führt. Vermutlich geht es noch lächerlicher, nur bin ich mir nicht ganz sicher, wie. Na ja, du könntest ihn *nicht* anrufen. Das wäre ziemlich lächerlich. Er ist ein netter Kerl. Er hat dir die Wahrheit über sein Problem erzählt, statt zu warten, bis du es durch jemand anderen erfährst. Das zählt doch auch irgendwie, oder?"

Wenn sie ehrlich wäre, würde sie zugeben, dass sie einsam war und bereit für eine ernste Beziehung. Die letzte hatte vor fünf Jahren desaströs geendet, und seitdem hatte sie jede ernste Bindung gemieden. Wie waren fünf Jahre so schnell vergangen? Sie hatte viel gearbeitet, Karriere gemacht und sich einen Ruf erworben, Freundschaften gepflegt und Zeit mit ihrer Familie verbracht. Diese Jahre waren also nicht völlig vergeudet gewesen. Es passte jedoch, dass der erste Mann, der ihr nach einem halben

Jahrzehnt den Kopf verdrehte, frisch aus der Entzugsklinik kam und sein Leben gerade neu ordnete. Durfte er eigentlich schon wieder eine feste Beziehung eingehen? Gab es diesbezüglich keine Regeln für trockene Alkoholiker?

„Ich sollte einfach nach Hause fahren und mich nicht mit ihm einlassen. Er sollte sich nicht einmal mit Frauen treffen." Sie war mit Entziehungskuren vertraut genug, um das zu wissen. Warum saß sie dann noch immer hier, das Mobiltelefon in der Hand und den sehnsüchtigen Wunsch im Herzen, ihn anzurufen?

„Du wirst es wahrscheinlich bereuen", sagte sie seufzend, als sie seine Nummer in der Kontaktliste fand und auf „Wählen" drückte. Ihr Herz pochte wie wild, während sie darauf wartete, dass er sich meldete.

„Hallo", sagte er.

Lindsey fiel nichts ein.

„Lindsey?"

„Ja, ich bin es", bestätigte sie. „Wie geht es dir?"

„Gut." Er klang belustigt. „Und dir?"

„Äh, gut. Müde. Es war ein langer Tag." Sie verzog das Gesicht. Etwas Besseres fiel ihr nicht ein?

„Ich lege auch eine Nachtschicht ein. Der Senator ist von seiner Hochzeitsreise mit neuen Regeln für den Wahlkampf zurückgekehrt, deshalb muss ich schon den ganzen Tag seine Termine neu koordinieren."

„Was denn für Regeln?", erkundigte sie sich, froh über die Chance, über etwas anderes reden zu können als das, was auch immer zwischen ihnen war.

„Er ist bereit, sich zwei Tage in der Woche dem Wahlkampf zu widmen und einen Tag am Wochenende – das ist alles."

„Damit er mehr Zeit mit Sam verbringen kann."

„Genau."

„Es ist erfrischend, von einem Mann zu hören, der klare Prioritäten setzt", sagte sie und zuckte innerlich zusammen, als ihr klar wurde, wie das möglicherweise für ihn klang.

„Da gebe ich dir recht."

„Tatsächlich?"

„Warum fällt es dir so schwer, das zu glauben?", fragte er

lachend. „Er ist glücklich verheiratet und will möglichst viel Zeit mit seiner Frau verbringen. Verstehe ich."

„Ich freue mich für die beiden." Sam war durch ihren Exmann hart geprüft worden und verdiente jedes bisschen Glück, das sie mit ihrem attraktiven Senator bekommen konnte.

„Ich auch, obwohl ich zugeben muss, dass ich anfangs nicht ihr größter Fan war. Aber nachdem sie mir vorgeworfen hat, meinen Bruder ermordet zu haben, bin ich auf den Geschmack gekommen."

Lindsey lachte über diese absurde Bemerkung.

„Ich bin froh, dass du angerufen hast", gestand er. „Ich habe mich gefragt, ob du es tun würdest."

„Ich habe ein wenig Zeit gebraucht. Ich hoffe, das verstehst du."

„Natürlich verstehe ich das."

„Mein, äh, mein Vater war Alkoholiker. Es war, hm, eine schwierige Situation."

„Das kann ich mir vorstellen, und ich verstehe, dass es vermutlich ein zu großes Wagnis für dich ist, dich mit jemandem einzulassen, der den selben Kampf ausficht."

„Das habe ich nicht gesagt."

„Oh. Na ja, ich habe angenommen ..."

„Er hat keinen Kampf ausgefochten. Er hat es nicht einmal versucht. Du gibst dir wenigstens Mühe. Das zählt."

„Es kostet viel Mühe. Es ist ein täglicher Kampf, aber ich scheine zu gewinnen. Ich war im Fitnessstudio, beim letzten Wiegen hatte ich fünfzehn Kilo verloren. Ich fühle mich so gut wie seit Jahren nicht. Ich liebe meinen Job und freue mich an meiner Familie auf eine Weise, wie ich es nie vorher getan habe. Ich kann mir absolut nicht vorstellen, wieder so zu leben, wie ich es früher getan habe – Tag um Tag ohne Ziel und ohne Lebensgrund."

Während sie ihm zuhörte, erwachte Hoffnung in Lindsey. Vielleicht, nur vielleicht konnte es wirklich funktionieren.

„Ich versuche nicht, dich zu überzeugen", fügte er hinzu. „Ich würde es verstehen, wenn es für dich ein zu großes Risiko darstellen würde, vor allem nach den Umständen, unter denen du aufgewachsen bist."

„Ich habe auch nicht das Gefühl, als wolltest du mich von

irgendetwas überzeugen. Ich bin dir sehr dankbar dafür, dass du mir die Wahrheit über dich gesagt hast."

„Das habe ich, Lindsey. Ich schwöre, das habe ich."

„Ich glaube dir."

„Und was jetzt?"

„Da bin ich mir noch nicht sicher, aber es hat mir seit unserer letzten Begegnung gefehlt, mit dir zu reden."

„Mir auch."

„Hast du schon gegessen?"

„Nein."

Lindsey schloss die Augen, atmete tief ein und wagte es. „Hier bei mir um die Ecke gibt es eine Pizzeria, die wirklich klasse ist. Interessiert?"

„An einer klasse Pizzeria oder daran, dich zu sehen?"

Ihr Gesicht wurde ganz heiß, wie in der Schule, wenn Johnny Lubock sein Haar in ihre Richtung geworfen hatte. „Sowohl als auch. Beides."

„Ja, ich bin an beidem interessiert – an dem einen mehr als am anderen."

Ein warmes Gefühl durchströmte sie, während sie ihm den Namen und die Adresse der Pizzeria nannte. „In zwanzig Minuten?"

„Wir sehen uns dort."

14

Sam schaute auf ihren Vater herunter, dessen Brust sich hob
und senkte, weil das Beatmungsgerät Luft in seine Lungen
pumpte. Alles, woran sie denken konnte, war das Versprechen, das
sie ihm vor über zwei Jahren gegeben hatte, kurz nach den
Schüssen auf ihn. Damals hatte er sie angefleht, ihn niemals im
Wachkoma oder ohne Bewusstsein weiterleben zu lassen. Wenn es
jemals dazu kommt, hatte er gesagt, dann *tu* etwas. Damals hatte
sie es ihm versprochen, aber mehr, um ihn zu beruhigen.
Allerdings hatte sie alles Nötige in die Wege geleitet, um im Besitz
dessen zu sein, was sie brauchen würde, falls dieser Tag einmal
kommen sollte.

War es jetzt so weit? Sie dachte an das Rezept, das sorgfältig
verwahrt in einem Bankschließfach lag. Dort hatte sie es
eingeschlossen in jenen dunklen Tagen nach den Schüssen und
keine Sekunde daran gedacht, dass sie es tatsächlich einmal
einlösen würde. Denn wie sollte sie das Leben des Mannes
beenden, der immer alles für sie gewesen war? Auch die
Gewissheit, dass es das war, was er wollte, machte die Sache nicht
einfacher. Sich ein Leben ohne Skip Holland vorzustellen, war, als
müsste man sich ein Leben ohne Luft oder Wasser oder Nahrung
vorstellen. Oder ohne Nick.

Als hätte er sich durch ihre Gedanken materialisiert, tauchte er
hinter ihr auf und massierte ihre Schultern. „Wir sollten nach

Hause fahren und ein bisschen schlafen, solange es noch möglich ist."

Bevor Sam etwas erwidern konnte, kam eine Krankenschwester hereingerauscht und fing an, die Monitore zu überprüfen. „Wie geht es ihm?", erkundigte Sam sich.

„Mehr oder weniger unverändert."

Sam wollte vor Frustration am liebsten laut schreien. All diese Stunden hoch dosierter Medikamentierung, und sein Zustand war noch immer der gleiche?

„Die gute Nachricht ist", meinte die Schwester, „dass es nicht schlechter geworden ist. Er hält durch."

Sam fiel es schwer, das als gute Nachricht aufzufassen.

„Mir haben übrigens Ihre Hochzeitsfotos gefallen", gestand die Schwester mit einem schüchternen Lächeln. „Sie waren ein tolles Brautpaar."

„Das ist sehr freundlich", sagte Sam. Die Hochzeit schien schon ewig lang her zu sein. „Wenn wir jetzt für ein paar Stunden verschwinden, wird er in dieser Zeit nicht sterben, oder?"

„Ich kann nichts mit Sicherheit sagen, aber ich glaube, die Gefahr, dass er stirbt, besteht momentan nicht. Sollte sich etwas ändern, werden wir Sie selbstverständlich anrufen."

„Dafür wären wir Ihnen sehr dankbar", sagte Nick. „Verschwinden wir für eine Weile, Babe."

Sam beugte sich herunter, um ihren Vater auf die Stirn zu küssen. Sie hoffte, dass er es irgendwie wahrnahm und wusste, dass sie da war. „Ich bin bald wieder zurück", versprach sie. „Halt durch, Skippy, hörst du? Gib nicht auf."

Sie richtete sich wieder auf und war froh, als Nick ihr den Arm um die Schultern legte. Im Wartezimmer sprang Tracy auf, als sie die beiden hereinkommen sah. „Wie geht es ihm?"

„Unverändert", antwortete Sam. „Was anscheinend gut ist." Sie wiederholte, was die Krankenschwester ihr gesagt hatte.

„Na ja, das ist wenigstens etwas", meinte Tracy. „Ihr zwei solltet für eine Weile nach Hause fahren."

„Machen wir auch. Rufst du mich an, falls sich etwas tut? Irgendetwas?"

„Mach ich", versprach Tracy und umarmte beide.

Sam und Nick gingen durch das stille Krankenhaus zum Parkplatz.

„Warum lässt du deinen Wagen nicht hier stehen?", schlug er vor. „Ich fahre dich morgen früh wieder hierher."

Da Sam völlig k.o. war, stimmte sie erleichtert seinem Plan zu und setzte sich in seinen bequemen BMW. Die Ereignisse des Tages gingen ihr durch den Kopf. Es war untypisch für sie, nicht genau zu wissen, wie die nächsten Schritte aussehen würden, besonders in einem Mordfall. Doch ihre Konzentration litt nun einmal unter der Sorge um ihren Vater.

Über allem schwebte dieses verdammte Versprechen, das sie ihm zu einer Zeit gegeben hatte, in der er alles von ihr bekommen hätte, nur damit er noch einen Tag länger am Leben blieb.

„Was ist los, Samantha? Ich kann hören, wie deine Gehirnzellen arbeiten."

Sollte sie es ihm erzählen? Nein, denn dann wäre es auch seine Last. Sollte sie tatsächlich irgendwann ihr Versprechen einlösen müssen und es deswegen Ärger geben, konnte er reinen Gewissens erklären, er habe nichts gewusst. Für seine politische Karriere wäre das besser, obwohl es ihren Bemühungen zuwiderlief, aufrichtiger ihm gegenüber zu sein.

„Die ermordete Frau – ich kenne sie von irgendwoher, aber ich komme nicht drauf."

„Ich bin sicher, es wird dir wieder einfallen, wenn du weniger um die Ohren hast."

„Ja, vermutlich. Morgen nehmen wir ihre Freunde unter die Lupe, vielleicht stoßen wir dabei auf etwas." Sie schaute aus dem Fenster auf die Stadt, die auf ihrem Weg nach Capitol Hill vorbeirauschte. „Tue ich das Richtige, indem ich meine Arbeit fortsetze, während mein Dad dort liegt?"

„Es würde ihm sicher nicht gefallen, wenn du Nachtwache an seinem Bett hieltest. Viel lieber wäre es ihm, wenn du deinen Mordfall lösen würdest."

„Was ist mit meinen Schwestern und Celia? Werden die mich schrecklich finden, weil ich weiterarbeite?"

„Ich war den ganzen Abend mit ihnen zusammen und habe nichts dergleichen von ihnen gehört, nicht mal andeutungsweise. Die wissen, wie dein Job ist und dass dein

Dad wollen würde, dass du dieser getöteten Frau Gerechtigkeit widerfahren lässt."

„Ich wünschte, ich könnte mit ihm über diesen neuen Fall sprechen. Ich habe diesen ganzen Mist im Kopf über den neuen Fall, die Spur, die Gardner uns in dem Fall der Schüsse auf meinen Vater geliefert hat, und die unheimlichen Kartengrüße. All das schwirrt mir im Kopf herum und richtet ein Durcheinander an."

„Es ist doch ganz normal, dass du jetzt erledigt bist, Sam. Diese Sache mit deinem Dad muss dich schwer getroffen haben, auch wenn du versuchst, es vor allen anderen zu verbergen."

Natürlich durchschaute er sie. Tat er das nicht immer?

Er parkte am Gehsteig vor ihrem Stadthaus in der Ninth Street.

Als sie ausstieg, bemerkte Sam, dass Licht im Haus ihres Vaters brannte. „Ich schaue mal nach Celia. Bin gleich wieder da."

„In Ordnung, aber mach nicht so lange. Du musst schlafen."

Sie musste sich vor allem in seine liebevolle Umarmung schmiegen und für ein paar Stunden einfach loslassen. Nichts linderte ihre Sorgen besser, als in seinen Armen zu schlafen. „Ja, Liebster."

Er verdrehte die Augen und ging zu ihrem Haus.

Auf dem kurzen Weg nach nebenan zum Haus ihres Vaters spähte Sam aufmerksam in die Schatten. Seit ihr Exmann ihr in der Nacht vor der Hochzeit aufgelauert hatte, war sie draußen ständig auf der Hut. Prompt überkam sie ein eigenartiges Gefühl, sodass sie fast sicher war, jemand beobachte sie. Rasch lief sie die Rampe zum Haus ihres Vaters hinauf und klopfte an die Tür. „Celia, ich bin's."

Die Tür wurde schwungvoll geöffnet. „Was habe ich dir über das Anklopfen hier gesagt?" Ihre Stiefmutter sah aus, als könnte sie jeden Moment vor Erschöpfung zusammenklappen.

„Ich wollte dich nicht erschrecken."

„Sei nicht albern. Komm rein."

„Ich hab die Lichter gesehen und dachte, ich erkundige mich mal, wie's dir geht."

„Das ist lieb von dir."

„Und?"

„Na ja, nicht so prickelnd. Endlich heirate ich, und jetzt liegt er im Krankenhaus und ringt mit dem Tod."

Sie wirkte so niedergeschlagen, dass Sam zu ihr ging und sie fest drückte.

Celia erwiderte die Umarmung, und so standen die zwei eine ganze Weile da. „Als wir heirateten, wusste ich natürlich, dass uns möglicherweise nur sehr wenig Zeit bleibt." Celia wischte sich die Tränen aus dem Gesicht. „Trotzdem will ich mehr. Wir hatten nicht annähernd genug."

„Die Krankenschwester meinte, es sei ein gutes Zeichen, dass sein Zustand sich nicht verschlechtert habe."

„Ja", bestätigte Celia, die selbst Krankenschwester war. „Das stimmt auch. Sollte es ihm aber morgen um diese Zeit nicht besser gehen, bedeutet das, dass die Antibiotika nicht anschlagen. Dann müssen wir unter Umständen einige harte Entscheidungen treffen."

Allein der Gedanke daran machte Sam ganz krank.

„Du hast das Rezept noch, oder?"

Sam erschrak. „Was meinst du damit?"

„Stell dich nicht dumm. Ich weiß alles darüber."

„Oh, also …"

„Ich will nur wissen, dass wir es haben, falls wir es wirklich brauchen. Ich werde mich um alles kümmern, keine Sorge."

„Den ganzen Tag lang musste ich an das Versprechen denken, das ich ihm gegeben habe, als er nicht wusste, ob ihm überhaupt noch Lebensqualität bleiben würde. Seitdem war es eine schwere Zeit für ihn, aber letztlich erträglich. Ich muss ständig daran denken, dass er wollen würde, dass wir alles versuchen, damit er diese Krise übersteht und bald wieder nach Hause zu dir zurückkehren kann."

„Ich stimme dir zu, dass er nicht mehr der Mann ist, der er in den Tagen nach den Schüssen war, als alles trübe schien." Die beiden waren schon vor den Schüssen heimlich ein Paar gewesen, weshalb Celia sich freiwillig für seine häusliche Pflege gemeldet hatte. „Doch als seine Frau und nächste Angehörige werde ich nicht zulassen, dass er durch eine Beatmungsmaschine künstlich am Leben erhalten wird."

Sam hatte ihre liebe, bescheidene Stiefmutter noch nie so energisch reden hören.

„Ich will, dass du mir das Rezept bringst, wo auch immer du es aufbewahrt haben magst. Sobald es sich in meinen Händen befindet, wirst du von dieser Last befreit sein. Verstehst du mich?"

Sam war zu perplex, um gleich die richtigen Worte zu finden. „Aber du wirst ... erst wenn er ..."

„Ich werde nicht einmal darüber nachdenken, ehe ich nicht weiß, dass es keine Aussicht auf akzeptable Besserung mehr gibt."

„Und du weißt auch, wie du es anstellen musst, damit es nicht herauskommt?"

„Ich bin Krankenschwester, Sam. Ich weiß genau, was zu tun ist. Und als seine Frau werde ich dafür sorgen, dass es keine Autopsie geben wird." Sie legte die Hand auf Sams Arm und drückte sie sanft. „Lass mich dir diese Last abnehmen."

Sam sah ihrer Stiefmutter in die Augen, dann nickte sie. „Okay. Ich werde es dir morgen holen."

Celia seufzte erleichtert. „Danke."

„Wir sehen uns morgen", sagte Sam und ging zur Tür.

„Oh, Schätzchen", meinte Celia und klang schon wieder ein bisschen mehr so, wie Sam sie kannte. „Bevor du gehst – da ist noch mehr Post für euch."

Sam bekam ein flaues Gefühl im Magen. „Noch mehr?"

Celia ging in die Küche und kam mit einer Plastiktüte voller Umschläge zurück. „Ja, es treffen immer noch ständig Karten ein."

„Na fabelhaft", murmelte Sam und nahm die Tüte entgegen.

„Versuch zu schlafen."

„Du auch", erwiderte Sam, obwohl sie bezweifelte, dass eine von ihnen in dieser Nacht Schlaf bekommen würde.

Auf dem kurzen Weg zurück zu ihrem Haus rekapitulierte Sam die Unterhaltung mit Celia. Nie zuvor hatte sie eine solche Entschlossenheit bei ihrer Stiefmutter erlebt. Aber im Nachhinein betrachtet hätte sie die getrost schon die ganze Zeit bei ihr vermuten dürfen. Sams Handy signalisierte mit einem Piepton den Eingang einer Textnachricht. Sie zog das Telefon aus der Tasche und klappte es auf.

„Zu schade, dass deinetwegen jemand sterben muss. Wer wird der Nächste sein? Ein alter Freund."

Sam blieb abrupt stehen. „Was zur Hölle?" Sie schaute sich ein weiteres Mal genau um und wurde das Gefühl nicht los, dass jemand sie beobachtete. Genau wie damals, ehe sie erfahren hatte, dass ihr Exmann sie tatsächlich stalkte. Nach mehreren Gefängnisaufenthalten und einer richterlichen Verfügung hatte sie geglaubt, er würde sie fortan in Ruhe lassen. Nur war Peter nicht gerade für seine große Vernunft bekannt.

Natürlich war die Nummer des Absenders unterdrückt. Trotzdem würde Sam sie zurückverfolgen lassen. Sie ging die Rampe zu ihrem Haus hinauf und schloss die Tür auf. Von drinnen rief sie im Hauptquartier an und wies den Detective der Nachtschicht an, die Herkunft der Textnachricht in Erfahrung zu bringen.

Nur mit kurzer Sporthose bekleidet, kam Nick die Treppe hinunter, gerade als sie den Anruf beendete.

Sie gönnte sich einen Moment, um den wundervollen Anblick der muskulösen Brust ihres Mannes zu genießen. Nur seine Gegenwart bewirkte, dass sie nicht mehr denken konnte – was nach diesem Tag ganz angenehm war.

„Was ist los, Babe?"

„Komische Textnachricht." Sie hatte auf die harte Tour lernen müssen, dass es einer harmonischen Beziehung förderlich war, wenn sie ihm die Wahrheit sagte über die verrückten Dinge, die ihr im Job begegneten.

„Lass mal sehen." Er streckte die Hand aus, und sie gab ihm ihr Handy.

Sam beobachtete, wie seine liebenswerten Züge sich verhärteten. „Was soll das bedeuten?"

„Ich wünschte, ich wüsste es. Will derjenige damit andeuten, dass Crystal Trainer meinetwegen gestorben ist? Ich schwöre, ich bin ihr schon mal begegnet, aber ich kann mich nicht erinnern, wo."

„Sei nicht albern, Sam. Was könntest du mit einer Frau zu tun haben, die du nicht einmal kanntest? Selbst wenn du ihr schon mal begegnet sein solltest. Überleg doch mal, wie viele Leute dir in den zwölf Jahren bei der Polizei schon über den Weg gelaufen sind. Außerdem bist du hier aufgewachsen und lebst seit fast fünfunddreißig Jahren in dieser Stadt. Du könntest ihr bei allen möglichen Gelegenheiten begegnet sein."

„Stimmt."

„Interpretiere lieber nichts in diese Worte hinein, Babe." Er gab ihr das Telefon zurück und breitete die Arme aus.

Sam ging zu ihm und legte den Kopf an seine Brust, die sie so sehr liebte. Weiche dunkle Härchen streiften ihr Gesicht. „Und wenn derjenige auf jemand anderen anspielt als auf Crystal? Vielleicht ist noch jemand ermordet worden, und ich weiß es nur noch nicht."

„Wenn das der Fall ist, wirst du früh genug davon erfahren."

„Ja, vermutlich."

„Lass uns zu Bett gehen. Du bist erschöpft."

Da sie das kaum bestreiten konnte, ließ sie sich von ihm nach oben führen. Sie beschloss rasch zu duschen, und als sie wieder aus dem Badezimmer herauskam, lag er bereits im Bett. Sie kroch zu ihm unter die Decke und fand, verheiratet zu sein war in etwa das Beste nach Cola light. Ein Gedanke, den sie ihm mitteilte.

Er lachte leise mit geschlossenen Augen. „Das ist ein großes Kompliment von der Cola-light-Königin." Er öffnete den Arm, damit sie näher zu ihm heranrückte.

„Mir fehlt meine Cola", sagte sie seufzend und kuschelte sich an ihn.

Nick streichelte ihren Rücken, was eine tröstliche und beruhigende Wirkung auf sie hatte. Allerdings erregte es sie auch, womit sie nach diesem höllischen Tag nicht gerechnet hätte. Sie schob ein Bein zwischen seine Beine und küsste seine Brust.

„Was haben Sie vor, Mrs. Cappuano?", murmelte er schläfrig. Ein Teil von ihm war jedoch hellwach.

„Du hast deine tägliche Dosis heute noch nicht erhalten."

„Heute hattest du ja auch andere Dinge im Kopf."

„Das stimmt, aber wenn ich mit dir im Bett liege, habe ich plötzlich nur noch eines im Kopf." Während sie sprach, legte sie ihre Finger um seine wachsende Erektion.

Ein wunderschönes haselnussbraunes Auge öffnete sich, wahrscheinlich, um ihre Absicht einzuschätzen.

„Aber wenn du zu müde bist ..."

Ehe sie wusste, wie ihr geschah, lag er auf ihr, zwischen ihren
Beinen.

„Wenn ich hierfür zu müde bin", sagte er, seine Worte mit
Küssen unterstreichend, „habe ich aufgehört zu atmen."

Sam fuhr ihm durch die Haare und hielt seinen Kopf fest,
damit er sie weiter küsste. Einladend hob sie ihm das Becken
entgegen.

Er neckte sie, verwehrte ihr, wonach sie sich sehnte, bis sie ein
frustriertes Kreischen von sich gab, das ihn zum Lachen brachte.

Sam nahm die Sache buchstäblich in die eigene Hand, indem
sie ihn umfasste und einfach dorthin führte, wo sie ihn haben
wollte.

Nick keuchte, als sie seinen Po umklammerte und sich nahm,
was sie von ihm wollte. Seine Stirn landete an ihrer Schulter, als er
in sie hineinglitt.

Sie liebte es, ihn auf diese Weise zu spüren, und war
überwältigt von der Leidenschaft zwischen ihnen. So wie sie ihn
kannte, hatte er sich in einer Minute gesammelt und würde ihr
Lust bereiten, wie niemand es je zuvor geschafft hatte. Nur er
konnte ihre Gedanken des Tages und die Sorgen um ihren Dad
vertreiben. Sanft biss sie ihn ins Ohrläppchen und flüsterte: „Ich
liebe dich. Über alles."

„Samantha." Erneut drang er tief in sie ein und blieb dort. Er
gab ihr alles, was sie brauchte. Er legte die Arme um sie, und sie
schlang die Beine um seine Taille. Gemeinsam bewegten sie sich
und küssten sich dabei.

Sie hätte nicht geglaubt, dass sie auf diese Weise zum
Orgasmus gelangen könnte, doch er drückte all die richtigen
Knöpfe, und schon setzte das vertraute Kribbeln ein.

Er unterbrach den Kuss keinen Augenblick, während sie sich
weiter im Einklang bewegten. Sams plötzlicher Höhepunkt löste
Nicks explosiven Orgasmus aus. Noch lange danach lagen sie
unverändert da, miteinander vereint, dieselbe Luft einatmend. Er
küsste sie sachte und meinte: „Ich liebe dich auch."

Der heutige Tag war kompletter Mist gewesen. Und der
morgige würde zweifellos noch schlimmer werden. Doch diese
Nacht – die war reinste Glückseligkeit.

15

Ich habe nachgedacht", sagte Nick am nächsten Morgen, während er Eier und Toast in Sam hineinzwang.

Sie hätte das Frühstück lieber ausfallen lassen, um eher im Krankenhaus zu sein. Ein Anruf auf der Schwesternstation ergab, dass sich über Nacht nichts geändert hatte. „Worüber?"

„Scotty."

„Was ist mit ihm?"

„Erinnerst du dich, dass wir beschlossen hatten, ich könnte auf unserem Ausflug nach Boston mit ihm darüber reden, ob er nicht bei uns leben möchte?"

„Ja."

„Na ja, da dein Dad im Krankenhaus liegt, scheint es mir nicht mehr der richtige Zeitpunkt zu sein."

„Der richtige Zeitpunkt wird nie kommen. Irgendwas wird immer sein. Wenn wir das wollen, dann lass es uns tun. Wir werden es schon irgendwie schaffen."

„Bist du dir sicher?"

Sie beugte sich zu ihm hinüber und gab ihm einen Kuss. „Sehr sicher. Du kannst nicht ständig zwischen hier und Richmond hin- und herfahren, wenn du deinen Wahlkampf führen musst."

Er nahm ihre Hand und küsste den Diamantring, den sie bei der Arbeit ohne den Verlobungsring trug. „Und eine frisch angetraute Ehefrau habe, um die ich mich kümmern muss."

„Das kommt natürlich noch dazu."

Lächelnd ließ er ihre Hand los und trank seinen Kaffee aus. „Ich bringe dich zum Krankenhaus, damit du deinen Wagen holen kannst. Außerdem würde ich auch gern nach Skip schauen."

„Musst du nicht zur Arbeit?"

„Ich habe eine Ausschusssitzung um zehn, vorher liegt nichts an. Also fahren wir."

Dankbar für seine Begleitung, half sie ihm beim Aufräumen der Küche, bevor sie aufbrachen.

Nachdem Nick sich auf den Weg zum Kapitol gemacht hatte, verbrachte Sam noch eine weitere Stunde bei ihrem Dad, bis Celia sie zur Arbeit scheuchte und versprach, sich bei der kleinsten Veränderung zu melden. Sam fand, er atme nicht mehr so schwer wie am Tag zuvor, war sich jedoch nicht sicher, ob es nicht vielleicht nur Wunschdenken war. Da sie insgeheim Letzteres vermutete, sagte sie nichts zu Celia.

Sams Schwester Tracy kam gerade herein, als Sam gehen wollte. Die beiden umarmten sich auf dem Flur.

„Wie geht es ihm?", erkundigte Tracy sich.

„Mehr oder weniger unverändert, aber wenn du mich fragst, ich finde, das Atmen fällt ihm leichter."

„Das ist gut." Tracy sah ihrer jüngeren, einen Kopf größeren Schwester ins Gesicht. „Ich war nicht darauf gefasst."

„Ich auch nicht. Aber er hat schon seit zwei Jahren von geborgter Zeit gelebt."

„Trotzdem."

„Ich weiß. Glaub mir "

„Gehst du arbeiten?"

Sam nickte. „Ich fühle mich schlecht, ihn zu verlassen ..."

„Dad würde wollen, dass du gehst und denjenigen fängst, der diese arme Frau in Chevy Chase getötet hat."

„Meinst du wirklich?"

„Das weiß ich." Sie umarmte ihre Schwester noch einmal. „Geh. Ich werde mit Celia hier sein."

„Danke, Trace. Ich bin zurück, sobald ich kann."

„Wir werden hier sein."

Nachdem sie den Segen ihrer Schwester bekommen hatte, fühlte Sam sich schon nicht mehr allzu schuldig. Auf dem Weg zu ihrem Wagen schickte sie eine Nachricht ab, in der sie ihr Team zu einem Meeting im Hauptquartier in einer halben Stunde zusammenrief. Sie musste ihre Leute zusammenbringen, um die Ermittlungsarbeit zu intensivieren. Ihren ersten Halt nach dem Eintreffen im Hauptquartier legte sie im Leichenschauhaus ein.

„Hey", begrüßte Lindsey sie, als Sam durch die Doppeltür hereinkam. „Haben Sie meine E-Mail von gestern Abend erhalten?"

„Noch nicht. Ich bin bisher nicht in die Nähe eines Computers gekommen."

„Bevor wir dazu kommen – wie geht es Ihrem Dad?"

„Es heißt, sein Zustand sei unverändert. Aber ich fand, das Atmen fiel ihm heute leichter."

Lindsey lächelte. „Freut mich zu hören. Alle hier drücken ihm die Daumen."

„Dafür bin ich sehr dankbar. Also, was haben Sie für mich?"

Lindsey erläuterte die Ergebnisse der Obduktion und ihre Theorie eines Hammers als wahrscheinliche Tatwaffe. „Keine Abwehrverletzungen, keine Haut unter den Nägeln. Ich glaube, sie wurde von hinten angegriffen, völlig überraschend."

„Danke für die schnelle Arbeit, Doc."

„Na ja, ich wünschte, ich hätte Ihnen mehr sagen können."

„Ich auch. Ich habe eine allseits beliebte Frau, die in ihrer Wohnung ermordet wurde, während einer Phase der Versöhnung mit ihrem Mann, der sie betrogen hat, aber trotzdem aufrichtig mitgenommen zu sein schien von ihrem Tod."

„Sie verdächtigen ihn nicht?"

„Wir haben sein Alibi überprüft. Cruz hat sich gestern Abend seinen Zahlungsverkehr angesehen. Mal schauen, ob er etwas gefunden hat. Trainer könnte den Versöhnungswillen nur vorgetäuscht und jemanden engagiert haben für den Mord."

„Vermutlich ist alles denkbar."

„Ich werde heute nochmal nach Chevy Chase fahren, um in Erfahrung zu bringen, ob vielleicht der Hammer im Werkzeugkasten der Trainers fehlt."

„Bevor Sie aufbrechen, wollte ich Ihnen noch sagen, dass ich mich gestern Abend mit Terry getroffen habe."

„Wie ist es gelaufen?"

„Ganz gut", sagte Lindsey, und in ihre blassen Wangen schoss eine zarte Röte.

„Erröten Sie etwa?"

„Ich weiß nicht." Lindsey hob die Hände an ihr Gesicht. „Tue ich das?"

Sam schaute genauer hin. „Jap. Das muss ja ein Abend gewesen sein."

„Wir waren nur Pizza essen. Nichts Besonderes."

„Warum erröten Sie dann?"

Lindsey lachte. „Sie sind vielleicht eine Nervensäge."

„Hat man mir schon öfter gesagt. Heißt das, Sie haben beschlossen, ihm eine Chance zu geben?"

„Ich habe beschlossen, es langsam angehen zu lassen und abzuwarten, was geschieht."

„Klingt doch ganz vernünftig."

„Tja, wir werden sehen, ob es sich als vernünftig herausstellt oder als die dümmste Idee, die ich je hatte."

„Obwohl ich diese vielen Fremdbestäubungen zwischen der Berufswelt meines Mannes und meiner eigenen nicht leiden kann, hoffe ich das Beste für Sie."

„Wow, danke."

Sam lachte. „Na kommen Sie! Erst verlobt Gonzo sich mit Nicks Stabschefin, und jetzt sind Sie mit seinem stellvertretenden Stabschef zusammen. Wo endet das?"

„Ich kann zwar Ihre Sorge wegen der Fremdbestäubung verstehen, aber vergessen Sie nicht, dass ich den Großteil meiner Zeit mit Toten verbringe. Da muss ich das Leben einfach packen, wo sich die Gelegenheit bietet."

„Wenn man es von der Seite betrachtet ..."

„Halten Sie mich über Ihren Dad auf dem Laufenden."

„Mach ich. Und Sie halten mich über Ihren neuen Freund auf dem Laufenden."

„Er ist nicht mein Freund", erwiderte Lindsey.

„Noch nicht", rief Sam über die Schulter und verschwand durch die Doppeltür.

· · ·

Nick bereitete sich auf die Anhörung vor dem Homeland Security Committee vor, als die Rezeptionistin ihn darüber informierte, dass Irene Littlefield, die Leiterin des Heimes, in dem Scotty lebte, am Telefon sei. Sofort machte er sich Sorgen, dem Jungen könnte etwas zugestoßen sein.

„Mrs. Littlefield?"

„Guten Morgen, Senator. Ich danke Ihnen vielmals, dass Sie meinen Anruf entgegennehmen. Vielen Dank auch für Ihre Hilfe bei der Finanzierung des kommenden Jahres."

Nick entspannte sich ein wenig, da es sich offenbar nicht um einen Notfall handelte. „Habe ich gern getan. Ihr Programm ist sehr wertvoll."

„Freut mich, dass Sie so denken. Diese Kinder liegen uns sehr am Herzen, und genau deshalb rufe ich an. Sie kommen später, um Scotty abzuholen, richtig?"

„Ja, ich wollte gegen sieben bei ihm sein. Konnten Sie ihn für den morgigen Tag vom Unterricht befreien?"

„Ich habe mit der Direktorin gesprochen. Es ist der erste Tag, den Scotty in diesem Jahr fehlen wird, deshalb sah sie kein Problem darin."

„Autsch", meinte Nick und verzog das Gesicht. „Er hat mir gar nicht erzählt, dass damit seine tadellose Anwesenheit endet."

„Für einen Ausflug zum Fenway Park? Ich glaube, ich kann Ihnen getrost versichern, dass er absolut nichts dagegen hat."

Nick lachte. „Ich nehme an, er ist schon ein bisschen aufgeregt."

„Nur ein klein wenig. Könnten Sie vielleicht ein paar Minuten früher da sein heute Abend? Da ist etwas, was ich mit Ihnen besprechen möchte."

„Ich hoffe, es ist alles in Ordnung."

„Doch, doch, seien Sie unbesorgt. Ich weiß, Sie sind schrecklich beschäftigt, und ich werde Sie auch nicht lange aufhalten."

„Natürlich. Kein Problem. Wenn der Verkehr mitspielt, bin ich um Viertel vor sieben da."

„Vielen Dank, Senator."

Nick fragte sich, um was es gehen mochte. Er sammelte seine Akten ein und machte sich auf den Weg zur Anhörung.

Sam blieb gerade noch Zeit, eine Schautafel für den Fall Crystal Trainer vorzubereiten, bevor das von ihr einberufene Meeting begann.

Freddie kam mit einer Tüte Donuts herein und wirkte sehr ausgeruht. „Hey", sagte er. „Wie geht es Skip?"

Sam berichtete ihm und betrachtete ihn eingehend. „Hast du mit deiner Mom gesprochen?"

„Nein." Er legte die Füße auf den Konferenztisch und biss von seinem Donut ab. „Sie hat ein paarmal angerufen, aber ich bin noch nicht bereit, mit ihr zu sprechen."

„Du weißt, dass sie sich Sorgen machen wird, wenn du sie nicht zurückrufst."

Freddie zuckte die Schultern. „Ich bin sicher, sie ist zu sehr damit beschäftigt, hinter meinem Rücken Zeit mit meinem Dad zu verbringen, um sich Gedanken über mich zu machen."

Sam blickte ihn skeptisch und missbilligend an.

„Ich ziehe übrigens mit Elin zusammen."

Sam war perplex. „Wann habt ihr das denn beschlossen?"

„Gestern Abend. Wir haben darüber gesprochen und waren uns einig, dass wir es beide wollen."

Was war passiert? Neulich hatte er noch davon gesprochen, sich auch mit anderen Frauen zu treffen, und jetzt wagte er diesen großen Schritt mit Elin? Offenbar hatte der Schock, seine Mutter zusammen mit seinem Vater zu sehen, ihm den Verstand vernebelt. „Freddie, bist du dir sicher ..." Bevor sie den Gedanken zu Ende führen konnte, kam Gonzo mit seinem Partner, Detective Arnold, herein. Jeannie und Tyrone folgten ihnen unmittelbar, und den Schluss bildete Captain Malone. Die Unterhaltung mit Freddie würde warten müssen, bis sie allein waren.

„Danke für euer Erscheinen", begrüßte Sam alle und zeigte zur Schautafel mit den Fakten zum Fall. „Ich möchte mit euch durchgehen, was wir bisher im Mordfall Trainer haben. Cruz, was hat die Prüfung der Bankkonten ergeben?"

Er wischte sich mit dem Hemdärmel Donutkrümel vom

Mund. „Nichts Ungewöhnliches, auf keinem der Konten der Trainers. Innerhalb der vergangenen zwölf Monate wurden weder auffallend große Summen ein- noch ausgezahlt."

„Das schließt aus, dass der Ehemann jemanden angeheuert hat, um sie zu ermorden", sagte Sam und nahm Lindseys Bericht. „Dr. McNamara ist sich ziemlich sicher, dass es sich bei der Tatwaffe um einen Hammer oder einen ähnlichen flachen, stumpfen Gegenstand handelt. Sie legt sich, was den Todeszeitpunkt betrifft, auf die Mittagszeit fest, also etwa drei Stunden, bevor die Tochter aus der Schule nach Hause kam und ihre Mutter vorfand. Cruz und ich werden heute noch einmal nach Chevy Chase fahren, um mit Mrs. Trainers Freunden zu sprechen und uns umzusehen, wo sie ehrenamtliche Arbeit geleistet hat. Weiter zum verwirrenden Rätsel Nummer zwei, Gonzo: Wo stehen wir bei den Karten?"

„Bis jetzt habe ich noch nichts vom Labor gehört. Bei denen staut sich die Arbeit. Die exakten Worte aus der Verwaltung lauteten: ‚Wir haben hier echte Fälle zu bearbeiten und keine Zeit für dumme Streiche.'"

„Was zum Geier?", meldete Freddie sich zu Wort. „Seit wann gelten Drohungen gegen einen Police Officer und einen Senator der Vereinigten Staaten nicht als echter Kriminalfall?"

„Bisher sind es lediglich vermutete Drohungen", gab Sam zu bedenken, was Gonzo veranlasste, zustimmend zu nicken.

„Ich werde mal sehen, was ich machen kann, um die Sache zu beschleunigen", war die Stimme des Captain aus dem hinteren Teil des Raumes zu hören.

„Danke", sagte Sam und deutete auf die Tüte mit den Karten, die bei ihrem Dad eingetroffen waren. Sie hatte sie zu dem Haufen gelegt, der an ihre eigene Adresse geschickt worden waren. „Wir haben noch mehr bekommen."

Gonzo stöhnte. „Warum musst du so populär sein?"

„Diese Frage stelle ich mir auch jeden Tag."

„Wie werden sie durchsehen", versprach er, die volle Tüte verächtlich begutachtend.

„Und vergiss nicht, sämtliche Umschläge aufzubewahren." Das war so peinlich! „Nick muss sich für die meisten persönlich bedanken."

Gonzo verdrehte die Augen.

Bevor er einen Witz über ihren neuen Status als Frau eines Senators reißen konnte, wandte Sam sich an Jeannie. „Was hast du im Fall Fitzgerald herausfinden können?"

Jeannie schaute ihren Partner an, ehe sie den Blick auf Sam richtete. „Bis jetzt noch nichts. Wir haben gestern mit den Eltern gesprochen und wollen heute mit einem der Brüder reden."

Sam nickte. „Bleib bitte noch einen Moment, wenn wir hier fertig sind."

„Mach ich."

„Na schön, Leute", erklärte Sam. „Es gibt Arbeit. Packen wir's." Die Kollegen strömten aus dem Raum. „Gonzo? Gib mir eine Minute mit McBride, danach brauche ich dich."

„Geht klar, Lieutenant." Er schloss die Tür und ließ Sam mit Jeannie allein.

„Wie läuft es?", erkundigte Sam sich.

„Gut."

„Ich war einigermaßen überrascht, dich heute wieder hier zu sehen. Bist du wirklich wieder fit für den Vollzeitjob?"

„Ich schaue von Tag zu Tag. Im Augenblick fühle ich mich ganz okay."

„Gut. Pass nur auf, dass du es nicht übertreibst."

„Natürlich." Jeannie schürzte die Lippen, als wollte sie noch etwas loswerden.

„Ist noch etwas, Detective?"

„Ich habe mich nur gefragt ..."

„Was denn?"

„Warum hast du dich nie selbst um den Fitzgerald-Fall gekümmert?"

„Das wollte ich immer, aber dann wurde mein Dad angeschossen, und die Suche nach dem Schützen hat meine gesamte übrige Zeit beansprucht – bis heute. Außerdem meinte Dad, ich solle die Sache vergessen, er habe sich schon die Zähne daran ausgebissen. Es sei Zeitverschwendung, den Fall wieder aufzurollen."

Ein seltsamer Ausdruck erschien auf Jeannies Gesicht, der jedoch so schnell wieder verschwand, wie er gekommen war. „Oh, ich verstehe. Das ergibt Sinn."

„Noch etwas, worüber du sprechen möchtest?"

„Nein, ich bin fertig."

„Dann lasse ich dich mal wieder an die Arbeit gehen."

Sam schaute ihr hinterher und fragte sich, was ihre Freundin ihr verschwieg. Irgendetwas war da. Aber sie wollte Jeannie, deren Psyche nach wie vor fragil war, unter gar keinen Umständen drängen.

Gonzo kam herein und machte die Tür hinter sich zu. „Was gibt's denn, Lieutenant?"

„Was hast du über Leroy herausgefunden?"

„Wir haben über zweihundert aktuelle Akten mit dem Namen Leroy."

„Im Ernst? So häufig ist der Name nun auch wieder nicht."

„Ich habe Vor- und Nachnamen eingegeben, da wir von Gardner nur diesen Namen bekommen haben."

„Gute Überlegung."

„Ich arbeite mich durch die Liste", meinte Gonzo. „Bis jetzt habe ich zwei mögliche Kandidaten. Ich halte dich auf dem Laufenden."

„Danke, und sorry für den Kartendienst, aber ich muss mich um den Fall Trainer kümmern."

„Ja, ja. Du beschäftigst dich lieber mit einem Mord, statt Hochzeitskarten zu öffnen. Mir kannst du nichts vormachen."

Sam lachte. „Da hast du verdammt recht."

Gonzos finstere Miene belustigte sie noch mehr.

„Wie geht es dem Baby?" Vor Kurzem hatte er erfahren, dass aus einer kurzen Beziehung zu einer Frau ein Kind hervorgegangen war. Ihm war vorläufig das Sorgerecht für den Jungen namens Alejandro oder Alex, wie Gonzo ihn nannte, zugesprochen worden. Zu behaupten, das habe sein Leben ziemlich umgekrempelt, wäre eine Untertreibung gewesen.

„Dem geht's hervorragend. Ich kann gar nicht glauben, wie groß er schon geworden ist."

„Das geht schnell im ersten Jahr."

„Hab ich auch schon gehört."

Sam räusperte sich. Sie sollte Interesse zeigen, aber diese kollidierenden Welten nervten sie. „Und die Hochzeitspläne?" Er war mit Christina Billings verlobt, Nicks Stabschefin.

„Gehen voran. Wir peilen nächstes Frühjahr an. Innerhalb der nächsten zwei Monate werden wir zusammenzuziehen."

„Mann, das ist ja die reinste Epidemie."

„Wie meinst du das?"

„Cruz lebt auch bald in wilder Ehe."

„Mit Elin?"

„Sagt er."

„Wow. Ist das eine gute Idee?"

„Keine Ahnung."

„Sehr interessant."

„Gibt es übrigens schon Antworten auf die Frage, wer wegen der Hochzeitseinladungen sauer war?"

„Hat er noch nicht mit dir gesprochen?"

„Wer?", fragte Sam verwirrt.

Mit verärgerter Miene ging Gonzo zur Tür. „Arnold! Komm rein."

Gonzos Partner kam aus dem Kommissariat angerannt. „Was ist los?"

„Du solltest ihr etwas sagen."

„Oh. Ach ja. Tja, äh, diese Sache mit den Hochzeitseinladungen und Stahl ist wahrscheinlich meine Schuld."

„Inwiefern?", wollte Sam von dem jungen Detective wissen.

„Na ja, am Tag Ihrer Hochzeit stand ich in der Herrentoilette, zusammen mit einem anderen Officer. Und da riss ich einen Witz darüber, dass ich dableiben muss, während alle anderen zu Ihrer Hochzeit gehen können. Dann rauschte eine Toilettenspülung, und Stahl kam mit seinem typischen gruseligen Grinsen aus einer der Kabinen. Ich hatte sofort ein mulmiges Gefühl, weil mir klar war, dass er das irgendwie gegen Sie zu verwenden versuchen würde. Tut mir echt leid, Lieutenant."

„Machen Sie sich keine Gedanken deswegen. Mir tut es leid, dass ich Sie nicht einladen konnte."

„Ach, das ist doch in Ordnung. Ich wusste, dass Sie nicht jeden einladen können, und es hat mir nichts ausgemacht, den ganzen Tag zu arbeiten. Ehrlich. Ich hab echt nur Spaß gemacht."

„Danke, dass Sie die Sache aufgeklärt haben."

Arnold huschte zur Tür hinaus.

„Rätsel gelöst", sagte Sam zu Gonzo. „Danke, dass du der Sache auf den Grund gegangen bist."

„Gern geschehen. Ich hätte ihm fast eine reingehauen, als ich gehört habe, was er getan hat." Er nahm die Tüte mit den Karten. „Ich mache mich mal lieber an die Arbeit."

„Noch mal danke, dass du dich darum kümmerst."

„Dafür bist du mir einen Gefallen schuldig – einen großen."

„Setz es auf die Rechnung."

16

Darren Tabor vom *Washington Star* wartete bereits auf Sam, als sie aus dem Hauptquartier kam, auf dem Weg nach Chevy Chase.

„Nicht jetzt, Darren."

„Ich brauche nur eine Minute."

Da er ihr in der Vergangenheit den einen oder anderen Gefallen getan hatte, verlangsamte sie ihre Schritte zu einem normalen Tempo, während sie ihren Weg zum Parkplatz gemeinsam mit Freddie fortsetzte. „Was?"

„Ist etwas dran an dem Gerücht, dass Sie Drohpost erhalten haben?"

„Woher haben Sie das?"

„Beantworten Sie meine Frage."

„Inoffiziell?"

„Ach kommen Sie, Sam."

„Inoffiziell oder gar nicht."

„Na schön." Er steckte seinen Notizblock in die Gesäßtasche und hob beide Hände.

„Wir haben ein paar merkwürdige Botschaften in einigen der Glückwunschkarten erhalten, die hierher und an Nicks Büro geschickt wurden, als wir auf Hochzeitsreise waren."

„Definieren Sie ‚merkwürdig'."

„Wir gehen der Sache nach, mehr sage ich nicht. Und jetzt

verraten Sie mir, woher Sie das wissen."

„Wir erhielten einen Anruf, in dem es hieß, Sie hätten Drohpost bekommen. Der Anrufer wunderte sich, dass in den Medien nicht darüber berichtet wurde."

„Stimmt das? Unser Brieffreund sucht also Publicity. Handelte es sich bei dem Anrufer um einen Mann oder eine Frau?"

„Das konnten wir nicht heraushören. Ich habe es mir viermal angehört und war mir anschließend immer noch nicht sicher."

„Haben Sie eine Kopie gemacht?"

„Sam, jetzt beleidigen Sie mich." Er zog einen USB-Stick aus der Tasche und gab ihn ihr.

Sie schnappte ihn sich, bevor Darren seine Meinung ändern konnte. „Ich hasse es, in Ihrer Schuld zu stehen."

„Ich weiß", erwiderte er mit einem breiten Grinsen.

„Was wird mich das kosten?", wollte Sam wissen.

„Was gibt es Neues im Fall der ermordeten Hausfrau in Chevy Chase?"

„Bis jetzt noch absolut gar nichts."

„Wie wäre es denn mit exklusiven Informationen für Ihren Lieblingsreporter, sobald Sie welche haben?"

„Ich werde sehen, was ich tun kann. Und jetzt müssen wir uns an die Arbeit machen."

Darren trat zur Seite und ließ die beiden ziehen.

„Hey, Darren?", rief Sam über die Schulter. „Danke."

„Kein Problem."

„Er ist nicht so schlimm wie einige von den anderen", bemerkte Freddie, sobald Darren außer Hörweite war.

„Stimmt." Sam würde Darren nie vergessen, dass er sie gewarnt hatte, als eines der Klatschblätter eine Story über ihre Beinahe-Abtreibung vor Jahren hatte bringen wollen. Dank dieses Hinweises konnten sie dem Klatschblatt mit der Wahrheit zuvorkommen – nämlich, dass sie eine Fehlgeburt erlitten hatte.

Als sie im Wagen saßen, zog Freddie seinen Laptop aus der Tasche und schob den USB-Stick in die dafür vorgesehene Buchse. Sie hörten sich den Telefonmitschnitt fünfmal an, doch keinem von beiden kam die Stimme irgendwie bekannt vor. Auch ob es sich um einen Mann oder eine Frau handelte, vermochten sie nicht zu sagen. Wie Darren schon angedeutet hatte, wollte der Anrufer offenbar Publicity für die Karten.

„Schwer narzisstisch", stellte Sam fest.

„Allerdings."

Auf dem Weg nach Chevy Chase überlegte Sam, wie sie Freddie möglichst taktvoll auf seine Pläne, mit Elin zusammenzuziehen, ansprechen konnte. „Glaubst du wirklich, dass du schon bereit bist, mit Elin zusammenzuleben?" Na schön, Takt war nicht ihr Ding. „Du kennst sie doch erst seit ein paar Monaten."

„Du hast nach drei Monaten Beziehung geheiratet."

Der Punkt ging an ihn. „Wir sind älter", konterte sie. „Und erfahrener." Das klang nun wirklich lahm. Der Ansicht war er anscheinend auch, denn er gab nur ein verächtliches Schnaufen von sich.

„Tut mir ja echt leid, dass es nicht deine Zustimmung findet. Trotzdem wäre es mir lieber, du würdest mit dem Thema aufhören. Ich habe die Nase voll davon, das zu tun, was alle von mir erwarten. Es ist mein Leben, und das werde ich führen, wie ich es für richtig halte."

Sam sah ihn an und fragte sich, wohin ihr netter, entgegenkommender Kollege verschwunden war. Seine Mutter zusammen mit seinem Vater zu sehen, hatte definitiv zu diesem neuen, harten Zug beigetragen. „Hast du Elin davon erzählt, dass du deine Mom mit deinem Dad gesehen hast?"

„Nee. Das hat doch nichts mit ihr und mir zu tun."

„Nur dass du bis gestern nicht mal in Erwägung gezogen hast, mit ihr zusammenzuziehen."

„Weißt du doch gar nicht."

„Wenn du meinst."

„Ich weiß, du glaubst, du kümmerst dich nur um mich. Aber lass es einfach bleiben, ja? Ich tue, was ich tun will, und damit basta."

„Ich sage ja nur, dass du mit deiner Mutter reden solltest."

„Das werde ich auch. Wenn ich bereit dafür bin, und keine Sekunde früher."

„Es ist nicht fair von dir, dass sie sich deinetwegen Sorgen machen muss."

„Ich habe ihr heute Morgen eine Nachricht geschickt, dass ich viel zu tun habe und sie anrufe, sobald ich kann."

Das war wenigstens etwas. „Gut."

„Können wir das Thema jetzt beenden?"

„Was immer du willst."

Die restliche Fahrt brachten sie in ungewöhnlichem und unbehaglichem Schweigen hinter sich. Wie von ihnen gewünscht, erwartete Jed Trainer sie vor dem Haus. Er lehnte an einer silbernen Limousine und betrachtete das Haus, als sie vorfuhren. Die Spurensicherung hatte ihre Arbeit beendet, trotzdem war der Garten noch mit gelbem Band abgesperrt.

Als Sam und Freddie auf ihn zugingen, richtete Trainer sich auf. Er sah aus, als hätte er letzte Nacht keine Minute geschlafen, und das gestrige adrette Äußere war durch ein altes T-Shirt und Jeans ersetzt worden. Er war unrasiert, und die Haare standen wirr von seinem Kopf ab. Seinem Aussehen nach zu urteilen nahm ihn der Tod seiner Frau schwer mit.

„Danke, dass Sie sich mit uns treffen", sagte Sam.

„Ich tue alles, um herauszufinden, wer Crystal das angetan hat."

„Wie geht es den Kids?", erkundigte Freddie sich. Eine solche Frage passte zu ihm, deshalb war Sam ein wenig erleichtert, sie aus seinem Mund zu hören.

„Schrecklich. Sie haben die ganze Nacht geweint. Es ist der reinste Albtraum."

„Es tut uns sehr leid", sagte Sam. Sie war stets befangen in den Gesprächen mit den Familienangehörigen von Mordopfern. Nichts, was sie sagen konnte, würde je genug sein. „Haben Sie eigentlich Werkzeug im Haus?"

Die Frage schien ihn zu überraschen. „Das übliche Zeug."

„Können Sie uns das zeigen?"

„Klar", erwiderte er verwirrt. „Hier entlang."

Er führte sie zu einem Werkraum im Keller, mit einer Lochwand, an der verschiedene Schraubenzieher, Schraubenschlüssel und Zangen hingen. Ein Hammer wurde von zwei Haken gehalten, zu beiden Seiten des Griffes.

Sam nickte Freddie zu, der seine Latexhandschuhe anzog und

den Hammer in einen Beweismittelbeutel steckte. „Nimm auch den Vorschlaghammer mit", sagte sie.

„Ich verstehe nicht", meinte Jed. „Warum nehmen Sie die mit?"

„Die gerichtsmedizinische Untersuchung hat ergeben, dass Ihre Frau an einem einzigen Schlag auf den Hinterkopf gestorben ist, ausgeführt von einem Gegenstand mit flacher Oberfläche, wie beispielsweise einem Hammer. Wir werden das Labor bitten, zu untersuchen, ob einer dieser beiden Hämmer als Tatwaffe benutzt wurde."

Er lehnte sich gegen die Werkbank. „Jemand hat ihr mit einem Hammer auf den Hinterkopf geschlagen? *Warum?*"

„Das würden wir auch gern wissen. Wenn wir schon hier sind – können Sie sich noch mal umschauen, ob irgendetwas von Wert fehlt? Bargeld, Schmuck, Silber vielleicht. Solche Dinge."

„Das habe ich gestern schon mit den Leuten von der Spurensicherung getan. Aber ich werde es noch mal machen."

„Wir wären Ihnen sehr dankbar."

Sie begleiteten ihn durch das Haus zu Mrs. Trainers Schmuckschatulle. Er zeigte auf ihren Ehering. „Wäre es möglich", begann er, und seine Stimme brach kurz, „sie mit ihrem Ehering zu beerdigen? Ich würde ihren Verlobungsring gern für meinen Sohn behalten, damit er ihn eines Tages seiner zukünftigen Frau geben kann."

„Nur zu, nehmen Sie ihn", sagte Sam, gerührt von seinem überwältigenden Kummer. Sie konnte sich nicht vorstellen, wie es sich anfühlte, wenn eine Ehe derart gründlich scheiterte und man anschließend versuchte, sie zu retten, nur um dann den Partner durch einen Mord zu verlieren. Als frisch Verheiratete sandte ihr diese Vorstellung einen Schauer über den Rücken.

„Alles in Ordnung?", erkundigte Freddie sich, als sie Jed nach unten ins Arbeitszimmer folgten.

„Ja, mir geht's gut."

Nachdem Jed bestätigt hatte, dass keine Wertgegenstände fehlten, ließen sie ihn zu seinen Kindern zurückkehren, die er bei seinen Eltern gelassen hatte. Sie baten ihn, die Stadt nicht zu verlassen und sie über die Beerdigungspläne zu informieren.

„Ich fühle mit ihnen", sagte Freddie und klang wieder mehr wie der Freddie, den sie kannte.

„Ich auch."

„Diese armen Kinder werden nie mehr dieselben sein."

„Allerdings."

Ihr nächster Halt war die Alice Deal Middle School, wo die gramerfüllte Direktorin Mrs. Nesbitt bestätigte, dass Crystal Trainer eine unermüdliche ehrenamtliche Helferin und ein sehr beliebtes Mitglied der Schulgemeinde gewesen war.

„Wissen Sie, ob sie Probleme mit jemandem hatte?", fragte Sam.

„Sie war bei den anderen Eltern und den Lehrern sehr beliebt. Wir alle wussten ihre Bemühungen, Geld für die Schule zu sammeln, sehr zu schätzen. Es war ihre Idee, dass jede Klasse einen Themenkorb sponsert, der dann auf unserem Winterfest verlost wird. Diese Aktion hat mehr Einnahmen gebracht als alles, was wir jemals vorher gemacht haben. Ich weiß nicht, was wir ohne sie tun sollen."

„Ist es denkbar", fragte Freddie, „dass sich ein anderes Elternteil durch Mrs. Trainers Erfolg zurückgesetzt fühlte?"

Mrs. Nesbitt dachte einen Moment darüber nach. „Mir fällt niemand ein, der eifersüchtig gewesen sein könnte. Wir arbeiten alle an dem gleichen Ziel, nämlich dass die Kinder alles haben, was sie brauchen, besonders in den vergangenen Jahren des wirtschaftlichen Abschwungs. Viele unserer Familien waren davon betroffen, und freiwillige Helfer wie Mrs. Trainer waren für uns unersetzlich."

Sam gab Mrs. Nesbitt ihre Karte, für den Fall, dass ihr doch noch jemand einfiel, der ein Problem mit der ach so perfekten Crystal Trainer gehabt hatte.

„Kennst du jemanden", wandte Sam sich auf dem Rückweg zum Wagen an Freddie, „der allgemein derartig beliebt ist, wie es diese Frau war?"

„Abgesehen von dir natürlich." Er grinste, und das brachte sie zum Lachen. „Ich würde sagen, da käme höchstens meine Mutter infrage. Ich kenne niemanden, der sie nicht verehrt."

„Bis auf dich im Augenblick."

Das entlockte ihm ein Lächeln, wie sie gehofft hatte. „Was jetzt?"

„Ich will mit Donna Kasperian sprechen", antwortete Sam. „Jed nannte sie Crystals beste Freundin."

Sie fuhren zu der Adresse, die einige Blocks weit vom Zuhause der Trainers entfernt lag. In der Auffahrt der Kasperians parkten mehrere Autos. Gerade als sie am Bordstein hielten, erschien eine ältere Frau in der Tür, die ein zugedecktes Tablett trug.

„Bäh", murmelte Sam. „Kummerzentrale. Ich hasse das."

„Ich auch. Bringen wir es hinter uns."

Ein Mann öffnete die Tür, und sie zeigten ihm ihre Dienstmarken.

„Mr. Kasperian?"

„Ja."

„Ich bin Lieutenant Holland. Dies ist mein Partner, Detective Cruz. Wir würden gern mit Mrs. Kasperian sprechen."

„Sie fühlt sich momentan nicht gut. Ginge es nicht ein andermal?"

„Tut mir leid", sagte Sam. „Aber dies ist eine Ermittlung in einem Mordfall. Wir müssen wirklich mit ihr sprechen."

„Kommen Sie rein." Er ließ sie eintreten und führte sie in ein hübsch eingerichtetes Wohnzimmer. „Ich hole sie."

Stimmengemurmel aus einem anderen Raum war das einzige Geräusch in dem ansonsten stillen Haus. Der Mann, der sie eingelassen hatte, kehrte mit einer Frau zurück, um die er den Arm gelegt hatte und die ganz offensichtlich seiner Stütze bedurfte. Sie hatte kurzes blondes Haar und grüne Augen, deren Ränder vom Weinen gerötet waren.

„Mrs. Kasperian", begrüßte Sam sie. „Ich bin Lieutenant Holland ..."

„Ich weiß, wer Sie sind. Crystal und ich haben gemeinsam die Berichterstattung von Ihrer Hochzeit im Fernsehen verfolgt."

„Oh, ich, äh, danke. Dies ist mein Partner, Detective Cruz. Wir bedauern sehr, Sie in dieser schwierigen Zeit behelligen zu müssen."

„Wer könnte das getan haben?", fragte Donna mit Tränen in den Augen.

„Das versuchen wir herauszufinden. Können wir uns einen Moment setzen?"

„Ja, natürlich." Sie und ihr Mann nahmen auf dem einen Sofa Platz, Freddie und Sam auf dem anderen.

„Wann haben Sie zuletzt mit Mrs. Trainer gesprochen?"

„Gestern Morgen. Es war ihr ,freier Tag' ohne Verpflichtungen. Sie hatte einen Friseurtermin, und anschließend wollte sie zum Yoga. Wir haben überlegt, nach dem Abendessen einen Spaziergang zu unternehmen, aber ..."

„Sie sind schon länger befreundet?"

„Seit die Kinder den Kindergarten besucht haben. Unsere Melanie geht in Nicoles Klasse. Wir haben gemeinsam ehrenamtlich gearbeitet. Unsere Familien waren befreundet. Es ist alles schwer zu glauben."

„Fällt Ihnen jemand ein, der sich gewünscht haben könnte, ihr etwas anzutun?"

„Nein! Sie hatte keine Feinde!"

„Hat sie jemals von Problemen mit Leuten aus der Zeit, bevor Sie sich kannten, geredet?"

Donna schüttelte den Kopf. „Nie."

„Hätte Sie Ihnen davon erzählt? Wenn etwas in ihrer Vergangenheit gewesen wäre?"

„In den über zehn Jahren unserer Freundschaft gab es kein Thema, über das wir nicht gesprochen hätten." Sie versuchte vergeblich ein Schluchzen zu unterdrücken. Ihr Mann tätschelte ihr Knie. „Sie war die beste Freundin, die man sich nur wünschen konnte."

„Sie wussten von den Problemen in ihrer Ehe?"

Donna schien ein wenig in sich zusammenzusacken, und die Miene ihres Mannes verdüsterte sich. „Wir waren geschockt, als wir von Jeds Affäre erfuhren", sagte sie. „Obwohl es schon eine Weile zurückliegt, sind wir nach wie vor fassungslos. Die beiden führten eine Ehe, um die andere sie beneideten. Sie wissen schon – auch nach einem Jahrzehnt Ehe gingen sie noch zärtlich miteinander um. Es war ein totaler Schock für jeden, der sie kannte."

„Aber sie haben an einer Versöhnung gearbeitet?"

„Sie gingen eine Weile zur Eheberatung."

„Wie lief es mit der Versöhnung?"

„Durchwachsen. Mal erklärte Crystal, sie würden wieder

zusammenkommen, aber am nächsten Tag zweifelte sie daran, ob sie ihm jemals wieder vertrauen konnte. Es war ein ständiges Auf und Ab."

„Schien es ihm ernst damit zu sein, die Ehe zu retten?"

„Ja", antwortete Donna leise. „Er war sehr zerknirscht und bereit, alles zu tun, worum sie ihn bat. Neulich erst sagte ich zu ihr, es sei vielleicht an der Zeit, ihm entweder noch eine Chance zu geben oder ganz loszulassen. Es raubte ihr die Lebenskraft."

„Er wusste, dass er Mist gebaut hatte", meldete Mr. Kasperian sich zu Wort. „Er war entschlossen, alles zu tun, um es wiedergutzumachen."

„Bestand die Möglichkeit, dass sie ihm eröffnen würde, es sei vorbei mit der Ehe?"

Das Paar tauschte einen Blick. „Mir gegenüber hat sie nichts dergleichen erwähnt", meinte Donna. „Das hätte sie aber getan, wenn sie das vorgehabt hätte. Wir hätten zuerst darüber gesprochen."

Sam stand auf, und Freddie folgte ihrem Beispiel. „Danke für Ihre Zeit. Wir sind Ihnen sehr dankbar dafür, dass Sie mit uns gesprochen haben."

„Finden Sie die Person, die ihr das angetan hat. Bitte."

„Wir tun unser Bestes." Als sie draußen waren, sagte Sam zu Freddie: „Wir müssen mit der Eheberaterin der Trainers sprechen."

„Du hast meine Gedanken gelesen, Lieutenant."

Die Praxis von Dr. Taylor Kingsley befand sich in einem Backsteingebäude in der Connecticut Avenue. Nachdem sie Jed Trainer gebeten hatten, sie telefonisch anzukündigen und seine Zustimmung für ein Gespräch zu geben, erwischten Sam und Freddie sie zwischen zwei Terminen.

Die Ärztin erhob sich und begrüßte die beiden per Handschlag. Sie war groß, hatte schulterlanges braunes Haar und braune Augen.

„Sie haben mit Mr. Trainer gesprochen?", fragte Sam.

Die Ärztin nickte. „Ich bin noch immer geschockt von der ganzen Sache. Seit ich gestern Abend die Nachrichten im

Fernsehen gesehen habe, bin ich wie vor den Kopf geschlagen. Sie war solch ein reizender Mensch."

„Haben wir schon mehrfach gehört. Was können Sie uns über die Sitzungen der beiden mit Ihnen berichten?"

„Da ich seine Erlaubnis habe, kann ich Ihnen verraten, dass die zwei sehr hart daran gearbeitet haben, ihre Ehe wieder zu kitten. Sie war sehr verletzt und enttäuscht von seiner Untreue, und er war zerknirscht und schämte sich. Sie machten echte Fortschritte."

„Eine ihrer Freundinnen nannte es ein Auf und Ab."

Die Ärztin dachte einen Moment darüber nach. „Das ist eine angemessene Beschreibung. Es fiel ihr schwer, wieder Vertrauen aufzubauen. Das war das Hauptproblem für sie – die Frage, ob sie ihm jemals wieder würde vertrauen können, wenn sie es noch einmal mit ihm versuchen würde. Die zwei hatten noch einen langen Weg vor sich, doch wie ich schon sagte, sie machten definitiv Fortschritte." Nach einer kurzen Pause fügte sie hinzu: „Er gilt nicht als verdächtig, oder?"

„Im Augenblick nicht, aber völlig ausgeschlossen haben wir bisher noch keinen."

„Nach dem zu urteilen, was ich hier gesehen habe, hing er sehr an ihr. Abgesehen von dieser einen kurzlebigen Affäre war er ihr treu."

„Zumindest behauptete er das." Sam konnte sich den sarkastischen Unterton nicht ganz verkneifen.

„Tja, zumindest behauptete er es", räumte die Ärztin ein.

„Hat sie jemals von irgendwem aus ihrer Vergangenheit erzählt, mit dem sie vielleicht ein Problem hatte?"

„Nachdem ich gestern die Nachrichten gesehen habe, habe ich mir meine Notizen in ihrer Akte noch einmal durchgelesen, weil ich mir schon dachte, dass Sie irgendwann mit mir sprechen wollen. Ich habe keine Anspielungen auf Probleme gefunden, außer von denen mit ihrem Mann."

Sam gab ihr eine Visitenkarte. „Bitte rufen Sie uns an, falls Ihnen noch etwas einfällt, das uns weiterhelfen könnte."

Auf dem Rückweg zum Wagen rief Sam Celia an. „Irgendwas Neues?"

„Sein Fieber ist zurückgegangen", berichtete Celia und klang ganz begeistert.

Sam musste stehen bleiben, denn Erleichterung durchströmte sie. „Das sind großartige Neuigkeiten."

„Er ist noch nicht über den Berg, keineswegs. Aber es ist schon mal ein gutes Zeichen."

„Ja", meinte Sam. „Ich komme ins Krankenhaus, sobald ich kann."

„Kein Problem, Schätzchen. Du bist genau dort, wo er dich würde haben wollen."

„Gute Nachrichten?", erkundigte Freddie sich, nachdem sie das Gespräch mit ihrer Stiefmutter beendet hatte.

„Sein Fieber ist gesunken."

„Freut mich, das zu hören."

„Wir treffen uns gleich am Wagen, ja?"

„Klar."

Als er gegangen war, rief sie Nick auf seinem Handy an.

„Hey, Babe, was gibt's?" Da sie nicht gleich antwortete, fragte er: „Sam?"

„Ich bin da."

„Was ist denn, Liebes?"

„Das Fieber bei Dad ist gesunken."

Nick stieß einen leisen Pfiff aus. „Das sind wunderbare Neuigkeiten. Was für eine Erleichterung."

„Er hat noch einen langen Weg vor sich, aber es ist ein gutes Zeichen."

„Ja, das ist es. Geht es dir gut?"

„Ich bin nur ... Ich habe Angst, mir zu viel Hoffnung zu machen, weißt du?"

„Das kann ich verstehen, aber es ist wirklich ein gutes Zeichen. Es geht wahrscheinlich in Ordnung, jetzt ein wenig optimistisch nach vorn zu schauen."

„Ja, vermutlich."

„Wie läuft es mit dem Fall?"

„Nicht besonders, genau wie mit dem Carl's-Fall. Ich warte immer noch darauf, dass mal irgendwer irgendetwas Schlechtes über eines der Opfer äußert."

„Ist dir inzwischen eingefallen, woher du Crystal Trainer kennst?"

„Nein, es bleibt so eine vage Ahnung."

„Ah, das hasse ich."

Sam lachte. „Klar, als würde dir das jemals passieren, der du nie auch nur einen Namen oder ein Gesicht vergisst."

„Ach, das stimmt doch gar nicht."

„Sicher, Senator. Was immer du sagst."

„Apropos Senat. Ich muss los und über das Energiegesetz abstimmen. Kommst du zurecht?"

„Mir geht es schon viel besser, nachdem ich mit dir gesprochen habe."

„Gut. Wir sehen uns heute Abend, wenn ich mit Scotty aus Richmond zurück bin."

„Kann es kaum erwarten, ihn wiederzusehen – und dich."

„Sei vorsichtig da draußen heute."

„Bin ich immer. Liebe dich."

„Liebe dich auch."

17

J eannie und Will fanden Caleb Fitzgerald bei der Arbeit in einem kleinen Wirtschaftsprüfungsunternehmen in der Massachusetts Avenue vor.

„Ich habe nicht viel Zeit", erklärte er, als er mit ihnen in den Konferenzraum ging. „Zeit der Steuererklärungen."

Er sah ganz so aus, wie Jeannie sich seinen ermordeten Bruder vorgestellt hatte, wäre er in dieses Alter gekommen. Er war groß und kräftig, mit kurzen braunen Haaren und freundlichen braunen Augen, aus denen er sie misstrauisch musterte, als fürchte er sich vor dem, was die beiden Polizisten ihm sagen würden.

„Ich habe gehört, dass Sie gestern mit meinen Eltern gesprochen haben. Was hat es mit diesem neuen Interesse am Fall meines Bruders auf sich? Wir haben seit Jahren nichts mehr vom MPD gehört, und jetzt plötzlich zweimal in zwei Tagen?"

„Unser Lieutenant bat uns, den Fall noch einmal aufzurollen", sagte Jeannie.

„Hören Sie, wir wissen das Interesse und die Aufmerksamkeit zu schätzen, aber ich komme nicht damit klar, dass meine Eltern neue Hoffnung schöpfen und am Ende völlig niedergeschlagen sind, weil nichts dabei herauskommt."

„Können wir Sie wegen Ihres Bruders Cameron befragen?", meinte Jeannie.

Caleb erstarrte. „Was ist mit ihm?"

„Wann haben Sie das letzte Mal mit ihm gesprochen?"

„Das weiß ich nicht. Vor einem Monat vielleicht."

„Sie stehen sich also nicht sehr nahe?"

„Nicht besonders. Er führt sein Leben, ich meines."

„Sie waren beide an dem Abend seiner Entführung mit Tyler zusammen?"

Calebs Miene verriet Anspannung, und ein Wangenmuskel zuckte. Als Antwort nickte er nur kurz.

„Welche Erinnerungen haben Sie an jenen Abend?"

„Ich denke nicht gerne daran. Ich versuche, mich nicht daran zu erinnern."

„Wenn Sie uns nur die Ereignisse schildern könnten von dem Zeitpunkt an, an dem Sie drei Ihr Zuhause verlassen haben bis zu dem Moment, in dem Sie begriffen, dass Tyler verschwunden ist ..."

„Ich habe das seitdem schon hundert Mal erzählt. Ich sehe keinen Grund dafür, es noch einmal zu tun."

„Wir rollen den Fall neu auf", erklärte Will. „Vielleicht hören wir etwas heraus, was den anderen entgangen ist."

„Mr. Fitzgerald", sagte Jeannie mitfühlend. „Ich weiß, es ist schwierig, darüber zu sprechen ..."

„Woher wollen Sie das denn wissen?" Seine Augen funkelten vor Wut und Verzweiflung. „Jedes Mal, wenn ich denke, ich sei darüber hinweg, passiert etwas, was die Wunde wieder aufreißt. Das hört nie auf. Wir kriegen nie unseren Frieden."

„Ich bedaure es sehr, diese Wunde wieder aufzureißen", sagte Jeannie. „Es liegt nicht in meiner Absicht, Ihnen noch mehr Schmerz zu verursachen. Aber wenn wir diesen Fall abschließen, besteht vielleicht die Chance, dass Ihre Familie ihren Frieden findet."

Caleb schien darüber nachzudenken. Er ließ sich auf einen Sessel sinken und beugte sich vor, um die Ellbogen auf die Knie zu stützen. Den Kopf auf die Hände gelegt, saß er so lange still da, dass Jeannie sich fragte, ob er ihnen das geben würde, weshalb sie hier waren.

„Meine Eltern wollten, dass ich und Cam Tyler mit zum Spielplatz nehmen", begann er schließlich.

Jeannie sah kurz zu Will.

Er nickte, sichtlich ermutigt, und gab ihr ein Zeichen, die Befragung weiterhin zu leiten.

„Er war den ganzen Tag drin gewesen, weil es geregnet hatte. Es machte mir nichts aus, ihn mitzunehmen, aber Cam war genervt."

„Warum?", wollte Jeannie wissen. Es kam alles zurück zu ihr – der Rhythmus der Befragung, der Fluss der Fragen. Sie musste zugeben, dass es sich gut anfühlte, wieder die gewohnte Arbeit zu tun.

„Er hatte eine Freundin, und mit der wollte er sich treffen. Aber meine Eltern meinten, er dürfe erst los, wenn er sich eine Weile um Tyler gekümmert hat."

„Zwangen sie euch beide oft dazu, Zeit mit ihm zu verbringen?"

„Mich mussten sie nie zwingen. Tyler und ich standen uns immer nahe, obwohl ich ein ganzes Stück älter war. Mir ging er nicht so auf die Nerven wie Cam."

„Die zwei hatten demnach Probleme?"

„So würde ich es nicht nennen. Es war eher so, dass Ty Cam piesackte. Er mischte sich ständig in seine Angelegenheiten ein und verpetzte ihn. Sie wissen schon, typischer Kleiner-Bruder-Mist."

„Machte er das auch mit Ihnen?"

„Schon, aber ich habe mich nicht so darüber aufgeregt wie Cam." Noch immer nach vorn gebeugt im Sessel sitzend, verschränkte Caleb seine Finger und schien in Gedanken weit weg von diesem Konferenzraum zu sein. „Die beiden hatten einen großen Streit, weil Ty meiner Mutter erzählt hatte, dass Cams Freundin in seinem Zimmer gewesen war, als Mom bei der Arbeit war. Mom ging an die Decke, und Cameron durfte eine Woche lang seine Freundin nicht sehen."

Das alles war neu für Jeannie. Nichts von all dem stand in den alten Berichten über die Umstände, die zu Tylers Tod geführt hatten. „Haben Sie das den Kollegen damals auch erzählt?"

„Ja, ich glaub schon. Ich bin mir nicht sicher, wem ich was erzählt habe. Ich habe diese Geschichte so oft wiederholt."

Ein Klopfen an der Tür unterbrach sie. Ein älterer Mann

steckte den Kopf herein, sah zuerst Jeannie und Will an, dann Caleb. „Alles in Ordnung, Mr. Fitzgerald?"

Caleb setzte sich auf. „Ja, Sir, Mr. Barrett. Verzeihen Sie die Unterbrechung. Ich brauche nur noch eine Minute."

„Stecken Sie in irgendwelchen Schwierigkeiten? Wir wollen hier keine Schwierigkeiten."

„Mr. Fitzgerald hilft uns bei einem alten Fall", informierte Jeannie den Mann. „Er ist nicht in Schwierigkeiten."

Barrett schien nicht ganz überzeugt zu sein, aber er nickte brüsk. „Dann machen Sie weiter."

„Na klasse", murmelte Caleb. „Ich habe hier nie jemandem erzählt, was mit meinem Bruder passiert ist."

„Das müssen auch jetzt nicht, wenn Sie nicht wollen", versicherte Will ihm.

„Ich erzähle es ihnen lieber, statt sie darüber spekulieren zu lassen."

„Sie sagten, Tyler habe Cameron in Schwierigkeiten gebracht", nahm Jeannie den Faden noch einmal auf.

„Das stimmt", bestätigte Caleb mit Blick zur Tür.

Jeannie erkannte, dass sie ihn in dem Moment verloren hatte, als sein Boss sie unterbrochen hatte. Die anderen Geschehnisse jenes Abends standen ohnehin in den Akten. Die Brüder waren in den Park gegangen, wo sie Räuber und Gendarm spielten, und dabei war Tyler in der Dunkelheit verschwunden. „Wessen Idee war es, im Park Räuber und Gendarm zu spielen?"

„Ich kann mich nicht erinnern. Meine war es nicht, aber ich weiß nicht, wer von den anderen beiden es vorgeschlagen hat."

„Irgendwann wurden Sie getrennt von Ihren Brüdern. Ist das richtig?"

„Die beiden waren die Räuber. Ich war der Cop. Ich war auf der Suche nach ihnen, als Cam angerannt kam, ganz aufgelöst, weil er Tyler nirgends finden konnte."

Das war die gleiche Geschichte, die sie am Tag zuvor von Mr. und Mrs. Fitzgerald gehört hatten – die Geschichte, die nirgendwo in Skip Hollands Akten stand.

„Was taten Sie dann?"

„Ich machte mich zusammen mit Cam auf die Suche." Er rieb

sich das Gesicht. „Wir suchten überall, aber wir konnten ihn nicht finden."

„Was erzählte Cameron Ihnen über das, was passiert war?"

„Er meinte, sie seien vom Startpunkt losgelaufen, und er sei vorn gewesen. Als er sich nach Tyler umdrehte und ihn auffordern wollte, sich zu beeilen, sei der nicht mehr da gewesen. Cam kehrte um und rief nach ihm, doch er blieb verschwunden."

„Hat einer von Ihnen noch jemanden auf dem Spielplatz gesehen oder später, nach Tylers Verschwinden?"

„Nein."

Jeannie schaute zu Will, der nickte, als wollte er ihr die Erlaubnis geben, zu fragen, was sie beide wissen wollten, jene Frage zu stellen, die sie seit gestern im Kopf hatten.

„Caleb, wäre es vorstellbar, dass Cameron Tyler etwas angetan hat?"

„Nein! Natürlich nicht! Die zwei hatten ihre Probleme miteinander, aber Cameron hätte ihm nie wehgetan." Jeannie bemerkte seine Angst, während er die Unschuld seines Bruders beteuerte. Ihm war dieser Gedanke demnach auch längst gekommen. „Er würde so etwas nicht tun."

„Sind Sie sich da sicher?"

„Bitte", sagte er mit flehendem Blick. „Cameron war es nicht. Ich verstehe nicht, wie Sie mich das überhaupt fragen können."

„Wir wissen, wie schwierig das ist ..."

Caleb stand auf. „Ich bin fertig. Wenn Sie meinen Bruder ins Visier nehmen, dann ohne meine Hilfe." Er marschierte entschlossen aus dem Raum, drehte sich im Türrahmen jedoch noch einmal um. „Lassen Sie meine Eltern in Ruhe. Die haben schon genug durchgemacht. Sollten Sie Cameron verdächtigen, werden sie am Boden zerstört sein. Bedenken Sie das, bevor Sie eine Hexenjagd veranstalten."

Sobald sie allein waren, sagte Jeannie: „Wir müssen mit Cameron Fitzgerald sprechen."

„Ich habe nachgedacht", sagte Sam, als sie und Freddie wieder im Wagen saßen.

„Worüber?"

„Was, wenn die Tussi bei der Arbeit nicht die Einzige war, mit der Trainer es getrieben hat?"

„Interessante Theorie."

Sam gab ihm ihr Handy. „Ruf ihn an."

„Du wirst ihn direkt fragen?"

„Verdammt, ja, das werde ich. Lass mich dir mal was über Männer erklären, mein Freund. Es gibt diejenigen, die fremdgehen, und dann gibt es die, die das nicht tun. Du gehörst entweder zu den einen oder zu den anderen. Nichts dazwischen, keine Grauzone. Meine Erfahrung hat gezeigt, dass diejenigen, die betrügen, richtig betrügen. Kannst du mir folgen?"

„Du bist ja regelrecht eine Quelle des Wissens, Lieutenant."

Sam lachte. „Du kannst dich glücklich schätzen, dass ich so viel von meinem Wissen mit dir teile."

„O ja, sehr glücklich", sagte er ironisch, während er die Nummer wählte. „Mr. Trainer, hier spricht Detective Cruz. Bitte bleiben Sie dran, ich gebe an Lieutenant Holland weiter." Er reichte ihr das Handy.

„Mr. Trainer, verzeihen Sie die Störung, aber ich muss Ihnen noch eine Frage stellen."

„Ich werde tun, was ich kann, um bei den Ermittlungen zu helfen."

„Ich muss wissen, ob Janet Nealson die einzige Frau war, mit der Sie sich außerehelich getroffen haben."

„Selbstverständlich war sie das! Was für eine Frage ist das denn?"

„Eine durchaus berechtigte Frage. Ihre Affäre mit Miss Nealson ist nur deshalb aufgeflogen, weil jemand es Ihrer Frau erzählt hat. Erst da haben Sie alles gebeichtet. Das heißt aber noch lange nicht, dass Sie keine weiteren Leichen im Keller haben."

„Ich muss mir derartige Beleidigungen nicht anhören. Meine Frau, *die Liebe meines Lebens*, wurde in unserem Zuhause brutal ermordet. Ich habe traumatisierte Kinder und untröstliche Schwiegereltern, um die ich mich kümmern muss. Dass man mir jetzt auch noch zusätzlich das Leben schwer macht, ist das Letzte, was ich momentan gebrauchen kann."

„Ich weiß, dass Sie eine schlimme Zeit durchmachen, aber Sie können entweder jetzt mit der Wahrheit herausrücken oder ich

ordne einen Lügendetektortest an. Wenn Sie glauben, dass ich
Ihnen gerade das Leben schwer mache, dann warten Sie mal ab,
bis ich richtig loslege."

Freddie grinste auf dem Beifahrersitz.

Langes Schweigen folgte am anderen Ende der Leitung.

„Wie hätten Sie's gern, Mr. Trainer? Den leichten Weg oder
meine Art?"

„Ich hatte schon gehört, dass Sie ein herzloses Biest sind,
wissen Sie das? Gestern Abend erst habe ich meinen Freunden
erklärt, Ihr Ruf sei nicht gerechtfertigt, da Sie mir gegenüber sehr
nett waren."

„Ich bin echt geknickt, zu hören, dass man mich für ein
herzloses Biest hält." Sie schaute zu Freddie, während sie den
Wagen durch den Verkehr lenkte, und fügte hinzu: „Ist das nicht
schrecklich, Detective Cruz? Ja, er findet auch, das sei eine
grässliche Beleidigung, Mr. Trainer."

„Ja, ja, machen Sie sich nur über mich lustig."

„Ich finde an einer ermordeten Mutter mit einem notorisch
untreuen Ehemann überhaupt nichts komisch. Noch weniger,
wenn dieser Ehemann uns Informationen vorenthält, die
entscheidend sein könnten bei meinen Ermittlungen im Mord an
der Frau, die er zu lieben behauptet."

„Ich habe sie wirklich geliebt."

„Ich habe auch nie das Gegenteil behauptet."

Plötzlich heulte er los. Sam hielt das Telefon vom Ohr weg.

„Sie verstehen das nicht."

„Da haben Sie recht, ich verstehe es wirklich nicht. Ich bin mit
einem Mann verheiratet, der mich nie, niemals betrügen würde."
Es gab wenige Dinge im Leben, derer sie sich ganz sicher war.
Dass sie einen Mann geheiratet hatte, der nicht fremdgehen
würde, war eines davon.

„Das denken Sie jetzt", konterte Trainer. „Wir sprechen uns in
ein paar Jahren wieder."

„Wir könnten uns gern hundert Jahre lang jedes Jahr wieder
sprechen, und es wird sich nichts ändern."

„Sie sind ein scheinheiliges Miststück."

„Allmählich verliere ich die Geduld, Mr. Trainer. Geben Sie

endlich zu, was ich längst weiß, oder soll ich Sie von einer Polizeistreife abholen lassen?"

„Na schön", stieß er hervor. „Es gab andere."

Sam zeigte Freddie den erhobenen Daumen. „Reden wir über eine? Zwei? Ein ganzes Baseballteam?"

Freddie verkniff sich ein Lachen.

„Ein paar."

„Ich brauche Namen, Adressen, Telefonnummern, Daten der Treffen, Versprechungen, die Sie denen möglicherweise gemacht haben. Tun Sie mir einen Gefallen und machen Sie eine Liste – von der bedeutungsvollsten bis zur unbedeutendsten." Sam konnte nicht leugnen, dass sie das genoss. Immerhin hatte er sie Miststück und Biest genannt! „Schicken Sie mir diese Schmutzige-Wäsche-Liste per E-Mail. Bereit zum Mitschreiben der E-Mail-Adresse? Sie lautet …" Sie ratterte sie herunter. „Ich will sie in dreißig Minuten, andernfalls verbringen Sie die Nacht im Stadtgefängnis."

„Wird das in den Medien auftauchen?"

„Das hängt vermutlich davon ab, ob eine Ihrer Exgeliebten Ihre Exfrau mit einem Hammer erschlagen hat."

„Sie war nicht meine Exfrau."

„Pech für sie. Noch neunundzwanzig Minuten." Sam klappte ihr Handy zu. „Mann, hat das Spaß gemacht."

„Hat auch Spaß gemacht, zuzuhören."

„Tja, ich will dich eben nicht nur aufheitern, sondern auch gut unterhalten." Sie bog schwungvoll auf den Parkplatz vor dem Hauptquartier ein. „Rufen wir das Team zusammen und besprechen, wie es weitergeht."

Nick erreichte das staatliche Kinderheim in Richmond zwanzig vor sieben. Er freute sich auf Scotty und darauf, ihn auf seinen ersten Flug und seinen ersten Besuch im Fenway Park mitzunehmen. Andererseits fragte er sich nervös, weshalb Mrs. Littlefield ihn zu sprechen wünschte. Er parkte am Gehsteig und stieg die Zementstufen zum Eingang hinauf, wo er dem Wachmann durch die Gegensprechanlage seinen Namen nannte.

„Kommen Sie herein, Senator."

Auch nach all den Monaten wollte Nick über die Schulter zu John schauen, wenn jemand ihn so ansprach.

„Schön, Sie wiederzusehen, Sir", begrüßte der Wachmann ihn.

„Gleichfalls." Nick war ein vertrautes Gesicht geworden im Heim, seit er Scotty bei einem Besuch vor einigen Monaten kennengelernt und sich auf Anhieb mit dem Jungen verstanden hatte.

Der Wachmann zeigte auf eine Tür. „Mrs. Littlefield erwartet Sie."

„Danke." Nick klopfte an die Tür und kam sich beinahe vor, als habe man ihn ins Büro der Direktorin zitiert.

„Herein."

Nick betrat einen streng wirkenden Raum, in dem die ältere Frau ihn erwartete. Sie trug ein schlichtes dunkelblaues Kostüm und die grauen Haare kurz.

Mrs. Littlefield erhob sich und schüttelte ihm die Hand. „Vielen Dank, dass Sie früher hier sind."

„Kein Problem", versicherte er ihr, obwohl ein ziemlich rasanter Sprint durch den dichten Feierabendverkehr nötig gewesen war, um das zu schaffen.

„Nehmen Sie doch Platz. Kann ich Ihnen etwas zu trinken anbieten? Limonade oder Wasser?"

„Nein, danke."

„Der Grund, weshalb ich Sie um ein Gespräch gebeten habe, ist Scotty."

„Ist alles in Ordnung? Er hat mir versprochen, dass er seine Hausaufgaben heute zeitig erledigt, damit er wegen des morgigen Fehltages nichts verpasst,"

Sie lächelte. „Er hat alles erledigt."

„Oh, gut." Nick entspannte sich ein wenig.

Mrs. Littlefield legte das Kinn auf die Fingerspitzen und schien ihre Worte sorgfältig zu wählen. „Sie wissen, wie dankbar wir Ihnen sind für Ihre Hilfe bei der Finanzierung unserer Einrichtung."

„Ich habe nur meinen Job gemacht."

„Dafür sind wir dankbar. Und freuen uns über die Zeit und Aufmerksamkeit, die Sie Scotty geschenkt haben."

Ein mulmiges Gefühl breitete sich in seinem Magen aus. „Aber?"

„Bei allem gebotenen Respekt, Senator, würde ich gerne Ihre Absichten in Bezug auf den Jungen kennen."

Damit hatte er nicht gerechnet. Er musste lachen. „Der Vater meiner Frau hat mir mal dieselbe Frage gestellt." Von Sam als seiner Frau zu sprechen, wurde ihm noch immer nicht zur Selbstverständlichkeit. Vermutlich würde es das nie werden.

Mrs. Littlefield erwiderte sein Lächeln. „Bitte missverstehen Sie mich nicht. Sie und Ihre Frau waren dem Jungen wundervolle Freunde. Er spricht ständig von Ihnen beiden. Ich kann sehen, wie er eine Bindung aufbaut. Einerseits freue ich mich für ihn, dass er solch reizende neue Freunde gefunden hat, andererseits bin ich auch in Sorge. Ich könnte es nicht ertragen, wenn er leiden müsste, weil Sie vielleicht plötzlich kein Interesse mehr an ihm haben."

„Sie können ganz beruhigt sein. Sam und ich haben die Absicht, ihn zu adoptieren, falls er uns will."

„Oh", sagte sie und legte die Hand auf ihr Herz. „Oh, wirklich?"

„Ich wollte bei diesem Ausflug mit ihm darüber sprechen." Sie schien von Nicks Ankündigung völlig überrumpelt zu sein. „Ich dachte, Sie würden sich freuen, wenn er in einer Familie untergebracht würde."

„Natürlich freue ich mich riesig für ihn. Und es ist ja nicht irgendeine Familie, sondern die eines Senators und einer verdienten Polizistin."

„Wir mögen vielleicht interessante Berufe haben, aber wir sind doch trotzdem ganz normale Leute. Wir haben Scotty inzwischen sehr ins Herz geschlossen. Ich möchte ihm die Chance geben, Baseball und Hockey zu spielen, und alles andere, was er braucht oder will. Ich will ihm alles geben."

Mrs. Littlefield wischte sich verstohlen eine Träne aus dem Augenwinkel. „Verzeihen Sie. Ihre Neuigkeit hat mich völlig überrascht. Ich habe das Bedürfnis, Ihnen meine Reaktion zu erklären. Sehen Sie, er ist mir sehr ans Herz gewachsen. Ich kann mir diesen Ort ohne ihn gar nicht vorstellen."

„Es gibt keinen Grund, weshalb Sie ihn nicht besuchen sollten, wenn Ihnen danach ist."

„Das ist sehr nett von Ihnen, aber es wäre nicht dasselbe, wie ihn jeden Tag zu sehen." Sie nahm einen Kugelschreiber von ihrem Schreibtisch und balancierte ihn zwischen den Fingern. „Trotzdem frage ich mich ..."

Da es sie verlegen zu machen schien, was immer sie sagen wollte, meinte Nick: „Bitte, sagen Sie ruhig, was Sie denken."

„Sie sind erst seit Kurzem verheiratet. Sind Sie sicher, dass Sie jetzt schon bereit sind, die Verantwortung für ein Kind zu übernehmen?"

„Das ist eine faire Frage, die wir uns selbst auch schon gestellt haben. Wir sind zu dem Schluss gekommen, dass es sich wie bei uns beiden verhält. Wir haben nicht damit gerechnet, Liebe zu finden, als wir uns trafen. Und so haben wir auch nicht bei Scotty damit gerechnet, dass wir ihn derartig in unser Herz schließen würden. Nun ist es aber geschehen, und jetzt wollen wir, dass er ein Teil unserer Familie wird."

„Sie rühren mich immer weiter zu Tränen", gestand sie und griff nach einem Taschentuch. „Er kann sich glücklich schätzen, dass zwei so wundervolle Menschen daran interessiert sind, seine Eltern zu werden."

„Wir sind es, die sich glücklich schätzen können."

„Tja, ich werde Sie nicht länger aufhalten. Ich bin Ihnen sehr dankbar für Ihre Aufrichtigkeit."

„Dann kann ich auf Ihre Unterstützung zählen, was die Adoption angeht?"

„Absolut."

Nick stand auf und schüttelte ihr die Hand. „Danke."

„Er hat vor langer Zeit die Hoffnung aufgegeben, jemals eine Familie zu finden. Also danke ich *Ihnen*."

„Jede Minute mit ihm war mir ein Vergnügen."

„Ich wünsche Ihnen viel Spaß in Boston."

„Den werden wir bestimmt haben. Wir sprechen noch einmal miteinander, wenn wir am Sonntag zurückkommen."

„Bis dann."

Nick verließ das Büro, gerade als Scotty durch die Tür des Empfangsraumes kam. Seine Miene hellte sich sofort auf, als er Nick entdeckte.

Nick breitete die Arme aus, und Scotty rannte zu ihm. Nur bei einer einzigen Gelegenheit in seinem Leben hatte Nick bisher die gleiche spontane Verbundenheit mit einem anderen Menschen empfunden wie bei seiner ersten Begegnung mit Scotty – und das war der Abend gewesen, an dem er Sam kennengelernt hatte. Nick drückte den Jungen an sich und spürte, dass es richtig war, dieses Kind zu einem Teil seines Lebens zu machen. Sie waren längst enge Freunde geworden, aber er wollte viel mehr als das. Er wollte, dass der Junge sein Sohn wurde.

„Ich freue mich, dich zu sehen, Kumpel", sagte Nick, nachdem er Scotty losgelassen hatte.

„Ich mich auch. Ich dachte schon, *heute* kommt nie."

Nick nahm ihm den Rucksack ab. „Ich glaube nicht, dass du wirklich in den Fenway Park willst."

„Das ist so witzig, dass ich vergessen habe zu lachen."

„Scotty."

Der Junge drehte sich zu Mrs. Littlefield um. „Entschuldigung, Mrs. L. Ich bin so aufgeregt, dass ich ganz vergessen habe, mich zu verabschieden."

„Dieses eine Mal werde ich dir verzeihen." Lächelnd setzte sie ihm eine neue Kappe der Red Sox auf.

„O wow! Danke!" Er umarmte sie. „Die ist vielleicht klasse!"

„Du kannst ja nicht zum ersten Mal in den Fenway Park mit dieser schäbigen alten Kappe", sagte sie, auf die deutend, die an seinem Rucksack baumelte. „Sei ein braver Junge an diesem Wochenende."

„Das werde ich sein. Versprochen."

Nick lächelte Mrs. Littlefield über den Kopf des Jungen zu.

Draußen hielt Nick Scotty die Beifahrertür auf, da dieser darauf bestand, er könne jetzt vorne mitfahren, da er zwölf sei. Als Nick auf seiner Seite einstieg, schaltete er den Beifahrer-Seiten-Airbag aus, vorsichtshalber.

„Ich habe jetzt schon Angst, dass ich nach unserer Rückkehr vergessen werde, dir zu sagen, dass es das beste Wochenende meines ganzen Lebens war."

Für einen kurzen Moment fand Nick keine Worte. „Ich weiß, dass es auch für mich eines der besten Wochenenden meines Lebens sein wird."

Scotty sah ihn zögernd an. „Wirklich?"

„Darauf kannst du wetten. Es kommt schließlich nicht jeden Tag vor, dass ich einen meiner Lieblingskumpel zu seinem ersten Besuch im Fenway mitnehme."

„Und auf seinen ersten Flug."

„Das auch. Bevor wir aufbrechen, muss ich dir noch etwas sagen über das, was zu Hause los ist. Sams Dad liegt im Krankenhaus."

„Oh." Nick beobachtete, wie der Junge die Information aufnahm. „Wie geht es ihm?"

„Er ist ziemlich krank. Wir hoffen, dass er wieder gesund wird, aber im Augenblick können wir da nicht sicher sein."

„Sie macht sich bestimmt schreckliche Sorgen. Die beiden stehen sich supernah, oder?"

„Ja."

Scotty spielte mit dem Riemen seines Rucksacks. „Ich würde verstehen, wenn dies kein guter Zeitpunkt für dich wäre, um nach Boston zu fliegen. Du wirst doch bei ihr sein wollen."

Nick war erfreut und gerührt über sein Verständnis. „Das ist nett von dir, aber wir haben darüber gesprochen und waren uns einig, dass Skip wollen würde, dass wir diesen Ausflug machen. Sam hat mir erzählt, dass er ihr dabei geholfen hat, die Tickets zu bekommen. Er würde nicht wollen, dass du enttäuscht bist."

„Bist du dir sicher? Denn ich würde es wirklich absolut verstehen, wenn es für dich kein guter Zeitpunkt wäre."

„Sam hat ihre Familie um sich herum. Und ich will mir bestimmt nichts anhören, wenn Skip aufwacht und feststellt, dass ich dich seinetwegen nicht mit zu diesem Spiel genommen habe. Das würde ihm ganz und gar nicht passen." Nick startete den Wagen. „Was meinst du, wollen wir loslegen?"

„Ja, los geht's", rief Scotty.

Nick merkte jedoch, dass der Junge über das nachdachte, was er ihm erzählt hatte. Es freute Nick, dass Scotty den größeren Zusammenhang erkannte und bereit war, seinen Traum für das Wohl seiner Freunde zu opfern. Wer würde einen solchen Jungen nicht ins Herz schließen?

18

Als Sam und Freddie ins Hauptquartier zurückkehrten, liefen sie in der Lobby Chief Farnsworth über den Weg.

„Lieutenant", begrüßte er sie in strengem Ton, den er sehr gut beherrschte. Manchmal reizte es sie zum Kichern, denn der „Onkel Joe", den sie seit ihrer Kindheit kannte, war alles andere als streng. „Was gibt es Neues zur Drohpost?"

„Nichts, Sir. Das Labor ist ziemlich langsam, deshalb befassen wir uns momentan mit dem Mord in Chevy Chase."

„Gibt es da wenigstens etwas Neues?"

„Absolut nichts. Das Opfer war Ehefrau und allseits beliebte Mutter. Bei dem Mann handelt es sich um einen notorischen Fremdgänger, weshalb wir uns nun mit den Freundinnen befassen müssen."

„Halten Sie mich auf dem Laufenden und lassen Sie mich wissen, falls es noch mehr Post gab, deretwegen ich besorgt sein sollte."

„Das werde ich, Sir."

„Die Officer Hernandez und St. James vermissen Sie", meinte er mit einem neckenden Grinsen. Die beiden Polizisten waren damit beauftragt gewesen, sie zu beschützen, als sie während der Ermittlungen in einem anderen Fall, in dem es um einen Callgirl-Ring ging, bedroht worden war. „Die würden sich liebend gern zu Ihrer Bewachung einteilen lassen."

Sam warf ihm einen finsteren Blick zu. „Ich bin sicher, die haben Wichtigeres zu tun, als mir hinterherzulaufen."

„Ich kann mir ehrlich gesagt nichts Wichtigeres vorstellen, als einen meiner besten Detectives zu beschützen. Officer Hernandez meinte, er habe bei seinem letzten Auftrag ‚die Aussicht' genossen. Ich habe keine Ahnung, was er damit meinte. Sie vielleicht?"

Freddie verkniff sich klugerweise ein Kichern, und Sam erwiderte: „Wo steckt Lieutenant Stahl, wenn man ihn braucht? Ich werde gerade sexuell belästigt von meinem Vorgesetzten."

Farnsworth lachte. „Da wir gerade von Stahl sprechen – ich habe gehört, der sitzt Ihnen schon wieder im Nacken."

Sam hatte die Anhörung bei der Abteilung Interne Ermittlungen schon fast vergessen. „Es geht darum, wen ich zu meiner Hochzeit eingeladen habe! Können Sie dafür sorgen, dass mir das erspart bleibt?"

„Ich werde tun, was ich kann. Ich hasse es, wenn Kräfte des Departments sinnlos vergeudet werden für dummes Zeug."

„Geht mir genauso."

„Aber wie immer bewege ich mich, was Sie angeht, auf einem schmalen Grat. Mische ich mich zu sehr ein, wird er sich wegen unserer langen persönlichen Beziehung beklagen."

„So viel dazu, dass alle glauben, ich käme sogar mit einem Mord durch, weil mein Onkel Joe der Chief ist", murmelte Sam.

„Sie kommen oft genug mit allem Möglichen durch, und nicht nur, weil ich Ihr Onkel Joe bin, sondern weil Ihre Aufklärungsrate so hoch ist. Liefern Sie weiter gute Arbeit ab, Lieutenant, und halten Sie mich auf dem Laufenden." Er nickte Freddie zu. „Detective."

Sam und Freddie setzten ihren Weg ins Kommissariat fort.

Gonzo sah die beiden kommen und winkte Sam zum Konferenzraum. Sie spürte ein flaues Gefühl im Magen, als sie eine weitere Karte in einem Beweismittelbeutel entdeckte. „Was ist das?"

„Eine Karte zum ersten Jahrestag", erklärte Gonzo und gab sie ihr.

Der Spinner hatte geschrieben: *Nach so viel Glück wollen wir doch hoffen, dass ihr euren ersten Hochzeitstag feiern könnt. Ein alter Freund.*

„Du meine Güte", sagte Freddie über ihre Schulter. „Wie nett."

„Langsam geht mir das ernsthaft auf die Nerven", sagte Sam. Nach allem, was sie durchgemacht hatte – die Schüsse auf ihren Vater und ihre schreckliche Ehe mit Peter –, verdiente sie da nicht ein bisschen Glück mit Nick? Verdiente sie da nicht mal eine kleine Pause, in der es niemand auf sie oder ihn abgesehen hatte? Einen Monat? Vielleicht zwei? War das denn zu viel verlangt? „Ich werde auf dem Heimweg mit Peter reden."

Das flaue Gefühl nahm sofort zu. Die Vorstellung, auch nur eine Minute in Gegenwart ihres Exmannes zu verbringen, löste echte Übelkeit bei ihr aus. Unwillkürlich berührte Sam die Halskette mit dem diamantbesetzten Schlüssel, ein Hochzeitsgeschenk von Nick, um die Kraft zu spüren, die er in ihr Leben gebracht hatte. Es schien ihr, als würde sie die brauchen, bis dieser Tag zu Ende war.

„Noch nichts vom Labor?", erkundigte Freddie sich.

Gonzo schüttelte den Kopf. „Captain Malone hat Druck gemacht, aber es hat offenbar nichts genützt."

„Tu mir einen Gefallen und informiere den Chief über diese neue Karte", bat Sam Gonzo. „Ist vielleicht besser, wenn er es von dir erfährt."

Als sein Handy klingelte, schaute Gonzo auf das Display. „Sorry, das muss ich entgegennehmen. Aber geht nicht weg. Ich habe noch etwas für euch." Er entfernte sich ein Stück, um zu telefonieren. Bei dem Anrufer handelte es sich anscheinend um seine Verlobte Christina, die, seinen Antworten nach zu urteilen, wohl Probleme mit Gonzos Baby hatte. Er machte ihr ein paar Vorschläge und beendete das Gespräch, nachdem er ihr versprochen hatte, bald zu Hause zu sein.

„Tut mir leid", sagte er. „Alex bekommt Zähne. Der reinste Albtraum."

„Autsch", meinte Freddie.

„Wie gut, dass wir uns nicht mehr an unsere ersten Zähne erinnern können", sagte Gonzo und wandte sich an Sam. „Ich habe mir diesen Leroy mal genauer angesehen, den Gardner uns genannt hat."

Offenbar waren dabei keine guten Neuigkeiten herausgekommen, sonst hätte Gonzo sie gleich erzählt, da er wusste, wie verzweifelt Sam sich wünschte, den Schützen zu fassen, der auf ihren Vater geschossen hatte – gerade angesichts der momentanen Situation.

Gonzo griff nach einer Mappe auf dem Konferenztisch und nahm ein Foto heraus, auf dem ein gut gebauter Schwarzer zu sehen war. „Leroy Augustine."

„Was haben wir über ihn?"

„Ein langes Vorstrafenregister."

„Ausgezeichnet", sagte Sam. „Zeig mal."

Gonzo warf Freddie einen Blick zu. „Sam …"

„Was?"

Er nahm ein zweites Foto von Leroy Augustine aus der Mappe, diesmal aufgenommen im Leichenschauhaus.

„Das soll wohl ein Scherz sein." Sie nahm das Foto von ihm entgegen und ließ sich in einen der Sessel fallen.

„Verdammt", murmelte Freddie hinter ihr. Da er nur unter äußerst extremen Umständen fluchte, wusste Sam, dass ihn diese Neuigkeit ebenso aufregte wie sie.

„Vor einem Jahr aus einem vorbeifahrenden Auto erschossen", erläuterte Gonzo das Bild.

„Ginge es nicht um meinen Dad und die Person, die ihn zum Querschnittsgelähmten gemacht hat, wäre das lustig, oder?"

„Wir werden den Fall aufklären", versprach Gonzo. „Eines Tages wird irgendwer mit Informationen aufwarten."

„Nein, das wird nicht passieren", erwiderte sie. „Es ist über zwei Jahre her, fast zweieinhalb. Dieser Fall ist kälter als eine Bergspitze in Alaska."

„Ich werde Bekannte von Augustine aufspüren, vielleicht erfahre ich von denen etwas. Könnte ja sein, dass er mit den Schüssen geprahlt hat, und jetzt, wo er tot ist, sind die Leute vielleicht bereit, über ihn zu reden."

„Wissen wir, wer ihn erschossen hat?"

Gonzo verneinte. „Der Fall ist auch ungelöst."

„Natürlich ist er das."

„Ich werde mit den Detectives sprechen, die an dem Fall gearbeitet haben, und mit Augustines Bekannten. Kümmere du dich um deinen Dad und überlass das mir." Gonzos Augen verrieten Mitgefühl und Zorn. Schließlich war Skip Holland sehr beliebt gewesen.

Sam stand auf und sah ihren Kollegen und engen Freund an. „Danke." Sie besaß momentan einfach nicht die mentale Kraft, sich mit einer weiteren Sache zu beschäftigen. „Ich muss ins Krankenhaus."

„Halt uns auf dem Laufenden darüber, wie es ihm geht", bat Freddie.

„Mach ich."

„Ich werde mir die Liste von Trainers Freundinnen anschauen, die er dir per E-Mail geschickt hat", fügte Freddie hinzu.

„Gut, danke." Sam sah auf ihre Uhr. Schon sieben? Nick würde bald mit Scotty nach Hause kommen, und sie freute sich auf die beiden. „Macht noch eine Stunde, dann fahrt nach Hause. Wir sehen uns morgen früh hier wieder."

„Alles klar, Lieutenant."

Zu Gonzo sagte sie: „Fahr nach Hause zu deiner Familie. Die Arbeit kann bis morgen warten."

„Ich mache auch noch eine Stunde."

„Ihr seid die Besten", erklärte Sam in einem seltenen Moment von Rührung. „Ich danke euch allen." Dann ging sie in ihr Büro, um ihre Sachen zu holen und war bereits auf dem Weg nach draußen, als Jeannie und Will ins Kommissariat kamen.

„Oh, gut, Lieutenant", sagte Jeannie. „Schön, dass wir dich noch erwischen."

„Was gibt es?" Sam musterte ihre Kollegin eingehend. Jeannie wirkte müde, doch ihre Augen waren so lebendig, wie sie es seit der Gewalttat gegen Jeannie nicht mehr gewesen waren.

„Wir brauchen eine Genehmigung für eine Dienstreise nach Cincinnati", meinte Jeannie. „Um mit Cameron Fitzgerald zu reden."

„Tylers älterem Bruder?"

„Genau. Er war der Letzte, der Tyler lebend gesehen hat, und wir haben ein paar Fragen an ihn."

„Begleite mich ein Stück", forderte Sam sie auf, denn sie hatte es eilig, ins Krankenhaus zu kommen. „Ist er noch nicht befragt worden?"

„Doch, nur haben wir neue Fragen an ihn."

„Welche denn?"

Aus dem Augenwinkel registrierte Sam, dass ihre Detectives Blicke tauschten.

„Wenn es dir recht ist", meinte Will, „würden wir dir lieber einen vollständigen Bericht zukommen lassen, sobald wir unsere Ermittlungen abgeschlossen haben."

Während Sam darüber nachdachte, stießen sie eine Doppeltür auf, die hinaus auf den Parkplatz führte. „Einverstanden. Ich genehmige die Dienstreise." Normalerweise hätte sie nur einem der beiden die Reise gestattet, wegen des begrenzten Budgets. Aber unter keinen Umständen würde sie Jeannie irgendwo allein hinschicken, und da ihr traumatisierter weiblicher Detective so engagiert ermittelte, brachte Sam es nicht übers Herz, nur Will zu schicken.

„Danke, Lieutenant. Ich werde dir die Route zukommen lassen, sobald wir sie haben."

„Haltet mich auf dem Laufenden." Noch einmal musterte sie Jeannie eingehend. „Geht es dir gut?"

Jeannie nickte. „Es tut gut, wieder zu arbeiten."

„Übertreib es nicht."

„Nein, Ma'am."

„Ich habe ein Auge auf sie", versprach Will.

„Ach sei still", sagte Jeannie.

„Wieso? Ich habe doch wirklich ein Auge auf dich."

„Sei lieber vorsichtig mit solchen Äußerungen, sonst kriegst du Ärger mit Michael", konterte Jeannie.

„Na, ich lasse euch zwei das mal klären", sagte Sam und schloss ihren Wagen auf. Die zwei zankten immer noch, als sie an ihnen vorbei und vom Parkplatz herunterfuhr. Will hatte schwer unter dem gelitten, was seiner Partnerin zugestoßen war. Sam hatte nicht den geringsten Zweifel daran, dass er wirklich gut auf sie aufpasste, jetzt, wo sie nicht nur wieder zur Arbeit erschien, sondern auch auflebte. Sam fühlte sich gleich besser bei dem Gedanken, dass ihre verletzte Kollegin einen derartig loyalen Partner hatte, der an diesem kritischen Punkt ihrer Genesung auf sie achtgeben würde.

Auf der Fahrt zum Krankenhaus rief sie Nick an. Nach der

Nachricht, dass eine weitere vielversprechende Spur im Fall ihres Vaters ins Leere geführt hatte, wollte sie seine Stimme hören.

„Hey, Babe", sagte er. „Wo bist du?"

„Ich fahre gerade von der Arbeit zu meinem Dad. Und du?"

„Stecke im Verkehr außerhalb von Springfield."

„Hin- oder schon Rückweg?"

„Auf dem Rückweg mit Scotty."

„Wie geht es ihm? Ist er schon aufgeregt?"

„Ein bisschen schon, obwohl er sich Sorgen macht wegen Skip."

„Das hättest du ihm nicht erzählen müssen."

„Ich fand, er sollte es wissen. Er bot an, dass wir zu Hause bei dir bleiben, falls ich dort lieber sein wollte."

Sam musste lächeln bei diesen Worten. Was für ein lieber Junge Scotty war. „Du hast ihm hoffentlich erklärt, dass Skippy sich aufregen würde, wenn du das tätest."

„Ja, natürlich. Dann sehen wir uns bald zu Hause?"

„Jap. Wenn ich bei meinem Dad war, muss ich noch eine Sache erledigen, dann komme ich nach Hause."

„Wir werden auf dich warten. Ich wurde zu Pizza zum Abendessen genötigt."

„Klingt doch gut."

„Lieb dich, Babe."

„Lieb dich auch. Euch beide."

„Ich werd's weitergeben."

„Bitte tu das."

„Bis bald."

Im Krankenhaus erfuhr Sam, dass es Skip schon viel besser ging und die Ärzte erwogen, ihn am nächsten Morgen vom Beatmungsgerät zu trennen, wenn er über Nacht weitere Fortschritte machte. Celia, Tracy und Angela waren begeistert von diesen guten Nachrichten, aber Sam wollte sich lieber keine allzu großen Hoffnungen machen, bevor Skip eines seiner blauen Augen aufschlug und sich über das törichte Gejammer seiner Angehörigen beschwerte. Dann, und erst dann würde sie aufatmen können.

Morgen vielleicht, dachte sie über eine Stunde später, als sie an seinem Bett stand und mit den Fingern durch sein drahtiges graues Haar strich.

„Es gibt noch so vieles, über das ich mit dir reden muss. Nick hat Scotty für den Ausflug nach Boston abgeholt. Was meinst du, wie aufgeregt der Junge ist?" Sam malte es sich aus und lächelte. „Ich habe so oft versucht, ein Baby zu bekommen. Jetzt ist dieser zwölfjährige Junge in mein Leben getreten, und ich kann nur noch daran denken, wie cool es wäre, seine Mom zu sein. Wir könnten so viel für ihn tun, weißt du? Wir alle. Nicht nur Nick und ich, sondern auch du, Celia, Tracy, Ang, Nicks Dad, die O'Connors. Ich habe Nick gesagt, dass Scotty von einer großen Familie umgeben wäre, und du machst einen wichtigen Teil davon aus. Das weißt du, oder?"

Sam beugte sich herunter, um ihre Stirn auf seine Brust zu legen. Dabei stellte sie erleichtert fest, dass das Pfeifen im Vergleich zum Vortag deutlich nachgelassen hatte. „Eine weitere große Spur in deinem Fall ist im Sande verlaufen. Gerade als ich dachte, wir seien nah dran ..." Plötzlich fühlte sie sich erschöpft, mental, körperlich, emotional. Sie war erst seit wenigen Tagen zurück im Job, und es kam ihr vor, als hätte der wundervolle Urlaub nie stattgefunden.

„Sam, Schätzchen", sagte Celia und legte ihr die Hand auf den Rücken. „Warum fährst du nicht nach Hause? Es gibt nichts, was du hier noch tun könntest, und ich kann mir vorstellen, wie müde du sein musst."

Sam richtete sich auf und sah ihre Stiefmutter an. „Was ist mit dir? Du musst doch auch erledigt sein. Soll ich dich mitnehmen?"

„Ich bleibe." Celia sah zu ihrem Mann. „Nur für den Fall, dass er mich braucht."

Sam verstand das. Nie und nimmer würde sie nach Hause fahren, läge Nick in diesem Bett. Bei der Vorstellung erschauernd, umarmte sie Celia. „Versuch dich ein bisschen auszuruhen."

„Ich habe zwischendurch immer wieder ein kleines Nickerchen gemacht."

Als Sam ihre Stiefmutter losließ, entdeckte sie zu ihrem Erstaunen Nick und Scotty im Türrahmen.

Nicks Hände lagen auf Scottys Schultern. „Er wollte Skip sehen."

Scotty wirkte nervös, aber entschlossen.

„Hi, Kumpel", begrüßte Sam ihn und breitete die Arme aus.

Er umarmte sie fest.

Sie küsste ihn auf sein weiches Haar. „Schön, dich zu sehen."

„Finde ich auch, Sam. Tut mir leid, dass dein Dad krank ist." Er umarmte Celia und trat näher an Skips Bett. „Hat er Schmerzen?"

„Nein, Schätzchen", erklärte Celia. „Man hat ihm viel Medizin gegeben."

Während Scotty einen Moment bei ihrem Dad verbrachte, ging Sam zu ihrem Mann.

Nick legte den Arm um sie und gab ihr den Trost, den sie brauchte.

Sam atmete seinen Duft ein und fand Trost durch seine Nähe und seine muskulöse Brust, die genau der richtige Ort war nach einem weiteren höllischen Tag. Sie schlang die Arme um ihn und schloss die Augen.

Zu dumm, dass sie noch nach Hause fahren musste, denn sie hätte auf der Stelle zufrieden einschlummern können.

„Samantha." Sie spürte seine Lippen auf der Stirn. „Babe, bist du noch bei mir?"

„Ja, ich bin hier." War sie tatsächlich eingeschlafen? Sam konzentrierte sich wieder auf den Augenblick und drückte Nick noch einmal, ehe sie sich umdrehte, um ihrem Dad einen Abschiedskuss zu geben. „Bis morgen, Skippy." Und mit ganz leiser Stimme fügte sie hinzu: „Ich hab dich lieb."

Auf dem Weg hinaus aus dem Krankenhaus hielt Nick ihre Hand und plauderte unablässig mit Scotty, der offenbar versuchte, angesichts Skips Erkrankung seine Aufregung über den bevorstehenden Ausflug zu zügeln.

„Schaffst du es noch bis nach Hause?", fragte Nick, als sie Sams Wagen erreichten.

„Natürlich."

„Du sagst das, als wärst du nicht gerade im Stehen einschlafen."

Sam gab einen spöttischen Laut von sich. „Ich habe nicht geschlafen, ich war nur entspannt."

Als Nick die Augen verdrehte, kicherte Scotty.

„Und ob du geschlafen hast, Sam", meinte der Junge.

„Na, ich weiß, auf wessen Seite du stehst."

„Er nimmt mich mit zum Fenway", verteidigte Scotty sich mit einem neckenden Grinsen.

„Hey!", beschwerte Sam sich. „Wer hat die Tickets besorgt?"

„Oh, das warst du? Hatte ich ganz vergessen."

Sam nahm ihn scherzhaft in den Schwitzkasten, und als sie ihn losließ, kriegte Scotty sich nicht mehr ein vor Lachen.

„Du hältst dich wohl für witzig was?", sagte Sam.

„Na ja, das bin ich ja auch."

Sam sah zu Nick, der die kleine Show genoss. Sein Lächeln wärmte sie durch und durch. „Ich sehe euch Jungs dann gleich zu Hause."

„Hast du etwa nichts mehr zu erledigen?", fragte Nick.

Sam dachte an ihren Exmann und die fällige Unterhaltung zwischen ihnen. Doch sie wollte nur noch nach Hause und mit ihrem Mann und dem Jungen, den sie zu ihrem Sohn machen wollten, zusammen sein. „Das kann ich morgen früh auch."

19

Nick kam ins Schlafzimmer, machte die Tür zu, schloss ab und lehnte sich dagegen. Er trug ein T-Shirt und Sportshorts, und in diesem Outfit sah er beinahe genauso sexy aus wie im Anzug mit Krawatte, was Sam am besten gefiel.

Na ja, das stimmte nicht ganz. Am liebsten mochte sie ihn vollständig ohne Kleidung.

„Wenn du mich gefragt hättest, ob ich darauf wette, dass er heute Nacht schläft, hätte ich geantwortet: Auf keinen Fall."

„Und?"

„War sofort weg."

„Oh, gut. Er soll bei seinem ersten Ausflug zum Fenway nicht erschöpft sein."

Er ging zur Tür des angrenzenden Badezimmers. „Du warst süß mit ihm, vorhin. Ich liebe es, euch beide zu beobachten."

„Dann weißt du ja, wie es mir geht, wenn ich euch zwei zusammen sehe. Ich habe gerade darüber nachgedacht, wie er gut er zu uns passt."

Nick war mit dem Zähneputzen fertig und kehrte ins Schlafzimmer zurück.

Sam schaute zu, wie er sein T-Shirt und die Shorts auszog, bevor er zu ihr ins Bett kroch. „Mm", sagte sie, als er die Hand nach ihr ausstreckte. „Der beste Teil meines Tages."

„Für mich auch", erwiderte er und küsste sie. „Ich zähle die Stunden, bis ich dich wieder neben mir fühle."

Seine Hand blieb die ganze Zeit auf ihrer Hüfte liegen, dennoch gelang es ihm, das Feuer in ihr zu entfachen, nur indem er seine Lippen und Zunge einsetzte. „Du bist so müde."

„Nicht zu müde für dich."

„Du bist im Stehen eingeschlafen."

„Bin ich nicht."

„Doch", sagte er amüsiert und küsste sie erneut, „bist du doch."

„Na, jetzt bin ich jedenfalls hellwach." Sam küsste einen Pfad von seinen Lippen hinunter zu seiner Brust. Sie drängte ihn, sich auf den Rücken zu legen und setzte ihren Weg abwärts fort. Als ihr Haar seine Erektion streifte, bäumte er sich fast auf.

„Sam."

„Hm?"

„Wir müssen nicht ... o verdammt!"

Sie nahm seinen Penis tief in den Mund, liebkoste ihn mit der Zunge und der Hand und liebte es, wie er sich anfühlte und schmeckte. „Mmm", sagte sie und wusste, dass die Vibrationen ihrer Lippen an seinem Glied ihn verrückt machen würden.

Er krallte die Finger in ihre Haare. „Komm her, Babe." Er atmete schwer. „Lass es uns zusammen tun."

Sam wollte ihn eigentlich auf diese Weise zum Höhepunkt bringen, doch sein Angebot war zu verlockend, um es zu ignorieren. Nach ein paar letzten sinnlichen Zungenschlägen setzte sie sich auf ihn. Seine Augen waren geschlossen und er atmete schwer, doch er sammelte sich rasch wieder und drang geschmeidig in sie ein.

Nichts auf der Welt war mit den Empfindungen vergleichbar, die er in ihr weckte. Durch ihn fühlte sie sich begehrt, sexy, stark und geliebt. Für immer geliebt. Selbst als er sich plötzlich drehte, sodass er oben war, selbst wenn er überall um sie herum war und sie nahm, spürte sie seine Liebe in jedem Blick, jeder Berührung, jedem Atemzug.

Der Orgasmus, der in früheren Beziehungen unerreichbar gewesen war, lauerte nicht weit weg und wartete nur darauf, eine Flut überwältigender sinnlicher Empfindungen auszulösen. Wenn Nick sie auf diese Weise nahm, mit solcher Hingabe, riss sie sich zusammen, um dieses wundervolle Liebesspiel möglichst lange auszukosten. Aber dann begann er, an einer ihrer harten Brustwarzen zu saugen. Das war zu viel und kostete sie alle Beherrschung.

Er schlang die Arme fest um sie, und sein Mund fand ihren, als er ein letztes Mal in sie eindrang, heiß und tief und heftig. „Du liebe Zeit", flüsterte sie, während er seinen Kopf auf ihre Schulter sinken ließ.

Sam hielt einen Arm um ihn geschlungen und fuhr ihm mit der anderen Hand durch das volle Haar. „Wir werden morgen unsere Serie des ehelichen Sex abreißen lassen müssen", sagte sie nach langem Schweigen. Die Vorstellung, auch nur eine einzige Nacht ohne ihn zu verbringen, empfand sie als nahezu unerträglich. Allerdings würde sie ihm das nicht verraten. Er hatte ohnehin schon ein schlechtes Gewissen, weil er diesen Ausflug machte, während ihr Dad noch im Krankenhaus lag.

„Glaub mir, das ist mir bewusst. Ich denke bereits daran, die Flugtickets umzutauschen, um morgen Abend nach Hause zu kommen."

„Tu das nicht. Ich glaube, es ist wichtig, dass du Scotty am Samstag mit nach Lowell nimmst und ihm zeigst, woher du kommst." Sie hatte das bescheidene Zuhause gesehen, das er mit seiner Großmutter bewohnt hatte, als Sam und Nick Anfang des Jahres zu Julian Sinclairs Beerdigung nach Boston gereist waren. „Zeig ihm, dass du nicht als der erfolgreiche Senator geboren wurdest, der du heute bist."

„Ist es wirklich in Ordnung für dich, dass ich allein mit ihm darüber spreche, ob er bei uns leben will? Ich habe das Gefühl, dass das etwas ist, was wir gemeinsam tun sollten."

„Es fing mit euch beiden an, daher ist es nur folgerichtig, dass du den nächsten Schritt machst mit ihm. Er wird wissen, dass es von uns beiden kommt."

„Hauptsache, du bist dir sicher, dass es die richtige Herangehensweise ist."

Sam musste lachen. „Ich bin mir überhaupt nicht sicher. Wir reden darüber, ein Kind zu adoptieren. Das ist eine Riesensache."

Nick küsste sie noch einmal, dann zog er sich aus ihr zurück und drehte sich auf den Rücken, wobei er Sam mitzog. „Ja, es ist eine große Sache, das empfinde ich genauso, glaub mir."

„Aber?"

„Aber weil es um ihn geht, kommt es mir nicht so überwältigend vor, wie es vermutlich der Fall sein sollte. Es fühlt sich eher vorherbestimmt an." Er fuhr sich durch die Haare. „Ich formuliere es wohl nicht gut."

„Doch, das tust du. Ich weiß, was du meinst, denn ich empfinde das auch. Als gehöre er hierher, und alles andere sind nur Details."

„Genau." Er klang erleichtert. „Es ist toll, dass du es verstehst."

„Es ist toll, dass du diesen Jungen kennengelernt und etwas in ihm gesehen hast, das du aufbauen wolltest, und dass du ihn zu mir gebracht und uns zu einer Familie gemacht hast."

Er drehte sich auf die Seite und umfasste ihr Gesicht, um sie zärtlich zu küssen. „Immer wenn ich denke, ich kann dich nicht noch mehr lieben, übertriffst du dich selbst."

Sam grinste. „Das ist mein Lebensziel."

„Was diese ununterbrochene Serie angeht ..." Er richtete sich ein Stück weit auf, um den Wecker sehen zu können. „Es ist fünf nach zwölf."

Sie unterdrückte ein Gähnen. „Und?"

„Wenn wir es jetzt noch einmal machen, verpassen wir keinen Tag, und die Serie bleibt intakt."

„Du willst mich auf den Arm nehmen."

Er umfasste ihre Brust und zwirbelte sanft ihren Nippel. „Sieht das vielleicht aus, als wollte ich dich auf den Arm nehmen?" Um seinen Worten Nachdruck zu verleihen, presste er seine wiedererwachte Erektion gegen ihre Hüfte.

Sam stöhnte und sog scharf die Luft ein, als er statt der Finger seine Lippen einsetzte.

„Es ist für den Rekord, Babe", flüsterte er.

„Na ja, wenn du es so siehst, könntest du mich wohl überzeugen."

„Das ist mein Mädchen."

.   .   .

„Ich verstehe nicht, warum ausgerechnet du nach Cincinnati musst", sagte Michael, während er Jeannie in den begehbaren Kleiderschrank folgte. „Warum können sie nicht Will schicken?"

„Darum. Es ist mein Fall. Sam hat ihn mir übertragen."

„Vor drei Tagen wolltest du noch nicht einmal das Haus verlassen, und jetzt reist du nach Cincinnati? Ich begreife es nicht."

„Bist du sauer auf mich, weil ich wieder arbeite?"

Michael starrte sie an, die Hände in die Hüften gestemmt. „Ich bin nicht *sauer* auf dich. Ich bin verwirrt über das, was plötzlich passiert ist, dass du nicht nur wieder zur Arbeit gehst, sondern auch gleich noch eine Dienstreise machst, wo du vor ein paar Tagen nicht mal in der Lage warst, mit mir zum Lunch auszugehen."

Sie ertrug seine Verwirrung nicht, deshalb wandte sie den Blick ab. „Ich kann dir nicht genau sagen, was passiert ist. Der Lieutenant hat mich gebeten, mir diesen alten Fall anzusehen, und der hat mein Interesse geweckt. Es tut gut, wieder an etwas interessiert zu sein."

„Ich bin besorgt."

„Weswegen?"

„Dass du dir zu früh zu viel zumutest. Ich will nicht, dass du einen Rückfall erleidest." Er verschränkte die Arme und trat näher. „Was ist, wenn etwas passiert und du weit weg in Ohio bist? Was, wenn du mich brauchst, und ich dich nicht holen kann?"

„Michael ..." Sie ging ihm entgegen und legte die Arme um ihn.

Er umarmte sie ebenfalls und drückte sie an sich. „Lass Will die Befragung durchführen. Er kann das genauso gut."

Sie sah ihm ins Gesicht. „Ich verstehe, was du mir sagen willst, und ich weiß deine Beweggründe auch sehr zu schätzen. Aber ich muss das tun. Ich muss einfach, Michael. Du musst mir morgen früh einen Abschiedskuss geben wie früher immer, als wäre alles ganz normal."

„Ich weiß nicht, ob ich das kann."

Sie tätschelte seine Brust. „Bitte versuch es." Dann wandte sie sich ab und fing an, ihre Kleidungsstücke zu durchwühlen, auf der Suche nach etwas Passendem für die Reise.

„Das da", sagte Michael und griff über ihre Schulter nach einem blauen Kleid, das zwischen zwei anderen hing. „Dazu eine schwarze Strumpfhose." Im obersten Fach fand er einen schwarzen Pullover, den er ihr gab. „Für den Fall, dass es kalt ist im Flugzeug."

Während er die Sachen aussuchte, stiegen ihr Tränen in die Augen. „Danke."

„Mir gefällt das immer noch nicht."

„Ich weiß."

„Aber ich verstehe es." Er drehte sie zu sich um und küsste sie. „Du hast einen langen Tag vor dir, also lass uns zu Bett gehen."

„Ich bin gleich da." Als sie allein war, lehnte Jeannie sich mit dem Rücken gegen die Wand. Noch immer den Pullover haltend, den er ihr ausgesucht hatte, konzentrierte sie sich auf ihre Atmung – einatmen durch die Nase, ausatmen durch den Mund. Sie konnte das. Sie *musste* das einfach machen.

Allerdings hoffte sie nicht nur, dieser Dienstreise schon gewachsen zu sein, sondern auch und vor allem dem, was sie dort möglicherweise erfahren würde.

Der Traum kehrte ohne Rücksicht auf Sams neu gefundenes Glück und ihre Bemühungen, die Düsternis hinter sich zu lassen, zurück. Schüsse hallten durch das heruntergekommene Haus, von dem aus Marquis Johnson seinen Drogenring leitete. Sein junger Sohn Quentin sollte eigentlich nicht dort sein. In all den Monaten, die Sam undercover bei den Johnsons verbracht hatte, war Quentin ihr dort nie begegnet. Warum also jetzt, in der Nacht, als die Polizei genug Beweise für eine Festnahme und Durchsuchung des Hauses zusammen hatte? Warum hatte Marquis ausgerechnet an diesem Abend seinen Sohn mitgebracht?

Sams Instinkt riet ihr, sofort zu verschwinden, bevor jemand verletzt werden konnte. Doch ihre Aufgabe bestand darin, Marquis Johnson zu verhaften, die Beweise gegen seinen weitreichenden Drogenring sicherzustellen und damit den Fall abzuschließen, dem sie ein halbes Jahr ihres Lebens gewidmet hatte.

Aber dann hörte sie das Weinen eines Kindes. *Was macht er*

hier? Um ein Haar hätte sie den gesamten Einsatz abgeblasen, nur waren sie schon viel zu weit gekommen, um die Sache noch zu stoppen. Denn das wiederum hätte unter Umständen einen von ihren Leuten das Leben gekostet, und das war ein inakzeptables Risiko. Daher machte sie weiter und befahl ihren Polizisten, das Feuer zu erwidern. Sie selbst schlich mit gezogener Waffe voran durch das dunkle Haus, dem Weinen des Kindes folgend. Plötzlich verstummte das Kind, und der Vater begann zu schreien. Diese Laute, die von Marquis kamen, hatte sie noch nie von ihm oder sonst wem gehört.

Als sie um die Ecke wirbelte, sah sie im Badezimmer, wo er den Löwenanteil seines Drogenvorrats aufbewahrte, als Erstes das viele Blut. Auf dem Boden saß Marquis, der weiter unmenschliche Schreie ausstieß, doch als sie den Blick auf das blutende Kind in seinem Schoß richtete, war es nicht Quentin, den sie sah. Nein. Um Himmels willen. Nein.

Scotty.

„Samantha, Liebes, wach auf.“

Sam schrak hoch, und ein Schrei erstarb auf ihren Lippen, als sie erkannte, wo sie sich befand, wer bei ihr war und was passiert war – wieder einmal.

„Ich bin hier, Babe. Alles ist gut. Es war nur ein Traum.“

Sie schien keine Luft in ihre Lungen bekommen zu können. Jedes Mal, wenn sie es versuchte, warf ihre Erinnerung sie zurück in die Szene in diesem armseligen Raum, zu dem verwundeten, blutverschmierten Kind. Ihr Sohn. Der Junge, den sie liebte. Das war nicht nur irgendein Traum, sondern ihr schlimmster Albtraum.

„Nick.“

Er hielt sie so fest, dass sie sein Herz im Einklang mit ihrem schlagen fühlte. „Ich bin da.“

„Was, wenn …“

„Was, Liebes?“

„Wenn wir ihn zu uns nehmen und in unser Herz schließen und dann etwas passiert?“

Seine Lippen fühlten sich weich an ihrer Stirn an. „Nichts wird passieren. Wir werden gut auf ihn aufpassen und uns um ihn kümmern. Er wird bei uns stets in Sicherheit sein.“

Sie fand Trost in seinen Worten, dennoch blieb die nagende
Sorge.

„Du fängst an, wie eine Mutter zu fühlen", sagte Nick.

Eine Mutter. Nach den vielen Fehlgeburten hatte sie jede
Hoffnung aufgegeben, diese Bezeichnung einmal für sich in
Anspruch nehmen zu können.

„Wird er denn wirklich sicher bei uns sein? Sieh dir doch nur
an, was mit diesen verdammten Gratulationskarten ist. Ständig
werde ich bedroht. Einer solchen Gefahr darf ich ein Kind doch
nicht aussetzen. Wir sollten noch einmal gründlich darüber
nachdenken."

Nick setzte sich auf. Im schwachen Lichtschein der
Straßenlaterne, der durch die Jalousien hereinfiel, konnte sie ihn
gut genug sehen, um zu wissen, dass er sie mit Sorge betrachtete.
„Hast du irgendwelche Pläne, unseren Sohn in ein Crackhaus
mitzunehmen?"

„Natürlich nicht." Die Vorstellung ließ sie erschauern.

„Wir werden alles tun, damit ihm nichts zustößt. Wir werden
ihm Liebe geben und eine Familie, außerdem wird er Baseball und
Hockey spielen und all die Dinge tun, die er jetzt nicht hat. Es wird
ihm gut gehen, Sam."

„Aber was, wenn ..."

Nick brachte sie mit einem Kuss zum Schweigen. „Es wird ihm
gut gehen." Er drückte sanft ihren Kopf an seine Brust und ließ die
Arme um sie gelegt. „Jetzt schlaf wieder. Man träumt in einer
Nacht niemals das Gleiche zweimal. Du kannst also gefahrlos
wieder einschlafen."

Sam atmete schwer aus, doch die Angst blieb. Ihr Handy
klingelte. Obwohl sie nächtliche Anrufe gewohnt war, bekamen
sie durch den Krankenhausaufenthalt ihres Dads eine besondere
Bedeutung.

Nick ließ sie los, damit sie ihr Handy vom Nachttisch nehmen
konnte.

Für einen Moment schien ihr Herz auszusetzen, als sie die
Nummer der Zentrale des Departments erkannte. „Arbeit",
informierte sie Nick und meldete sich: „Holland."

„Lieutenant, uns liegt eine Meldung über ein mögliches
Tötungsdelikt in Mount Pleasant vor." Die Stimme aus der

Zentrale nannte die Adresse.

„Verstanden. Bin unterwegs." Sam beendete das Gespräch, rief Freddie an und gab die Informationen an ihn weiter.

„Okay."

„Bist du wach?"

„Was? Ja, ich bin wach. Wir treffen uns dort."

Da ein weiterer langer Tag vor ihr lag, duschte Sam nur kurz, ehe sie sich eine Jeans und ein langärmeliges T-Shirt anzog. In dem begehbaren Kleiderschrank, den Nick ihr in einem der Gästezimmer eingerichtet hatte, vervollständigte sie das Ensemble mit einem Washington-Redskin-Sweatshirt und Laufschuhen.

Nick saß im Bett, als sie ins Schlafzimmer zurückkam.

„Tut mir leid, dass ich dich vorhin aufgeweckt habe", erklärte sie und setzte sich aufs Bett, um sich die Schuhe zuzubinden.

„Du musst dich dafür nicht entschuldigen. Ich hasse es, dass diese Träume dich quälen."

„Ich auch."

„Soll ich trotzdem auf unserem Ausflug mit Scotty über die Adoption sprechen?"

Sam dachte einen Moment darüber nach. „Ich denke schon. Ich darf doch nicht zulassen, dass diese Angst mein Leben bestimmt, oder?"

„Ganz genau", bestätigte er und umarmte sie von hinten.

Sie drehte sich zu ihm um und schlang ihm die Arme um den Hals. „Amüsiert euch richtig gut in Boston. Genießt jede Minute und macht jede Menge Fotos."

„Werden wir." Er küsste sie. „Ich wünschte, du würdest mitkommen."

„Nächstes Mal. Dieser Ausflug ist nur für dich und deinen Jungen."

„Mein Junge. Ich finde es wundervoll, wie sich das anhört."

Da sie wusste, wie sehr er sich nach einer Familie gesehnt hatte, gefiel Sam auch, wie sich das anhörte. „Bis bald, Senator."

„Ja, bis übermorgen. Ich werde zurück sein, bevor du Zeit hattest, mich zu vermissen."

Sie küsste ihn ein letztes Mal und stand auf, um sich die Haare mit einer Klammer zusammenzubinden, wie sie es immer für die Arbeit tat. Dann nahm sie ihre Waffe vom Nachtschrank, schnallte sie um und steckte Dienstmarke sowie Handschellen in die entsprechenden Taschen. „Nein, wirst du nicht."

„Geh, bevor ich dich wieder ins Bett zerre."

„Bin schon weg", sagte sie und winkte frech. „Lieb dich."

„Lieb dich auch, Babe. Sei vorsichtig da draußen."

„Bin ich immer."

Sie rannte die Treppe hinunter und zur Tür hinaus. Unterwegs las sie die Uhrzeit vom Handy ab. Zehn Minuten vom Anruf bis zum Wagen, mit Duschen. Nicht schlecht.

20

S am fuhr in nordwestlicher Richtung zu einer Adresse in der 16th Street und kam gleichzeitig mit der Gerichtsmedizin an. Sie nickte dem stellvertretenden Gerichtsmediziner zu, duckte sich unter dem gelben Absperrband hindurch und stieg die Stufen des gepflegten Hauses im Cape-Cod-Stil hinauf. Der Geruch des Todes schlug ihr sofort beim Eintreten entgegen.

Sie hatte Mühe, sich angesichts des Gestanks nicht zu übergeben, und schaute sich rasch in dem aufgeräumten Wohnzimmer auf der einen Seite der Treppe um. Auf der anderen lag das Esszimmer. In der Küche herrschte Unordnung, und es gab Anzeichen für einen möglichen Kampf. „Was haben wir hier?", fragte sie den Streifenpolizisten, der zu ihr trat, während sie umgestürzte Stühle und zerbrochenes Glas auf dem Fußboden neben der Leiche eines älteren Mannes betrachtete.

„Raymond Jeffries, dreiundsiebzig", berichtete der Officer, seine Notizen zu Rate ziehend. „Ein Anruf seiner Tochter Sabrina Campion aus Albany, New York, führte uns hierher. Sie bat uns, nach dem Rechten zu sehen." Der junge Officer kämpfte sichtlich gegen den Brechreiz an. „Als niemand aufmachte, bat die Tochter uns, das Haus zu betreten. Wir stellten fest, dass die Haustür unverschlossen war. Der Geruch ließ darauf schließen, dass der Hausbesitzer verstorben war. Wir fanden ihn schließlich hier in der Küche." Der Officer hielt sich ein Taschentuch vor Mund und Nase.

Im Lauf der Jahre hatte Sam sich angewöhnt, in solchen Situationen durch den Mund zu atmen. Sie zog Latexhandschuhe aus der Tasche und streifte sie sich über.

„Offenbar wurde er gestoßen oder er fiel", fuhr der Streifenpolizist fort. „Dabei stieß er sich den Kopf am Tisch." Der Officer zeigte auf eine Wunde seitlich am Kopf des Toten.

„Möglich", räumte Sam ein und ging in die Hocke, um sich das genauer anzusehen. Der Mann hatte drahtiges graues Haar, eine ziemlich große Nase und durch das Eintreten des Todes blau verfärbte Lippen.

„Er kochte gerade etwas auf dem Herd, das angebrannt ist. Wir haben die Platte abgestellt."

„Ein Glück, dass das Haus nicht abgebrannt ist", bemerkte der stellvertretende Gerichtsmediziner Byron Tomlinson, der zu ihnen trat. Er war attraktiv, arrogant und viel zu dreist für Sams Geschmack, aber sie musste mit ihm vorliebnehmen, da Lindsey nicht vierundzwanzig Stunden am Tag arbeiten konnte. „Dem Geruch nach zu urteilen ist er schon seit einer Weile tot. Vielleicht sechsunddreißig Stunden oder länger."

„Während Sie Ihre Arbeit machen, würde ich gern mit der Tochter sprechen", erklärte Sam und richtete sich auf.

Der Streifenpolizist zückte sein Handy und gab es Sam. „Drücken Sie auf Wahlwiederholung. Sie war mein letzter Anruf. Allerdings wird sie ziemlich verstört sein, verständlicherweise."

„Danke, Officer ..."

„Huff."

Sam nickte und nahm das Telefon mit nach draußen, wo sie normal atmen konnte.

Freddie schlurfte über den Rasen und sah verschlafen und zerknittert aus.

„Wirf einen Blick drauf", forderte Sam ihn auf. „Aber halt dir die Nase zu."

„O Shit, einer von denen?"

„Jap." Sam drückte die Wahlwiederholungstaste des Handys und schloss die Augen, während sie darauf wartete, dass die

Tochter sich meldete. Sie hasste Anrufe bei den Familien der Opfer.

„Hallo?"

Mit einem Mann hatte Sam nicht gerechnet. „Hier spricht Lieutenant Holland, Metropolitan Washington Police. Könnte ich bitte Sabrina Campion sprechen?"

„Einen Moment, bitte."

Die Frau, die kurz darauf ans Telefon kam, weinte so heftig, dass Sam sie kaum verstehen konnte.

„Mein herzliches Beileid, Miss Campion. Ich weiß, es ist eine sehr schwere Situation für Sie, aber ich benötige Ihre Hilfe, um aufzuklären, was mit Ihrem Vater passiert ist."

„Ich habe doch vor Kurzem erst mit ihm gesprochen", brachte sie zwischen den Schluchzern hervor.

Sam rieb sich die müden Augen. „Wann haben Sie das letzte Mal mit ihm telefoniert?"

„Vor zwei, vielleicht drei Tagen."

„Können Sie versuchen, es genau zu sagen?" Sam mahnte sich zur Geduld. War sie wegen ihres eigenen Vaters nicht selbst momentan sehr in Sorge?

„Montagabend. Ja, es war Montag, denn ich war im Buchclub und rief ihn auf dem Heimweg an."

Vor drei Tagen also.

„Das ist sehr hilfreich, Ma'am. Lebte er allein?"

„In den letzten fünf Jahren, seit dem Tod meiner Mutter." Es folgte neues Weinen. „Ich kann nicht glauben, dass sie nun beide tot sind. Wie können sie denn nur beide nicht mehr da sein?"

Da Sam keine Antwort darauf hatte, die die trauernde Frau zufriedenstellen könnte, machte sie einfach mit ihren Fragen weiter. „Was können Sie mir sonst noch über Ihren Vater und seine Gewohnheiten erzählen?"

„Er war Highschool-Chemielehrer im Ruhestand."

„Welche Schule?"

„Roosevelt." Sam nahm eine etwas aufrechtere Haltung an. Dies war das zweite Mal, dass die Roosevelt Highschool im Zuge einer Mordermittlung genannt wurde. „Seit wann befand er sich im Ruhestand?"

„Seit zwölf Jahren."

„Hatte er irgendwelche gesundheitlichen Probleme, von denen Sie wussten?"

„Nichts Ernstes. Er nahm Medikamente wegen seines Cholesterins, aber das war alles. Er war noch sehr aktiv, spielte Golf und Tennis. Er war bei bester Gesundheit."

„Können Sie mir einen typischen Tagesablauf von ihm schildern? Hatte er vielleicht Probleme mit Nachbarn oder sonst jemandem?"

Sam hörte sich eine zehnminütige Schilderung eines sehr gewöhnlichen Lebens an, in dem es keine nennenswerten Probleme gegeben hatte. „Hätten Sie es gewusst, wenn er Probleme gehabt hätte?"

„Ja, natürlich. Ich war sein einziges lebendes Kind. Mein Bruder Jimmy, ein Marinesoldat, wurde bei einem Bombenattentat in Beirut in den Achtzigern getötet."

„Das tut mir leid."

„Es ist lange her", meinte Sabrina mit leiser Stimme. „Ich lag Dad damit in den Ohren, er solle hierherziehen, aber er sagte immer, sein ganzes Leben sei in Washington. Ich zog ihn damit auf, dass es meine Gefühle verletze, wenn er lieber dort bliebe, als bei mir zu sein. Aber wusste, dass es damit nichts zu tun hatte. Jetzt …" Sie zögerte. „Verzeihen Sie, aber ich muss mich um meine Familie kümmern. Ich werde morgen nach Washington reisen, falls Sie dann noch Fragen haben."

„Ja, möglicherweise muss ich Sie noch einmal sprechen. Darf ich Ihnen meine Nummer geben, damit Sie mich anrufen können, wenn Sie Zeit haben?"

„Ich suche nur rasch einen Stift."

Während Sam wartete, kam Freddie aus dem Haus. Er sah blass und hellwach aus und sog tief die kühle Luft ein.

„Schlimm", bemerkte er.

Sam nickte zustimmend.

„Da weiß man frische Luft erst richtig zu schätzen."

Sabrina Campion kehrte mit Stift ans Telefon zurück, und Sam gab ihre Handynummer durch. „Nochmals herzliches Beileid. Wir reden morgen weiter."

„Kann ich Sie noch etwas fragen?"

„Alles."

„Hat er gelitten?"

„Das ist schwer mit Gewissheit zu sagen, aber auf den ersten Blick hat es nicht den Anschein."

„Das ist gut."

Sam wartete noch einen Moment, für den Fall, dass es weitere Fragen gab.

„Sind Sie die Polizistin, die mit einem Senator verheiratet ist?"

Sam verzog das Gesicht. Sie würde sich wohl nie ganz wohl mit all der Aufmerksamkeit fühlen, die ihr und Nick zuteilwurde. „Ja, die bin ich."

„Ich bin froh, dass Sie an dem Fall arbeiten. Sie scheinen echt nett zu sein."

„Na, ich gebe mir Mühe. Wir werden alles in unserer Macht Stehende tun, um herauszufinden, was passiert ist."

„Danke."

Sam beendete das Telefonat und wandte sich an Freddie. „Dein Eindruck?"

„Sind wir uns sicher, dass das ein Mord war?"

Sam grinste. Ihr junger Protegé machte sich ziemlich gut. „Nein, nicht ganz."

„Ich kann mir zwei umgestürzte Stühle vorstellen, wenn er gefallen ist. Aber wie steht's mit dem dritten?"

„Vielleicht ist er gestolpert, hielt sich an einem Stuhl fest, der umkippte, woraufhin der Mann gegen die anderen beiden stolperte."

„Das wäre wohl denkbar, allerdings müsste es noch einen physischen Grund für seinen Sturz geben, oder?"

„Den soll uns der Gerichtsmediziner verraten."

„Was wissen wir also bis jetzt?"

Sam schaute zur vorhersehbaren Versammlung Schaulustiger vor dem Absperrband und bemerkte, dass einer der Streifenpolizisten die Menge vorsichtshalber filmte. „Reden wir mal mit den Nachbarn, ob sie etwas Ungewöhnliches gehört haben oder ob er irgendwie Ärger gehabt hat. Danach fahren wir nach Hause."

„Wirklich?"

„Wir lassen die Spurensicherung ihre Arbeit machen und die

Gerichtsmedizin, und dann schauen wir mal, was wir morgen früh haben."

„Dann fahren wir wirklich nach Hause? Mitten in der Nacht? Trotz des aktuellen mutmaßlichen Mordfalls?"

Sam lachte über seine verdatterte Miene. „Gewöhn dich bloß nicht daran. Meistens sind wir ja ziemlich sicher, wenn wir einen Mord vor uns haben. Aber dieses Mal ..." Sie zuckte die Schultern. „Ich weiß es wirklich nicht."

„Tja, dann los. Ich will wieder ins Bett."

„Du willst zurück zu deiner Freundin."

Er grinste frech. „O ja, das auch, Lieutenant."

„Wow, das war eine gigantische Zeitverschwendung", meinte Freddie. Sie hatten eine Stunde lang Befragungen durchgeführt und waren am Ende nicht schlauer als zu Beginn.

„Kann man wohl sagen. Kehr in dein Liebesnest zurück. Wir sehen uns um ..." Sam las die Uhrzeit vom Display ihres Handys ab. Halb vier. „Neun." Normalerweise begann der Dienst für sie um acht, das sah die Schichtordnung vor.

„Deine Großzügigkeit kennt keine Grenzen."

„Stimmt."

„Ich habe noch Informationen über Trainers andere Damen, die wir morgen früh durchgehen müssen."

„Hört sich gut an." Als er zögerte, meinte sie: „Wieso rennst du nicht zu deinem Wagen?"

„Wie geht es deinem Dad?"

„Liegt nicht mehr auf der Intensivstation. Besser also."

„Und du? Du musst enttäuscht sein wegen dem, was wir gehört haben über Leroy."

„Inzwischen wäre ich wohl geschockt, wenn tatsächlich mal was für uns gut liefe."

„Kommt noch, eines Tages. Wahrscheinlich, wenn wir gar nicht damit rechnen. Du weißt ja, wie solche Sachen laufen."

„Allerdings. Ich weiß deine Besorgnis zu schätzen, aber ich bin okay."

„Ich bin froh, das zu hören."

„Wenn wir schon mal auf Schmusekurs sind, möchte ich dich um einen Gefallen bitten."

„Was immer du willst."

Da sie mit dieser Antwort gerechnet hatte, grinste Sam. Natürlich war das ein bisschen hinterlistig, doch wenn es das gewünschte Ergebnis brachte ... „Ich möchte, dass du deine Mutter anrufst."

„Ach du Schande ..."

„Warte. Hör mir erst zu." Sam sammelte einen Moment ihre Gedanken. „An dem Tag, als mein Dad angeschossen wurde, hatten wir einen unserer größten Streits."

„Ich kann mir gar nicht vorstellen, dass ihr zwei euch streitet. Ihr versteht euch so gut."

„Haben wir uns auch immer."

„Was geschah an jenem Tag?"

„Ich erklärte ihm, ich wolle mir den Fall Fitzgerald noch mal ansehen. Zu behaupten, er reagierte unwirsch, wäre eine ziemliche Untertreibung."

„Hat er gesagt, weshalb er dagegen war?"

„Bis zu dem Punkt kamen wir gar nicht. Er sagte, ich solle mich da heraushalten. Dann ist er hinausgestürmt. Das war das letzte Mal, dass ich ihn jemals normal gehen und sich bewegen gesehen habe. Als ich ihn wiedersah, lag er im Krankenhaus. Für drei der längsten Tage meines Lebens wusste ich nicht, ob meine letzten Worte an ihn ,Du störrischer alter Hund' gewesen sein würden." Sie sah Freddie an. „Ich habe nie jemandem von dem Streit, den wir hatten, erzählt. Ist dir klar, warum ich dir davon erzähle?"

„Ich glaube schon."

„Ruf sie an, Freddie. Finde heraus, was sie mit ihm zu tun hat. Gib ihr die Chance, es zu erklären." Sam legte ihre Hand auf seinen Arm. „Du weißt nie, was dich hinter der nächsten Ecke erwartet. Was damals mit meinem Dad passiert ist, hat mich gelehrt, nichts ungeklärt zu lassen. Der wichtigste Mensch in meinem Leben wäre beinahe gestorben, und das wären meine letzten Worte an ihn gewesen." Die Erinnerung daran war immer noch schmerzlich. „Wie hätte ich damit fertig werden sollen?"

Freddie rieb sich die Bartstoppeln am Kinn. „Ich werde sie anrufen."

„Gut."

„Was wirst du deinem Dad sagen wegen der neuen Ermittlungen im Fitzgerald-Fall?"

Ihr Magen, der ihr früher ihr Leben bestimmt hatte, wählte diesen Augenblick, um sich bemerkbar zu machen. „Das weiß ich noch nicht."

„Durchaus möglich, dass er wieder wütend wird."

„Vielleicht erfahre ich von McBride und Tyrone, warum er wütend ist." Sie legte die Hand auf ihren brennenden Magen. „Ein bisschen habe ich Angst vor dem, worauf sie stoßen könnten."

„Was immer es ist, wir werden sehen, was wir damit anfangen. Jedenfalls wirst du nicht allein davorstehen."

Aus irgendeinem Grund fühlte sie sich durch seine Worte gleich tausendmal besser. „Danke. Fahr nach Hause und schlaf, solange es noch geht."

„Du auch." Als Sam einige Minuten später Mount Pleasant verließ, wägte sie ihre Möglichkeiten ab. Da sie sich bereits von Nick verabschiedet hatte, beschloss sie, sich um eine andere Sache zu kümmern, die sie bisher vor sich hergeschoben hatte.

Das Apartment, das ihr Exmann nach der Scheidung gemietet hatte, lag nicht weit entfernt von ihrem Zuhause in der Ninth Street. Natürlich hatte Peter das getan, um sie zu provozieren. In den zwei Jahren nach der Scheidung war es ihr weitgehend gelungen, ihn zu ignorieren. Bis er Bomben an ihrem und an Nicks Wagen platziert hatte. Als ihr Wagen kurz vor Weihnachten in die Luft geflogen war und sowohl sie als auch Nick verletzt worden waren, war die bisher geheim gehaltene Beziehung zu Nick ebenso an die Öffentlichkeit gedrungen wie Peters anhaltende Besessenheit von ihm.

Sam hatte ihn seit der Nacht vor der Hochzeit nicht mehr gesehen. Da hatte er ihr vor ihrem Haus aufgelauert, um zu verkünden, dass ihre Beziehung niemals vorbei sein würde. Glücklicherweise hatte Nick einen ehemaligen Polizisten engagiert, der den frisch aus dem Gefängnis entlassenen Peter beschatten sollte. Das hatte sie gerettet.

Die Vorstellung, Peter freiwillig aufzusuchen, aus welchem Grund auch immer, machte sie ganz krank. Und sie wagte lieber nicht, sich auszumalen, was Nick über diesen Besuch mitten in der

Nacht zu sagen hätte. Trotzdem parkte Sam in zweiter Reihe vor Peters Wohngebäude, schloss den Wagen ab und überprüfte ihre Waffe, nur für alle Fälle.

Dann stieg sie die Treppe zu seiner Wohnung im zweiten Stock hinauf und klopfte an die Tür. Als er nicht aufmachte, klopfte sie fester. Eine Minute später hörte sie ihn zur Tür schlurfen, daher hielt sie ihre Dienstmarke vor den Spion. Während die Riegel zurückgeschoben wurden, musste sie erneut daran denken, dass Nick ausflippen würde, wenn er davon erfuhr.

Peter öffnete die Tür. „Jetzt sag nicht, du hast schon die Nase voll von deinem vornehmen neuen Ehemann. Falls du für einen Quickie hergekommen bist ...“

„Halt den Mund, Peter.“ Sie betrachtete sein ergrauendes Haar und das verbitterte Gesicht und fragte sich wieder einmal, was sie jemals an ihm gefunden hatte.

„Noch immer gereizt, wenn du nicht genug Schlaf bekommst, wie ich sehe.“

„Halt die Klappe und hör zu. Egal, welchen Mist du da abziehst, lass es. Du bist nur noch erbärmlich und lachhaft. Kapiert?“

„Wenn du mit deinen Beleidigungen fertig bist, könntest du mir verraten, wovon zum Geier du überhaupt redest.“

„Als wüsstest du das nicht.“

„Ich habe nicht die leiseste Ahnung.“

Eine Tür auf der anderen Seite des Flurs wurde geöffnet. „Es gibt Leute hier, die versuchen zu schlafen, Arschloch.“

„Verpiss dich“, erwiderte Peter.

„Halt die Fresse“, kam es vom Nachbarn, der daraufhin die Tür zuschlug.

„Nett“, bemerkte Sam und bemühte sich, die Stimme zu senken.

„Ich weiß, du würdest mir gern etwas anhängen, um mich aus dem Weg zu schaffen. Tut mir leid, dich enttäuschen zu müssen, Süße, aber um was es auch gehen mag, ich war's nicht. Vielleicht ist irgendjemand schwer genervt von all der Presse, die du in letzter Zeit bekommst. Ich hatte ja keine Ahnung, dass du derartig öffentlichkeitsgeil bist.“

„Peter", meldete sich eine Frauenstimme aus der Wohnung.
„Wer ist das?"

Er streckte den Arm nach hinten aus zu dem blonden
Flittchen. „Meine Exfrau. Sie vermisst mich."

Sam hielt ihre Dienstmarke hoch. „Tun Sie sich selbst einen
Gefallen, Schätzchen." Sie beugte sich näher zu der
erschrockenen jungen Frau. „Laufen Sie weg, so schnell und so
weit Sie können."

„Das reicht", sagte Peter und schubste die junge Frau zurück in
die Wohnung. „Die Unterhaltung ist beendet."

Er wollte ihr die Tür vor der Nase zuwerfen, doch Sam stoppte
sie mit der Hand. „Verarsch mich lieber nicht, sonst mache ich dir
das Leben zur Hölle."

„Zu spät. Das hast du längst."

Da sie alles gesagt hatte, was es zu sagen gab, ließ sie ihn das
letzte Wort haben. Dummerweise glaubte sie ihm, dass er keine
Ahnung hatte, wovon sie sprach. Aber wenn er nicht der
rachsüchtige Brieffreund war, wer dann?

21

Begeistert darüber, auf dem Heimweg zu sein, und sich auf sein Bett und seine Freundin freuend, parkte Freddie vor seinem Apartmentgebäude und lief zur Tür. Als er den dunklen Schatten einer Person im Eingang bemerkte, griff er nach seiner Pistole. „Keine Bewegung!"

„Ich bin es, Frederico", sagte seine Mutter.

„Um Himmels willen, Mom! Was machst du denn hier? Es ist fünf Uhr morgens. Ich hätte dich erschießen können."

„Du hast meine Anrufe nicht entgegengenommen, deshalb hatte ich gehofft, dich vor der Arbeit zu erwischen."

Er steckte seine Waffe wieder ein. „Hattest du vor, hier noch zwei Stunden herumzuschleichen?"

Sie verschränkte die Arme und machte ein störrisches Gesicht. „Wenn es hätte sein müssen. Du bist mir aus dem Weg gegangen. Willst du mir verraten, warum?"

Zorn stieg in ihm auf, doch er hielt ihn im Zaum. Schließlich war dies seine Mutter, und so wütend er momentan auch auf sie war, durfte er sich ihr gegenüber doch nicht respektlos verhalten. Dazu war er viel zu gut erzogen.

Juliette Cruz streichelte sein Gesicht. „Was ist los, Freddie?"

„Was hast du mit ihm zu schaffen? Ich habe euch gesehen!", stieß er aufgewühlt hervor, und plötzlich war er wieder zehn Jahre alt und fragte sich, was er bloß getan hatte, dass sein Vater aus ihrem Leben verschwand.

„Ach, mein Lieber", sagte sie seufzend und ließ die Hand sinken. „Es tut mir schrecklich leid, dass du unvorbereitet damit konfrontiert wurdest."

„Unvorbereitet? Dich mit ihm zu sehen war einer der schockierendsten Momente meines Lebens! Sag mir, dass du nicht wieder mit ihm zusammen bist, Mom. Ich schwöre bei Gott …"

„Schwöre nicht bei Gott." Sie hakte sich bei ihm unter und zog ihn fort von dem Gebäude, fort von den Fenstern der schlafenden Nachbarn. „Mach einen Spaziergang mit mir."

Obwohl er sich vor dem fürchtete, was er zu hören bekommen würde, und sich nach Elins warmem Körper sehnte, begleitete Freddie seine Mutter. Er hatte noch die Unterhaltung mit Sam im Kopf, und das erinnerte ihn an sein Versprechen, das Problem mit seiner Mutter anzugehen.

„Bist du wieder mit ihm zusammen, Mom? Das ist alles, was ich wissen will."

Juliette zögerte, ehe sie antwortete. „Es ist kompliziert."

Freddie schnaufte ungläubig und befreite seinen Arm. „Du machst wohl Witze. Er hat uns verlassen! Du musstest drei Jobs machen, um uns durchzubringen, und jahrelang hattest du keine Freizeit mehr, weil du nur gearbeitet hast. Wenn du mir jetzt erzählst, dass du ihn nach all dem zurücknimmst …"

„Hör mir doch erst einmal zu, Frederico!"

Getadelt von ihrem ungewöhnlich strengen Ton zwang Freddie sich, normal zu atmen und sich anzuhören, was sie zu sagen hatte.

„Ich bin ihm vor sechs Monaten zufällig in einem Restaurant begegnet."

„Vor sechs Monaten? Wann wolltest du mir davon erzählen?"

„Bald. Eigentlich wollte ich dir sehr bald davon erzählen."

„Na klar." Er versuchte gar nicht erst, die Bitterkeit aus seinem Ton zu verbannen. Allerdings kümmerte sie sich nicht darum, sondern fuhr fort: „Ich brauche wohl kaum zu erwähnen, dass ich geschockt war, ihn zu sehen. Ich hatte keine Ahnung, dass er wieder in der Stadt ist."

Freddie starrte sie an. „Wusstest du etwa, wo er sich aufhielt? Während der ganzen Zeit seiner Abwesenheit wusstest du es?"

Sie schüttelte den Kopf. „Ich hatte lediglich vermutet, dass er sich im mittleren Westen aufhält, bei der Familie seiner Mutter. Er hat ihnen immer sehr nahegestanden und hat oft davon geredet, eines Tages dorthin zurückzuziehen. Und als er dann verschwand, nahm ich an, er sei tatsächlich zu ihnen gezogen."

„Wenn du wusstest, wo er sich aufhält, warum hast du nicht versucht, ihn aufzuspüren?"

„Weil er mich verlassen hatte, Freddie. Ich wollte ihm nicht hinterherlaufen. Offenbar wollte er ja lieber woanders sein."

Freddie drehte sich der Kopf, während er versuchte, all diese Informationen zu verarbeiten.

„An dem Abend, als ich ihn sah, in dem Restaurant, bat er mich um eine halbe Stunde meiner Zeit. Zuerst sagte ich Nein, aber er meinte, es sei wichtig und ich müsste mir anhören, was er zu sagen hätte."

„Wahrscheinlich einen Haufen Lügen. Du hättest dich nicht von ihm einwickeln lassen dürfen."

„Weißt du, warum ich es getan habe?"

„Keine Ahnung."

„Ich habe es für dich getan. Damit du Antworten bekommen kannst auf die Fragen, die du mir ständig gestellt hast, als du noch klein warst. Erinnerst du dich?"

Er spürte einen Stich im Herzen, als er in der Zeit zurückreiste. *Hat Daddy mich nicht lieb? Warum hat er mich verlassen? Was habe ich denn getan? Wann kommt er zurück?* Jahrelang hatte er diese Fragen wieder und wieder gestellt, bis sie ihn anflehte, es nicht mehr zu tun. Sie hatte keine einzige der Antworten, die er brauchte.

„Ja", sagte er leise und war sich so wenig sicher wie damals, ob er diese Antworten überhaupt würde aushalten können.

„Als ich schließlich einwilligte, ihn zu treffen, erzählte er mir etwas, was ich nie zuvor gehört hatte." Sie holte tief Luft, und im Schein der Straßenlaterne sah er, dass ihre Hände zitterten. „Mit einundzwanzig wurde bei ihm eine bipolare Störung diagnostiziert. Weißt du, was das ist?"

Freddie nickte. Er hatte davon genug im Job gesehen.

„Zu der Zeit hatte er offenbar einen heftigen Zusammenbruch und musste monatelang stationär behandelt werden. Anschließend bekam er seine Krankheit mit Medikamenten in den Griff. In all den Jahren, in denen wir zusammen waren, wusste ich nichts davon. Ich begreife es immer noch nicht ganz, wie ich mit einem Mann verheiratet sein konnte, der mit einer solch ausgeprägten Krankheit zu kämpfen hatte, ohne auch nur die leiseste Ahnung davon zu haben, womit er sich jeden Tag seines Lebens plagte."

„Wenn er mit Medikamenten behandelt wurde, was war dann das Problem?", fragte Freddie, noch nicht bereit, zu vergessen und zu vergeben.

„Die Angst davor, es könnte zurückkommen. Selbst mitten in seinem ersten Zusammenbruch war er sich bewusst, was mit ihm geschah und dass sein Verhalten nicht normal war. Er meinte, es sei das Beängstigendste gewesen, was er je durchgemacht habe, und nach dieser ersten Episode lebte er jahrelang in Todesangst vor einer Wiederholung."

Freddie wusste nicht, wie er damit umgehen sollte. „Warum hat er nichts gesagt?"

„Du darfst nicht vergessen, mein Sohn, dass das vor zwanzig Jahren passiert ist. Damals taten Betroffene alles, um psychische Probleme zu verbergen wegen der zu Recht befürchteten Ausgrenzung. Inzwischen haben wir in dieser Hinsicht große Fortschritte gemacht, aber in jener Zeit ..." Sie zuckte die Schultern. „Ich wünschte, ich könnte behaupten, dass ich ihn unterstützt hätte. Wahrscheinlich hätte ich aber vor allem Angst gehabt."

„Was wollte er denn nun eigentlich? Warum ist er zurückgekommen?"

„Es wird dir sicher schwerfallen, das zu glauben, aber er war deinetwegen besorgt."

Alles in Freddie wollte aufbegehren und sich wehren gegen diese Annäherung seines Versager-Vaters. Doch den zehnjährigen Jungen, der irgendwo noch in ihm war, machte das Interesse seines Vaters neugierig. „Warum?"

„Die bipolare Störung kann vererbt werden."

Freddie dachte einen Moment darüber nach. „Ich leide nicht an einer bipolaren Störung."

„Das weiß ich, und das habe ich ihm auch gesagt. Er hat es sehr erleichtert zur Kenntnis genommen."

Freddie schüttelte ungläubig den Kopf. „Ich finde es schwer zu glauben, dass er sich plötzlich meinetwegen Sorgen macht, wo er doch vor zwanzig Jahren einfach verschwunden ist und seither nicht das geringste Interesse an mir gezeigt hat."

„Er ist damals fortgegangen, weil er einen weiteren Zusammenbruch hatte. Er war ein Jahr lang im Krankenhaus, und als er entlassen wurde, dachte er, er würde bei uns nicht mehr willkommen sein. Was vermutlich ja auch stimmte."

Freddie stand da, die Hände in die Hüften gestemmt, angespannt und verzweifelt, von der Vielzahl weiterer Emotionen, die er nicht genau zu benennen vermochte, ganz zu schweigen. „Und du hast ihm das alles geglaubt? Wo ist denn der Beweis?"

„Er hat mir die Akten seiner beiden Krankenhausaufenthalte gezeigt, außerdem die einer dritten stationären Behandlung vor fünf Jahren. Er sagt die Wahrheit, Freddie." Ihre stille Würde angesichts dieser für sie bestimmt lebensverändernden Informationen kam ihm seltsam vor. Andererseits hatte sie bereits Monate Zeit gehabt, das zu verarbeiten, was er gerade zum ersten Mal hörte. Dann ließ sie die letzte Bombe platzen. „Er will dich sehen."

„Nein. Auf keinen Fall." Er stieß die Worte regelrecht hervor.

„Ich habe ihn gewarnt, dass du das sagen würdest, und er hat es verstanden. Er will nur, dass du weißt, dass er stolz auf dich ist, weil ein toller Mann und hervorragender Polizist aus dir geworden ist. Ich habe ihm erzählt, wie du vor einiger Zeit angeschossen worden bist, und das hat ihn sehr aufgewühlt." Sie machte eine Pause, bevor sie hinzufügte: „Und ich habe ihm erzählt, du seist möglicherweise zum ersten Mal verliebt."

Erschrocken sah er sie an. „Hast du ihm auch gesagt, wie sehr du sie hasst und wie schwer du mir das Leben deshalb gemacht hast?" Freddie wusste, dass es nicht fair war, auf diese Weise gegen sie auszuteilen und dass nichts von all dem ihre Schuld war – außer natürlich, dass sie Elin hasste –, aber er schien sich einfach nicht bremsen zu können.

„Das ist eine Sache zwischen dir und mir", meinte seine Mutter. „Es ist unsere Angelegenheit."

„Und Elins, da sie diejenige ist, die ich liebe und die du hasst."

„Ich hasse weder sie noch sonst irgendjemanden."

„Du verhältst dich aber, als würdest du sie hassen. Nur ist das dein Problem, nicht meines. Ich liebe sie, und wir ziehen zusammen."

Juliette schnappte nach Luft. „Ihr seid nicht verheiratet!"

„Nein, sind wir nicht. Vielleicht hätten wir schon geheiratet, wenn meine Mutter sie nicht so hassen würde. Na, was soll's."

„Ehrlich, Freddie, ich habe das Gefühl, dich überhaupt nicht mehr zu kennen."

„Geht mir mit dir genauso."

Sie standen da und sahen einander lange an, bis Freddie schließlich den Blick abwandte, weil er den schmerzlichen Ausdruck in ihren Augen nicht mehr aushielt.

„Ich muss ins Bett", sagte er. „Ich muss in wenigen Stunden schon wieder bei der Arbeit sein."

„Wirst du darüber nachdenken, dich mit deinem Vater zu treffen? Er bittet dich doch nur um ein paar Minuten deiner Zeit."

„Er bittet um viel mehr als das, das weißt du ebenso gut wie ich. Ich werde mich nicht mit ihm treffen, und solange du dich mit ihm triffst, will ich dich auch nicht sehen."

„Freddie! Um Himmels willen! Was ist denn in dich gefahren?"

„Pass gut auf dich auf, Mom." Da sie bei ihrem Wagen angelangt waren, ging er schweren Herzens davon. Obwohl er es abgelehnt hatte, sich mit seinem Vater zu treffen, meldete sich doch eine leise Neugier in ihm. „Ja, ja, und wer zu neugierig ist, landet im Kochtopf", murmelte er vor sich hin, während er das Gebäude betrat und zwei Stufen auf einmal nehmend die Treppe hinauflief. In seiner Wohnung zog er sich im Wohnzimmer aus, stellte den Handywecker und schlüpfte ins Bett zu seiner Freundin. Ihre Wärme spendete ihm den Trost, den er dringend brauchte.

Obwohl er körperlich und emotional erschöpft war nach der Begegnung mit seiner Mutter, lag er noch lange wach und dachte darüber nach, was sie ihm erzählt hatte. Als er endlich einschlief, hatte er immer noch keine Ahnung, wie er sich in dieser Sache verhalten sollte.

Jeannie stand früh auf, um zu duschen. Das Zittern setzte ein, als sie Duschgel auf einen Schwamm gab. Da sie die Anzeichen der Panikattacken, die sie seit der Vergewaltigung plagten, kannte, stieg sie aus der Dusche und hielt sich am Waschbecken fest. Ihr Herz raste, ihr war übel, und die Beine fühlten sich so wackelig an, dass sie sich auf den Toilettendeckel setzen musste. Während sie zu atmen versuchte, liefen ihr die Tränen übers Gesicht, ein unaufhaltsamer Fluss des Schmerzes.

So fand Michael sie vor.

Zu dem Zeitpunkt wusste sie nicht, wie lange sie schon dort saß.

Auch er hatte sich inzwischen an diese Attacken gewöhnt und hob sie auf die Arme, um sie ins Schlafzimmer zu tragen. Er setzte sich mit ihr auf das Bett und hielt sie auf seinem Schoß. „Atme, Liebes", sagte er. „*Atme*, Jeannie."

Sie konzentrierte sich auf den Klang seiner Stimme und auf ihre Atmung. Mit jedem weiteren Atemzug normalisierte sich auch ihr Herzschlag, nur das Zittern hielt an.

„Atme weiter", ermutigte er sie.

Jeannie klammerte sich verzweifelt an die Hand, die er ihr hinhielt. An irgendeinem Punkt hatte sie ihr Handtuch verloren, und plötzlich fror sie.

Michael nahm das Handtuch vom Fußende des Bettes und legte es um sie.

„Tut mir leid", brachte sie zähneklappernd hervor.

„Du musst dich nicht entschuldigen. Niemals. Du kannst doch nichts dafür."

„Muss mich fertig machen. Will wird bald hier sein."

„Liebes, komm schon. Du kannst heute nicht fahren. Die bevorstehende Reise hat die Panikattacke ausgelöst. Begreifst du das nicht?"

„Es ist mein Fall. Ich muss fahren."

„Musst du nicht. Schick Will. Er schafft das allein, das weißt du. Was ist, wenn es unterwegs wieder passiert?"

Jeannie wollte schon anfangen, mit ihm darüber zu streiten, da bemerkte sie die Feuchtigkeit auf seinem Gesicht.

Mit der Ecke des Handtuchs wischte er sich die Tränen ab.

„Michael ...“

„Ich kann es nicht ertragen, dich leiden zu sehen. Ich halte es einfach nicht aus.“

Ihren starken, furchtlosen Freund so niedergeschlagen zu erleben, schmerzte sie. „Ich werde nicht fahren.“

„Aber nicht meinetwegen.“

„Nein, weil du recht hast. Ich bin noch nicht bereit.“

Michael drückte sie. „Ich werde heute auch hierbleiben. Wir werden den Tag zusammen verbringen.“

„Bist du dir sicher, dass du das kannst?“

„Klar.“

„Lass mich Will anrufen.“ Jeannie versuchte von seinem Schoß aufzustehen, doch ihre Beine gaben nach.

Michael stand auf und betrachtete sie. „Setz dich. Ich hole dir das Telefon.“

Jeannie machte den Anruf, dann legte sie sich ins Bett, erschöpft von dieser Schlacht. Gestern war sie sich so sicher gewesen, dass sie ihre Dämonen zurückgeschlagen hatte und in der Lage war, nach Cincinnati zu fahren und mit den Informationen zurückzukommen, um die Sam sie gebeten hatte.

Michael rief sein Büro an und legte sich danach zu ihr ins Bett. Er legte wärmend und tröstend die Arme um sie. „Es wird dir wieder besser gehen, Jeannie. Du bist noch nicht ganz an diesem Punkt, aber du näherst dich ihm.“

„Bist du dir da sicher?“

„Ja.“

Plötzlich wurde sie sich der Tatsache bewusst, dass sie beide nackt waren und er erregt. Sie drehte sich auf den Rücken, um sein Gesicht zu sehen. Seine Augen waren geschlossen, doch seine Wangenmuskeln zuckten vor Anspannung. Es war ihr unangenehm, dass sie ihm solche Qualen bereitete. Zärtlich legte sie ihm die Hand an die Wange, um seine Anspannung zu lindern.

„Fühlt sich gut an“, flüsterte er, „dass du mich wieder berührst.“

Jeannie beugte sich herüber und presste ihre Lippen sanft auf seine. Da schlug er die Augen auf.

Er hielt den Blickkontakt aufrecht, während ihre Lippen sich trafen.

Sie fuhr ihm mit der Zunge über die Unterlippe, und er sog scharf die Luft ein.

Er lag ganz still und überließ ihr die Initiative, während der Kuss sinnlicher wurde, indem sich ihre Zungen fanden und einander umspielten.

„Berühre mich, Michael", forderte sie ihn auf, ein wenig außer Atem von dem leidenschaftlichen Kuss.

„Wirklich?"

Sie nickte und küsste ihn erneut, geborgen in seinen Armen. Während er seine Hände langsam über ihren Rücken gleiten ließ, merkte sie, dass er sich beherrschte, um sie nicht zu verschrecken. Das machte sie traurig, besonders weil sie sich daran erinnerte, was für ein kompromissloser, leidenschaftlicher Liebhaber er gewesen war, bevor sie brutal vergewaltigt worden war.

„Was?", fragte er.

Erschrocken von der Frage, hob sie den Kopf, um ihm in die Augen zu sehen.

„Du warst auf einmal so angespannt. Was denkst du?" Er strich ihr die Haare aus dem Gesicht und fuhr ihr mit dem Finger über die Lippen.

„Ich will dich. Und ich will *das*. Ich habe nur Angst, dass ich im letzten Moment Panik kriege, wie neulich nachts. Ich will es nicht schon wieder ruinieren."

„Ich habe dir doch gesagt, wir werden es versuchen, bis wir es wieder richtig hinbekommen. Egal wie lange es dauert. Ich bleibe bei dir, ganz gleich, was kommt." Er legte ihr die Hand in den Nacken und zog sie für einen weiteren Kuss an sich.

Ein intensives Kribbeln entstand zwischen ihren Beinen und kündete von ihrem erwachenden Verlangen. Sie ließ ihre Hand an seinem Rücken hinuntergleiten bis zu seinem muskulösen Po.

Michael gab ein gequältes Stöhnen von sich, das ihr verriet, wie viel Beherrschung es ihn kostete, sich zurückzuhalten.

Sie umfasste sein Gesicht und führte ihn zu ihren Brüsten. Als

er eine ihrer Brustwarzen in den Mund nahm, seufzte sie
zufrieden.

Jeannie bog sich ihm entgegen, weil sie mehr wollte. Ihre Hand
fand ihn hart, pulsierend und bereit. „Michael", flüsterte sie,
während sie ihn streichelte. „Schlaf mit mir."

Er überraschte sie, als er sich auf den Rücken drehte und sie
ermutigte, sich rittlings auf ihn zu setzen. „Auf diese Weise hast du
die Kontrolle, Liebes. Du kannst tun, was du willst."

Ihr Herz floss über vor Liebe, während sich in einem anderen
Teil ihres Körpers das Verlangen meldete, das Michael schon am
Abend ihrer ersten Begegnung in ihr geweckt hatte. Sie glitt mit
ihrer feuchten Wärme vor und zurück über sein hartes Glied und
beobachtete seine Verzückung und Erwartung. Die ganze Zeit
wartete sie auf die Rückkehr der Panik. Sie wartete auf die
Erinnerung an einen gelben Raum, die diesen Moment für sie
beide ruinieren würde. Doch sie zwang sich, diese Erinnerungen
zu verdrängen und stattdessen ganz in der Gegenwart zu sein.

Michaels Hände glitten von ihren Hüften zu ihrem Po, um sie
zu ermutigen, sich alles von ihm zu nehmen, was sie wollte.
„Brauchen wir ein Kondom?"

„Ich habe nicht aufgehört, die Pille zu nehmen." Sie merkte,
dass er sie aufmerksam beobachtete, als erwarte auch er die
Rückkehr ihrer Dämonen. Sie dachte jedoch an den Ring, den er
ihr am gestrigen Abend gezeigt hatte, an das Versprechen, das er
ihr gegeben hatte und an die bedingungslose Liebe, die er am
Tiefpunkt ihres Lebens gezeigt hatte, während sie ihn langsam in
sich aufnahm, jeden einzelnen Zentimeter genießend.

„O wow, das fühlt sich gut an", sagte er.

Nichts von dem, was sich zwischen Ihnen abspielte, hatte
etwas mit dem zu tun, was ihr widerfahren war. Das sagte sie sich
immer wieder, während sie sich auf und ab bewegte und
schließlich die Hüften kreisen ließ, um ihn noch tiefer in sich
aufzunehmen.

„Ja, Jeannie. Ja. Ich liebe dich so sehr."

Tränen füllten ihre Augen angesichts seiner zärtlichen Worte.

Er setzte sich auf und legte ihre Beine um seine Hüften, sodass
auch ihre Brüste an seine Brust gepresst wurden. „Ist das okay?"

Sie nickte, denn sie liebte es, seine nackte Haut an ihrer zu spüren, ihn tief in sich zu fühlen, sie liebte ihn überhaupt mehr, als sie jemals für möglich gehalten hätte.

Michael behielt eine Hand an ihrem Po und ermutigte sie, sich zu bewegen, während er erneut an ihren Nippeln saugte. Diese Kombination war oft der letzte Auslöser für ihren Höhepunkt gewesen, doch heute genügte es, so weit gegangen zu sein, es geschafft zu haben, ihm das zu geben.

Sie überließ sich den sinnlichen Empfindungen, der Liebe und der Erleichterung darüber, dass sie in der Lage gewesen war, das zu tun.

„Ich kann mich nicht länger zurückhalten, Baby", stieß er keuchend hervor, während sie ein weiteres Mal auf ihn herabsank.

„Lass es. Du musst dich nicht länger beherrschen." Sie küsste ihn leidenschaftlich und spürte, wie seine Muskeln sich anspannten, als er mit einem Schrei kam, der aus tiefster Seele zu kommen schien.

Außer Atem, legte er die Stirn an ihre Schulter. So blieb er eine ganze Weile, ehe er den Kopf hob und ihr in die Augen sah. „Du bist wunderschön, und ich liebe dich."

„Ich liebe dich auch. Danke, dass du so geduldig mit mir warst."

„War mir ein Vergnügen", erwiderte er mit einem albernen Grinsen, das sie an die unbeschwerten Tage erinnerte, bevor ein Irrer sie angegriffen und das Leben von ihnen beiden verändert hatte. „Apropos Vergnügen", sagte er und küsste ihren Hals. „Jetzt hat einer von uns beiden mehr davon gehabt als der andere."

„Das ist okay", versicherte sie ihm.

Geschickt veränderte er ihrer beider Position, sodass sie auf dem Rücken lag. Michael begann, sich abwärts zu bewegen, wobei er ihre Vorderseite mit Küssen bedeckte. „Nein, ist es nicht."

22

Auf dem Weg zum Hauptquartier beschloss Sam, dass sie Nick anrufen musste. Diese Totale-Offenheit-Regelung zwischen ihnen widersprach allem, woran sie glaubte. Aber es sicherte definitiv den Frieden zwischen ihnen.

„Samantha", meldete er sich.

„Du klingst ja ganz schön munter für diese Uhrzeit."

„Du bist nicht mein erstes Telefonat heute Morgen."

„Oh. Nein?" Ihr Magen machte sich prompt bemerkbar, denn irgendetwas an seinem Ton ließ sie aufhorchen. „Was heißt das?"

„Gibt es etwas, was du mir sagen willst?"

Sams Miene verfinsterte sich. Natürlich wusste er längst, dass sie bei Peter gewesen war. „Ich dachte, du lässt ihn nicht mehr überwachen."

„Wann habe ich das gesagt?"

„Ich habe dir erklärt, dass ich nicht will, dass du dein Geld dafür vergeudest, ihn von jemandem beobachten zu lassen. Erinnerst du dich? Wir waren in dieser Bar in Bora Bora."

„Du meinst dieses eine Mal, als wir unser Zimmer verlassen haben?"

„Ja! Ich wusste, du würdest dich erinnern."

„Ich erinnere mich daran, dass du das gesagt hast, aber nicht, dass ich mit irgendetwas einverstanden war."

Sam gab einen frustrierten Laut von sich. „Warst du aber."

„War ich nicht." Er schien das deutlich mehr zu genießen als sie. „Willst du mir vielleicht endlich verraten, was um alles in der Welt du dort wolltest?"

„Ich war mir sicher, dass er die Karten geschickt hat."

„Also dachtest du, es sei eine gute Idee, mitten in der Nacht ganz allein den Mann zur Rede zu stellen, der dich verfolgt, in die Luft gesprengt und mit einer Pistole bedroht hat?"

„Meine Pistole ist größer."

„Das ist kein verdammter Witz, Sam. Was hast du dir bloß dabei gedacht?"

Erschrocken über seinen Ton und die Wahl seiner Worte, wählte sie ihre mit umso mehr Bedacht. „Ich habe mir gedacht, dass ich ihm diesen Grußkartenscheiß anhänge und fertig."

„Und wenn er erneut auf dich losgegangen wäre? Was dann? Du warst da mitten in der Nacht ohne Verstärkung unterwegs, zumindest wusstest du von keiner. Es wusste nicht mal jemand, wo du bist."

„Es schien mir ein guter Zeitpunkt zu sein, um es von meiner Liste zu streichen."

„Du machst mich ernsthaft wütend, Samantha."

„Ja, das habe ich schon gemerkt." Sie rieb sich die Nasenwurzel, hinter der sich ein Kopfschmerz bildete. Plötzlich holten die Nächte ohne Schlaf sie ein. „Es tut mir leid, dass ich allein hingefahren bin. Nenn mich meinetwegen verrückt, weil ich die dunklen Flecken meiner Vergangenheit nicht mit meinen Kollegen teile. Peter hat schon genug Auftritte vor den Leuten gehabt, mit denen ich arbeite. Das reicht mir für den Rest meines Lebens."

„Der ist ein unberechenbarer Psychopath, und das weißt du." Dann wurde sein Ton sanfter. „Es ist schlimm genug, dass ich mir ständig Sorgen um dich machen muss, sobald du zur Tür hinaus bist. Aber wenn du die Gefahr auch noch suchst, dann ... macht mich das verrückt."

Sam hielt auf ihrem Stellplatz auf dem Parkplatz des Hauptquartiers und stellte den Motor aus. „Ich hasse es, dass du dir so viele Sorgen machst."

„Und ich hasse es, dass du dich ständig in Gefahr begibst und ich verdammt noch mal nichts tun kann, um dich zu beschützen."

„Du brauchst mich nicht zu beschützen."

„Und was ist mit dem, was ich brauche?"

„Nick ..."

„Vergiss es. Ich weiß, du machst nur deinen Job, und für dich ist Peter nur ein Ärgernis, um das du dich kümmern musst. Für mich aber ist er der Kerl, der meine Frau lieber tot als mit jemand anderem zusammen sehen möchte."

Sie legte den Kopf aufs Lenkrad. „Es tut mir leid. Du hast vollkommen recht. Ich hätte nicht allein hinfahren sollen."

„Warte mal. Was hast du gerade gesagt?"

Obwohl sie es hasste, auch nur ein kleines bisschen nachzugeben, musste sie grinsen. „Du hast mich ganz gut verstanden."

„Ich würde es aber gern noch einmal hören."

„Träum weiter. Du hast geflucht."

„Du hast mich dazu getrieben."

„Versprichst du mir, wütend zu bleiben, bis du morgen heimkommst, damit wir Versöhnungssex haben können?"

Er prustete. „Mal sehen, was ich tun kann."

„Ist Scotty schon wach?"

„Wach und geduscht – unaufgefordert – und trägt seine komplette Red-Sox-Montur. Ich mache ihm mal lieber Frühstück und fahre zum Flughafen, bevor er vor Stolz noch platzt."

„Kann ich mit ihm sprechen? Nur kurz?"

„Klar, ich hole ihn. Bevor ich dich gehen lasse: Ich liebe dich, und du solltest dich lieber benehmen, während ich weg bin. Verstanden?"

„Was immer du sagst."

„Keine unnötigen Risiken?"

„Ich werde mein Bestes versuchen."

„Aus unerfindlichen Gründen liebe ich dich über alles."

„Ich dich auch, Senator. Und deshalb bekommst du auch Personenschutz auf deiner Wahlkampfreise. Das werde ich veranlassen, während du weg bist."

„Moment mal ..."

„Du bist nicht immer der Bestimmer in dieser Familie. Und jetzt gib mir Scotty."

„Wir sind noch nicht fertig mit diesem Thema."

„Doch, sind wir. Hallo, Scotty?"

„Ich hole ihn", sagte Nick beleidigt.

„Hi, Sam", meldete der Junge sich kurz darauf. „Womit hast du Nick wütend gemacht?"

„Er hat seinen Willen nicht bekommen."

„Aha. Er ist ziemlich genervt."

„Gut. Das war meine Absicht. Wie geht es dir?"

„Ich bin schrecklich aufgeregt und war schon um fünf Uhr wach."

Sam musste grinsen. Er war so liebenswert. „Ich wünsche dir eine super Zeit. Und pass auf, dass Nick sich benimmt, ja?"

Scotty kicherte, und im Hintergrund konnte sie Nick fragen hören, was sie denn gesagt habe.

„Verrate es ihm nicht. Unser Geheimnis."

„Abgemacht."

„Richte ihm aus, er soll sein Handy mal sinnvoll nutzen und mir jede Menge Fotos schicken."

„Mache ich."

„Bis morgen."

„Danke noch mal für die Tickets. Das wird der beste Tag meines Lebens."

„Genieße jede Minute." Sie beendete das Telefonat und saß eine Minute da, in der sie über Nick und Scotty nachdachte und die Familie, zu der sie wurden. Bevor sie ins Hauptquartier ging, rief sie im Krankenhaus an, um sich nach ihrem Vater zu erkundigen. Dort erfuhr sie, dass er eine gute Nacht hinter sich habe. Man rechne damit, dass er im Lauf des Tages zu sich komme. Sam konnte es nicht erwarten, endlich wieder mit ihm zu reden. Unfassbar, wie sehr sie ihn schon nach wenigen Tagen vermisst hatte.

Sie betrat das Hauptquartier und lief in der Lobby Lieutenant Stahl über den Weg.

„Ah, Lieutenant Holland", sagte er mit kriecherischem Grinsen, das sein Doppelkinn wabbeln ließ. „Ich freue mich schon auf unser Meeting heute Nachmittag."

Sam tat, als sei sie ganz auf ihr Handy konzentriert, um ihn nicht ansehen zu müssen. Während sie eine Nachricht von ihrer Schwester zu lesen versuchte, verschwammen die Worte vor ihren

Augen. Verdammte Dyslexie. „Wovon reden Sie?", fragte sie Stahl; nicht, dass es sie interessierte.

„Die Anhörung? Wegen Ihrer Hochzeit?"

„Ich ermittle momentan in mehreren Fällen gleichzeitig. Wie kommen Sie darauf, dass ich für Ihren Unsinn auch noch Zeit hätte?" Sie sah gerade rechtzeitig auf, um zu verfolgen, wie sein Gesicht diesen reizenden Violettton annahm, über den sie sich jedes Mal aufs Neue freute. „Gehen Sie mir aus dem Weg. Im Gegensatz zu Ihnen habe ich richtige Arbeit zu erledigen."

„Sie sollten lieber um Punkt zwei da sein, sonst erhebe ich Anklage gegen Sie."

„Tun Sie, was Sie tun müssen, Lieutenant." Sie ließ ihn wütend stehen und setzte ihren Weg ins Kommissariat fort, wo es erstaunlich ruhig war, wenige Minuten vor Schichtwechsel. Dankbar für die Ruhe, ging Sam in ihr Büro, wo sie in ihren Sessel sank und sich den Kopfschmerzen überließ.

„Lange Nacht draußen gewesen?", erkundigte sich Captain Malone.

Sam schrak hoch. Offenbar war sie tatsächlich eingedöst. Sie setzte sich auf und rieb sich den Schlaf aus dem Gesicht. „Anruf mitten in der Nacht."

„Mord?"

„Wir sind uns noch nicht ganz sicher." Sam brachte ihn auf den neuesten Stand der Ermittlungen im Fall Raymond Jeffries. „Wir warten auf den Bericht aus der Gerichtsmedizin."

„Unbefriedigender Tag, wenn wir bei einem Leichenfund nicht genau sagen können, ob es sich um ein Gewaltverbrechen handelt."

„Allerdings."

„Was gibt es denn Neues über Ihren Brieffreund?"

„Immer noch nichts aus dem Labor, und weitere Post gab es nicht. Aber ich will Personenschutz für Nick arrangieren während seiner Wahlkampftour. Ich muss dauernd an diese Zeile ,peng, peng, du bist tot' denken. Es wäre so einfach für einen Verrückten, ihn zu erschießen."

„Conklin hat alle möglichen Kontakte zur Regierung. Ich werde ihn bitten, sich mal darum zu kümmern."

„Das wäre großartig. Sorgen Sie dafür, dass er denen erklärt, dass wir es mit einem Kandidaten zu tun haben, der Personenschutz für überflüssig hält."

„Mach ich", versprach Malone amüsiert. „Und wie sieht's mit den Morden bei Carl's und in Chevy Chase aus? Die Presse sitzt uns im Nacken."

Sam dachte wehmütig an die wundervollen Tage und Nächte auf Bora Bora, während sie ihre Haare für die Arbeit zusammenband. „Im Chevy-Chase-Fall schauen wir uns heute den Stall voller Geliebter des Ehemannes an. Zum Mord bei Carl's gibt es nichts Neues. Mir geht lauter Mist im Kopf herum, und ich habe das Gefühl, irgendetwas ganz Offensichtliches in allen drei Fällen zu übersehen. Nur was?"

„Ich wünschte, ich könnte Ihnen darauf eine Antwort geben. Aber ich habe keinen Zweifel daran, dass Sie es herausfinden werden. Wie geht es Skip?"

„Besser. Es heißt, sie können ihn heute im Lauf des Tages aufwecken. Natürlich muss ich zu Stahls blöder Anhörung und kann nicht zu meinem Vater."

„Lassen Sie die Anhörung einfach sausen."

Sam fragte sich, ob sie richtig gehört hatte. „Fordern Sie mich ernsthaft auf, eine Vorladung der Abteilung Interne Ermittlungen zu ignorieren?"

„Jeder weiß doch, dass es nur zu Stahls Hexenjagd gegen Sie gehört. Was wird er tun, wenn Sie nicht auftauchen?"

„Hm, mich anklagen?"

„Und wen interessiert das?"

„Die Medien werden sich darauf stürzen."

„Nur falls es durchsickert, und er ist der Einzige, der es nach außen dringen lassen würde – und das weiß er."

„Ich muss schon sagen – mir gefällt, wie Sie denken, Captain."

„Dachte ich mir. Das bleibt unter uns, aber der Chief versucht Stahl dazu zu bewegen, vorzeitig in den Ruhestand zu gehen."

„Du meine Güte. Das ist die beste Nachricht dieses Tages."

„Anscheinend weigert er sich, also schrauben Sie Ihre Hoffnung nicht zu hoch."

„Ist ja klar, dass er sich weigert, denn er hat kein Leben außerhalb des Departments."

Lindsey McNamara erschien im Türrahmen. „Oh, verzeihen

Sie die Störung", sagte sie, als sie Captain Malone sah. „Ich werde draußen warten."

„Kommen Sie ruhig rein, Doc", sagte der Captain. „Erzählen Sie uns, was Sie an Informationen über unseren Möglicherweise-Mord haben."

„Nicht viel, fürchte ich." Sie gab Sam eine Mappe, die den Autopsiebericht enthielt. „Die Kopfverletzung hat Mr. Jeffries getötet, und die Verletzung ist eine Folge des Aufpralls auf die Tischkante mit einiger Geschwindigkeit. Leider kann ich Ihnen nicht sagen, ob er gefallen ist oder gestoßen wurde."

„Damit stehen wir wieder am Anfang", stellte Sam fest. „Diese drei umgestürzten Stühle am Tatort stören mich. Ich kann mir vorstellen, wie jemand bei einem Sturz zwei umwirft, die an einem Tisch stehen, aber nicht drei."

„Das ist nicht viel, um darauf einen Fall aufzubauen", bemerkte Malone.

„Hoffentlich hat die Spurensicherung mehr gefunden, womit wir arbeiten können. Was soll ich bis dahin der Tochter sagen, wenn sie später hierherkommt?"

„Das, was wir ihnen immer sagen – wir ermitteln und werden sie informieren, sobald wir mehr wissen", sagte Malone.

Sam nickte zustimmend.

Malone stand auf. „Dann lasse ich die Damen mal wieder an die Arbeit gehen. Halten Sie mich auf dem Laufenden."

„Mach ich."

Nachdem der Captain gegangen war, setzte Lindsey sich auf den frei gewordenen Platz.

„Was gibt's?", erkundigte Sam sich und registrierte dabei, dass die Gerichtsmedizinerin ungewöhnlich müde aussah. „Ärger mit dem Freund?"

„Er ist nicht mein Freund."

„Die Dame, wie mich dünkt, gelobt zu viel."

Lindsey lachte. „Bleiben Sie locker, Shakespeare."

„Haben Sie ihn gesehen?"

„Nicht seit dem Abend, an dem wir Pizza essen waren. Ich sollte ihn anrufen, aber ..." Sie zuckte die Schultern.

Sam konnte nicht glauben, dass Terry O'Connor ihr

tatsächlich ein bisschen leid tat. Immerhin hatte sie den Mann einst des Mordes verdächtigt. „Was hält Sie davon ab?"

„Das wissen Sie."

„Ich kann Ihr Zögern in Anbetracht Ihrer Familiengeschichte ja verstehen. Vielleicht sollten Sie dann aber lieber ganz Schluss machen mit ihm."

„Das würde ich, nur ist da ... Da ist eben etwas. Wissen Sie, was ich meine?"

Sam nickte. Sie wusste nur zu gut, was Lindsey meinte. Dieses gewisse Etwas hatte dafür gesorgt, dass sie nun drei Monate nach der erneuten Verbindung mit einem Mann aus ihrer Vergangenheit, den sie nie vergessen hatte, verheiratet war. „Was werden Sie tun?"

Lindsey seufzte. „Ich habe keine Ahnung."

„Was *wollen* Sie tun?"

„Auch das weiß ich nicht." Lindsey stöhnte. „Das ist alles so untypisch für mich. Normalerweise bin ich nicht so eine unentschlossene Idiotin, die nicht weiß, was sie will."

„Na ja, es ist nicht so, als hätten Sie keinen Grund zur Sorge."

„Ich weiß."

Sam massierte ihre Schläfen, denn die Kopfschmerzen wurden schlimmer. „Ich kann nicht glauben, dass ich das sage, aber vielleicht sollten Sie sich einfach hineinstürzen und schauen, wohin es Sie führt. Im schlimmsten Fall wird Ihnen das Herz gebrochen. Im besten Fall bekommen Sie alles."

Lindseys Stimmung schien sich ein wenig aufzuhellen, während sie über Sams Worte nachdachte. „Wenn Sie es so formulieren, kommt es mir gar nicht mehr so beängstigend vor."

Sam zuckte die Schultern. „Manchmal muss man auch mal etwas wagen."

„Bei Ihnen hat diese Strategie hervorragend funktioniert."

„Ja, hat sie, aber ich fand es anfangs auch ziemlich beängstigend und enorm. Aber wenn man mit der richtigen Person zusammen ist, bleibt selbst enorm nicht lange beängstigend." In Worte zu fassen, was sie für Nick empfand, selbst wenn es sich um sehr abstrakte Formulierungen handelte, weckte sofort die Sehnsucht nach ihm.

Sichtlich gestärkt durch diese Unterhaltung, stand Lindsey auf. „Ich glaube, ich weiß jetzt, was ich tun muss. Danke, Sam."

„Jederzeit." Sie schaute Lindsey hinterher und hoffte, dass sie keinen Fehler gemacht hatte, indem sie sie zu einer Beziehung mit Terry ermutigt hatte. Sam war nach wie vor genervt davon, wie Nicks und ihre Arbeitswelten sich in privaten Dingen überschnitten. Aber angesichts der heftigen Kopfschmerzen hatte sie im Augenblick andere Sorgen. Sie kramte gerade in der Schreibtischschublade nach Tabletten, als Gonzo hereinkam.

„Wir haben den Laborbericht über die Karten erhalten", verkündete er und überreicht ihn ihr. „Die sichergestellten Fingerabdrücke sind nicht in unserer Datenbank. Die Karten wurden an verschiedenen Orten in der Stadt gekauft, interessanterweise in Läden, in denen nicht mit Kundenkarte eingekauft wird, die eine Identifizierung des Kunden möglich macht."

Sie versuchte den Bericht ein zweites Mal zu lesen, doch erneut kamen ihr die Worte durcheinander vor. „Das wäre auch zu einfach gewesen." Sam schloss die Augen, atmete tief ein und probierte es noch einmal. Kein Glück.

Gonzo musterte sie skeptisch. „Was ist los mit dir?"

„Schlimme Kopfschmerzen." Was auch der Wahrheit entsprach. Nur Freddie wusste von der Dyslexie, die sie plagte.

„Du siehst beschissen aus."

„Wow, danke." Endlich fand Sam zwei Ibuprofen und schluckte sie mit Wasser aus einer Flasche, die von wer weiß wann übrig war. Es folgte ein Anfall von Übelkeit, sodass sie glaubte, die Schmerztabletten würden wieder hochkommen. Es gelang ihr, sie unten zu behalten, doch leider verstärkte dieser Kampf das Hämmern in ihrem Kopf noch. „Mann, solche Kopfschmerzen hatte ich noch nie."

„Glaubst du, es ist Migräne?"

„Ich weiß nicht. Vielleicht."

„Du solltest nach Hause gehen."

„Zu viel zu tun. Wir sehen uns heute Trainers Freundinnen an. Wollen wir wetten, dass eines seiner Hühner sauer war, weil er zu seiner Frau zurückgekehrt ist, und sie deshalb umgebracht hat?"

„Wäre nicht das erste Mal", meinte Gonzo. „Gib mir die Liste.

Ich werde mal ein bisschen recherchieren, während du dir eine halbe Stunde Auszeit gönnst, um herauszufinden, ob die Pillen wirken."

„Mir geht's gut."

„Nein, dir geht es überhaupt nicht gut. Du bist leichenblass." Er streckte die Hand aus. „Die Liste."

Widerstrebend gab sie sie ihm. „Verrate niemandem, was ich hier mache."

„Dein Geheimnis ist bei mir sicher." Er ging hinaus und schloss die Tür hinter sich.

Sam hörte, wie er draußen jemandem erklärte, der Lieutenant dürfe für die nächste halbe Stunde wegen eines Meetings nicht gestört werden. Lächelnd legte sie den Kopf zurück und hoffte, Linderung zu finden von diesen grässlichen Schmerzen.

Es war gut, Freunde zu haben, die sich um einen kümmerten, auch wenn krank sein und ein Nickerchen machen während der Arbeitszeit absolut gegen ihre Überzeugung war. Aber sie fühlte sich gerade so elend, dass sie sogar bezweifelte, allein nach Hause zu kommen.

Sie machte die Augen zu und nahm sich vor, sich eine oder zwei Minuten auszuruhen. Danach würde sie wieder an die Arbeit gehen.

23

Will Tyrone fand Cameron Fitzgerald in einem Lagerhaus
außerhalb von Cincinnati. Dass er diese Reise allein
unternehmen musste, hatte ihn sehr nervös gemacht. In den zwei
Jahren, seit er Detective war, hatte er nie einen Verdächtigen
allein befragt. Natürlich war er durch seine erfahrenere
Partnerin ein wenig verwöhnt, weil sie stets an seiner Seite
gewesen war. Aber er hatte auch nicht gerade dagegen
protestiert. Will schluckte, während er zuschaute, wie der blonde
Mann Kisten stapelte. Die Muskeln seiner tätowierten Arme
wölbten sich.

Unwillkürlich fragte Will sich, was wäre, wenn er das hier
vermasselte und der Lieutenant sauer werden würde. Er hatte so
viel Respekt vor ihr. Sie war ein cooler Cop, aber er würde lieber
seine Zunge verschlucken, als ihr das zu sagen. Unvorstellbar,
einen Fall zu vermasseln, der ihrem Vater so viel bedeutet hatte.

„Na dann vermassel ihn einfach nicht", murmelte er, dankbar
für den Lärm im Lagerhaus.

„Was hat er denn jetzt schon wieder angestellt?", wollte der
Vorarbeiter wissen, der Will zu der betreffenden Etage führte.

„Nichts. Ich muss ihn nur für ein paar Minuten sprechen."

Der Vorarbeiter schaute auf seine Uhr. „Er hat ohnehin gleich
Pause. Richten Sie ihm aus, er kann sie jetzt nehmen."

Will nickte und ging zu Cameron Fitzgerald. Im Gegensatz

zum ruhigen, kultivierten Caleb wirkte Cameron raubeinig. Er hatte lange Koteletten und Stoppeln im Gesicht.

„Mr. Fitzgerald?", fragte Will.

„Jap", erwiderte der andere, ohne aufzusehen.

„Ich bin Detective Will Tyrone vom Metropolitan Police Department in Washington, D.C."

Cameron schaute ihn kurz an, ehe er sich wieder den Kisten widmete, die er stapelte. „Was wollen Sie?"

„Wir haben den Fall Ihres Bruders neu aufgerollt, und da brauche ich ein paar Minuten Ihrer Zeit."

Eine Kiste rutschte Cameron aus den Händen und beide Männer erschraken, als sie zu Boden krachte.

Cameron sah beunruhigt zum Vorarbeiter.

„Mach halblang, Fitzgerald!", rief der Kerl quer durchs Stockwerk.

Cameron winkte jemanden herbei, der seinen Platz einnahm, und zog die Handschuhe aus. „Kommen Sie mit", fuhr er Will an und wischte sich den Schweiß von der Stirn.

Er führte ihn in einen schäbigen Aufenthaltsraum, zog sich eine Flasche Wasser aus dem Automaten und leerte sie komplett, ehe er sich an Will wandte. „Warum jetzt?"

Will zuckte die Schultern. „Mein Lieutenant hat mich gebeten, den Fall neu aufzurollen. Und das tue ich."

„Dann haben Sie ja sämtliche Berichte gelesen. Und meine Aussage. Ich kann Ihnen nichts erzählen, was ich nicht schon zehn anderen Cops erzählt habe."

Jetzt geht's los, dachte Will. „Ihr Bruder Caleb erwähnte, dass Sie an jenem Tag, an dem Tyler verschwand, Ärger hatten. Tyler hatte Ihren Eltern gepetzt, dass Sie mit Ihrer Freundin in Ihrem Zimmer waren, als Ihre Eltern nicht zu Hause waren."

Camerons Blick war bereits härter geworden. „Das hat Caleb gesagt, ja?"

„Wir haben gestern mit ihm gesprochen und ihn gefragt, woran er sich erinnern kann."

Cameron stemmte die Fäuste in die Hüften. „Und wie geht's meinem geschätzten Bruder? Ist er vielbeschäftigt und erfolgreich wie immer?"

„Sie haben keinen Kontakt?"

„Nur jeden ersten Sonntag im Monat, wenn er zuverlässig wie ein Uhrwerk anruft. Manchmal nehme ich den Anruf entgegen, manchmal nicht. Hängt von meiner Laune ab."

„Waren Sie wütend auf Tyler, dass er es Ihren Eltern gesagt hatte?"

„Natürlich war ich das. Er war eine ständige Nervensäge, die mich dauernd wegen irgendwas verpfiffen hat."

„Und Sie waren die letzte Person, die ihn lebend gesehen hat?"

„Ich glaube schon." Er fuhr sich über die Bartstoppeln an seinen Wangen.

„Welche Erinnerungen haben Sie noch an diesen Abend?"

Cameron musterte ihn misstrauisch. „Muss ich das wirklich noch mal durchkauen?"

„Wenn es Ihnen nichts ausmacht."

Er erzählte die gleiche Geschichte vom Räuber-und-Gendarm-Spiel, die Caleb auch geschildert hatte, und wie Tyler plötzlich verschwunden war, als sie vor Caleb, dem Cop, flohen. „Ich sah über die Schulter, und er war weg. Also lief ich den Weg zurück und rief nach ihm. Ich dachte, er versteckt sich nur vor mir, was ganz typisch für ihn gewesen wäre. Der Junge liebte es, mich auf die Palme zu bringen."

„Es ging Ihnen auf die Nerven?"

„Manchmal."

„Zum Beispiel als er Ihren Eltern erzählte, dass Sie Ihre Freundin mit aufs Zimmer genommen hatten?"

„Das hat mich ziemlich wütend gemacht", gestand er, und seine Miene wurde angespannt vor Zorn. Will fand, dass er Cameron Fitzgerald lieber nicht ohne Waffe in die Quere kommen wollte.

„Wie hieß Ihre Freundin?"

Die Frage schien Cameron zu erschrecken. „Was hat das denn mit all dem zu tun?"

„Vielleicht gar nichts." Wills Herz pochte, und er staunte, dass er noch ruhig atmete. „Ich würde einfach gern ihren Namen wissen."

„Lauren Holbrooke."

„Buchstabieren Sie bitte den Nachnamen."

Cameron tat es mit zusammengebissenen Zähnen. „Ich kapiere nicht, weshalb Sie sie da mit hineinziehen müssen."

Will konnte es nicht glauben, dass es so lange gedauert hatte, sie da mit hineinzuziehen. „Nur zwei Tage nach dem Verschwinden Ihres Bruders gingen Sie zum Militär."

„Und?"

„Warum so schnell?"

„Das war geplant, bevor mein Bruder verschwand. Meine Eltern und ich sahen keinen Sinn darin, es zu verschieben."

„Ihr Bruder wurde entführt und vermisst, dennoch beschlossen Sie, in einer solch schwierigen Zeit ihre Familie zu verlassen."

Cameron starrte Will auf eine Weise an, die ihm das Blut in den Adern gefrieren ließ. Der andere bewegte sich auf die Tür zu. „Wenn Sie andeuten wollen, dass ich meinen Bruder umgebracht habe, dann beweisen Sie es. Solange Sie das nicht können, lassen Sie mich und meine Familie in Ruhe. Meine Eltern haben genug durchgemacht." Mit diesen Worten marschierte Cameron hinaus und warf die Tür hinter sich zu.

Will wusste nicht, ob sie jemals imstande sein würden, es ihm zu beweisen, doch es kam ihm so vor, als hätte er gerade eben in die Augen eines Mörders geblickt.

Gonzo starrte die Karte auf seinem Schreibtisch an und wünschte, er hätte sich nicht derartig beflissen bereit erklärt, sich um die Post des Lieutenant und ihres frisch angetrauten Ehemannes zu kümmern. Falls Sie bisher noch Zweifel daran gehegt hatten, ob da jemand nur seinen Unfug trieb oder ihnen ernsthaft Schaden zufügen wollte, wurden diese nun endgültig weggefegt.

„Liebe Sam", hatte der Spinner geschrieben. „Was muss ich tun, um deine Aufmerksamkeit zu bekommen? Ich habe bereits angefangen, alle Leute zu töten, die mich im Lauf der Jahre verärgert haben, nur scheint das überhaupt niemanden zu kümmern, nicht mal Polizisten wie dich, die doch dafür bezahlt werden, dass es sie interessiert. Vermutlich muss ich ein bisschen näher bei deinem Zuhause zuschlagen, um deine Aufmerksamkeit zu erlangen. Bis dahin will ich sehen, wie du den Medien von der

Mordserie berichtest, die sich in unserer schönen Stadt ereignet hat. Sollte ich dich heute nicht vor den Mikrofonen sehen, wird noch jemand sterben. Hoffen wir mal, dass es diesmal niemand sein wird, den du liebst. Ein alter Freund."

Gonzo war schon aufgesprungen und auf dem Weg zu Sams Büro, noch ehe er die letzte Zeile zu Ende gelesen hatte. „Lieutenant", sagte er, als er die Tür öffnete. „Wir haben ein Problem." Ein Blick auf sie genügte, um zu erkennen, dass er hier ein noch größeres Problem hatte. „Jemand muss einen Krankenwagen rufen! Schnell!"

Sams Gesicht hatte sämtliche Farbe verloren, die Lippen waren bläulich verfärbt, und als er die Hand an ihre Stirn legte, fühlte sie sich kalt und klamm an. Sein Partner kam hereingestürmt.

„Was hat sie denn?", wollte Arnold wissen.

„Ich habe keine Ahnung", erwiderte Gonzo. „Sam, wach auf. Sam?" Er fühlte ihren Puls, der raste und ungleichmäßig war. „Um Himmels willen, warum dauert das so lange?"

„Sie sind unterwegs", versicherte Arnold ihm, ohne ihre Chefin aus den Augen zu lassen.

„Schsch", machte Sam schließlich. „Schlimme Kopfschmerzen. Brauche Ruhe."

„Es wird alles gut, Sam. Hilfe ist unterwegs." Gonzo schaute über die Schulter. „Halte alle draußen und sag Malone Bescheid."

Arnold rannte aus dem Büro, und Gonzo richtete seine Aufmerksamkeit wieder auf sie. Er sah ihr Handy auf dem Schreibtisch und fragte sich, ob er Nick anrufen sollte.

Sie packte seinen Arm. „Nicht." Ihre Stimme war nur ein Flüstern. „Du musst verhindern, dass irgendjemand ihn anruft. Heute ist Scottys großer Tag."

„Wie du willst, Sam." Ihre grünlich verfärbte Haut machte ihm Angst. „Aber halt durch."

„Aus dem Weg, Detective", rief der vorangehende Sanitäter, als er und sein Kollege das Büro betraten.

Gonzo trat zurück und beobachtete, wie die Sanitäter rasch Sams Zustand einschätzten und sie auf die Bahre legten.

„Wir bringen sie ins George Washington", erklärte einer der Sanitäter auf dem Weg hinaus.

Sie kamen an Captain Malone vorbei, als der ins Kommissariat rannte. „Was um alles in der Welt ist denn passiert?", fragte er Gonzo.

„Sie hat über schlimme Kopfschmerzen geklagt, deshalb schlug ich vor, sie solle eine Pause machen." Gonzo merkte, dass seine Hände zitterten, deshalb schob er sie in die Taschen. „Als ich ein paar Minuten später hereinkam, war sie völlig benommen. Sie wird jetzt ins George Washington Hospital gebracht."

Malone machte sofort kehrt, um den Sanitätern zu folgen. „Ich werde sie begleiten."

„Warten Sie, Sir. Bevor Sie gehen – sie hat eine weitere Karte erhalten." Gonzo schnappte sich die eingetütete Karte von Sams Schreibtisch und gab sie dem Captain.

„Das ist ein ganz neues Spiel", meinte der Captain knurrend, als er die Karte las. „Wir brauchen Leute für jedes unmittelbare Mitglied der Familie des Lieutenants. Veranlassen Sie das umgehend." Er sah Gonzo an. „Sie werden mit Ihrer Verlobten über den Terminplan des Senators sprechen müssen, damit die Sicherheitsvorkehrungen getroffen werden können. Reden Sie mit Deputy Chief Conklin. Er steht bereits in Kontakt mit der Capitol Police."

„Ja, Sir, ich werde mich darum kümmern." Gonzo wünschte, seine Hände würden aufhören zu zittern. „Melden Sie sich, sobald Sie etwas Näheres über Sams Zustand wissen?"

Malone antwortete mit einem kurzen Nicken und lief hinaus aus dem Kommissariat.

„Heiliger Strohsack", murmelte Arnold, als er und Gonzo allein dort standen. „Sie wird doch wieder gesund, oder? Der Lieutenant kann nicht ernstlich krank sein."

„Ich bin mir sicher, dass alles gut wird", sagte Gonzo überzeugter als er war. „Aber bis wir mehr wissen, haben wir noch Arbeit zu erledigen."

Freddie erwachte vor dem Weckeralarm, den er auf acht eingestellt hatte. Da Elin noch schlief, starrte er an die Decke und grübelte über die Unterhaltung vor der Morgendämmerung mit seiner Mutter. Sein Vater wollte ihn sehen. Das war der einzige

Teil, um den Freddies Gedanken kreisten, wie der Refrain eines
Lieblingssongs.

Wie wäre es wohl, fragte er sich, dem Mann
gegenüberzustehen, der ihn vor über zwanzig Jahren ohne ein
Wort verlassen hatte? Wie würde es sein, die Gelegenheit zu
bekommen, mit ihm zu reden, seine Stimme zu hören, sein
Gesicht aus der Nähe zu betrachten? Wenn er den Mann irgendwo
anders als an der Seite seiner Mutter gesehen hätte, hätte er ihn
dann überhaupt als den Vater erkannt, den er einst von ganzem
Herzen geliebt hatte?

„Woran denkst du?", fragte Elin mit heiserer, verschlafener
Stimme.

„An nichts", antwortete er und drehte sich ihr zu.

„Wusstest du", sagte sie und strich mit der Fingerspitze über
die Furche zwischen seinen Augenbrauen, „dass du hier eine Falte
bekommst, wenn du nicht die Wahrheit sagst?"

„Tatsächlich?", fragte Freddie erschrocken.

„Ja."

„Mann, das ist nicht fair. Woher weiß ich denn, wann du mir
nicht die Wahrheit sagst?"

Ein freches Grinsen erschien auf ihrem Gesicht, das sein Blut
in Wallung brachte. „Das musst du schon selbst herausfinden."

Er legte den Arm um sie und wollte sie näher zu sich ziehen,
doch sie widerstand.

„Versuch nicht, mich abzulenken."

„Tue ich das?"

Erneut strich sie über die Furche zwischen seinen Brauen und
nickte. „Erzähl es mir."

Und das tat er. Er erzählte ihr von seinem Vater, der plötzlich
wieder in seinem Leben aufgetaucht war, zwanzig Jahre nach
seinem Verschwinden. Er erzählte ihr, sein Vater wolle ihn sehen
und dass er, Freddie, Nein gesagt habe.

„Das ist ein Fehler", sagte sie ohne zu zögern.

„Wie kannst du das sagen? Er hat uns verlassen, ohne ein ..."

Elin legte ihm ihre Finger auf die Lippen. „Ich würde alles
darum geben, wirklich alles, für einen weiteren Tag mit meinem
Dad. Nur einen einzigen Tag."

Freddie wusste, dass ihr Vater an einem Herzinfarkt gestorben war, als sie zwölf gewesen war, und dass sie diesen plötzlichen Verlust nie ganz überwunden hatte.

„Das ist nicht dasselbe", gab er zu bedenken.

„Nein? Der einzige Unterschied besteht darin, dass die Krankheit deines Vaters ihn nicht umgebracht hat."

Na schön, wenn sie es so darstellte … „Ich weiß nicht, ob ich das kann. Was soll ich denn zu ihm sagen?"

„Du musst überhaupt nichts sagen. Hör nur zu." Sie schmiegte sich an ihn, den Kopf auf seiner Brust, den Arm um seine Taille gelegt.

Normalerweise hatte er, wenn sie so nah bei ihm lag, nur eines im Kopf. Diesmal jedoch fühlte er sich getröstet durch ihre Nähe und die klugen Worte. „Meinst du wirklich, ich sollte mich mit ihm treffen?"

„Ja, das glaube ich. Was, wenn etwas passiert und du nie die Chance bekommst, mit ihm zu sprechen? Würdest du dich nicht ständig fragen, was er wohl zu dir gesagt hätte? Und inwiefern es etwas geändert hätte?"

„Genau davor habe ich in gewisser Hinsicht Angst – dass es etwas ändert."

„Vielleicht wäre das aber gar nicht so schlecht."

„Was, wenn ich ihn wieder in mein Leben hineinlasse und er dasselbe noch einmal macht?"

Elin schwieg einen langen Moment und dachte darüber nach. „Ich würde meinen, dass du mit dreißig besser damit klarkommst als damals im Alter von zehn Jahren."

Da war er sich gar nicht so sicher.

Sie hob den Kopf, um ihn zu küssen. „Denk darüber nach. Du musst ja nicht gleich heute etwas unternehmen. Warte ab, wie du in einigen Tagen dazu stehst. Vielleicht kommt es dir ja gar nicht mehr wie eine derartig große Sache vor, wenn du den Schock darüber, dass er dich sehen will, ein bisschen verarbeitet hast."

Mit einer, wie er fand, ziemlich eleganten Bewegung war er über ihr und schaute in ihre klaren blauen Augen. „Wann bist du eigentlich so klug geworden?"

„War ich schon immer. Du warst bisher bloß zu sehr damit beschäftigt, dich für klüger zu halten, um mir zuzuhören."

Er starrte sie an, geschockt von dieser Aussage. „Das ist nicht wahr."

„O doch, und wie", erwiderte sie kichernd. „Der schlaue Detective, der stets alles weiß."

„Willst du mich ärgern?"

Sie ließ die Hände an seinem Rücken hinunterwandern, um seinen Po zu umfassen. Ihr Lächeln war triumphierend, als sie merkte, wie er unter ihren Händen dahinschmolz. „Vergiss nicht, dass du mich liebst."

Er küsste sie auf den Schmollmund. „Wie könnte ich das je vergessen." Gerade als er ihr zeigen wollte, wie sehr er sie liebte, klingelte sein Telefon. „Och nö. Sie hat gesagt, ich habe bis neun", murmelte er und griff nach dem Handy auf dem Nachtschrank.

Elin massierte weiter seinen Po, bis er eine eisenharte Erektion hatte.

Ein kurzer Blick auf das Display verriet ihm, dass es sich um Gonzos Nummer handelte. „Was ist?", meldete Freddie sich mürrisch.

„Mit Sam stimmt was nicht."

—————

24

Ein helles Licht, das auf ihre Augen gerichtet wurde, holte Sam zurück in die Wirklichkeit. Der durchdringende Schmerz, der dem Lichtblitz folgte, ließ sie wünschen, sie wäre tot. Warum schrie er sie an? Warum hörte er nicht auf, sie anzuschreien? Ihr Magen drehte sich um, sodass Sam sich entscheiden musste, ob sie sich weiter auf den stechenden Kopfschmerz konzentrieren wollte oder auf die Tatsache, dass sie sich jeden Moment übergeben würde. Der Kopfschmerz gewann.

„Es ist alles gut, Sam", sagte eine vertraute Stimme. Sie brachte jedoch nicht genug Kraft auf, um herauszuhören, wem sie gehörte.

„Magen", murmelte sie, ehe eine letzte Welle der Übelkeit zum Erbrechen führte, was ihr beinahe den Kopf platzen ließ.

Irgendwer hielt ihren Kopf, und nur deshalb blieb er überhaupt auf ihrem Hals. Als das Würgen aufhörte, öffnete sie die Augen und stellte fest, dass sie sich im Krankenhaus befand, umringt von medizinischem Personal. Die Stimme, die sie erkannt hatte, gehörte Captain Malone. Wow, war das peinlich. Er hatte gerade dabei zugesehen, wie sie sich die Seele aus dem Leib kotzte.

„Sam, kannst du mich hören?"

Sie sah zu Nicks Freund, Dr. Harry. „Wo kommst du denn her?"

„Habe gehört, dass man dich ins Krankenhaus gebracht hat."

Sam kämpfte gegen das an, was immer sie daran hinderte, sich aufzusetzen. Ihr Kopf kämpfte seinerseits gegen die Bewegung an. „Nicht Nick anrufen", wandte sie sich an Harry. „Lass niemand ihn anrufen."

„Aber Sam ..."

„Ruf ihn nicht an." Jedes Wort kostete sie unendliche Kraft. „Scottys Tag."

„Jemand muss aber darüber informiert werden, dass du hier bist."

„Tracy. Ruf sie an."

„Verrate mir, wo es dir wehtut", forderte Harry sie auf.

„Kopf. Als würde er explodieren."

„Entspann dich. Wir werden uns gut um dich kümmern."

Als Sam das nächste Mal die Augen aufschlug, stand ihre Schwester an ihrem Bett. „Hey", sagte Sam mit schwerer Stimme.

Tracy ergriff ihre Hand. „Wie geht es dir?"

„Bin mir nicht sicher. Was ist denn passiert?"

„Harry meint, es sei eine ernste Migräne."

„Du liebe Zeit. Ich hatte ja keine Ahnung, dass die so heftig werden kann." Sam fühlte sich ein kleines bisschen besser als vorher, doch ihr Kopf hämmerte immer noch. Zum Glück hatte man das Licht im Zimmer gedimmt. „Warum kriege ich die jetzt, wo ich doch noch nie eine hatte?"

„Man ist sich nicht sicher, aber Harry meinte, die zwei Gehirnerschütterungen in letzter Zeit könnten etwas ausgelöst haben."

„Na klasse." Sam versuchte sich bequemer hinzulegen und machte die Augen zu, da ihr Kopf schon wieder zu explodieren drohte. „Ich schätze mal Dyslexie, ein kranker Magen und Unfruchtbarkeit waren nicht genug. Wie geht's Dad?"

„Besser. Erschöpft und schwach, aber bei Bewusstsein."

„Wenigstens einer von uns."

„Wenn du Scherze machst, ist das ein gutes Zeichen."

„Niemand hat Nick angerufen, oder?"

„Nicht dass ich wüsste. Harry meinte, du willst nicht, dass wir ihn anrufen."

„Scottys großer Tag in Boston. Den wollte ich ihnen nicht verderben."

Tracy tätschelte Sams Hand. „Mach dir keine Sorgen, sondern ruh dich aus."

„Ich will nach Hause."

„Harry behält dich zur Beobachtung über Nacht hier."

„Nein. Fährst du mich nach Hause?"

„Sam ..."

„Bitte."

„Lass mich mit der Krankenschwester reden."

In ihrem Büro im Labor sitzend, starrte Lindsey lange das Telefon an. Wenn sie diesen Anruf machte, würde sie sich auf eine richtige Beziehung mit Terry einlassen. Er überließ ihr die Initiative. Sie konnte anrufen. Oder eben nicht. Das Gespräch mit Sam hatte sie den ganzen Tag beschäftigt.

Ihr war schon einmal das Herz gebrochen worden, und das war eine Erfahrung, die sie nicht einmal ihrem schlimmsten Feind wünschte. Doch es war ihr nie gelungen, alles mit einem Mann zu haben. Sie hatte nie jemanden kennengelernt, der diesem Anspruch nahegekommen war. Bis jetzt. Für ihn hatte sie vom ersten Moment an etwas anderes empfunden.

Sie nahm das Telefon in die Hand, legte es aber gleich wieder hin. Ihr Stellvertreter, Byron Tomlinson, erschien im Türrahmen. „Was gibt es?"

„Wir haben einen Einsatz. Soll ich fahren?"

„Ich dachte, du hast heute Abend ein heißes Date."

Byron zuckte die Schultern. „Sie weiß, was ich mache."

Lindsey schaute ein letztes Mal auf das Telefon, erleichtert darüber, dass ihr die Entscheidung aus der Hand genommen worden war – zumindest vorläufig. „Ist schon in Ordnung", sagte sie. „Ich habe heute Abend nichts vor. Ich mache das."

„Bist du dir sicher?"

„Jap."

„Hast du schon von Lieutenant Holland gehört?"

Lindsey hielt inne. „Was ist mit ihr?"

„Sie ist in ihrem Büro ernsthaft krank geworden, weshalb man sie in die Notaufnahme gebracht hat. Soweit ich weiß, handelt es sich um schlimme Migräne."

„Du meine Güte. Ich werde später nach ihr schauen." Lindsey nahm ihren Arbeitskoffer und schloss das Büro ab. „Bis morgen."

Sie fuhr zu der Adresse in der nordwestlichen Ecke von Woodley Park und fragte sich unterwegs, wie es Sam wohl ging. Wieder standen Krankenwagen vor einem gepflegten Vorstadthaus. Da wurde allmählich ein Muster erkennbar. Hübsches Haus, normale Leute, unerklärliche Morde. Sie hatte das Gefühl, dies hier würde den anderen Fällen ähneln.

Detective Gonzales begrüßte sie vor dem Haus.

„Was haben wir?"

Gonzo führte sie durch das geschmackvoll eingerichtete Haus in den Garten, wo eine Leiche im Pool trieb. „James Lynch, vierzig Jahre. Laut Aussage seiner Frau Amanda, die ihn gefunden hat, hatte er Angst vor Wasser und hielt sich vom Pool fern." Ein Polizist tröstete Amanda, die hysterisch war. „Anscheinend ist er als Kind mal beinahe ertrunken und hat sich seitdem nie mehr dem Wasser genähert."

„Und wie kommt es dann, dass er im Pool gelandet ist?"

„Gute Frage. Eben weil er extrem darauf geachtet hat, dem Pool nicht zu nahe zu kommen, hat die Schutzpolizei uns alarmiert."

Mr. Lynch schien Arbeitskleidung zu tragen – eine dunkelgraue Hose, ein hellblaues Hemd und Schuhe.

Lindsey verzog das Gesicht, als sie am flachen Ende in den Pool stieg und sich zur Leiche begab. Als sie ihn umdrehte, kreischte die Ehefrau und brach in herzzerreißendes Schluchzen aus.

„Jimmy! *Nein!*"

Lindsey sah hoch zu Gonzo, um ihm zu verstehen zu geben, dass er die Frau wegbringen sollte.

Er gab dem Streifenpolizisten ein Zeichen, sie ins Haus zu begleiten.

„Danke", sagte Lindsey, nachdem sie fort waren. „Helfen Sie mir, ihn hier herauszuholen."

Gemeinsam hoben sie die Leiche aus dem Pool und legten den dunkelhaarigen Mann auf die Poolterrasse. Auf den ersten Blick wies die Leiche keine Verletzungen auf. Lindsey würde ihn ins

Labor bringen lassen und dort untersuchen müssen, um die Todesursache festzustellen.

„Warum habe ich das Gefühl, mit diesem hier wird es genauso sein wie mit den letzten beiden?", sagte Gonzo. „Ein allgemein beliebter Kerl, der auf der ganzen Welt keinen einzigen Feind hat."

„Irgendwer hatte offenbar ein Problem mit ihm." Lindsey untersuchte Lynchs Augen und Mund. „Schon was von Sam gehört?"

„Ich weiß nur, dass sie mit schwerer Migräne in die Notaufnahme gebracht wurde."

„Sie hat schon genug am Hals mit diesem verrückten Brieffreund und ihrem Dad im Krankenhaus."

„Ich habe gehört, dem geht's etwas besser heute."

„Das ist gut." Lindsey stand auf, zog die Handschuhe aus und gab ihrem Begleitteam ein Zeichen.

„Können Sie noch einen Moment bleiben, Doc?", bat Gonzo und sah vorsichtig zum Haus.

„Natürlich. Was kann ich tun?"

„Wir haben zu wenig Leute heute, deshalb bin ich allein hier. Ich könnte eine etwas erfahrenere Zeugin bei dem Gespräch mit der Ehefrau gebrauchen als den Berufsanfänger, der jetzt bei ihr ist."

„Und Sie kommen nicht gut mit hysterischen Frauen zurecht, nehme ich an?"

„Das habe ich nie gesagt", erwiderte Gonzo mit gespielter Empörung.

„Gehen Sie vor, Detective." Lindsey folgte ihm ins Haus, obwohl sie lieber woanders gewesen wäre als auf Amanda Lynchs Ground Zero des Kummers. Sie wies ihre Mitarbeiter an, die Leiche in den Wagen zu laden und draußen auf sie zu warten.

Mrs. Lynch war untröstlich.

Gonzo sah Hilfe suchend zu Lindsey.

„Gibt es jemanden, den wir für Sie anrufen sollen, Mrs. Lynch?", erkundigte Lindsey sich. „Eine Freundin oder eine Verwandte vielleicht?"

Amanda schüttelte den Kopf. „Wenn ich jemanden anrufe, muss ich es erzählen. Aber das kann ich nicht."

„Irgendwann werden Sie das müssen, Ma'am", meinte Gonzo sanft.

„Noch nicht."

„Haben Sie Kinder?", fragte Lindsey.

„Nein, es gab nur Jimmy und mich."

„Wenn Ihr Mann doch Angst vor Wasser hatte, muss ich fragen, warum Sie einen Pool besitzen", bemerkte Gonzo.

„Wir sind erst vor einem Monat eingezogen. Der Pool sollte leer gepumpt und zugeschüttet werden. Ich habe mich in das Haus verliebt, deshalb beschlossen wir, uns durch den Pool nicht vom Kauf abhalten zu lassen. Und jetzt ..." Sie sah die beiden an, das hübsche Gesicht vom Schmerz verzerrt. „Was fange ich denn bloß ohne ihn an? Er war mein ganzes Leben."

„Fällt Ihnen jemand ein, der ihm möglicherweise etwas antun wollte – oder Ihnen?"

„Nein", sagte sie. „Alle mochten Jimmy. Er hatte viele Freunde. Ich hatte schon gar keinen Überblick mehr."

„Was machte er beruflich?"

„Er ist Anwalt. Partner einer Kanzlei in Bethesda."

Dass Amanda das Präsens verwendete, machte Lindsey traurig, denn sie musste an den Weg denken, den diese Frau vor sich hatte, während sie lernen musste, ohne ihren Mann zu leben.

„Worauf war er denn spezialisiert?", erkundigte Gonzo sich.

Sie wischte sich die Tränen aus dem Gesicht. „Zivilrecht."

„Arbeitete er gerade an einem sehr strittigen Fall?"

„Nichts dergleichen", antwortete sie. „Er hat sich erst kürzlich beklagt, er sei gelangweilt und fand sogar, es sei vielleicht an der Zeit, den Job aufzugeben und sich seinen Lebenstraum zu erfüllen, indem er einen Justizthriller schreibt." Ihr schien plötzlich wieder klar zu werden, dass er diesen Traum nie mehr würde verwirklichen können. „Wie kann er nicht mehr da sein? Eben war er doch noch hier. Heute Morgen. Wir haben zusammen gefrühstückt."

„Wo waren Sie heute?"

Amanda starrte Gonzo geschockt an. „Was hat das denn mit all dem zu tun? Ich bin nach Hause gekommen und habe meinen Mann tot in unserem Pool gefunden."

Gonzo schluckte schwer, und Lindsey fühlte mit ihm. Er

musste diese Richtung einschlagen, aber es war sicher nicht leicht, anzudeuten, dass die sichtlich am Boden zerstörte Frau irgendetwas mit dem Mord an ihrem Ehemann zu tun hatte.

„Wir müssen uns Ihre Aufenthaltsorte bestätigen lassen, um Sie als Verdächtige ausschließen zu können."

Innerhalb eines Augenblicks verwandelte sich der Kummer in Wut. „Das ist lächerlich! Ich könnte ihm ebenso wenig etwas antun wie mir selbst!"

Man musste Gonzo zugutehalten, dass er nicht zurückwich. „Ich muss wissen, wo Sie waren, damit ich Sie ausschließen kann."

Amanda schaute zu Lindsey, als wollte sie fragen, ob das zu fassen sei. „Es handelt sich um eine Formalität, Mrs. Lynch", erklärte Lindsey. „Wenn Sie die Frage beantworten, können wir mit der Suche nach demjenigen, der Ihrem Mann das angetan hatte, beginnen."

Gonzo warf ihr einen dankbaren Blick zu und konzentrierte sich anschließend wieder auf Amanda.

Nach einem langen Moment des Schweigens sagte sie: „Ich war im Krankenhaus, für eine Reihe von Tests." Sie sprach mit so leiser Stimme, dass sie Mühe hatten, sie zu verstehen. „Jimmy und ich ... wir haben seit Langem versucht, ein Baby zu bekommen. Uns läuft die Zeit davon." Sie schluchzte. „Ich bin gerade vierzig geworden. Ich habe nie gedacht ... es sollte nicht geschehen."

„Wusste Ihr Mann, wo Sie waren?"

Sie schüttelte den Kopf. „Wir ... ich hatte letztes Jahr eine Fehlgeburt, und das war für uns beide sehr niederschmetternd. Ich wollte ihm keine falschen Hoffnungen machen."

„Könnten Sie mir bitte den Namen und die Adresse Ihres Arztes aufschreiben?", sagte Gonzo und reichte ihr Kugelschreiber und Notizblock.

Mit grimmiger Miene riss sie ihm den Block aus der Hand und schrieb die gewünschten Informationen auf.

„Bitte fügen Sie auch Namen und Anschrift der Kanzlei Ihres Mannes hinzu."

Amanda tat es und warf ihm anschließend den Block zu.

Lindsey sah zu Gonzo. „Darf ich?"

Er signalisierte ihr mit einer Handbewegung, sie solle ruhig machen.

„Mrs. Lynch, kennen Sie zufällig Crystal Trainer oder Raymond Jeffries?"

„Crystals Name kommt mir bekannt vor, aber von Raymond Jeffries habe ich noch nie gehört."

„Ist es möglich, dass Sie Mrs. Trainers Namen in den vergangenen Tagen in den Medien gehört haben?"

„Oh, ja, das ist die Mutter, die in Chevy Chase ermordet wurde. Was für eine schreckliche Tragödie." Auf einmal weiteten sich Amandas Augen. „Glauben Sie, es gibt da eine Verbindung zwischen dem Mord und dem, was meinem Mann zugestoßen ist?"

„Das wissen wir noch nicht", sagte Gonzo. „Aber es gibt gewisse Ähnlichkeiten, die eine nähere Untersuchung erfordern, bevor wir mit Sicherheit sagen können, ob es da eine Verbindung gibt."

„Wer ist Raymond Jeffries?", wollte Amanda wissen.

„Er wurde letzte Nacht tot in seinem Haus gefunden", erklärte Gonzo. „Er ist pensionierter Chemielehrer. Unterrichtete an der Roosevelt ..."

„Ich war auf der Roosevelt", unterbrach Amanda ihn verblüfft. „Aber an Mr. Jeffries erinnere ich mich nicht. Allerdings habe ich Chemie auch nie belegt."

„Ich möchte Sie dringend bitten, darüber nachzudenken, ob es irgendjemanden gab, der einen Streit mit Ihrem Mann oder vielleicht noch eine Rechnung mit ihm offen hatte. Oder der einen Groll gegen ihn hegte", meinte Gonzo. „Möglicherweise jemand aus einem seiner Rechtsfälle oder jemand, den Sie durch Ihre Arbeit kennengelernt haben."

„Nach unserer Heirat vor sechs Jahren habe ich nicht mehr gearbeitet. Er wollte sich um mich kümmern, und ich hatte schon so lange gearbeitet, dass ich sein Angebot dankend annahm. Damals dachten wir natürlich, wir würden jetzt eine Familie sein. Doch daraus wurde nichts."

„Fällt Ihnen niemand ein? Jemand, der Ihnen Ihr gemeinsames Glück missgönnt hat? Ein Exfreund oder eine Exfreundin oder jemand, den er durch seine Arbeit kannte?"

Amanda schüttelte die ganze Zeit den Kopf, während er redete. „Nichts dergleichen. Wir sind bescheidene, unauffällige Leute.

Wir haben einen Freundeskreis, sind aber meistens unter uns geblieben. Am glücklichsten sind wir zu zweit, nur wir beide."

Lindsey fühlte zutiefst mit ihr.

Gonzo überreichte Amanda seine Karte. „Falls Ihnen noch etwas einfällt, was er vielleicht über Probleme mit anderen oder Kollegen mal erwähnt hat, melden Sie sich bitte."

„Finden Sie die Person, die meinem Jimmy das angetan hat", sagte sie. „Bitte finden Sie sie."

„Wir werden tun, was wir können. Es muss doch jemanden geben, den wir anrufen können. Ich fühle mich nicht ganz wohl dabei, Sie hier allein zu lassen."

„Ich komme schon zurecht."

Lindsey bemerkte eine unheimliche Ruhe, die über die trauernde Frau gekommen war und sah, dass Gonzo das ebenfalls nicht entgangen war. Lindsey folgte ihm aus dem Haus.

„Es kommt mir falsch vor, sie allein zu lassen", sagte er.

„Rufen Sie Dr. Trulo an", schlug Lindsey vor und meinte damit den Polizeipsychologen. „Der kann Ihnen Trauerbegleiter nennen."

„Gute Idee." Gonzo schaute sich in der vornehmen Vorortgegend um. „Ist es nicht seltsam, dass sie niemanden hat, den sie anrufen kann, wenn ihr Mann ermordet wurde?"

Freddie Cruz kam über den Rasen auf sie zu. „Ich habe den ganzen Tag an den Fällen Trainer und Jeffries gearbeitet und gerade eben von diesem hier erfahren."

„Wie geht es Sam?", wollte Gonzo wissen.

„Bei ihr wurde eine schwere Migräne diagnostiziert. Sie hat sich gegen den ärztlichen Rat auf eigene Verantwortung entlassen, weil sie nicht zur Beobachtung über Nacht bleiben wollte."

„Klingt resolut", meinte Lindsey. „Gutes Zeichen."

„Unbedingt", fand auch Gonzo. „Es hat mir eine Heidenangst eingejagt, sie in diesem Zustand vorzufinden."

„Was haben wir hier?", wollte Freddie wissen.

Gonzo brachte ihn auf den aktuellen Stand der Dinge und schilderte kurz das Dilemma, die Witwe allein in dem Haus zu lassen, in dessen Garten ihr Mann tot aufgefunden worden war.

„Meine Mom arbeitet ehrenamtlich bei einer Trauergruppe unserer Kirche", sagte Freddie. „Ich könnte sie anrufen und fragen, ob die jemanden herschicken können, der bei Mrs. Lynch bleibt."

„Das wäre großartig", meinte Gonzo. „Danke."

Als Freddie zur Seite trat, um den Anruf zu tätigen, wandte Lindsey sich an Gonzo. „Ich fahre zum Hauptquartier und führe die Autopsie durch. Sobald ich fertig bin, melde ich mich."

„Danke, dass Sie geblieben sind."

„Gern geschehen." Lindsey ging zum Transporter der Gerichtsmedizin und stieg hinten ein, um Mr. Lynch ins Labor zu begleiten. Sie klopfte ans Fenster, um ihren Leuten das Startsignal zu geben. Während der Transporter sich in Bewegung setzte, betrachtete sie das Gesicht des Mannes, den Amanda Lynch von ganzem Herzen geliebt hatte. Sie wollte wissen, wie das war, so tief zu lieben und geliebt zu werden.

Ohne über die Tragweite nachzudenken oder sich zu fragen, ob sie vielleicht den schlimmsten Fehler ihres Lebens beging, suchte Lindsey Terrys Nummer in der Liste ihrer Kontakte und drückte die Wähltaste.

„Hey, Schöne", meldete er sich, was sie zum Lächeln brachte.

„Hallo."

„Komisch, ich habe gerade an dich gedacht."

„Was denn?"

„Ich habe mich gefragt, ob deine Beine so lang sind, wie sie aussehen. Ich hoffe, ich bekomme die Chance, das herauszufinden."

Obwohl es im Transporter wegen der Fracht kalt war, stand Lindsey plötzlich in Flammen. „Ich habe noch ein paar Stunden Arbeit vor mir, aber vielleicht hast du ja nachher Zeit."

„Ich muss auch noch arbeiten, aber ich habe nichts vor später."

„Wie wäre es, wenn ich dich anrufe, sobald ich fertig bin?"

„Hört sich gut an." Er schwieg einen langen Moment. „Lindsey?"

„Ja?"

„Ich bin sehr froh, dass du angerufen hast."

25

Während er darauf wartete, dass die Spurensicherung ihre Arbeit im Lynch-Haus beendete und Cruz' Mom auftauchte – sie hatte darauf bestanden, selbst zu einzuspringen –, schaute Gonzo zum wiederholten Mal auf seine Uhr. Er würde zu spät kommen. Wieder einmal. Christina war toll, wenn er Hilfe mit dem Baby brauchte, doch in letzter Zeit hatte er das zu sehr ausgenutzt. Ständig rechnete er damit, dass sie bald die Nase voll hatte. Mit diesem Gedanken im Hinterkopf rief er sie an.

„Hallo Schatz."

„Hey, wo steckst du? Alex und ich sind gerade wieder bei dir."

„Danke, dass du ihn noch mal genommen hast. Das rechne ich dir hoch an."

„Es macht mir nichts aus, das weißt du."

Er schloss die Augen und seufzte erleichtert. „Ich warte dauernd darauf, dass du mir sagst, er sei nicht dein Problem."

„Warum um alles in der Welt sollte ich das tun?"

„Na ja, weil er technisch gesehen wirklich nicht dein Problem ist."

„Ich liebe ihn, Tommy, und ich liebe dich. Ich werde doch nicht plötzlich wütend, weil du meine Hilfe bei deinem Sohn brauchst. Ich weiß, dass deine Arbeitszeiten oft unvorhersehbar sind."

„Deine doch auch." Als Nicks Stabschefin machte sie viele Überstunden im Büro und auf der Wahlkampftour.

„Was du tust, ist wichtiger."

„Ich weiß gar nicht, womit ich dich verdient habe."

„Tja, es schadet jedenfalls nicht, dass du sexy bist."

Gonzo grinste. „Das geb ich zurück, Baby. Hab mir noch einen Mord eingefangen kurz vor Dienstschluss."

„Na, dann werde ich Alex füttern und baden. Hoffentlich bist du rechtzeitig zum Gutenachtsagen zurück."

„Das hoffe ich." Er liebte diese Abende mit ihr und seinem Sohn.

„Wenn nicht, werde ich auf dich warten. Tu, was du tun musst, Tommy. Es ist okay."

„Lieb dich." Er liebte sie so sehr, dass er keine Ahnung hatte, wie er jemals ohne sie hatte leben können. Freddies Mom hielt am Bordstein und stieg aus dem Wagen. „Ich muss Schluss machen, Liebes. Ich bin so bald wie möglich zu Hause." Er steckte das Telefon ein und ging über den Rasen Freddie und dessen Mutter entgegen.

„Du erinnerst dich noch an Gonzo, Mom?", fragte Freddie.

„Natürlich. Freut mich, Sie wiederzusehen, Tommy."

Gonzo schüttelte ihr die Hand. „Danke, dass Sie gekommen sind, Mrs. Cruz." Er berichtete ihr von Mrs. Lynch und ihrem schrecklichen Verlust.

„Keine Sorge, ich kümmere mich um sie."

Gonzo klopfte leise an die Haustür und fand Amanda dort vor, wo er sie verlassen hatte. Er stellte ihr Freddie und Juliette Cruz vor und erkundigte sich, ob sie bereit sei, ein paar Minuten mit Mrs. Cruz zu sprechen.

„Geht es um Jimmy?", fragte Amanda.

„Nein, Ma'am, sie ist Ihretwegen hier." Glücklicherweise trat Juliette in diesem Moment vor und übernahm, bevor Gonzo noch mehr erklären musste.

Sobald die Frauen zusammensaßen und sich unterhielten, verließen Gonzo und Freddie das Haus wieder.

„Vielen Dank, dass du sie hast herkommen lassen", sagte Gonzo.

„Kein Problem. Glaubst du, dieser Mord hängt mit denen an

Trainer und Jeffries zusammen?"

„Schwer zu sagen, aber es gibt unübersehbare Ähnlichkeiten. Bei allen drei Morden gibt es diese Verbindung zur Roosevelt High School. Das werden wir uns morgen mal genauer ansehen."

„Ich habe den ganzen Tag lang mit Trainers Freundinnen gesprochen. Der Typ war der reinste Schürzenjäger. Nicht zu fassen, dass er bloß einmal erwischt wurde."

„Irgendwas dabei rausgekommen?", fragte Gonzo.

„Absolut nichts. Die hatten alle wasserdichte Alibis."

Frustriert fuhr Gonzo sich durch die Haare. „Was ist denn eigentlich los mit diesen unauffälligen, bescheidenen und äußerst beliebten Leuten, dass sie plötzlich sterben? Ich begreife es nicht."

„Wir wissen ja noch gar nicht, ob es da tatsächlich irgendeinen Zusammenhang gibt."

„Sam hat übrigens eine weitere Karte erhalten. Der Absender äußerte seine Enttäuschung darüber, dass die Medien zu wenig über die Drohpost berichten."

„Du glaubst, die Drohbotschaften hängen mit den drei Morden zusammen?"

„Ich weiß nicht, was ich glauben soll. Alles an diesen drei Morden kommt mir seltsam vor."

„Wir brauchen eine Spur, wie Sam sie üblicherweise findet und verfolgt. Etwas, das eine Verbindung herstellt."

„Wir recherchieren morgen früh. Sobald die Spurensicherung fertig ist, fahre ich zurück zum Hauptquartier und schreibe den Bericht zu diesem Fall hier. Danach mache ich mich auf den Heimweg."

„Ich bleibe ohnehin noch und warte auf meine Mom. Du kannst also ruhig fahren."

„Im Ernst?"

„Klar, kein Problem."

„Na schön", meinte Gonzo. „Dann bis morgen."

„Oder früher", sagte Cruz in Anspielung auf die seltsame Mordserie, die ihre Stadt neuerdings bewegte.

„Oder früher." Gonzo lief zu seinem Wagen, erfüllt von neuer Hoffnung, doch noch rechtzeitig nach Hause zu kommen, um seinen Sohn zu sehen, bevor der ins Bett musste.

. . .

Sam betrat das Haus und ging sofort in die Küche. Dort stöpselte sie ihr Handy ans Ladegerät, schenkte sich ein Glas Eiswasser ein und trank einen großen Schluck.

„Sei behutsam, Tiger", warnte Tracy sie. „Dein Magen ist völlig leer."

„Ich bin so durstig." Sie sah ihre Textnachrichten durch und fand eine kurze Nachricht, in der Jeannie ihre Besorgnis um Sams Gesundheitszustand zum Ausdruck brachte und um ein Gespräch bat, sobald es ihr besser gehe. „Ich habe McBride damit beauftragt, sich den Fitzgerald-Fall noch mal anzusehen."

Tracy schien schockiert zu sein. „Warum?"

„Ich weiß, dass es Dad zu schaffen macht, dass er den Fall nie lösen konnte. Ich fand, es ist an der Zeit, die Sache neu aufzurollen."

„Weiß er davon?"

„Ich habe mich erst dazu entschlossen, nachdem er krank geworden ist. Warum?"

„Nur so." Tracy fing an, Geschirr einzuräumen. „Wie wäre es mit Toast oder etwas anderem? Weißt du noch, wie Mom uns immer Zimttoast gemacht hat, wenn wir Magenprobleme hatten?"

Daran hatte Sam schon lange nicht mehr gedacht. „Ja." Ihr Kopf pochte zwar noch, aber man hatte ihr etwas gegeben, das sie benommen machte. Was immer das war, es dämpfte die schlimmen Schmerzen, die sie zuvor durchlitten hatte.

„Möchtest du welchen?"

„Den könnte ich nicht unten behalten." Sie schenkte sich nach und lehnte sich unsicher an die Arbeitsplatte. „Ich habe eine Hochzeitskarte von ihr bekommen."

Tracy schaute von der Textnachricht auf, die sie gerade verschicken wollte. „Von wem?"

„Mom." Jetzt hatte Sam die volle Aufmerksamkeit ihrer Schwester.

„Was stand drin?"

„Das Übliche. Sie meinte, wir seien ein wunderschönes Hochzeitspaar gewesen und dass sie Nick gern eines Tages kennenlernen würde."

„Wow."

„Hast du mal von ihr gehört?"

Tracy winkte ab. „Hin und wieder, aber nicht regelmäßig."

„Das hast du mir nie erzählt. Ich dachte, sie interessiert sich nicht für uns."

„Ang hat sie im letzten Herbst besucht."

Sam starrte ihre Schwester an. „Soll das ein Witz sein? Warum hat sie das nicht erwähnt?"

„Wir wissen beide, wie du zu ihr stehst."

„Aber ich dachte, du teilst diese Ansicht. Nach allem, was sie Dad angetan hat …"

„Es lag nicht nur an ihr, Sam. Auch er hat seine Rolle dabei gespielt. Du warst zu jung und kannst dich an das meiste nicht mehr erinnern."

Sie hatte keine Ahnung, wovon ihre Schwester da überhaupt sprach. „Das meiste wovon?"

„Darüber sprechen wir lieber ein andermal. Es ist besser, du gehst jetzt ins Bett."

Sam hätte dieses Gespräch gern weiter geführt, doch ihre Beine drohten nachzugeben, daher ließ sie sich von Tracy die Treppe hinaufführen. Unterwegs fiel ihr ein, dass sie Freddie dazu ermutigt hatte, sich mit seiner Mutter zu versöhnen. War es an der Zeit, dass sie ihren eigenen Rat beherzigte? Darüber würde sie unbedingt nachdenken müssen, sobald dieser Fall abgeschlossen war. „Ich brauche eine Dusche. Ich rieche nach Erbrochenem."

„Setz dich einen Moment hier hin." Tracy führte sie zum Bett. „Ich hole dir was zum Anziehen und helfe dir unter die Dusche."

„Du hast doch sicher noch andere Dinge zu tun. Ich komme ab hier allein klar."

„Ich werde dich nicht allein lassen. Ich habe eine Erklärung unterzeichnet, dass du in meiner Obhut bist. Also musst du tun, was ich dir sage."

„Ach du Schande." Sam schüttelte sich. „Genau wie früher."

„Ganz genau, kleine Schwester. Also bleib brav sitzen."

Sam beobachtete, wie Tracy über den Flur zu dem Zimmer ging, das in einen begehbaren Kleiderschrank verwandelt worden war.

Tracy blieb unvermittelt stehen. „Um Himmels willen!"

Sam rappelte sich hoch und stolperte dorthin, wo ihre Schwester stand. Zuerst begriff sie nicht, was passiert war, aber dann schaute sie genauer hin. Ihr Blick fiel auf das wunderschöne Hochzeitskleid von Vera Wang, extra für sie angefertigt, und nun lag es in Fetzen neben dem hellblauen Kleid, das sie an jenem Abend getragen hatte, als Nick ihr im Rosengarten des Weißen Hauses einen Heiratsantrag gemacht hatte.

„Oh." Mehr brachte Sam zunächst nicht heraus, da sich eine neue Welle der Übelkeit bemerkbar machte. Sie kämpfte dagegen an, griff mit einer Hand nach der Waffe im Holster an ihrer Hüfte und schob mit der anderen Hand ihre Schwester zur Seite. „Geh raus." Die Kopfschmerzen begannen mit neuem Tempo, während sie Tracy zur Treppe zerrte. „Er könnte noch im Haus sein. Geh. Jetzt."

„Und was ist mit dir?", flüsterte Tracy, deren Augen vor Schreck und Angst geweitet waren.

„Ich komme auch." Unter normalen Umständen würde Sam selbst alles prüfen, um sicherzugehen, dass niemand mehr im Haus war. Doch da sie im Augenblick nicht einmal wusste, ob sie sich übergeben oder ohnmächtig werden würde, ging es vor allem erst einmal darum, ihre Schwester in Sicherheit zu bringen.

Das Hämmern in ihrem Kopf ignorierend, führte Sam sie nach unten und nach draußen. „Ruf die Polizei", bat sie sie und atmete gegen den Schmerz an.

Tracy, die wie gelähmt wirkte, fummelte an ihrem Handy herum, bis es ihr schließlich gelang, die 911 zu wählen. „Scheiße, Sam", meinte sie, nachdem das Telefonat beendet war. „Wer tut dir denn so etwas an?"

„Weiß der Geier."

„Und wie ist er ins Haus gelangt?"

„Die Alarmanlage war nicht eingeschaltet, deshalb kann es nicht allzu schwer gewesen sein." Sie konnte nicht glauben, dass Nick vergessen hatte, die Alarmanlage zu aktivieren, als er weggefahren war. Das sah ihm gar nicht ähnlich. Wenn jemand es vergaß, dann eher sie. Scotty musste ihn wirklich abgelenkt haben, dass er nicht daran gedacht hatte. Es machte sie jetzt schon traurig, wenn sie daran dachte, wie aufgebracht er sein würde über das, was passiert war. Und natürlich würde er sich selbst die Schuld dafür geben.

Die Vorstellung, wie jemand in ihr Haus einbrach und ihre

Kleider zerfetzte ... Wer konnte sie dermaßen hassen? Eine Menge Leute, musste sie einräumen, wenn sie an den hohen Aktenstapel mit all ihren Fällen dachte. Es gab genügend Leute, die einen Grund hatten, sie zu hassen. Wie sollten sie jemals einen Verdächtigen herausfiltern?

Punkte tanzten vor ihren Augen, und ihre Aufmerksamkeit galt erneut den höllischen Kopfschmerzen. Offenbar war sie getaumelt, denn Tracy hielt ihren Arm fest.

„Setz dich", forderte ihre Schwester sie auf und führte sie zum Bordstein, während Sirengeheul die Luft des frühen Abends erfüllte.

Sam stützte den hämmernden Kopf in die Hände und versuchte nicht mehr an das zerfetzte wundervolle Hochzeitskleid zu denken. Tränen brannten ihr in den Augen, doch sie blinzelte dagegen an. Sie würde nicht zulassen, dass ihre Kollegen sie wie ein Häuflein Elend auf der Bordsteinkante sitzend vorfanden. Gerade jetzt musste sie ein Cop sein. Die am Boden zerstörte junge Braut konnte sie später sein.

Nick saß Scotty in einem seiner italienischen Lieblingsrestaurants in Bostons Stadtteil North End gegenüber. Das Gesicht des Jungen war leicht sonnenverbrannt vom Nachmittag auf den Green-Monster-Sitzen im Stadion Fenway Park, sein Mund war rot von Spaghettisoße und seine braunen Augen leuchteten immer noch vor Aufregung. Nick hatte jede Minute genossen, Scottys Staunen zu beobachten, über seinen ersten Flug und den ersten Besuch im berühmten Baseballstadion. Es war ein denkwürdiger Tag für beide gewesen.

„Was hat dir heute am besten gefallen?", fragte Nick, während er ein Bier trank und Scotty seine zweite Portion Spaghetti verschlang.

Scotty verdrehte die Augen. „O Mann."

Amüsiert sagte Nick: „Nicht mit vollem Mund sprechen."

Scotty schluckte den Riesenbissen Spaghetti herunter und wischte sich den Mund ab, was nur zur Folge hatte, dass er die Soße noch mehr im Gesicht verschmierte.

Nick beugte sich über den Tisch und half ihm.

„Danke", sagte Scotty mit schiefem Grinsen. „Das Beste heute war, Big Papi zu treffen. Du hast mir immer noch nicht verraten, wie du das hingekriegt hast."

„Ich bin mit einem Senator aus Massachusetts befreundet. Der hat mit einem der Teambesitzer zusammen das College besucht, und deshalb konnte ich das arrangieren."

„Im Ernst, ich wäre fast ohnmächtig geworden, als mir klar wurde, dass wir ihn treffen würden."

Nick lachte. „Ich musste dich daran erinnern zu atmen, erinnerst du dich?"

„Das war das Coolste überhaupt. Das werde ich nie vergessen."

„Ich auch nicht." Nick zweifelte nicht daran, dass er sich stets an Scottys ehrfürchtiges Gesicht erinnern würde, als David Ortiz lässig auf sie zugeschlendert gekommen war, um sich mit ihnen zu unterhalten. Noch besser war der anbetungsvolle Blick gewesen, mit dem der Junge Nick angesehen hatte, als ihm klar wurde, dass Nick das Treffen arrangiert hatte.

„Also, pass mal auf", begann Nick. „Es gibt etwas, was ich mit dir besprechen will." Er hatte um einen ruhigen Tisch in der Ecke des Restaurants gebeten, wo niemand sie belauschen würde.

Scotty legte die Gabel hin, und seine ganze Haltung änderte sich. „Hab ich was falsch gemacht?"

„Nein, Kumpel. Natürlich nicht. Es ist nichts Schlimmes."

„Oh, gut", sagte Scotty, sichtlich erleichtert. „Ich wäre echt traurig, wenn du nicht mehr mit mir befreundet sein wolltest."

„Scotty ..." Nick brach das Herz angesichts der Furcht in der Stimme des Jungen. „Das wird nicht passieren." Nick legte seine Hand auf Scottys. „Nie und nimmer würden Sam und ich nicht mehr mit dir befreundet sein wollen, egal, was du tust. Wirklich."

Scotty sah ihn mit großen Augen an. „Echt?"

„Echt. Über etwas Ähnliches wollte ich mit dir sprechen." Jetzt geht's los, dachte Nick, plötzlich nervös wie noch nie in seinem Leben.

„Wenn es nichts Schlimmes ist, warum machst du dann so ein Gesicht?"

Nick lachte, was half, die Nervosität ein wenig zu dämpfen. „Weil es nicht jeden Tag vorkommt, dass ich einen Jungen, der mein bester Freund geworden ist, frage, ob er bei mir und meiner Frau leben möchte."

Scottys Kinnlade klappte herunter, und seine Augen wurden noch größer. „Ihr ... ihr wollt, dass ich bei euch *lebe*? Also jeden Tag bei euch bin?"

Nick fühlte ein emotionales Durcheinander in sich, und sein Hals war wie zugeschnürt. Er räusperte sich und nickte. „Sam und ich haben dich sehr lieb. Wir würden dich gern in unsere Familie aufnehmen – offiziell, nicht nur für gelegentliche Wochenendbesuche."

Scotty brauchte eine volle Minute, bis er das verarbeitet hatte. „Ihr wollt mich adoptieren?"

„Wenn du uns willst."

„Und sie will mich auch?"

„Sehr sogar. Wir haben darüber gesprochen, ob wir dich gemeinsam fragen sollten, doch dann haben wir entschieden, dass ich zuerst mit dir unter vier Augen reden sollte. Aber Sam möchte, dass du weißt, wie lieb sie dich hat und wie sehr sie sich wünscht, dass du ein Teil unserer Familie wirst – nicht bloß hin und wieder, sondern fest."

„Wow", sagte Scotty schließlich völlig überwältigt. „Das ist aber eine Menge zum Nachdenken."

„Das weiß ich, und du solltest dir Zeit lassen und gründlich darüber nachdenken. Wir würden dir alles geben, was wir haben, und damit meine ich nicht nur Geld, sondern unsere Zeit und Aufmerksamkeit und die Liebe einer großen, weitverzweigten Familie."

Scottys Augen füllten sich mit Tränen. „Das ist echt nett von euch, Leute. Nur frage ich mich ..."

„Was denn?"

„Warum ich?"

„Ach, Kumpel, weil wir dich lieb haben. Aber das ist nicht der einzige Grund." Nick stützte das Kinn auf die Faust und betrachtete den gutaussehenden Jungen. „Habe ich dir schon mal von meiner Kindheit erzählt?"

„Du hast erwähnt, dass du in Massachusetts aufgewachsen bist, mehr nicht."

„Ich wollte dir morgen davon erzählen, wenn ich dich mit

nach Lowell nehme, um dir das Haus zu zeigen, in dem ich gelebt habe. Aber ich kann es ebenso gut jetzt tun." Nick holte tief Luft und gab sich Mühe, seine Gefühle unter Kontrolle zu halten. Seine Kindheit wiederaufleben zu lassen war etwas, was er nur äußerst selten tat. „Meine Eltern waren beide noch in der Highschool, als sie mich bekamen, weshalb ich bei der Mutter meines Vaters aufwuchs. Sie war nett, aber sie hatte ihre Kinder bereits großgezogen, deshalb hielt sich ihre Begeisterung darüber, ein weiteres Kind zu haben, in Grenzen."

„Das muss hart für dich gewesen sein."

„Ja, das war es. Ich war zehn, als ich begriff, dass sie mich nicht haben wollte. Vorher habe ich das gar nicht gemerkt. Also fragte ich, ob ich bei meinem Dad leben könnte."

„Er scheint ganz in Ordnung zu sein."

„Das ist er auch – jetzt. Aber damals war er in den Zwanzigern und genoss sein Singledasein. Er wollte kein Anhängsel. Immerhin schickte er mir Geld, was damals schon ziemlich wichtig war, denn das ermöglichte mir das Hockeyspielen. Das habe ich am liebsten gemacht, und er bezahlte dafür."

„Was war mit deiner Mom?"

„Die ist eine andere Story – als Kind habe ich sie nur selten zu Gesicht bekommen." Nick dachte daran, wie sie uneingeladen zu seiner Hochzeit aufgetaucht war und Sam sie weggeschickt hatte, bevor sie ihm den Tag ruinieren konnte. Der Gedanke daran, wie Sam für ihn eingetreten war, löste eine Sehnsucht nach ihr aus, als hätte er sie eine ganze Woche nicht gesehen statt lediglich ein paar Stunden. „Meine Mutter hat mich nie gewollt und machte auch keinen großen Hehl daraus. Erst als ich mit einem Stipendium nach Harvard ging und dort John O'Connor kennenlernte, änderte sich alles für mich. Sein Vater, Senator Graham O'Connor, war der Erste, der mich dazu brachte, daran zu glauben, dass ich etwas aus meinem Leben machen könnte."

Scotty hing an seinen Lippen.

„Bist du überrascht, das zu hören?"

„Ein bisschen. Ich wusste nicht, dass du das alles durchgemacht hast."

„Ich wollte, dass du weißt, dass ich nicht als Senator zur Welt gekommen bin. Ich musste sehr hart arbeiten, viele Jahre lang, und dann starb mein bester Freund plötzlich und tragisch. Damit hinterließ er eine Lücke im Senat und man bat mich, für ihn einzuspringen. Ich habe noch nie für den Senat kandidiert, und wer weiß, was im November passiert. Vielleicht bin ich danach wieder ein ganz gewöhnlicher Kerl, wenn den Menschen in Virginia meine Arbeit nicht gefällt."

„Das wird nicht passieren", meinte Scotty überzeugt. „Du hast einen fünfundsechzigprozentigen Vorsprung vor dem Typen von den Republikanern."

Nick war verblüfft. „Woher weißt du das?"

„Ich lese Zeitung."

Das brachte Nick zum Lachen. „Du bist klasse."

„Du willst also für mich tun, was Senator O'Connor für dich getan hat. Ist das richtig?"

„Ja", sagte Nick sanft und froh, dass Scotty den Zusammenhang verstand. „Das will ich sehr. Ich möchte, dass du in der Little League oder Hockey, oder was immer dich reizt, spielen kannst. Du sollst dein eigenes Zimmer haben, mit so vielen Postern an den Wänden, wie Platz ist. Von mir aus kannst du damit auch noch die Decke tapezieren."

Scotty grinste bei der Erinnerung an ihre erste Begegnung, als Nick sich darüber geärgert hatte, dass das Aufhängen von Postern in den Zimmern des Kinderheims nicht erlaubt war. „Du sollst wissen ... dass ich sehr dankbar für euer Angebot bin, bei euch zu leben."

Eine leise Furcht beschlich Nick. „Warum höre ich da ein Aber heraus?"

„Würden wir trotzdem Freunde bleiben, wenn ich nicht bei euch lebe?"

„Natürlich würden wir das. Mach dir deswegen keine Sorgen. Du bist in meinem Herzen."

„Oh, gut. Das ist gut."

„Na los, rede", forderte Nick ihn auf, obwohl er gar nicht sicher war, ob er hören wollte, was der Junge ihm zu sagen hatte. „Es gibt nichts, was du mir nicht erzählen könntest."

„Es ist nur so, weißt du, dass ich mich daran gewöhnt habe, wo ich jetzt lebe. Da hab ich eine Familie. Ich weiß, es ist keine richtige Familie, aber die anderen Kinder und Mrs. Littlefield und alle anderen Leute, die dort arbeiten, sind wie eine Familie für mich, und die brauchen mich. Ich bin schon lange dort. Ich kann mich kaum noch daran erinnern, wie es war, mit meiner Mom und meinem Grandpa zu leben."

Nick hatte die Möglichkeit, dass Scotty zu ihrem Angebot Nein sagen würde, in seine Überlegungen nie mit einbezogen. Im Nachhinein betrachtet hätte er erwarten sollen, dass es Scotty nicht leichtfallen würde, das einzige Zuhause, das er kannte, einfach aufzugeben. „Ich kann verstehen, dass die Vorstellung, von dort wegzugehen, dir Angst macht. Aber Sam und ich würden alles tun, um es so angenehm wie möglich für dich zu gestalten. Und selbstverständlich würden wir mit dir nach Richmond zu Besuch fahren, wann immer du willst."

„Das ist ein echt nettes Angebot", sagte Scotty.

Nicks Handy klingelte, aber da er die Nummer mit der Vorwahl 202 nicht kannte, ließ er den Anruf von der Mailbox annehmen. „Lass uns eine Abmachung treffen", schlug er Scotty vor.

Der Junge nickte.

„Denk darüber nach. Du musst dich nicht sofort entscheiden."

„Okay", meinte Scotty und wirkte erleichtert.

„Ich verspreche dir, dass Sam und ich immer deine Freunde sein werden, ganz egal, wie du dich entscheidest. Und wir werden stets für dich da sein." Er drückte Scottys Hand. „Das verspreche ich."

Scotty überraschte Nick, indem er aufstand, um den Tisch kam und ihn umarmte. „Du bist der beste Freund, den ich je hatte."

Nicks Augen füllten sich mit Tränen, als er die Umarmung erwiderte. „Kann ich nur zurückgeben, Kumpel." Er ließ den Jungen los und sah ihm ins Gesicht. „Wollen wir zu unserem Hotel fahren? Ich habe gehört, dort gibt es einen Pool."

„Klasse!"

Erneut klingelte Nicks Handy, und er sah, dass es die gleiche Nummer war. Für den Fall, dass Sam sich das Handy von jemandem geborgt hatte, nahm er den Anruf diesmal entgegen. „Nick Cappuano."

„Hier spricht Darren Tabor."

Sofort bereute Nick, sich gemeldet zu haben. „Nicht jetzt, Darren. Ich bin beschäftigt.“

„Was ist mit Sam los? Niemand will mir etwas sagen.“

Nick horchte auf. Sie hatten versucht, sie zu erreichen, als sie Fenway Park verlassen hatten, aber sie war nicht ans Telefon gegangen. Da sie arbeitete, hatte er sich nichts weiter dabei gedacht. „Was meinen Sie?“

„Haben Sie es noch nicht gehört? Sie wurde aus dem Hauptquartier ins Krankenhaus gebracht. Ich habe keinerlei Informationen darüber, was mit ihr los ist, aber gerade kam ein Notruf aus Ihrem Haus über den Scanner. Was geht da vor? Senator? Sind Sie noch dran?“

Nick legte auf und versuchte noch einmal, Sam zu erreichen. Als sich nur ihre Mailbox meldete, probierte er es bei Freddie, Tracy, Angela und Christina, doch niemand meldete sich.

Mit hämmerndem Herzen steckte Nick sein Telefon ein, warf ein paar Scheine auf den Tisch, nahm Scotty an die Hand und lief zur Tür. „Tut mir leid, Kumpel, aber wir müssen nach Hause.“

26

Jeannie war zwar enttäuscht gewesen, nicht nach Cincinnati zu fahren, doch der Tag mit Michael hatte ihnen beiden gutgetan. Sie hatten miteinander geredet und gelacht und sich ein weiteres Mal geliebt, bevor sie einschliefen. Zwar gab es die unterschwellige Spannung noch zwischen ihnen, doch spürte sie, dass sie sich langsam einer neuen Normalität näherten.

Allmählich erkannte sie, dass der Gewalttäter ihr Leben für immer verändert hatte und es nie wieder sein würde wie früher. Das bedeutete, sie konnten nur nach vorne sehen und eine neue gemeinsame Zukunft gestalten. Und dabei tat es gut zu wissen, dass sie den Weg zusammen gehen würden. Viele Männer wären nicht geblieben nach dem, was ihr zugestoßen war. Sie war dankbar dafür, dass ihr Partner stärker war. Sie drehte sich im Bett auf die Seite und betrachtete Michaels Gesicht, während er schlief. Der arme Kerl war vor Sorge um sie in den vergangenen Wochen ganz krank gewesen und entsprechend erschöpft.

Jeannie stand leise auf, um ihn nicht zu stören, und ging unter die Dusche. Hinterher zog sie eine Yoga-Hose und ein langärmeliges T-Shirt an, bevor sie sich die Fitzgerald-Akten nahm und nach unten ging, wo ihr Handy lag. Will hatte vor Kurzem geschrieben, dass er gerade gelandet sei und unbedingt mit ihr sprechen wolle. Statt eine Antwort zu schreiben, rief sie ihren Partner an.

„Hey", meldete er sich.

„Wo bist du?"

„Verlasse gerade den Flughafen mit der Metro. Passt es dir, wenn ich auf dem Heimweg vorbeikomme?"

„Klar, kein Problem. Bis gleich." Jeannie schaltete das Verandalicht für ihn ein. Früher hätte sie die Tür angelehnt, aber jetzt blieb sie abgeschlossen.

Während sie auf Will wartete, suchte sie im Adressbuch ihres Handys die Nummer des pensionierten Gerichtsmediziners Dr. Norman Morganthau und rief ihn an. Er meldete sich beim dritten Klingeln.

„Dr. Morganthau, hier spricht Detective Jeannie McBride vom MPD. Haben Sie vielleicht einen Moment, um mir einige Fragen über einen alten Fall zu beantworten?"

„Sie sind die Polizistin, die entführt wurde."

Jeannie schloss die Augen. Würde ihr Name jetzt auf ewig damit in Verbindung gebracht werden? „Ja, Sir."

„Wie geht es Ihnen?" Seine Stimme war sanft.

Sein Mitgefühl trieb ihr die Tränen in die Augen. „Es gibt gute Tage, und es gibt schlechte Tage. Alles in allem geht es mir schon besser. Danke, dass Sie sich danach erkundigen."

„Die gesamte Bruderschaft – und Schwesternschaft – steht hinter einem der ihren in Zeiten der Not. Ich hoffe, Sie haben sich von Ihren Kollegen unterstützt gefühlt."

„Ja, sehr."

„Freut mich zu hören. Was kann ich heute für Sie tun?"

Jeannie erläuterte die Wiederaufnahme der Ermittlungen an dem Fall Tyler Fitzgerald.

„Ahh", meinte Morganthau mit einem tiefen Seufzer. „Das war ein schwieriger Fall."

„Das habe ich von jedem gehört, mit dem wir geredet haben."

„Wie kann ich helfen?"

„Ich habe mich gefragt, ob Sie mir Ihre Eindrücke von damals schildern können. Wenn Sie mir erzählen, woran Sie sich erinnern, erfahre ich möglicherweise etwas, was ich noch nicht weiß."

„Das ist eine kluge Strategie, junge Dame. Sie besitzen gute Instinkte."

Jeannie lächelte und wünschte, sie könnte den alten Mann persönlich sehen, statt nur mit ihm zu telefonieren. „Danke, Sir.“

„Mal überlegen. Ich erhielt einen Anruf, eine Leiche sei Donnerstagnacht auf einer Mülldeponie entdeckt worden.“

„Gab es Streit wegen der Zuständigkeit, weil er in Maryland gefunden wurde?“

„Da es sich um eine Kinderleiche handelte und wir die Suche nach Tyler Fitzgerald geleitet hatten, schaltete uns die Maryland State Police als eine Art Entgegenkommen ein. Ihnen war anhand der Kleidung und anderer Merkmale klar, dass es sich um Tyler handeln musste.“

„Ich habe Ihren Autopsiebericht in der Akte, aber wenn Sie es mir mit Ihren eigenen Worten noch einmal erklären ...“

„Dann erfahren Sie vielleicht etwas Neues.“

„Ganz genau“, bestätigte Jeannie amüsiert.

„Tyler war manuell stranguliert worden. Leider konnten wir, nachdem die Leiche einige Tage auf der Mülldeponie gelegen hatte, keine brauchbaren Fingerabdrücke mehr vom Hals des Opfers nehmen. Die anderen Verletzungen waren darauf zurückzuführen, dass die Leiche der freien Natur ausgesetzt worden war.“ Er räusperte sich. „Der Fall hat mich nie losgelassen. Ich habe selbst Kinder und Enkelkinder. Es hat mir zugesetzt, dass wir den Bastard, der ihn umgebracht hat, nie fassen konnten. Verzeihen Sie meine Ausdrucksweise.“

„Sie müssen sich nicht entschuldigen. Ich bin da ganz Ihrer Meinung. Wurden Tylers Brüder als Verdächtige in Betracht gezogen?“

„Nicht dass ich wüsste. Das heißt aber nicht, dass sie nicht doch, zumindest zeitweise, als verdächtig galten. Mit mir hat jedenfalls niemand darüber gesprochen.“

„Erzählen Sie mir von Skip Holland.“

„Was ist mit ihm?“

„Mich interessiert Ihr Eindruck von ihm und seiner Art, wie er diesen Fall anging.“

„Er war ein guter Cop. Gründlich. Wir haben stets gut zusammengearbeitet.“

„Traf das auch beim Fall Fitzgerald zu?“ Die lange Pause, die dieser Frage folgte, machte Jeannie nervös. Wenn sie jetzt etwas über Sams Vater aufdeckte, wie sollte sie Sam das jemals beibringen? „Dr. Morganthau?"

„Ich habe den größten Respekt vor Skip Holland."

„Aber?"

„Zur Zeit des Falls Fitzgerald machte er eine harte Phase durch." Am liebsten hätte Jeannie den Kopf hängen lassen und frustriert gestöhnt. Einerseits wollte sie natürlich hören, was er zu sagen hatte. Andererseits war Skips Tochter eine enge Freundin, und deshalb wünschte sie beinahe, sie hätte diesen Anruf nie gemacht.

„Hart in welcher Hinsicht?"

„Das bleibt unter uns, ja?"

„Sie wissen, dass seine Tochter jetzt unser Lieutenant ist?"

„Ja."

„Bis zu einem gewissen Grad muss ich sie darüber in Kenntnis setzen, was wir herausgefunden haben."

Der Doktor gab ein erneutes rasselndes Seufzen von sich. „Ich befinde mich da in einer Zwickmühle."

„Inwiefern?"

„Soll ich Dinge weitergeben, die mein Freund mir anvertraut hat, wenn diese Informationen geeignet sind, einen alten Fall aufzuklären? Oder halte ich besser den Mund, wie ich es jahrelang getan habe?"

„Doktor Morganthau, wenn Sie etwas wissen, was uns helfen kann, Tylers Mörder zu finden ..."

„Ich weiß nichts darüber, wer den Jungen getötet hat. Derartige Informationen hätte ich niemals zurückgehalten. Was ich jedoch weiß, ist, dass Skip damals eine schwere Zeit durchmachte, und das ist auch schon alles, was ich dazu sagen werde. Sie können es seiner Tochter überlassen, zu entscheiden, ob sie dieser Sache nachgehen möchte oder nicht."

„Ich danke Ihnen vielmals, dass Sie mir Ihre Zeit geopfert haben."

„Ich bedaure, Ihnen nicht mehr sagen zu können."

„Ich habe Verständnis dafür." Jeannie legte das Telefon aus der Hand, lehnte sich auf dem Sofa zurück und versuchte zu verarbeiten, was sie gerade gehört hatte. Die Türklingel unterbrach jedoch ihre Gedanken. Sie stand auf, um Will hereinzulassen.

„Hey", sagte er.

„Komm rein."

Er wirkte ein wenig unsicher, als er auf dem Sofa Platz nahm. „Ist alles in Ordnung mit dir?"

Jeannie setzte sich neben ihn und zog die Beine unter sich. „Mir geht's gut. Tut mir leid, dass ich heute nicht mit konnte."

„Das ist schon okay."

„Warst du nervös, weil du Cameron ganz allein befragen musstest?"

„Verdammt, ja, das war ich." Will gab das Gespräch mit Cameron wieder.

„Anscheinend hast du an alles gedacht. Wie ist dein Eindruck?"

„Ich glaube, er hat etwas damit zu tun."

„Jetzt müssen wir es nur noch beweisen."

„Ich würde ihn gern an einen Lügendetektor anschließen."

„Wir können morgen mal beim Staatsanwalt nachfragen, ob wir schon genug haben, um einen Test zu ermöglichen", sagte Jeannie.

„Was werden wir Sam erzählen?"

Jeannie berichtete ihm, was mit Sam passiert war, und von ihrer Unterhaltung mit Morganthau.

„Wir müssen mit ihr sprechen, bevor wir uns an den Staatsanwalt wenden."

„Da gebe ich dir recht, und das werde ich auch, sobald sie wieder fit genug zum Arbeiten ist."

„Diese ganze Geschichte macht mir Angst", gestand Will. „Wir wissen doch alle, wie nah sie ihrem Dad steht. Was, wenn er diesen Fall verbockt hat und wir diejenigen sein müssen, die es ihr beibringen?"

„Hoffen wir mal, dass es dazu gar nicht kommt."

Kaum hatte ihre Maschine auf dem Reagan National Airport aufgesetzt, schaltete Nick sein Handy wieder ein und versuchte erneut, Sam zu erreichen. Ihre Mailbox sprang an. Nick hätte am liebsten frustriert geschrien. Aber da Scotty ihn genau beobachtete, musste Nick sich zusammenreißen, um den Jungen nicht zu verschrecken.

Als Nächstes rief er Christina an. „Senator", meldete sie sich ein wenig außer Atem. „Es tut mir schrecklich leid, dass ich deine früheren Anrufe verpasst habe. Ich habe Alex gebadet und bin anschließend zusammen mit ihm eingeschlafen."

„Hast du etwas darüber gehört, was Sam heute bei der Arbeit passiert ist?"

„Nein, habe ich nicht. Ich habe vor einigen Stunden mit Tommy gesprochen, aber da hat er nichts erwähnt."

„Ich bitte dich nur ungern darum, aber könntest du ihn anrufen und versuchen, Näheres in Erfahrung zu bringen? Bei Sams Telefon springt immer nur die Mailbox an." Sam würde wütend sein, dass er Christina und Gonzo benutzte, um Informationen über sie zu bekommen. Aber er musste einfach wissen, was los war.

„Natürlich, warte. Ich rufe ihn an."

Während sie ihn auf eine andere Leitung legte, sah Nick zu Scotty, der wiederum ihn mit großen Augen ansah.

„Geht es Sam gut?"

„Bestimmt. Es muss allerdings einen guten Grund dafür geben, dass sie nicht ans Telefon gegangen ist." Sie sollte lieber einen guten Grund haben, sonst würde er ihr gehörig die Meinung sagen.

Christina war wieder in der Leitung. „Also, er meint, sie hat alle gebeten, dich nicht anzurufen, weil sie Scottys großen Tag nicht verderben wollte. Offenbar wurde sie während der Arbeit krank, doch jetzt geht es ihr schon wieder besser. Gonzo sagte, da sei etwas los in deinem Haus. Er wusste noch nichts Genaues, aber er ist jetzt unterwegs dorthin."

Nick dankte ihr für die Informationen und beendete das Gespräch. Seine Gedanken rasten vor Sorge.

Als der Pilot verkündete, dass sie ihr Gate mit Verspätung erreichen würden, weil eine andere Maschine noch nicht gestartet sei, fragte Nick sich, ob er gleich einen Herzanfall bekommen würde. Seine Brust fühlte sich zusammengeschnürt an, und er schien kaum noch atmen zu können.

„Es ist okay", meinte Scotty und tätschelte seinen Arm. „Wenn es etwas Ernstes wäre, hätte sie dich angerufen."

Nick stieß den angehaltenen Atem aus. „Du hast recht. Ich weiß. Wahrscheinlich wollte sie uns in Boston nur nicht stören. Aber sie weiß genau, wie sehr ich es hasse, wenn sie mir Sachen verschweigt."

„Heute hat sie es aber aus gutem Grund getan."

Da ihm nichts anderes übrigblieb, versuchte Nick ruhig zu bleiben und sah Scotty an. „Falls du bei uns leben wirst, musst du bei allen Meinungsverschiedenheiten auf meiner Seite sein. Du warst zuerst mein Freund."

Scotty lachte, und genau das hatte Nick auch beabsichtigt. „Ich bevorzuge niemanden."

„Das sagst du mir jetzt", grummelte Nick.

„Ich wollte dir nur sagen ... Es ist echt cool, dass du und Sam mich so sehr mögt, dass ihr mich adoptieren wollt. Ich fürchte, ich hab das vorhin nicht richtig ausgedrückt."

„Doch, hast du. Wir verlangen von dir, dass du dein ganzes Leben änderst, da ist es doch nur normal, wenn du Zeit brauchst, um darüber nachzudenken."

„Wirst du Sam ausrichten, wie froh ich bin, dass du mich gefragt hast?"

„Das mache ich, Kumpel."

Das Flugzeug rollte weiter und brachte sie zum Gate. Da sie sich vorn in der Maschine befanden, waren sie auch die Ersten, die aussteigen konnten. Zwei Polizisten der Capitol Police erwarteten sie.

„Senator? Ich bin Officer Clarkson. Dies ist Officer Griffin. Wir haben den Befehl, Sie zu Ihrem Zuhause zu eskortieren."

Nick starrte sie perplex an. „Warum?"

„Wir haben eine glaubwürdige Drohung gegen Sie und Lieutenant Holland erhalten. Deshalb stehen Sie sowie Ihre nächsten Familienangehörigen ab sofort unter Schutz."

„Was für eine Drohung?"

Officer Clarkson schaute zu Scotty und dann wieder zu Nick. „Ich würde im Augenblick lieber nicht auf die Details eingehen. Wenn Sie bitte mitkommen würden, dann können wir Sie nach Hause bringen."

Nick sah Scotty an, der wieder große Augen machte. „Ist schon in Ordnung, Kumpel", sagte er. „Um was es sich auch handeln mag, ich bin mir sicher, Sam kümmert sich bereits darum." Zumindest hoffte er das. Wie dem auch sei, sie würde ihm einiges zu erklären haben.

Lindsey fühlte sich wie ein Teenager, der auf seinen ersten Freund wartet. Bis jetzt hatte sie sich dreimal umgezogen und war immer noch nicht überzeugt von ihrem Outfit. Das Top mit Rundhalsausschnitt zeigte zu viel Haut, und die Jeans, für die sie sich nun entschieden hatte, war extra eng. Er sollte nicht glauben, dass sie leicht zu haben war.

„Du meine Güte", sagte sie, während sie die Hälfte der Kerzen auspustete, die sie vorhin angezündet hatte. Er sollte nicht auf falsche Gedanken kommen. „Hör endlich auf damit!"

Als die Türklingel zehn Minuten später läutete, war sie nervlich ein Wrack. Würde sie wirklich eine Beziehung anfangen mit einem trockenen Alkoholiker? Nach der Kindheit, die sie gehabt hatte? Hatte sie den Verstand verloren? Da es zu spät war, um jetzt noch einen Rückzieher zu machen, biss sie die Zähne zusammen und öffnete die Tür, mit dem Vorsatz, ihn schnellstmöglich wieder loszuwerden, ohne unhöflich zu sein.

Doch diese Idee löste sich in Luft auf, als sie die vielen pinkfarbenen Rosen sah, die er ihr mitgebracht hatte. „Oh", brachte sie nur heraus, nachdem ihr der Wind aus den Segeln genommen worden war.

„Ich weiß", meinte er mit hinreißendem, jungenhaftem Grinsen. „Total klischeehaft, aber ich wollte dir unbedingt etwas mitbringen."

„Sie sind wunderschön", sagte sie und wagte es endlich, Blickkontakt herzustellen. O Junge ... Sie führte ihn in die Küche, wo sie eine Vase für die Blumen fand. Froh, etwas mit ihren zitternden Händen anfangen zu können, schnitt sie die Stiele und arrangierte die Blumen. „Danke. Ich liebe diese Farbe."

Er strich ihr die Haare aus dem Gesicht und mit dem Finger dabei sanft über ihre Wange. „Sie erinnern mich an dich. Genau der Farbton, wenn du errötest."

Lindsey schluckte, ihr Herz pochte.

„Komm her", forderte er sie mit rauer Stimme auf.

„Ich bin doch da."

„Näher."

„Ich ... äh, Terry ..."

„Ich werde nicht beißen. Zumindest jetzt noch nicht."

Er sah sie belustigt an und streckte die Hand nach ihr aus. Lindsey betrachtete diese Hand einen langen, aufgeladenen Moment. Denn sie wusste, wenn sie ihre Hand in seine legte, würde aus der knisternden Anziehung zwischen ihnen mehr werden. Etwas Ernstes.

„Vertrau mir, Lindsey. Ich verspreche, ich werde dich nicht enttäuschen."

Alles in ihr fühlte sich zu ihm hingezogen. Wie ein Magnet, der der Anziehung nicht widerstehen konnte, landete ihre Hand in seiner, und dann ließ Lindsey sich in seine Arme ziehen. Er hielt sie fest, aber nicht zu fest.

Ihr Kopf war leer, und sie ließ die Arme unbeholfen hängen.

Er fuhr mit den Händen über ihre Arme und drängte sie sanft, sie um ihn zu legen. „Na bitte", meinte er. „Das ist schon besser."

Lindsey legte ihr Gesicht an seine Brust und schloss die Augen. Sein Herz schlug schnell. So standen sie lange Zeit. Lindsey hatte keine Ahnung, wie lange. Sie wusste nur, dass es sich gut anfühlte in seinen Armen. Es fühlte sich richtig an.

Als er sich von ihr lösen wollte, hielt sie ihn fest, was ihn zum Lachen brachte.

Sie sah ihm ins Gesicht, und ihre Blicke trafen sich in einem Moment sinnlicher Erkenntnis. Lindsey wurde von Verlangen durchflutet.

Er richtete den Blick auf ihre Lippen. „Ist es okay, wenn ich ..."

Lindsey legte ihm die Hand in den Nacken und zog ihn für einen Kuss an sich, der von null auf hundert zwei Sekunden brauchte. In einem der aufregendsten Momente ihres Lebens küsste er sie, als wäre er völlig ausgehungert und sie das Einzige, was diesen Hunger stillen konnte.

Seine Zunge neckte und umspielte ihre. Eine seiner Hände war in ihren Haaren vergraben, während die andere ihren Rücken hinunterglitt und dafür sorgte, dass ihre Körper sich enger aneinanderschmiegten.

Lindsey hatte eine derartige Leidenschaft noch nie erlebt, und sie musste innehalten, um sich daran zu erinnern, dass sie noch vor wenigen Minuten überlegt hatte, wie sie ihn schnell wieder loswerden könnte. Schwer atmend unterbrach sie den Kuss und wandte das Gesicht ab.

Er nutzte die Chance, um ihren Nacken zu küssen, was ihr Verlangen neu anfachte. „Terry ...“

„Was?“, flüsterte er, und sie spürte seinen Atem heiß an ihrer sensiblen Haut.

„Wir ... ich ...“

„Sag, wenn ich aufhören soll.“

Sie stand unter einer Art Hypnose. Das war die einzige mögliche Erklärung, weshalb sie ihn nicht aufhielt, als er sich jetzt küssend von ihrem Nacken zu ihrem Hals bewegte. Die Hände schob er von ihren Hüften hinauf zu ihren Brüsten. Er umfasste sie und fuhr mit den Daumen über die festen Brustwarzen, was Lindsey erschauern ließ.

Und dann lagen seine Lippen für einen weiteren leidenschaftlichen Kuss auf ihren.

Das Wort „Stopp“ ging ihr durch den Kopf, doch sie sprach es nicht laut aus. Während er sachte ihre Brustwarzen zwischen Zeigefinger und Daumen drückte und ihre Lippen mit seinen und seiner Zunge aufregend liebkoste, wollte sie alles andere als aufhören.

„Lindsey“, meinte er keuchend. Sein Gesicht fühlte sich warm an ihrem an. „Sag, dass ich aufhören soll, oder zeig mir ein Bett.“ Er schob sie, bis sie mit dem Rücken gegen die Arbeitsfläche stieß und seine Erektion deutlich spürte.

Nie zuvor hatte sie einen Mann so begehrt wie ihn, und obwohl ihr innerer Alarm schrillte, weil das alles viel zu schnell ging, nahm sie seine Hand und führte ihn nach oben in ihr Schlafzimmer.

Dort hielt er sie von hinten, sodass sein hartes Glied sich in ihre Pofalte schmiegte. Er zog ihr das Top aus, hakte ihren BH auf und fuhr fort, Lindsey mit seinen Händen an ihren Brüsten und sinnlichen Küssen auf den Nacken um den Verstand zu bringen.

Als sie versuchte, sich umzudrehen, hielt er sie auf. Sie stöhnte frustriert.

„Langsam, Baby. Fühl einfach."

Als seine Hand zum Knopf ihrer Jeans wanderte, begann sie sich zu fragen, wie lange ihre Beine sie noch tragen würden. Er hatte Knopf und Reißverschluss so schnell auf, dass sie keine Zeit hatte, sich darauf vorzubereiten, ehe seine Hand in ihrem Slip war und die feuchte Hitze zwischen ihren Beinen fand.

Sie war bereits heftig erregt, deshalb gelangte sie schon nach kurzer Liebkosung ihres Kitzlers durch seine Finger zu einem Orgasmus, der so intensiv war, dass tatsächlich ihre Beine nachgaben.

Er hielt sie mit seinen starken Armen aufrecht, während er weiter ihre sensible Haut streichelte. „Noch einmal", flüsterte er.

„Ich kann nicht."

„Doch, du kannst." Er machte sich mit unnachgiebiger Entschlossenheit daran, ihr zu beweisen, dass sie sich irrte. Und es dauerte nicht lange, bis sie sich erneut dem Höhepunkt näherte.

Die zweite Explosion war noch größer als die erste und erschütterte sie mit solcher Kraft, dass sie einen Schrei ausstieß. Noch ganz benommen bekam sie gar nicht richtig mit, wie er ihr die Jeans und den Slip auszog. Dann legte er Lindsey auf das Bett. Auf ihre Atmung konzentriert gelang es ihr, die Augen offen zu behalten, während er sein Hemd aufknöpfte, das er zur Arbeit getragen hatte, und es anschließend auf den Boden warf. Sein Unterhemd, die Hose sowie die Boxershorts folgten, dann streckte er sich neben ihr auf dem Bett aus.

„Hey", sagte er und legte ihr die Hand auf den Bauch. „Du bist auch hier?"

Lindsey lachte, doch als sie ihren Blick von seiner Brust abwärts wandern ließ, bekam sie einen trockenen Mund. Du liebe Zeit!

„Bist du dir sicher?", fragte er.

„Ich war es eigentlich nicht." Sie zwang sich, ihm ins Gesicht zu schauen, und stellte fest, dass er sie genau beobachtete. „Doch irgendwo zwischen der Küche und dem zweiten Orgasmus habe ich aufgehört, über all die Gründe nachzudenken, weshalb dies keine gute Idee ist. Stattdessen habe ich mich auf all die Gründe konzentriert, warum es eine gute Idee ist."

Lächelnd stützte er sich auf den Ellbogen und küsste sie zärtlich. „Ich finde, es ist die beste Idee, die wir je hatten."

„Ach ja?"

Er nickte und fing von vorn an mit seinen betörenden Küssen und neckenden Liebkosungen, durch die sie schon bald wieder bereit war für mehr.

„Terry", stieß sie hervor. „Bitte."

„Was willst du?", fragte er in spielerischem Ton.

„Das weißt du."

„Sag es mir."

Sie fand seine beeindruckende Erektion und begann sie zu massieren, einmal, zweimal, was ihm ein Stöhnen entlockte. „Ich will dich. Jetzt."

„Halt den Gedanken mal fest." Er stand auf, suchte seine Hose auf dem Fußboden und nahm die Brieftasche heraus, in der er einen Streifen mit drei Kondomen aufbewahrte. Er riss eines ab und warf die anderen beiden auf den Nachtschrank.

„Du bist vorbereitet hergekommen."

„Die trage ich seit dem Tag bei mir, nachdem ich dich kennengelernt habe."

Aus irgendeinem Grund fühlte sie sich geschmeichelt von dieser Tatsache. „Ganz schön selbstbewusst", neckte sie ihn.

Er zog sie an die Bettkante und positionierte sich zwischen ihren Beinen. „Mehr Hoffnung als Selbstbewusstsein." Er beugte sich über sie und küsste sie erneut. „Was dich angeht, war ich alles andere als selbstbewusst."

Lindsey streichelte seinen Rücken. „Es war nicht meine Absicht, dich verrückt zu machen."

„Doch, war es", erwiderte er und drang leise lachend in sie ein.

Sie schloss die Augen und schwebte auf einer Wolke der sinnlichen Empfindungen.

„Sieh mich an."

Sie öffnete die Augen und sah, dass er sie betrachtete.

„Gut?", fragte er.

„Sooo gut."

„Ich wusste, dass es so sein würde."

Lindsey fuhr ihm durch die Haare. „Ich glaube, ich wusste es auch, deshalb habe ich ja auch solche Angst."

„Es besteht kein Grund, Angst zu haben. Wir werden es langsam angehen."

Angesichts dessen, was sie taten, musste sie lachen. „Aber nicht zu langsam, hoffe ich", sagte sie und bog ihm das Becken entgegen. Das schien ihn ein wenig verrückt zu machen, denn er beschleunigte das Tempo.

Lindsey klammerte sich an ihn, bis sie beide gemeinsam zu einem überwältigenden Orgasmus gelangten.

27

Krankenwagen standen in der Ninth Street, wo Cops Sams Haus sicherten und nach Beweisen suchten. Normalerweise würde sie sich mitten im Getümmel der Ermittlungen befinden, doch die stechenden Kopfschmerzen ließen nichts anderes zu, als am Bordstein zu sitzen und darauf zu hoffen, sich nicht wieder übergeben zu müssen.

„Offenbar wurde ein Fenster auf der Rückseite des Hauses aufgebrochen, um hineinzugelangen", berichtete Captain Malone. Seit Tracy und Sam das Gemetzel im Kleiderschrank entdeckt hatten, waren erst zwanzig Minuten vergangen, aber Sam kam es vor wie ein Jahr. Die Lichter, die Sirenen, die Leute und die Aktivitäten steigerten ihren quälenden Kopfschmerz. Am liebsten hätte sie geweint.

„Ich bringe dich zu Dads Haus, damit du dich hinlegen kannst", sagte Tracy.

„Ich sollte warten. Vielleicht müssen die noch mit mir sprechen." Die Vorstellung, dass ein Fremder in ihr Zuhause, ihren privaten Zufluchtsort, eingedrungen war und es dort jetzt von Polizisten wimmelte, verursachte ihr allein schon Übelkeit, auch ohne Kopfschmerzen.

„Wir kriegen das allein hin", versicherte Malone ihr. „Ihre Schwester hat recht, Sie müssen ins Bett."

Sam wollte widersprechen, schien jedoch nicht die richtigen

Worte finden zu können. Die Schmerzen und die Medikamente, die man ihr im Krankenhaus gegeben hatte, schafften sie völlig.

Tracy half ihr auf, führte sie zum Haus ihres Vaters und die Treppe hinauf in das Zimmer, das Sam nach den Schüssen auf ihren Vater bewohnt hatte, bis sie vor Kurzem nach nebenan gezogen war.

Dort döste sie, dankbar für die Stille, in dem dunklen Raum. Irgendwo im Hinterkopf meldete sich der Gedanke, dass sie vielleicht Nick anrufen sollte. Aber dann fiel ihr ein, dass er in Boston war mit Scotty, daher beschloss sie, ihm alles zu erzählen, sobald er wieder da war. Das wäre noch früh genug.

Als Nick die Krankenwagen in der Ninth Street sah, stockte ihm der Atem. „Um Himmels willen." Er wandte sich an Scotty. „Warte hier. Ich bin gleich wieder bei dir."

„Aber Nick ..."

„Warte." Zu einem der Capitol Police Officer sagte er: „Bleiben Sie bitte bei ihm?"

„Selbstverständlich, Senator. Kein Problem."

Nick rannte die Straße entlang und schnappte sich den ersten Streifenpolizisten, der ihm begegnete. Er kannte den Mann nicht. „Was ist hier los?"

„Ah, Senator, ich werde den Captain holen." Der junge Mann winkte Malone und zeigte auf Nick.

Captain Malone kam zu ihnen.

„Wo ist Sam?", wollte Nick wissen. „Was ist passiert?"

„Sie ist im Haus ihres Vaters. Jemand ist in Ihr Haus eingebrochen, und nach allem, was wir bisher wissen, hatte er nur eines im Sinn – sämtliche Kleider von Sam zerfetzen, einschließlich ihres Hochzeitskleides."

Nick musste diese Informationen erst einmal verarbeiten. „Aber das Haus ist alarmgesichert. Wie ist derjenige hineingekommen?"

„Offenbar war die Anlage nicht eingeschaltet."

„Das ist nicht möglich. Ich selbst habe sie eingeschaltet." Er rekapitulierte in Gedanken den Morgen, dachte an Scottys Aufgeregtheit und unablässiges Plappern, während sie sich zum

Aufbruch fertig gemacht hatten. Natürlich hatte Nick die Alarmanlage eingeschaltet. Etwas derartig Wichtiges würde er nicht vergessen.

„Ich kann Ihnen nur berichten, dass die Anlage nicht eingeschaltet war, als Lieutenant Holland und ihre Schwester nach Hause kamen."

Nick fühlte sich plötzlich elend. „Ich muss zu Sam." Entschlossenen Schrittes marschierte er die Straße entlang und die Rampe hinauf zu Skips und Celias Haus.

Tracy kam gerade die Treppe hinunter, als er eintrat. „Was machst du denn hier?", fragte sie, sichtlich überrascht, ihn zu sehen.

„Was ist mit Sam?"

„Schwere Migräne, die plötzlich bei der Arbeit wie aus dem Nichts kam. Wie hast du davon erfahren?"

„Ich hab einen Anruf von einem Reporter erhalten, der mir erzählte, Sam sei ins Krankenhaus gebracht worden und dass etwas im Haus nicht stimmt. Deshalb sind wir früher zurückgekommen."

„Tut mir leid, dass du es auf diese Weise erfahren musstest. Sie hat uns alle gebeten, dich nicht anzurufen, weil sie Scotty den Tag nicht verderben wollte."

„Das habe ich mir schon gedacht. Du musst mir einen Gefallen tun." Er erklärte ihr, dass er Scotty in der Obhut des Polizisten zurückgelassen hatte.

„Ich werde ihn holen."

„Danke, Tracy." Nick rannte nach oben zu seiner Frau. Im Türrahmen des Zimmers, in dem so viele bedeutungsvolle Momente zwischen ihnen stattgefunden hatten, nahm er sich einen Augenblick Zeit, um sie zu betrachten. Zu sehen, wie sich ihre Brust hob und senkte, erfüllte ihn mit Erleichterung. Obwohl seine lebhafte Fantasie noch auf Hochtouren arbeitete, war das, wovor er sich am meisten fürchtete, nicht eingetreten. Sie war wohlauf, und deshalb war er es auch.

Aus Rücksicht auf die Schmerzen, an denen sie anscheinend litt, legte er sich ganz vorsichtig neben sie und nahm ihre Hand in seine. Nach den drei längsten Stunden seines Lebens entspannte er sich allmählich wieder.

„Wer hat dich angerufen?", murmelte sie.

„Schsch. Nicht reden. Nur schlafen."

„Bist du sauer?"

„Nein." Er hob ihre Hand an seine Lippen. Normalerweise wäre er wütend darüber gewesen, dass sie ihn nicht angerufen hatte. Aber er wusste, dass sie sich wirklich bemühte, offener ihm gegenüber zu sein. Heute hatte sie ihre Situation Scotty zuliebe verschwiegen, also konnte er ihr das schlecht ankreiden.

„Wo ist Scotty?"

„Bei Tracy."

„Wir sollten ihn von hier wegbringen."

„Es ist alles in Ordnung. Mach dir keine Sorgen."

„Es ist überhaupt nicht alles in Ordnung", widersprach sie, und ihre Stimme war kaum noch ein Flüstern. „Jemand war im Haus."

„Deine Kollegen kümmern sich darum. Die werden herausfinden, was los ist."

„Leute sterben weiterhin. Hat irgendwas mit mir zu tun. Was habe ich denn getan?"

Nick litt unter dem Schmerz und der Fassungslosigkeit, die er in ihrer Stimme hörte. „Nichts, Babe. Du hast nichts getan."

Eine Träne rollte aus ihrem geschlossenen Auge und lief ihre Wange hinunter. „Die haben mein wunderschönes Hochzeitskleid ruiniert."

Nick wischte ihr die Träne weg. „Ich kaufe dir ein neues."

„Das ist nicht dasselbe."

„Die können all unsere Sachen kaputtmachen, aber uns können sie nichts anhaben, es sei denn, wir lassen es zu."

„Tut weh." Er wusste, dass sie eher die Migräne meinte.

„Ich weiß."

„Brauch dich."

„Ich bin hier, Baby. Ich bin bei dir."

Vorsichtig drehte sie sich auf die Seite und presste ihre und seine noch immer miteinander verbundenen Hände an ihre Brust. „Ich rieche nach Erbrochenem."

Lächelnd küsste er sie auf die Stirn. „Nein, tust du nicht. Wo tut es denn weh?"

Sie zeigte auf ihre Schläfe.

Nick nahm ihren Finger fort und begann die Stelle so sanft wie möglich mit zwei Fingern zu massieren. „Ist das gut?"

„Ja. Hör nicht auf."

„Werde ich nicht." Er massierte ihr lange die Schläfen, bis er merkte, dass sie einschlief. Während er sie im Arm hielt, dachte er an das, was sie ihm erzählt hatte, und an die erschütternde Bedeutung. Leute starben, und irgendwie hatte es etwas mit ihr zu tun? Welcher Irre aus ihrer Vergangenheit war wieder aufgetaucht, um sie zu quälen? Wie sollten sie je einen Verdächtigen herausfiltern? Und das Wichtigste – wie sollte er bis dahin für ihre Sicherheit sorgen?

Nick wartete, bis er ganz sicher war, dass sie schlief, ehe er aufstand, um nach Scotty zu schauen. Der Junge machte sich bestimmt Sorgen wegen Sam, angesichts der vielen Krankenwagen in der Straße. Nick ging nach unten, wo Scotty eine Schale Eis unter den wachsamen Augen Tracys aß.

Er strahlte, als er Nick sah. „Ist mit Sam alles in Ordnung?"

„Es wird ihr wieder besser gehen." Nick zerstrubbelte dem Jungen die Haare. „Sie hatte richtig üble Kopfschmerzen."

„Eine Migräne, oder?"

„Du weißt, was Migräne ist?"

„Ja. Mrs. Littlefield hat das manchmal. Sie nimmt bestimmte Tabletten, sobald sie merkt, dass eine im Anmarsch ist. Können wir für Sam welche besorgen? Ich kann herausfinden, wie das Medikament heißt."

„Das wäre sehr hilfreich."

Scotty schaufelte sich einen weiteren Löffel Eiscreme in den Mund. „Ich werde sie fragen."

„Wie geht es deinem Dad?", erkundigte sich Nick bei Tracy.

„Heute schon viel besser. Celia meinte, er wird vielleicht in einigen Tagen entlassen. Sie ist übrigens auf dem Weg nach Hause."

„Hast du ihr erzählt, dass wir in ihr Haus eingefallen sind?"

„Ja, und natürlich ist das für sie in Ordnung."

Nick drehte einen Küchenstuhl um und setzte sich rittlings

darauf, um Scotty anzusehen. „Hör mal, Kumpel, da gehen ein paar merkwürdige Dinge vor in Sams Job ...“

„Deshalb war die Polizei hier.“

Er sagte das so nüchtern, dass Nick perplex war. „Ja, deshalb. Bis wir wissen, womit wir es zu tun haben, wird zusätzliche Polizei hier sein. Wäre Sam nicht krank, würde ich dich heute Abend noch nach Hause bringen, damit du von hier weg bist. Aber ich kann sie nicht allein lassen.“

„Ich will auch nicht, dass du sie allein lässt. Ich bin gern hier bei euch. Macht euch um mich keine Gedanken.“

„Sam macht sich Sorgen, und ich auch. Wir würden dich niemals einer Gefahr aussetzen wollen.“

„Das weiß ich. Was ist denn in eurem Haus passiert?“

Nick sah zu Tracy, die nickte. Er war alt genug, um solche Wahrheiten zu erfahren. „Jemand ist eingebrochen und hat Sams Kleidung zerschnitten.“

Scotty klappte die Kinnlade herunter, und er hielt mit dem Eislöffeln mitten in der Bewegung inne. „Warum sollte jemand das tun?“

„Das wissen wir nicht, aber die anderen Detectives ermitteln in diesem Fall. Ich habe keinen Zweifel daran, dass sie die Person finden werden, die das getan hat.“

„Die haben auch denjenigen nicht gefunden, der auf Skip geschossen hat“, erinnerte Scotty ihn.

„Lass das bloß nicht Sam hören. Sie versucht nämlich, den Fall seit damals zu lösen.“

„Das wird sie schaffen.“ Scotty verkniff sich ein Gähnen. „Ich weiß, dass sie das schaffen wird.“

„Zeit für dich, ins Bett zu gehen“, sagte Nick.

„Jetzt schon?“

„Du hattest einen langen Tag.“

„Der beste, den ich je hatte. Bis Sam krank wurde und so.“

Nick führte Scotty nach oben, sorgte dafür, dass er sich die Zähne putzte, und brachte ihn in einem der Gästezimmer ins Bett. Nick hatte überlegt, den Jungen für die Nacht zu Tracy zu schicken, sich dann aber dagegen entschieden. Er behielt ihn lieber in seiner Nähe. Als Nick einige Minuten später nach ihm sah, war er bereits eingeschlafen. Bevor er nach unten ging, sah

Nick auch noch einmal nach Sam, dann verließ er das Haus, in der Hoffnung, weitere Informationen zu erhalten. Allerdings blieb er in der Nähe von Skips Haustür.

Gonzo beriet sich auf dem Gehsteig mit Captain Malone. Das Haus, in dem Scotty und Sam schliefen, im Auge behaltend, ging Nick zu ihnen. „Was haben Sie in Erfahrung gebracht?"

„Oh, Senator, ich habe Sie gar nicht gesehen", meinte Malone erschrocken. Er wirkte müde und wütend. Sam war eine der seinen, deshalb nahm er die Sache persönlich.

„Schon irgendeine Ahnung, wer das getan haben könnte?", erkundigte sich Nick.

„Ich wünschte, ich könnte Ihnen Antworten geben. Wir vermuten, dass es sich um eine gezielte Aktion handelt", erklärte Malone. „Jemand rächt sich an Personen, die ihm oder ihr in der Vergangenheit Unrecht getan haben. Morgen früh werden wir nach Verbindungen zwischen den Opfern suchen."

„Woher wissen Sie, dass Rache das Motiv ist? Und was hat Sam damit zu tun?"

Malone und Gonzo tauschten einen Blick.

„Was verschweigen Sie mir?"

„Zeigen Sie es ihm", forderte Malone den Kollegen auf.

Gonzo zog die Kopie einer Grußkarte mit handschriftlicher Botschaft aus der Tasche.

Nick nahm sie, noch immer Skips Haus im Blick, und hielt sie schräg, um im Licht der Straßenlaterne lesen zu können. Angst packte ihn, als er die Worte las. „Hat Sam das gesehen?"

„Noch nicht", antwortete Gonzo. „Sie hat die Migräne bekommen, bevor ich ihr die Karte zeigen konnte."

„Darf ich die behalten?"

„Sicher", sagte Gonzo.

Nick schob die Kopie in die Gesäßtasche seiner Jeans. „Deshalb hat mich die Capitol Police am Flughafen in Empfang genommen." Die beiden Officer standen in der Straße und beobachteten jede seiner Bewegungen.

„Ja", sagte Malone. „Bis wir genauer wissen, womit wir es hier zu tun haben, wäre es keine schlechte Idee, größere Menschenansammlungen zu meiden. Halten Sie sich möglichst nah bei Ihrem Zuhause und Ihrem Büro auf."

„Ich befinde mich mitten im Wahlkampf. Wie soll ich denn da Menschenansammlungen meiden?"

„Hoffentlich wird es nicht lange dauern, dieser Sache auf den Grund zu gehen. Wenn man sich die Botschaften insgesamt ansieht, die Sie und Sam erhalten haben, wird deutlich, dass Sie das Ziel sind."

„Wenn jemand sich an Sam rächen will", fügte Gonzo hinzu, „wären Sie ein geeignetes Objekt."

„Na schön, dann werde ich den Wahlkampf für einige Tage zurückfahren. Viel mehr interessiert mich allerdings, was getan wurde, um Sam vor diesem Irren zu schützen."

„Wir haben eine Bewachung rund um die Uhr für sie angeordnet und für jedes Mitglied ihrer Familie."

„Schließt das Skip im Krankenhaus mit ein?"

„Ja. Wir haben zwei Leute vor seiner Zimmertür postiert."

„Gut, denn wenn jemand versucht, Sam wehzutun, weiß derjenige wahrscheinlich, dass Skip ein Schwachpunkt ist."

„Da stimme ich Ihnen zu", sagte Malone. „Ich weiß, dass die Drohungen gegen Sam lästig sind, Senator, aber wir tun alles, um der Sache auf den Grund zu gehen und in Erfahrung zu bringen, wer es auf Sie und Ihre Frau abgesehen hat."

Nick hätte einiges zu sagen gehabt darüber, weshalb seine Frau andauernd Drohungen ausgesetzt war, doch er wusste, dass Sam das nicht wollen würde. „Ich wäre Ihnen dankbar, wenn Sie mich weiter auf dem Laufenden halten würden."

„Selbstverständlich. Es würde uns helfen, wenn Sie sich im Haus umsehen könnten, um uns zu sagen, ob noch etwas anderes zerstört wurde oder ob irgendetwas fehlt."

„Ich werde mich rasch umschauen, aber ich möchte nicht länger als nötig von Sam weg sein."

„Das verstehen wir. Wir werden uns beeilen."

Nick sah zu Skips Haus. „Wird jemand von Ihren Leuten das Haus im Auge behalten, während ich rübergehe?"

„Das mache ich", erklärte Gonzo. „Gehen Sie nur."

Nick ging schnell durch das Zuhause, das er mit Sam bewohnte, und achtete auf Wertgegenstände, die möglicherweise von dem Einbrecher entwendet worden waren. „Ich kann keine weiteren Zerstörungen entdecken", informierte er Malone schließlich, der ihn begleitet hatte.

In dem Zimmer, das er zu einem begehbaren Kleiderschrank für Sams Schuh- und Kleidersammlung hatte umbauen lassen, wurde Nick von Traurigkeit überwältigt beim Anblick dessen, was von ihrem wunderschönen Hochzeitskleid übrig geblieben war. Er nahm sich vor, Kontakt zu ihrer Hochzeitsplanerin Shelby Faircloth aufzunehmen, damit es ersetzt wurde. Natürlich würde es nicht das gleiche Kleid sein, aber er musste einfach irgendetwas tun zur Wiedergutmachung, vor allem, da es in gewisser Weise seine Schuld war. Beim Anblick der ruinierten teuren Jimmy Choos und der neuen Manolos, die er ihr für den Abend ihrer Verlobung gekauft hatte, zuckte er innerlich zusammen. Auch die würde er so bald wie möglich ersetzen.

„Senator?", sagte Malone, nachdem Nick mehrere Minuten lang im Türrahmen gestanden hatte.

Nick riss sich von der zerstörten Seide los und sah sich weiter in jedem Zimmer des Stadthauses von doppelter Größe um. „Was fehlende Gegenstände angeht", sagte er, als sie die Treppe ins Erdgeschoss hinabstiegen, „bin ich mir nicht sicher. Aber es scheint nichts angerührt worden zu sein außer Sams Kleidern und Schuhen." Kalte Angst packte ihn, als ihm dämmerte, was das bedeutete – dies war ein ganz gezielter Angriff auf seine Frau gewesen.

„Wir werden die Person finden, die das getan hat, Senator", versprach Malone, und er klang dabei entschlossen und wütend. „Er oder sie hat es auf einen der unseren abgesehen. Wir werden ihn finden."

Nick wollte den Captain fragen, wie denn der Plan für die weitere Vorgehensweise aussah, aber es war ihm wichtiger, jetzt zu Sam zurückzukehren, für den Fall, dass sie aufwachte. Morgen war noch früh genug, um die Details zu erfragen. Heute Nacht wollte er auf seine Familie aufpassen.

Freddie verbrachte die Nacht in seinem Wagen vor dem Haus der Lynchs. Obwohl die Beziehung zwischen ihm und seiner Mutter

momentan heikel war, würde er sie auf gar keinen Fall allein an einem
Ort zurücklassen, an dem am gleichen Tag ein Mord geschehen war –
selbst wenn in das Haus seiner Partnerin eingebrochen worden war.
Den ganzen Abend über hatte er die Funkmeldungen über die
Ereignisse in der Ninth Street verfolgt, und von Gonzo hatte er
erfahren, dass Sam den Großteil des Dramas verschlafen hatte.

Trotz mehrerer Nächte in dieser Woche ohne ausreichenden
Schlaf hielt er vor dem Haus der Lynchs Wache, und deshalb sah
er seine Mutter auch nach draußen kommen und zum
Sternenhimmel hinaufschauen. Freddie stieg aus dem Wagen
und warf die Tür geräuschvoll zu, damit sie wusste, dass er
da war.

Im Mondschein erkannte er, wie sie in seine Richtung schaute
und ihre Miene sich bei seinem Anblick entspannte. „Was machst
du hier?"

„Ich behalte alles im Auge. Wie geht es Mrs. Lynch?"

„Nicht so gut." Juliette fasste ihre langen Haare zu einem
Pferdeschwanz zusammen, den sie mit einem Haarband sicherte,
während sie sich auf die Verandaschaukel setzte. „Das arme Ding
hat sich in den Schlaf geweint. Sie hat noch einen langen Weg vor
sich."

„Ich bin dir dankbar dafür, dass du gekommen bist."

„Ich war froh – und überrascht –, dass du angerufen hast."

Freddie zuckte die Schultern. „Ich dachte, du wüsstest
vielleicht jemanden, der Mrs. Lynch beistehen kann."

„Ich hasse diesen Konflikt zwischen uns."

„Ich auch." Freddie setzte sich neben sie und begann sanft zu
schaukeln. „Es war, als wäre er gestorben, oder?"

„Dein Vater?"

Freddie nickte.

„Ja."

„Noch Jahre, nachdem er fort war, habe ich versucht,
dahinterzukommen, womit ich ihn vertrieben hatte."

„O Freddie." Sie legte ihren Kopf auf seine Schulter und
schloss ihre Hand um seine. „Es bricht mir immer noch das Herz,
dich das sagen zu hören." Ihre Stimme stockte. „Er hat dich sehr
geliebt. Von dem Moment an, als er dich zum ersten Mal gesehen
hat …"

Sie saßen in der Dunkelheit, schaukelten und lauschten dem Chor der Zikaden und Frösche.

„Man hat mir gesagt, ich müsse mich bei dir entschuldigen", sagte sie nach einer ganzen Weile der zufriedenen Stille.

„Wer hat das zu dir gesagt?"

„Dein Vater."

Freddie wollte nicht neugierig sein, aber er konnte es nicht verhindern.

„Er hat gesagt, ich hätte mich Elin gegenüber falsch verhalten. Und dir gegenüber auch, seit du mit ihr zusammen bist."

„Ist das so?"

Sie nickte. „Er hat mich daran erinnert, dass mein Vater damals auch nichts von ihm hielt und wie schwierig das für uns war. Das hatte ich schon vergessen. Es ist lange her, aber ich weiß noch, wie es sich anfühlte, zwischen den beiden wichtigsten Menschen in meinem Leben hin- und hergerissen zu sein."

Freddie war verblüfft von ihrem Geständnis und wusste darauf nichts zu erwidern.

„Ich habe ihr keine faire Chance gegeben und dich in eine schreckliche Situation gebracht. Das tut mir leid."

„Du machst mir Angst. Wurdest du von Aliens entführt oder so was?"

Juliette lachte. „Ich versuche nur, das umzusetzen, was ich predige, indem ich andere so behandle, wie ich selbst behandelt werden möchte. Damit darf ich vor meinem geliebten Sohn nicht Halt machen. Ich war sehr unfreundlich jemandem gegenüber, der dir etwas bedeutet, und dafür schäme ich mich."

„Wow, Mom, jetzt hör aber auf. Du machst mich ganz fertig."

„Vergibst du mir?"

Freddie legte den Arm um sie. „Ja."

Sie schmiegte sich an ihn. „Es gab so lange nur uns zwei. Ich war nicht darauf vorbereitet, dich mit jemand anderem zu teilen."

„Und mein Vater hat dir dabei geholfen, das alles zu erkennen?"

„Ja, das hat er."

„Hm."

„Als wir nach seiner Rückkehr zum ersten Mal miteinander gesprochen haben, wollte er alles über dich erfahren. Ich wünschte, du hättest sein Gesicht sehen können, als ich ihm erzählte, du seist Polizist, noch dazu Detective bei der Mordkommission. Das hat ihn sehr stolz gemacht."

Freddie spürte, wie die Schutzmauern, die er um sich herum errichtet hatte, einstürzten. Plötzlich war er wieder zehn Jahre alt und sehnte sich verzweifelt nach der Anerkennung seines Vaters. „Und er will mich wirklich sehen?"

„Oh, Freddie, das will er mehr als alles andere. Er möchte die Chance bekommen, dir zu erklären, was passiert ist und warum."

„Ich will aber gar nicht wissen, was vor zwanzig Jahren gewesen ist. Das hast du mir schon alles erzählt. Viel lieber möchte ich etwas über die Zukunft erfahren. Wenn ich mich mit ihm treffe, ihn wieder in mein Leben hineinlasse, wird dann dasselbe wieder geschehen?"

„Ich wünschte, ich könnte dir sagen, dass er seine Probleme überwunden hat und du darauf vertrauen kannst, dass er dich nie mehr im Stich lässt. Doch leider kann ich das nicht. Er leidet an einer Krankheit – einer ernsten und häufig lähmenden Krankheit. Momentan ist sie unter Kontrolle. Aber wird das in sechs Monaten oder einem Jahr noch so sein? Niemand weiß es. Es ist ein Risiko – für uns beide –, ihn wieder in unser Leben zu lassen. Ich habe für mich entschieden, dass es das Risiko wert ist. Du musst für dich selbst entscheiden."

Freddie schaukelte und dachte über ihre Worte nach. „Ich würde mich gern mit ihm treffen. Aber keine Versprechungen zu irgendwas über ein einzelnes Treffen hinaus."

„Das ist nur fair."

„Ich tue es für dich."

„Tu es nicht für mich, mein Lieber. Tu es für dich. Vielleicht kannst du dadurch zumindest mit der Vergangenheit abschließen."

„Mag sein." Freddie schaute zum Sternenhimmel hinauf. „Erinnerst du dich noch an diesen Campingausflug, bei dem Dad mir alles über die Sternbilder erzählt hat?"

„Natürlich."

„Ich wollte draußen schlafen, aber du hattest Angst, dass ich bei lebendigem Leib von den Moskitos aufgefressen werde. Er hat dich überredet, uns im Freien übernachten zu lassen." Freddie betrachtete die Sterne und dachte an diese lang zurückliegende Nacht. „Daran denke ich jedes Mal, wenn ich zu den Sternen hinaufschaue."

„Das solltest du ihm erzählen. Es würde ihm viel bedeuten."

„Vielleicht werde ich es ihm erzählen."

Sie tätschelte sein Bein. „Du solltest nach Hause fahren und schlafen."

„Ich werde nirgendwo hinfahren, solange du hier bist. Jemand wurde heute hier getötet, und der Täter ist noch auf freiem Fuß."

„Dann komm herein und leg dich aufs Sofa. Es gibt doch keinen Grund, weshalb du es dir nicht bequem machen solltest, während du auf deine Mama aufpasst."

Freddie ließ es zu, dass sie seine Hand nahm und ihn ins Haus führte.

28

Sam öffnete langsam die Augen und erwartete die Schmerzexplosion, die ihr den gestrigen Tag ruiniert hatte. Doch der einzige Schmerz, den sie wahrnahm, war der in ihrem Herzen bei der Erinnerung an ihr zerfetztes Hochzeitskleid.

Sie sah Nick am Fenster stehend, nur mit einer ausgewaschenen Jeans bekleidet. Die Hände in den Taschen, schaute er angespannt hinaus.

„Hey", sagte sie.

Er drehte sich zu ihr um, lächelnd zwar, doch mit einem besorgten Ausdruck in den Augen. „Oh, du bist wach."

Sam betrachtete die unglaublich sexy Bartstoppeln an seinen ansonsten stets glatt rasierten Wangen. Während ihrer Hochzeitsreise hatte er sich nicht ein einziges Mal rasiert, und sie hatte festgestellt, dass sie es liebte, wenn er ein klein wenig ungepflegt aussah. „Wie viel Uhr ist es?"

„Kurz nach sechs."

Ihr fiel auf, dass er müde und abgehärmt aussah, und so kannte sie ihn überhaupt nicht.

„Hast du geschlafen?"

„Ein bisschen."

„Was ist los?"

Er setzte sich zu ihr aufs Bett und nahm ihre Hand. „Wie fühlst du dich?"

„Ich habe zuerst gefragt."

Kopfschüttelnd schaute er auf ihre ineinanderliegenden Hände. „Ich bin es in Gedanken wieder und wieder durchgegangen, aber ich kann mich beim besten Willen nicht daran erinnern, gestern Morgen die Alarmanlage eingeschaltet zu haben. Scotty war so aufgeregt und redete ununterbrochen …"

Sam legte ihm den Zeigefinger auf die Lippen. „Es ist nicht deine Schuld. Wie oft gehe ich, ohne mich um die Alarmanlage zu kümmern?"

„Aber ich wusste, dass du am Abend allein hier sein würdest. Was, wenn der oder die Täter noch im Haus gewesen wären, als du heimgekommen bist? Was, wenn …"

„Nick, komm her." Sie breitete die Arme aus und schlang sie um ihn. Als er den Kopf an ihre Brust sinken ließ, strich sie ihm durch die Haare.

„Wenn dir etwas passiert wäre … ich weiß nicht, was ich getan hätte, Samantha. Nach all dem, was wir zusammen hatten, wie könnte ich da je ohne dich leben?"

„Stopp." Sie umfasste sein Gesicht mit beiden Händen und zwang ihn, sie anzusehen. „Ich bin hier bei dir und wohlauf. Außerdem bin ich ein wenig erleichtert darüber, dass du entgegen etlicher Beweise aus der Vergangenheit doch bist wie wir alle."

„Was soll das denn heißen?"

„Na, du hast tatsächlich mal etwas *vergessen*. Und du vergisst doch sonst nie etwas. Es ist übrigens sehr ärgerlich, damit zu leben. Das zeigt, dass du auch nur ein Mensch bist wie wir anderen."

„Aber ich habe ausgerechnet etwas vergessen, was meine Frau das Leben hätte kosten können."

Sam küsste seinen Schmollmund. „Komm drüber weg. Ich weiß, es ist ein schrecklicher Schock für dich, feststellen zu müssen, dass du nicht perfekt bist. Aber vielleicht freust du dich zu hören, dass du für mich immer noch vollkommen bist."

Das entlockte ihm wenigstens ein kleines, wenn auch widerwilliges Lächeln. Er legte seine Stirn an ihre. „Trotzdem gibt es noch Dinge, über die wir sprechen müssen."

„Zuerst möchte ich von Boston hören."

Nick legte sich neben sie und hielt ihre Hand. „Es war

fantastisch. Er war wunderbar und dankbar."

„Wie fand er es, Big Papi kennenzulernen?"

„Genau, wie du es dir vorgestellt hast. Ich hab schon befürchtet, er würde vor Schreck ohnmächtig werden."

„Ihr seid früher nach Hause gekommen, also hast du ihn nicht mit nach Lowell genommen."

„Nein, aber ich habe ihm davon erzählt."

„Hast du ihn gefragt, ob er bei uns leben will?"

Nick bejahte.

„Und?"

„Und ich glaube, er hat Nein gesagt."

Sam starrte ihn verblüfft an. „Im Ernst?"

„Ja." Nick schilderte ihr die Höhepunkte der Unterhaltung mit Scotty. „Es hat mir sehr gefallen, wie er ganz von allein die Verbindung zwischen dem herstellte, was Graham für mich getan hat und dem, was ich für ihn tun will. Aber ich glaube, er ist zu tief verwurzelt in Richmond, um das alles jetzt aufzugeben."

„Ich hätte nie gedacht, dass er Nein sagen würde."

„Ich auch nicht."

„Du bist enttäuscht."

„Ja, verdammt, ich bin enttäuscht. Ich hatte mir ziemliche Hoffnungen gemacht."

Sam legte den Kopf an seine Brust und einen Arm um ihn. „Ja, ich weiß. Aber vielleicht ändert er seine Meinung noch, wenn er darüber nachgedacht hat."

„Ja, vielleicht." Er hob ihre Hand an seine Lippen. „Wir müssen uns trotzdem darüber unterhalten, was gestern in unserem Haus passiert ist."

„Müssen wir wirklich?"

„Eine weitere Karte ist gekommen."

Jetzt horchte sie auf. „Was stand drin?"

Nick zog das Blatt Papier, das Gonzo ihm gegeben hatte, aus der Gesäßtasche und gab es ihr.

Sam überflog den Text und schnappte erschrocken nach Luft. „Um Himmels willen, es hängt alles miteinander zusammen! Wann haben wir die bekommen? Ich muss eine Presseerklärung abgeben, sonst stirbt noch jemand!" Sie setzte sich abrupt auf, was einen heftigen Schwindel auslöste, der sie innehalten ließ.

Nick legte ihr die Hände auf die Schultern. „Bleib ruhig, Babe. Du warst richtig krank. Du musst es langsam angehen."

„Ich muss diese Person aufhalten, bevor sie noch jemanden umbringt." Als sie aufstand, gab ihr Magen ein lautes Knurren von sich. In den Kartons, die Celia für sie gepackt hatte, fand sie eine Jeans, Unterwäsche sowie ein T-Shirt. Hoffentlich roch der BH von gestern nicht nach Erbrochenem. „Hast du dich gestern Abend noch mal im Haus umgesehen?"

„Nur flüchtig. Mir ist nicht aufgefallen, dass etwas fehlt, aber wir werden genauer schauen müssen, sobald wir mehr Zeit haben."

Unter der Dusche wusch sie ihr Haar und massierte gerade Conditioner ein, als Nick hinter sie trat. „Fang bloß keine komischen Sachen an", warnte sie ihn. „Ich muss zur Arbeit."

Er füllte seine Hände mit Duschgel und begann, ihr den Rücken einzuseifen. „Findest du das komisch, was ich mache?"

Trotz der Nachwirkungen der Migräne und der Tatsache, dass die Ermittlungen eine Wendung ins Persönliche genommen hatten, und trotz der Enttäuschung über Scottys Entscheidung, brachte er sie zum Lächeln.

Sie drehte sich zu ihm um. „Weißt du, was mir am besten am Verheiratetsein gefällt?"

Er legte den Arm um sie und zog sie an sich. „Was denn?"

Seine Nähe löste zwar Verlangen in ihr aus, aber sie wünschte, sie hätte mehr Zeit. Sie stellte sich auf die Zehenspitzen und küsste ihn ausführlich. „Dass ich das jederzeit tun kann."

„Das konntest du doch auch jederzeit, bevor wir verheiratet waren."

„Aber jetzt kann es niemand anderes mehr tun außer mir. Das gefällt mir."

„Mir gefällt das auch."

Sie küsste ihn noch einmal. „Muss los, Senator." Sie trockneten sich ab und zogen sich rasch an.

Unten fanden sie Scotty, der Eier und Speck verschlang, die Celia ihm zubereitet hatte.

„Ihr seid aber früh auf", bemerkte Sam.

„Oh, Sam, Schätzchen, wie fühlst du dich?", wollte Celia wissen und umarmte ihre Stieftochter.

„Viel besser. Wie geht es Dad?"

„Ebenfalls viel besser. Er hatte eine gute Nacht, und es heißt, er dürfe unter Umständen bereits morgen nach Hause. Wir werden mal abwarten, wie es ihm in den nächsten vierundzwanzig Stunden geht."

Sam wurde ganz schwummrig vor Erleichterung. „Das sind ja großartige Neuigkeiten. Richte ihm bitte aus, dass ich, sobald ich kann, heute vorbeischaue."

„Mach ich. Wie steht's mit Frühstück?"

„Zu gern. Ich sterbe vor Hunger."

„Dagegen können wir was tun. Setz dich."

„Du musst mich nicht bedienen."

„Setz dich", wiederholte Celia und zeigte auf einen Stuhl. An Nick gewandt sagte sie: „Du auch."

„Ja, Ma'am", erwiderte Nick.

Scotty kicherte und wandte sich an Sam: „Geht's dir wirklich besser? Wir haben uns ganz schön Sorgen gemacht."

„Mir geht es gut. Tut mir leid, dass du um eine Nacht im Hotel gebracht wurdest."

„Das ist nicht so schlimm. Hauptsache, dir geht es besser."

„Danke, Kumpel. Ich habe gehört, du hattest eine großartige Zeit in Boston." Sam lauschte seinem begeisterten Bericht, während sie so schnell aß, wie sie konnte, ohne dass ihr gleich wieder schlecht wurde. Dazu trank sie zwei große Gläser Eiswasser. „Ich sage es nur ungern, aber ich muss zur Arbeit."

„Aber es ist Samstag", meinte Scotty.

„Unglücklicherweise nehmen sich die Kriminellen nie frei." Sie beugte sich herunter und gab dem Jungen einen Kuss auf die Wange. „Ich bin froh, dass du eine tolle Zeit bei dem Baseballspiel hattest."

„Es war großartig. Danke noch mal dafür, dass du die Tickets besorgt hast."

„War mir ein Vergnügen." Sie küsste Nick und dankte Celia für das Frühstück. „Ich sehe euch Jungs, wenn ich nach Hause komme. Versucht euch aus Ärger herauszuhalten."

„Können wir zur Farm und reiten?", fragte Scotty Nick.

Nick sah besorgt zu Sam.

„Hier könnt ihr heute nichts tun, also fahrt nur. Wir werden ja alle bewacht."

„Mein Officer ist *hinreißend*", bemerkte Celia errötend.

„Mal langsam, Mrs. Robinson", sagte Sam auf dem Weg zur Haustür. Sie war schon fast draußen, als ihre Schwestern hereingerauscht kamen, beladen mit Einkaufstüten.

Angela umarmte sie. „Ich kann nicht glauben, was dieser Psycho getan hat. Tracy und ich waren schon früh unterwegs, um dir das Nötigste zu besorgen. Das nuttige Zeug war ihre Idee. Sie meinte, du seist schließlich immer noch frisch verheiratet."

Sam legte die Hand auf den Bauch ihrer schwangeren Schwester. „Du brauchst deine Ruhe dringender als ich neue Klamotten."

„Sei nicht albern. Ein Vorwand, um mit Nicks Kreditkarte shoppen zu gehen? Ich war begeistert."

Sam hätte sich denken können, dass er etwas damit zu tun hatte. „Danke, Leute." Sie umarmte beide. „Das weiß ich sehr zu schätzen. Ich muss jetzt los, aber wir sehen uns später, oder?"

„Wir werden bei Dad sein", sagte Angela.

„Fühlst du dich wirklich schon wieder fit genug, um zu arbeiten?", fragte Tracy. „Du warst gestern ziemlich neben dir."

„Mir bleibt keine andere Wahl. Entweder zeige ich in den Medien mein Gesicht, oder eine weitere unschuldige Person stirbt."

„Mann, dein Job ist vielleicht scheiße", bemerkte Angela.

„Manchmal schon. Bis nachher." Erst draußen auf dem Gehsteig fiel ihr ein, dass ihr Wagen vor dem Hauptquartier stand. „Verdammt."

„Guten Morgen, Lieutenant Holland. Es ist eine Freude, Sie wiederzusehen."

Als sie die beiden Polizisten entdeckte, die zu ihrer Bewachung abgestellt waren, stöhnte sie. Officer Hernandez und St. James waren dieselben beiden jungen Berufsanfänger, die sie schon bei der letzten Ermittlung geschützt hatten.

„So sieht man sich wieder, Lieutenant", bemerkte Hernandez, der dreistere der beiden. Sam hatte beim letzten Mal vermutet, dass er scharf auf sie gewesen war.

„Na fabelhaft", murmelte sie. „Machen Sie sich nützlich und fahren Sie mich zum Hauptquartier."

„Ja, Ma'am", kam es im Chor von den beiden, die sofort aktiv wurden. St. James hielt ihr die hintere Tür des Streifenwagens auf, während Hernandez um den Wagen lief und sich hinters Steuer setzte. Sie stolperten praktisch übereinander, weil sie es so eilig hatten, ihr zu Diensten zu sein.

Das würde ein *langer* Tag werden.

Nachdem Mrs. Lynchs Schwester eingetroffen war, brachte Freddie seine Mutter nach Hause und fuhr anschließend zu seiner Wohnung, um zu duschen und sich umzuziehen. Elin war schon zur Arbeit gegangen, was gut war, denn ihm gingen im Augenblick so viele Dinge durch den Kopf, dass er vermutlich sehr schlechte Gesellschaft abgegeben hätte.

Die mitternächtliche Unterhaltung mit seiner Mutter hatte er eine Million Mal rekapituliert. Einerseits konnte er es kaum erwarten, Elin davon zu erzählen, dass seine Mutter ihre Meinung geändert hatte. Andererseits kam er immer noch nicht ganz darüber hinweg. Außerdem hatte er sich auch noch einverstanden erklärt, sich mit seinem Vater zu treffen. Diese Vorstellung löste eine gewisse Panik in ihm aus. Was würden sie nach all den Jahren zueinander sagen? Wie konnte er es riskieren, seinen Vater wieder in sein Leben zu lassen, wo er ihm doch in der Vergangenheit solchen Schmerz zugefügt hatte?

Diese Fragen hatten ihn den Rest der Nacht auf Mrs. Lynchs Sofa wachgehalten.

Während er sich fertig machte für die Arbeit, rief er Sam an. „Wie fühlst du dich?", erkundigte er sich, als sie sich meldete.

„Besser. Ich bin unterwegs zum Hauptquartier. Tweedledee und Tweedledum sind wieder zu meiner Bewachung eingeteilt worden."

„Ah, das ist süß. Die sind bestimmt begeistert. Ich glaube, Dee war total verknallt in dich beim letzten Mal. Oder war das der andere? Hm."

„Bist du fertig?"

Freddie lachte. „Ja, ich denke schon."

„Gut, denn ich habe auch für dich Personenschutz angefordert."

„Warum für mich?"

„Diese ganze Sache hat eine Wendung ins Persönliche genommen, und ob es mir nun gefällt oder nicht, du gehörst, na ja, nun mal zu meinem engeren Kreis."

„Oh. Gut. Na dann." Er räusperte sich. „Ich muss dringend mit dir sprechen. Einiges ist passiert. Ich weiß nicht, was ich tun soll."

„Wir reden, wenn du da bist."

„Ich befrage die Mitarbeiter in Lynchs Büro, bevor ich ins Hauptquartier komme. Wollte nur hören, ob das okay für dich ist."

„Gut. Wir müssen jemanden finden, der ihn nicht leiden konnte. Wenn wir eine Person finden, mit der jedes der Opfer Ärger hatte, haben wir wahrscheinlich die Verbindung zu allen Morden."

„Ich bin dran, Boss."

„Pass auf dich auf. Irgendwer hat es auf mich abgesehen, und das bringt auch dich in Gefahr."

„Ich werde vorsichtig sein."

„Wir sehen uns dann, sobald du im Hauptquartier bist."

Freddie nahm sich vor, sein privates Durcheinander zu verdrängen und sich darauf zu konzentrieren, diesen Fall zu lösen, bevor noch jemand sterben musste.

Terry O'Connor wachte mit einer Frau im Arm auf und mit einer beinahe schmerzhaften Erektion. Ein Blick auf die Uhr verriet ihm, dass er noch Zeit hatte bis zum täglichen Meeting der Anonymen Alkoholiker in Capitol Hill.

„Heißt das, du freust dich, mich zu sehen?", fragte Lindsey verschlafen, während sie die Hand um seinen Schwanz schloss und ihn massierte.

Terry biss die Zähne zusammen und hielt ihre Hand fest.

„Gefällt es dir nicht?"

„Viel zu sehr."

„Ah, ich verstehe." Sie nahm das letzte noch verbliebene Kondom vom Nachtschrank und streifte es ihm rasch über. Dann setzte sie sich rittlings auf ihn und ließ ihn in sich hineingleiten.

Terry legte die Hände auf ihre Hüften und beobachtete, wie sie sich auf ihm bewegte. Ihre kleinen Brüste hüpften im Rhythmus ihrer Bewegungen. Nie hatte er etwas Erregenderes gesehen als die leichte Röte, die Lindsey McNamaras helle Haut färbte, wenn sie erregt war.

Sie warf den Kopf zurück und brachte sie beide innerhalb kürzester Zeit zum Orgasmus. Schwer atmend sank sie auf seine Brust.

Umgeben von ihrem Duft und dem Wasserfall ihrer roten Haare, die Nachwirkungen ihres Liebesspiels spürend, war Terry nie zufriedener gewesen – oder ängstlicher. Hier hatte er endlich alles, was er sich je gewünscht hatte. Zweifellos würde er einen Weg finden, das alles wieder zu vermasseln. So war es immer.

„Ich sage es nur ungern, aber ich muss los."

„So früh? Du musst am Samstag arbeiten?"

„Nein, aber ich muss zu einem Meeting. Jeden Tag."

„Oh." Sie stieg von ihm herunter und legte sich neben ihn.

Jetzt kommt es, dachte er und wartete darauf, dass sie etwas sagte.

„Kann ich dich ab und zu begleiten?"

Perplex von der Frage, sah er Lindsey an. „Wenn du möchtest. Klar."

„Es würde dir nichts ausmachen?"

Terry zuckte die Schultern. „Ich habe keine Geheimnisse, zumindest nicht vor dir."

„Wie meinst du das?"

„Ich war in den vergangenen zehn Jahren hauptsächlich damit beschäftigt, mein Leben zu vermurksen. Das will ich auf keinen Fall mehr. Jetzt habe ich einen Job, der mir Spaß macht. Einen Grund, morgens aufzustehen, der sich nicht darum dreht, sich volllaufen zu lassen. Mein Vater respektiert mich wieder, wie in der Zeit, bevor ich mein Leben zerstört habe. Und dann", sagte er, drehte sich auf die Seite und legte den Arm um sie, „habe ich noch dich. Also bitte, komm ruhig mit zum AA-Meeting. Hör dir meine Geschichte an, dann weißt du, warum ich dieser Typ nie mehr sein will."

„Könnte ich nicht heute schon mitkommen?"

Er wickelte sich eine Strähne ihrer langen Haare um den Zeigefinger, während sie ihn offen und mit großen Augen ansah. „Ja, du kannst auch heute schon mitkommen."

29

Chief Farnsworth erwartete Sam bereits, als sie im Hauptquartier eintraf. „Lieutenant, einen Moment, bitte." Er bedeutete ihr, ihm in sein Büro zu folgen.

Sam sah zu dem Sergeant am Empfang, in der Hoffnung, dass der ihr vielleicht eine Rettungsleine zuwarf. Stattdessen lachte er nur in sich hinein und schüttelte den Kopf, damit sie wusste, dass sie allein auf sich gestellt war. Fabelhaft. Der Chief marschierte entschlossenen Schrittes in sein Büro, in dem ein Mann im Anzug wartete.

„Lieutenant Sam Holland, darf ich Sie mit Special Agent Avery Hill bekannt machen?"

Ihr Magen zog sich zusammen, während sie den FBI-Agenten in seinem dunkelblauen Anzug anstarrte. Er besaß die Attraktivität eines Filmstars. „Sie haben die *Feds* eingeschaltet? Was zur Hölle?"

„Wir haben einen Serienkiller, der es auf die Menschen in meiner Stadt abgesehen hat. Alle sagen, er hat es auch auf meine Leiterin der Mordkommission abgesehen, nur besagte Leiterin der Mordkommission will das offenbar nicht wahrhaben."

Sam schluckte. „Ich habe den Zusammenhang erst heute Morgen erfahren, Sir. Hätten Sie mir nicht wenigstens noch einen Tag Zeit geben können, um der Sache auf den Grund zu gehen?"

„Das Letzte, was ich von Ihnen gehört habe, war, dass Sie mit

Migräne ausgefallen sind. Ich muss einen Mörder stoppen, und ich hatte keine Ahnung, dass Sie heute wieder in der Lage sein würden, zu arbeiten."

„Aber mein Team ..."

„Steht auf dem Schlauch. Agent Hill ist nicht hier, um Ihre Ermittlungen zu übernehmen. Er ist hier, um zu helfen, wo er gebraucht wird."

Sam warf dem selbstgefällig gut aussehenden Agenten einen finsteren Blick zu. „Na klar doch."

„Ich bin gekränkt, Lieutenant."

„Sicher."

„Wie der Chief schon sagte, ich bin hier, um auf jede erdenkliche Weise zu helfen. Sie sind der Boss."

„Passen Sie auf, dass Sie das nicht vergessen. Und jetzt muss ich arbeiten." Sam ging zur Tür, doch der Chief rief sie zurück.

„Wie geht es Ihrem Vater?"

„Viel besser, nach allem, was ich gehört habe. Ich war die schlechteste Tochter der Welt, seit er im Krankenhaus liegt."

„Das würde er anders sehen, und das sollten Sie auch. Sie haben genau das gemacht, was er gewollt hätte."

Obwohl sie immer noch wütend auf ihn war, weil er das FBI eingeschaltet hatte, war sie ihm dankbar für diese freundlichen Worte. „Danke, Sir." Sie räusperte sich. „Gehen wir, Hill. Die Zeit läuft, und ich muss eine Pressekonferenz abhalten."

„Wir sind bei Ihnen, Lieutenant", versicherte Farnsworth ihr, und die beiden Männer folgten ihr in den Hof vor dem Haupteingang, wo die Medienleute wie Raubtiere während der Fütterungszeit im Zoo warteten.

Als die Pressemeute Sam erblickte, brachten die TV-Reporter ihre Kameras in Position.

Darren Tabor vom *Washington Star* eröffnete die Fütterungszeremonie. „Wir haben gehört, es gab einen Einbruch in Ihr Haus, Lieutenant. Was können Sie uns darüber erzählen?"

„Ich würde die Ereignisse gern von Anfang an schildern", erwiderte Sam und beobachtete die Gesichter, auf denen sich Verblüffung abzeichnete, als ihnen bewusst wurde, dass Sam ungewöhnlich entgegenkommend sein würde. Üblicherweise war der Presse gegenüber zu mauern eine ihrer

Lieblingsbeschäftigungen. „In der Nacht, bevor ich nach zwei Wochen Urlaub in den Dienst zurückkehren sollte, wurde ich zu einem Doppelmord in Carl's Burger World in der Massachusetts Avenue gerufen. Dort fand ich den siebzehnjährigen Daniel Alvarez und den zweiundsechzigjährigen Carl Olivo. Beide Opfer wurden in einen Tiefkühlraum eingesperrt gefunden. Eine Banktasche voll Geld lag auf dem Tresen neben einigen anderen Dingen, die den Opfern gehörten. Die Gerichtsmedizinerin Dr. Lindsey McNamara fand heraus, dass die Opfer im Tiefkühlraum erstickt sind, bevor Mr. Alvarez' Vater die beiden fand."

Die Reporter schrieben wie verrückt mit. Belustigt fuhr Sam im gleichen sachlichen Ton fort: „Als ich am nächsten Morgen ins Hauptquartier kam, fand ich einen enormen Berg Post, die während unserer Abwesenheit an mich und Senator Cappuano geschickt worden war. Unter den Tausenden Glückwunschkarten befand sich eine von einem ‚alten Freund', der hoffte, dass wir ‚lang genug leben', um unser Glück genießen zu können. Sofort prüften wir die restlichen Karten und fanden tatsächlich weitere, die darauf hindeuteten, dass unser sogenannter alter Freund sich keineswegs für uns freute."

„Können Sie uns genau erzählen, was in den Drohkarten stand?", fragte einer der TV-Reporter.

„Wir lassen Ihnen die gesamten Texte der Karten nach dieser Pressekonferenz zukommen. Wir wurden des Weiteren nach Chevy Chase gerufen, wo Crystal Trainer, Alter fünfunddreißig, in ihrem Haus ermordet worden war. Sie wurde von ihrer zwölfjährigen Tochter Nicole tot auf der Terrasse aufgefunden, als das Kind aus der Schule nach Hause kam. Mrs. Trainer war sehr beliebt in ihrer Gemeinde, arbeitete ehrenamtlich in ihrer Grundschule und war in jeder Hinsicht eine hingebungsvolle Mutter. Dr. McNamara führte die Todesursache auf die Einwirkungen eines stumpfen Gegenstandes zurück, höchstwahrscheinlich einen Hammer oder ein ähnliches Objekt mit glatter Fläche.

Unser nächstes Opfer war Raymond Jeffries, dreiundsiebzig. Er wurde in seinem Haus in Mount Pleasant auf dem Fußboden in seinem Esszimmer gefunden. Als Polizisten auf Bitten seiner Tochter in New York, die ihn nicht erreichen konnte, zu seinem

Haus fuhren, war er bereits seit einiger Zeit tot. Der stellvertretende Gerichtsmediziner Dr. Byron Tomlinson nannte als Todesursache einen Schlag auf den Kopf, vermutlich durch den Aufprall auf den Tisch infolge eines Sturzes. Wir sind uns nicht hundertprozentig sicher, dass Mr. Jeffries ermordet wurde."

„Warum wissen Sie das nicht?", wollte Tabor mit skeptischer Miene wissen.

„Die einzigen Anzeichen für einen Kampf waren drei umgestürzte Stühle. Weil es drei waren, vermuteten wir, dass sich noch jemand im Haus aufgehalten hat, aber es ist eben nur eine Vermutung. Wie die früheren Opfer war Mr. Jeffries, ein Chemielehrer im Ruhestand, der an der Roosevelt High School unterrichtet hatte, bei seiner Familie, Freunden und Kollegen sehr angesehen. Wir konnten niemanden in seinem unmittelbaren Bekanntenkreis finden, der von irgendwelchen Problemen mit anderen Leuten berichtete."

„Wo ging Mrs. Trainer denn zur Schule?", fragte eine blonde TV-Reporterin.

„Auf die Roosevelt. Diese Schule tauchte mehrmals auf im Zuge unserer Ermittlungen, und wir suchen nach Verbindungen der Opfer zu dieser Schule. Das bisher letzte Opfer, James Lynch, vierzig, wurde tot in seinem Swimmingpool in Woodley Park aufgefunden. Berichten zufolge plagte Mr. Lynch eine lebenslange Furcht vor Wasser, weshalb er niemals freiwillig auch nur in die Nähe des Pools gegangen wäre."

„Wenn er Angst vor Wasser hatte, wieso besaß er dann überhaupt einen Pool?"

„Diese Frage haben wir seiner Frau gestellt, und sie meinte, sie beide hätten sich in das Haus verliebt und vorgehabt, den Pool in nächster Zeit zuzubetonieren."

„Was hat das mit der Drohpost zu tun?"

„Dazu komme ich noch." Sam legte die Hände um das Rednerpult und zwang sich, die Geschichte zu Ende zu erzählen. Ihre Seelenlage den Medien zu offenbaren, lief zutiefst ihren Überzeugungen zuwider, doch wenn das ein Leben rettete und helfen würde, den Fall zu lösen, sollte es so sein. „Gestern erhielten wir eine weitere Karte, die einen ersten konkreten Hinweis darauf lieferte, dass alles miteinander zusammenhängt."

Sam legte die fotokopierte Seite auf das Pult und versuchte mit gefasster Stimme die beängstigende Botschaft vorzulesen.

„Das erklärt die ungewöhnliche Offenheit des Lieutenant", bemerkte Darren, was die anderen mit Lachen quittierten.

„Gestern Abend kam ich nach Hause und stellte fest, dass jemand in mein Haus eingebrochen war und die meisten meiner Kleidungsstücke zerfetzt oder zerschnitten hat."

Ein erschrockenes Luftholen ging durch die Menge der Reporter.

„Fast alle meine Sachen wurden ruiniert. Soweit wir das bis jetzt beurteilen können, wurde sonst nichts im Haus zerstört."

Sofort wurde eine ganze Reihe von Fragen auf sie abgefeuert.

Sam hob die Hände, um ihnen Einhalt zu gebieten. „Ich habe Ihnen alles gesagt, was wir wissen, und ich werde Sie auf dem Laufenden halten, wenn wir über weitere Informationen verfügen."

Agent Hill blieb ihr dicht auf den Fersen, als sie zurück ins Gebäude ging.

„Jetzt sind Sie auf dem aktuellen Stand der Dinge, Agent Hill", sagte Sam in ungewöhnlich freundlichem Ton.

„Scheint so", meinte er.

Freddie gesellte sich zu ihnen, als sie sich der Tür näherten.

„Wie lief es mit Lynchs Kollegen?", erkundigte sie sich.

„Die gleiche Geschichte wie bei allen anderen – er war sehr beliebt bei seinen Kollegen und respektiert bei seinen Partnern, selbst bei den Anwälten von Gegenparteien. Er hatte mit einigen brisanten Rechtsstreitigkeiten zu tun, aber nichts, wofür jemand töten würde."

„Ich glaube, dies könnte sich als der rätselhafteste Fall unserer Karriere entpuppen", sagte Sam.

„Jedenfalls gab es noch nie weniger Motive für einen Mord."

„Genau deshalb bin ich da", bemerkte Hill und stellte sich Cruz vor, der Sam einen verwirrten Blick zuwarf.

Sie zuckte die Schultern. „Kannst dich beim Chief bedanken."

Gonzo erwartete sie im Kommissariat. Auch er stutzte, als er den FBI-Mann sah.

„Gonzo, Agent Hill", machte Sam die beiden beiläufig miteinander bekannt.

„Was macht er hier?", wollte Gonzo wissen.

„Keine Ahnung."

„Ihr Chief war der Ansicht, Sie alle können ein bisschen Hilfe gebrauchen", erklärte er in breitem Südstaatenakzent, bei dem sich Sams Nackenhaare sträubten. Sie konnte Männer nicht ausstehen, die den Südstaaten-Gentleman spielten, nur um einem bei der erstbesten Gelegenheit in den Rücken zu fallen.

Hill weiterhin misstrauisch musternd, sagte Gonzo: „Ich habe mir die Finanzen der Opfer angesehen, aber nichts Auffälliges gefunden."

„Natürlich nicht." Sam strich sich über die hochgesteckten Haare. „Gebt mir fünfzehn Minuten, dann treffen wir uns alle im Konferenzraum. Wir gehen alles noch mal ganz von vorn durch und finden dabei hoffentlich eine Spur."

„Klingt gut, Lieutenant", meinte Gonzo und betrachtete sie eingehend. „Fühlst du dich besser heute?"

„Als wäre ich durch die Mangel gedreht worden oder so etwas. Aber wenigstens funktioniere ich wieder einigermaßen."

Gonzo kehrte dem Agenten den Rücken zu und senkte die Stimme. „Hat mir eine Heidenangst eingejagt."

„Tut mir leid." Es gab kaum etwas, was sie mehr hasste, als im Mittelpunkt der Aufmerksamkeit zu stehen. Oh, Moment: Fliegen hasste sie noch mehr. Und Injektionsnadeln. Ja, Injektionsnadeln standen ganz oben auf der Liste der Dinge, die sie hasste. Ach nein, sie hasste Lieutenant Stahl noch mehr als Nadeln.

Als hätte sie ihn allein durch den Gedanken heraufbeschworen, kam er ins Kommissariat gestürmt, mit vor Empörung wabbelndem Doppelkinn. „Lieutenant, Sie sind zu einer wichtigen Anhörung der Internen Ermittlungen gestern nicht erschienen!"

„Ich weiß nicht, ob Sie es gehört haben, aber während Ihrer wichtigen Anhörung war ich im Krankenhaus."

„Diesen Vorfall haben Sie zweifellos selbst eingefädelt, um sich für Ihr Fehlverhalten vor dem Ausschuss nicht rechtfertigen zu müssen."

„Jetzt machen Sie aber mal halblang", warnte Gonzo ihn.

Sam stoppte ihn, indem sie ihm die Hand auf die Brust legte. Sie konnte es jetzt ganz und gar nicht gebrauchen, dass sich einer ihrer wichtigsten Detectives ein Disziplinarverfahren einfing. „Sie können das gern in der Notaufnahme im George Washington nachprüfen. Die werden Ihnen meinen Gesundheitszustand gestern Nachmittag attestieren. Richten Sie denen aus, sie sollen sich an mich wenden, wenn ich irgendetwas unterschreiben soll. Wenn Sie mich bitte jetzt entschuldigen würden, ich habe richtige Arbeit zu erledigen. Etwas, was Ihnen fremd sein dürfte." Sie liebte es, zu sehen, wie sein Gesicht vor Wut violett anlief. Das bei ihm auszulösen, war fast zu ihrem Lieblingszeitvertreib geworden.

Er hielt ihr ein Blatt Papier hin.

Da sie lieber erschossen werden wollte, als von ihm berührt zu werden, schnappte sie es ihm aus der Hand.

„Die Anhörung ist auf morgen Nachmittag, drei Uhr, verschoben worden. Seien Sie da, sonst werden Sie suspendiert."

Sam wandte sich ab, warf das Papier in den nächsten Papierkorb und setzte ihren Weg in ihr Büro fort. Sie knallte die Tür zu und musste sich setzen und tief durchatmen, da sich bereits ein leichter Kopfschmerz hinter ihrer Stirn bildete Auf keinen Fall durfte sie riskieren, dass der höllische Schmerz von gestern zurückkehrte. Da ihr noch einige Minuten bis zu dem von ihr einberufenen Meeting blieben, hörte sie ihre Mailbox mit den Nachrichten von gestern und heute Morgen ab.

Wie vorauszusehen, gab es Nachrichten von Joseph Alvarez, Jed Trainer, Carl Olivos ältestem Sohn sowie Raymond Jeffries Tochter. Alle wollten etwas über den neuesten Stand der Ermittlungen erfahren. Sie schrieb sich die Telefonnummern auf, um sie alle anzurufen, sobald sie etwas Konkretes wusste.

Die nächste Nachricht ließ ihr das Blut in den Adern gefrieren. Sie war wenige Minuten nach der Pressekonferenz hereingekommen, und die Stimme klang genauso roboterhaft wie beim letzten Mal. „Beeindruckende Zusammenfassung heute Morgen, Lieutenant. Hat ja auch lange genug gedauert, bis Sie dahintergekommen sind, dass alles miteinander zusammenhängt. Doch jetzt wollen wir mal schauen, wie schlau Sie sich anstellen, wenn es darum geht, herauszufinden, wer diese Zufallsverbrechen begangen haben könnte. Ach, übrigens fehlten ein oder zwei bei der Aufzählung der Opfer. Machen Sie sich lieber an die Arbeit. Bis bald."

Noch vor dem Ende der Aufnahme war Sam aus dem Sessel und an der Tür. „Jemand soll Archie herholen, sofort!" Lieutenant Archelotta leitete die Computerabteilung des Departments und war der einzige Kollege, mit dem Sam jemals romantisch angebandelt hatte. Aber das war vor Jahren gewesen, nach ihrer Trennung von Peter.

„Was gibt es, Lieutenant?", erkundigte Gonzo sich, während Freddie sich um den Anruf kümmerte.

„Hört euch das an." Sie spielte die Nachricht für ihn ab und dann noch einmal, als Cruz und Hill kamen.

„Die gleiche Stimme wie beim ersten Mal", bemerkte Cruz.

„Ich will, dass der Anruf zurückverfolgt wird", sagte Sam und notierte den genauen Zeitpunkt, an dem die Mailbox des Departments die Nachricht aufgezeichnet hatte.

„Du hast durchgeklingelt", sagte Archie beim Hereinkommen. Groß und dunkelhaarig, sah er attraktiv aus wie immer. „Ich wollte dich ohnehin aufsuchen, denn die Textnachricht, die wir zurückverfolgen sollten, führte zu einem Wegwerf-Handy."

„Das passt. Hör dir das hier an." Nachdem sie die Nachricht noch einmal vorgespielt hatte, erklärte sie, was sie brauchte, und gab ihm den Zettel mit der Uhrzeit.

„Ich kümmere mich darum", versprach Archie und war schon zur Tür hinaus.

„Es gibt also noch Leichen, die wir bisher nicht gefunden haben", sagte Sam. „Na klasse."

Detective Arnold kam an die Tür. „Lieutenant, Ihr Vater ist auf Leitung vier. Er sagt, es sei dringend."

„Mein Dad liegt im Krankenhaus."

Arnold zuckte die Schultern. „Für mich klang er wie er."

Sam nahm den Hörer ab und drückte die blinkende Nummer vier. „Dad?"

„Sam, du musst sofort herkommen." Seine Stimme klang verstopft und angespannt, aber es war definitiv Skip Holland. Sie ließ sich in ihren Sessel sinken, von Erleichterung überwältigt beim Klang seiner Stimme.

„Dad", sagte sie sanft. „Es ist so gut, deine Stimme zu hören. Wir haben uns solche Sorgen gemacht."

„Darüber können wir später sprechen, mein Mädchen. Jetzt

geht es um den Fall. Ich habe deine Pressekonferenz heute Morgen gesehen und ich weiß möglicherweise, wer dein Täter ist."

„Wer?"

„Komm. Schnell."

„Bin schon unterwegs." Sie legte auf und schnappte sich ihr Handy. „Cruz und Gonzales, ihr kommt mit mir."

„Warten Sie", schaltete Hill sich ein. „Wohin wollen Sie?"

„Meinen Dad im Krankenhaus besuchen", erklärte Sam. „Ist das okay für Sie?"

„Warum begleiten die beiden Sie?" Er deutete auf Gonzo und Cruz.

„Weil sie mit meinem Dad befreundet sind. Ist *das* okay für Sie?"

Hill behielt die Hände auf den Hüften, während er Sam misstrauisch betrachtete. Sein weißes Hemd straffte sich über seiner breiten Brust. In einem anderen Leben hätte sie ihn vielleicht attraktiv gefunden – wenn er kein FBI-Agent und sie nicht schon mit der Liebe ihres Lebens verheiratet gewesen wäre.

„Gehen wir", forderte Sam ihre beiden Kollegen auf.

Alle drei rannten aus dem Kommissariat in die Lobby, wo McBride und Tyrone gerade durch die Tür kamen.

„Lieutenant", sagte McBride. „Ich muss dich dringend sprechen."

War heute nicht alles irgendwie dringend?

„Ich brauche eine Stunde, vielleicht zwei. Können wir das dann machen?"

Die zwei Detectives tauschten einen Blick.

Sam wandte sich an Gonzo, der höchstwahrscheinlich zum Detective Sergeant befördert werden würde, wenn die Liste in den nächsten Tagen bekannt gegeben wurde. „Kümmer du dich um die beiden."

„Es geht nur mit Ihnen persönlich, Lieutenant", meldete Tyrone sich zu Wort, der von einem Fuß auf den anderen trat.

Sam hatte das Gefühl, dass von allen Seiten an ihr gezerrt wurde.

„Hat es mit der aktuellen Mordserie zu tun?"

„Nein", erwiderte Jeannie. „Es geht um den alten Fall."

„Ich bin in einer Stunde wieder da, dann reden wir." Zu Gonzo und Cruz sagte sie: „Los."

Auf dem Weg zum George Washington Hospital ging Sam in Gedanken alle Möglichkeiten des Falls durch, aber da machte nichts klick. Es sah ihrem querschnittsgelähmten, von der Lungenentzündung geschwächten Dad ähnlich, dass er mit seinem wie eh und je scharfen Verstand aus der Krankheit zurückkehrte. Dem Himmel sei Dank, dachte sie mit Tränen in den Augen angesichts der Tatsache, dass sie ihn beinahe verloren hätten.

Im Rückspiegel entdeckte sie ihre beiden Bewacher, Tweedledee und Tweedledum. Sie blieben in einem Streifenwagen dicht hinter ihr. Sam hatte schon ganz vergessen, dass die zwei ihr folgten.

„Mein Vater möchte mich sehen", platzte Freddie heraus und beendete damit das angespannte Schweigen im Wagen.

„Was?", rief Gonzo vom Rücksitz. „Wann ist das denn passiert?"

Freddie berichtete, was in letzter Zeit geschehen war und von den beiden nächtlichen Unterhaltungen mit seiner Mutter.

„Wow", meinte Sam. „Was wirst du jetzt tun?"

„Ich habe meiner Mutter gesagt, dass ich mich mit ihm treffen werde. Sie scheint es zu wollen, und nach allem, was sie für mich getan hat ..." Er zuckte die Schultern.

„Heiliger Strohsack", sagte Gonzo. „Ich kann nur ahnen, wie komisch das für dich sein muss. Der Typ verschwindet vor zwanzig Jahren komplett von der Bildfläche und taucht dann wieder auf mit einer Story über eine psychische Erkrankung."

„Du glaubst, es ist nur eine Story?", fragte Cruz. „Das dachte ich auch."

„Nein", meinte Sam. „Das glaube ich nicht. Warum sollte er sich das ausdenken? Besonders wo er doch weiß, womit du deinen Lebensunterhalt verdienst. Ist ja nicht so, als könntest du keine Nachforschungen anstellen, die seine Geschichte bestätigen oder widerlegen. Wir sind alle darauf trainiert, grundsätzlich misstrauisch zu sein, aber wir dürfen das nicht in unser Privatleben übertragen. Da ist nämlich kein Platz dafür. Der Mann will seinen Sohn sehen. Er will etwas wiedergutmachen. Du solltest nichts anderes dahinter vermuten, es sei denn, du hast einen guten Grund dafür."

„Siehst du?", sagte Cruz zu Gonzo. „Das kriege ich jeden Tag. Sie verblüfft mich immer wieder mit ihrer Weisheit und ihrem klugen Rat."

„Leck mich, Cruz, und hör auf zu schleimen."

„Und sie sagt schmutzige Dinge zu mir. Das Leben ist gut."

Gonzo brach in Gelächter aus.

Sam verkniff sich ein Lachen. Die Genugtuung gönnte sie ihrem Partner nicht, das würde ihn nur ermutigen. Sie parkten vor dem Krankenhaus und eilten zu Skips Zimmer im vierten Stock.

Celia, Tracy und Angela waren bei ihm, als sie dort eintrafen.

„Oh, dem Himmel sei Dank, dass ihr da seid", stöhnte Celia. „Er treibt uns schon in den Wahnsinn mit seiner dauernden Fragerei, warum du wohl so lange brauchst."

Sam trat an das Bett ihres Vaters, der mit seinen blauen Augen, deren Farbton ihren exakt glich, zu ihr aufschaute. „Schön, dich wiederzuhaben, Skippy." Sie beugte sich herunter, um den Kopf an seine Schulter zu legen. „Hat mir Angst gemacht", flüsterte sie.

„Tut mir leid, mein Mädchen. Aber es braucht schon mehr als ein paar fiese Viren, um deinen alten Herrn zu killen. Jetzt aber genug von dem rührseligen Mist. Zur Sache."

„Das ist unser Stichwort", sagte Tracy und gab ihrer Schwester und ihrer Stiefmutter ein Zeichen, mit ihr das Zimmer zu verlassen.

„Nein", meinte Skip. „Bleibt. Ihr Mädchen könnt möglicherweise helfen."

„Inwiefern?", wollte Angela wissen.

„Lasst mich mal meine Theorie erklären, und dann sagt mir, was ihr davon haltet."

Sam richtete sich auf und trat einen Schritt zurück, um sein Gesicht besser sehen zu können. Seine rechte Hand hielt sie jedoch fest, denn das war die einzige Stelle unterhalb seines Halses, an der er noch etwas spürte.

„Melissa Morgan", begann Skip.

„Auf keinen Fall." Sam schnaubte ungläubig. „Ach komm schon! Die ist eine totale Drama-Queen, aber doch keine Mörderin."

„Im Ernst, Dad", pflichtete Tracy ihr bei. „Auf keinen Fall."

„Lasst es mich erklären", meinte Skip und musste würgend husten.

Celia strich ihm durch die Haare. „Langsam, Skip. Du solltest dich nicht gleich aufregen, nachdem du so krank warst."

„Wenn die auf mich hören würden, müsste ich mich nicht aufregen", erwiderte er mit demonstrativem Blick zu Sam und ihren Schwestern.

„Mädchen", ermahnte Celia sie streng, „hört eurem Vater zu."

„Okay, Dad", sagte Sam und beschloss, es ihm recht zu machen. „Wir hören dir zu. Erklär es uns."

„Sie besuchte die Roosevelt High School und arbeitete für Carl Olivo. Weißt du noch, warum sie den Job aufgegeben hat?"

„Nicht mehr so richtig", antwortete Sam, während sich ein leichtes Unbehagen in ihr auszubreiten begann.

„Er hat sie gefeuert, nachdem ihre Kasse wiederholt nicht stimmte. Weißt du noch, wie wütend sie darüber war, weil sie diesen Job brauchte, um ihren Tanzkurs zu bezahlen? Sie hatte doch diese Vorstellung, eines Tages professionelle Tänzerin zu werden."

„Ja." Jetzt erinnerte Sam sich wieder an alles. Als sie und Melissa sich vor Jahren aus den Augen verloren hatten, war sie insgeheim froh gewesen, nicht mehr ständig mit diesen Dramen behelligt zu werden. Deshalb hatte sie auch kaum mehr einen Gedanken an diese Frau verschwendet. „Dann wollte sie eine Zeit lang Ärztin werden."

„Das war, bevor sie auf der Highschool in Chemie durchfiel", erinnerte Skip sie.

Sam sog scharf die Luft ein. „Vor allem wollte sie berühmt sein, weißt du noch? Berühmte Tänzerin, berühmte Ärztin, berühmte Schauspielerin."

Tracy nickte zustimmend. „Sie hat wirklich geglaubt, eines Tages irgendwie ein Star zu sein. Wir haben uns darüber lustig gemacht."

„Genau!", sagte Sam.

„Ich wette, wenn du ein bisschen gräbst, wirst du herausfinden, dass Raymond Jeffries ihr Lehrer war."

„Ach du meine Güte", meinte Angela. „Sie schafft also

systematisch alle aus dem Weg, die ihr einmal Unrecht getan haben?"

Sams Verstand arbeitete fieberhaft. Sollte es möglich sein, dass jemand, der einst eine enge Freundin gewesen war, zum Serienmord fähig war? „Welche Verbindung gibt es zu Crystal Trainer?"

„Da bin ich mir ebenso wenig sicher wie bei James Lynch, aber du wirst es bestimmt schnell herausfinden."

„Ich weiß, dass ich Crystal Trainer schon einmal irgendwo begegnet bin", sagte Sam. „Wahrscheinlich habe ich sie durch Melissa kennengelernt." Adrenalin durchflutete ihren Körper, als sich allmählich alle Puzzleteile zu einem Ganzen zusammenzufügen begannen.

„Aber was hat sie denn gegen dich, Sam?", fragte Tracy. „Ihr zwei wart doch immer gute Freunde."

„Nein, waren wir nicht", widersprach Sam. „Sie verschwand immer wieder in der Versenkung. Zum ersten Mal nach der Highschool. Jahrelang meldete sie sich nicht, und dann tauchte sie plötzlich auf und lud mich zu ihrer Hochzeit ein. Oh! Ach du Schande! Das ist es! Ich habe Crystal und ihren Mann bei Melissas Hochzeit getroffen. Deshalb kamen sie mir bekannt vor."

„Erinnerst du dich noch an diese Kleidergeschichte auf ihrer Hochzeit?", fragte Tracy.

„Ja!", sagte Sam und fügte für die anderen hinzu: „Sie hat dieses Ding mit Rüschen und Spitze für die Brautjungfern ausgewählt und mir vorgeworfen, ihr die Show bei ihrer Hochzeit stehlen zu wollen, weil mir das Kleid so gut stand."

„Ich weiß noch, wie du genervt davon warst", meinte Tracy. „Und dann gab es noch den Vorfall mit der Geldautomatenkarte."

„Stimmt", sagte Sam und dachte daran zurück.

„Was war da?", wollte Angela wissen.

„Sie hat Sams Bankkarte in die Finger bekommen und versucht, Geld damit abzuheben", erklärte Tracy. „Die Bank hat Sam angerufen und gebeten, herzukommen und sich das Video der Überwachungskamera anzusehen. Und Sam hat Melissa erkannt."

„Aber als ich sie damit konfrontiert habe, hat sie es bestritten. Ab dort habe ich dann nicht mehr mit ihr geredet."

„Jetzt erinnere ich mich", meinte Angela. „Du musstest es Dad ausreden, Anzeige gegen sie zu erstatten."

„Ich wollte sie drankriegen", bestätigte Skip.

Sam wandte sich an Freddie. „Stand ihr Name auf der Liste von Trainers Flittchen?"

„Keine Melissa Morgan, aber eine Melissa Woodmansee."

„Das ist ihr Ehename! Was für ein Alibi hatte sie?"

„Sie behauptete, an diesem Tag nicht in der Stadt gewesen zu sein. Ihr Beweis waren Zugfahrkarten."

„Ich wette, sie hat an diesem Tag keinen Fuß in den Zug gesetzt." Zu Gonzo sagte Sam: „Gib eine Fahndung nach Melissa Morgan Woodmansee raus."

„Sie ist nicht mehr verheiratet", informierte Skip sie. „Celia und ich sind ihrer Mutter vor einigen Monaten im Supermarkt begegnet. Sie meinte, Melissa sei geschieden, und ihr Exmann habe das Sorgerecht für die Kinder."

„Wir brauchen umgehend Schutz für den Mann und die Kinder", sagte Sam. „Justin Woodmansee. Die wohnen in Gaithersburg, soweit ich weiß." Zu Cruz sagte sie: „Benutz beide Namen für die Fahndung, aber halte es aus dem Radio heraus. Ich will, dass unsere Leute nach ihr suchen, aber sie soll noch nicht wissen, dass wir ihr auf der Spur sind."

„Ich werde mich darum kümmern", versprach Cruz und zückte sein Handy.

„Ich verstehe immer noch nicht, warum sie sauer auf dich ist", sagte Angela. „Sie hat versucht, dich zu bestehlen, nicht andersherum."

„Erinnert ihr euch noch an Debbie Donahue?"

Ihre Schwestern nickten.

Für Gonzo und Cruz erklärte sie: „Eine gemeinsame Freundin von mir und Melissa hat vor einigen Jahren eine Grillparty veranstaltet und uns beide eingeladen. Melissa hat nach einer Möglichkeit gesucht, mit mir nach Jahren des Schweigens zu reden. Die arme Debbie wusste nichts von all dem Mist, den ich Melissa zu verdanken hatte. Als ich dort ankam und Melissa entdeckte, erklärte ich Debbie, ich könnte nicht bleiben – und erzählte ihr auch die Gründe dafür. Melissa lief mir nach, aber ich weigerte mich, mit ihr zu sprechen. Ich hatte einfach genug von ihr."

„Das kann ich gut verstehen", versicherte Tracy ihr. „Ich hatte keine Ahnung davon, was sie alles mit dir angestellt hat."

„Es war ein einziger Schrei nach Aufmerksamkeit", sagte Sam. „Typisch Melissa." Sie schüttelte den Kopf. „Ich kann nicht glauben, dass sie so etwas tun würde. Unschuldige Menschen umbringen, nur weil die ihr auf irgendeine Weise Unrecht getan haben."

„Sie hatte ein problematisches Elternhaus, weißt du noch?", meinte Angela. „Wie oft ist sie von zu Hause weggerannt, als sie auf der Highschool war, und dann bei uns gelandet?"

„Unzählige Male." Sam beugte sich über das Bett ihres Vaters und küsste ihn auf die Stirn. „Es ist schön, dass es dir ausgerechnet jetzt besser geht, Skippy. Höchstwahrscheinlich hast du heute einige Leben gerettet. Gute Arbeit, Deputy Chief."

Er strahlte zufrieden, was Sam so glücklich machte, wie sie es gewesen war, bevor er krank geworden war.

„Gute Arbeit, Deputy Chief Holland", meinte Gonzo und drückte Skips rechte Hand zum Abschied.

„Danke, Sir", sagte Freddie und salutierte, bevor er Gonzo folgte.

„Gehen Sie an die Arbeit, Lieutenant", sagte Skip.

„Wir sehen uns zu Hause, Dad."

„Ich werde da sein."

Sam verließ das Zimmer und brauchte einen Moment, um alles zu verarbeiten. Ihre Freundin, ihre einst enge Freundin war zu einer Serienmörderin geworden. Was sagte das eigentlich über Sams Fähigkeiten aus, Menschen zu beurteilen? Und was bedeutete es, dass sie ihren Dad brauchte, um die Zusammenhänge zu erkennen? Sie hätte sich gern eingeredet, dass sie irgendwann von selbst darauf gekommen wäre, nur hätte es ohne seine Hilfe deutlich länger gedauert.

Auf dem Weg durch die Flure zum Parkplatz ging sie die ganze Geschichte noch einmal in Gedanken durch und fragte sich, warum sie nicht selbst darauf gekommen war. Alles, von den Morden bis zu den Drohkarten und der Forderung, Sam solle vor den Medien über den Fall sprechen, war der klassische Schrei von Melissa nach Aufmerksamkeit.

Gonzo und Freddie warteten im Wagen auf sie, beide sprachen in ihre Mobiltelefone.

„Ich habe Malone auf den aktuellen Stand gebracht", erklärte Gonzo, nachdem er sein Telefonat beendet hatte.

„Gut, danke."

„Was wirst du als Erstes tun?", wollte Freddie wissen, als er zu Ende telefoniert hatte.

„Ich will ihre Eltern sehen." Sean und Frieda Morgan hatten Sam stets an Feuer und Eis erinnert. Sean mit seiner beeindruckenden Persönlichkeit hielt seine Tochter klein, während seine überspannte, steife Frau Melissas Gedanken und Handeln kontrollieren wollte. Melissa war eine Mischung aus beiden – in der einen Minute noch warmherzig und freundlich, in der nächsten frostig. Die drei hatten sich wegen allem gezankt – Melissas Kleidung, ihrem Musikgeschmack, ihren Noten, der Wahl ihrer Freunde. Sam erinnerte sich daran, wie niedergeschlagen Melissa im Sommer vor dem vorletzten Jahr auf der Highschool gewesen war, weil ihre Eltern sie von der Wilson High nahmen und auf der Roosevelt anmeldeten, angeblich, um sie dem Einfluss der Kids zu entziehen, mit denen sie sich auf der Wilson angefreundet hatte. Dazu gehörte auch Sam.

Interessant, dachte Sam auf der Fahrt zu den Morgans, die einige Blocks nördlich von Capitol Hill wohnten. Die Leute aus der Clique von damals hatten alle Karriere gemacht und führten ein erfolgreiches Leben, während Melissa nie herausgefunden hatte, was sie als Erwachsene eigentlich machen wollte.

Da sie einen Moment Zeit hatte, rief sie Nick an, um ihn auf den neuesten Stand der Dinge zu bringen.

„Wow", sagte er, nachdem sie ihm die aktuellen Fakten über den Fall berichtet hatte. „Du hast diese Frau also nie als Verdächtige in Betracht gezogen."

„Nie und nimmer, obwohl es absolut Sinn ergeben hat, nachdem mein Dad mir die Zusammenhänge aufgezeigt hat."

„Mach dir keine Vorwürfe, Babe. Warum solltest du auch glauben, dass jemand, den du einmal zu deinen engen Freunden gezählt hast, zu so etwas fähig sein sollte?"

„Es ist so verdammt offensichtlich – jetzt. Wenn ich damals an jenem Abend bei Debbie bloß mit ihr geredet hätte. Dann wäre das alles möglicherweise nie passiert."

„Wenn sie dermaßen die Kontrolle verloren hat, bist du ganz bestimmt nicht dafür verantwortlich."

Sam wollte ihm gern glauben, gab sie sich aber dennoch bis zu einem gewissen Grad die Schuld. „Bist du draußen auf der Farm?", fragte sie und meinte damit das Zuhause seiner Ersatzeltern, Senator Graham O'Connor und seiner Frau Laine in Leesburg.

„Ja. Du solltest Scotty reiten sehen. Der hat sich in den letzten paar Wochen wirklich toll entwickelt."

Sie musste lächeln über den Stolz in seiner Stimme. „Tu mir den Gefallen und bleib über Nacht dort, ja?"

„Träum weiter, Babe. Ich komme nach Hause, um bei meiner Frau zu schlafen."

„Ich schaffe es vielleicht nicht, heute Nacht nach Hause zu kommen."

„Dann werde ich da sein, wann immer du heimkommst."

„Lass Scotty in Leesburg. Ich will ihn fernhalten von dem, was hier los ist. Machst du das?"

„Das ist keine schlechte Idee. Ich bin mir sicher, Graham und Laine würden ihn gern hierbehalten."

„Ich hätte ein viel besseres Gefühl, wenn er außerhalb der Stadt wäre. Bei dir auch, aber darüber diskutiere ich lieber nicht."

„Das ist mal eine Abwechslung."

„Gewöhn dich nicht dran. Ich muss Schluss machen. Bis irgendwann."

„Sag Bescheid, wenn ich dir irgendwie helfen kann."

„Du bist der Erste, der es erfährt."

„Sei vorsichtig mit meiner Frau, Samantha. Ich liebe sie sehr."

Seine sanften Worte ließen sie dahinschmelzen. „Mach ich."

30

Nick beendete das Gespräch und steckte das Telefon in die Tasche. Nach der Geschichte, die Sam ihm gerade über ihre frühere Freundin Melissa erzählt hatte, fühlte er sich verwundbar und schutzlos.

„Alles in Ordnung?", fragte Graham O'Connor, enger Freund und Ersatzvater und Senator im Ruhestand. Sie standen am Zaun des Übungsplatzes, auf dem Scotty die sanftmütige Stute ritt, mit der er sich vor Wochen bei seinem ersten Besuch auf der Farm sofort angefreundet hatte.

„Sam steckt mitten in einem wirklich merkwürdigen Fall, in den offenbar eine frühere Freundin verwickelt ist, die einen Groll gegen sie hegt."

„Du machst dir natürlich Sorgen."

„Anscheinend mache ich mir ständig Sorgen, seit sie und ich zusammen sind. Allmählich fange ich an zu akzeptieren, dass das jetzt zu meinem Leben gehört." Nick winkte Scotty zu, als der auf dem Pferd vorbeitrottete. „Er hat den Bogen wirklich raus."

„Er ist ein Naturtalent. Das habe ich schon die ganze Zeit gesagt. Er brauchte nur noch das nötige Selbstvertrauen." Graham musterte Nick. „Du bist heute Abend nicht du selbst. Das warst du auch schon vor Sams Anruf nicht. Was beschäftigt Sie, Senator?"

Während Nick Scottys ansteckende Begeisterung auf dem Pferd beobachtete, verspürte er Wehmut, da er sich sehr gewünscht hatte, den Jungen zu seinem Sohn zu machen. „Ich habe mit ihm darüber gesprochen, ob er bei mir und Sam leben möchte."

„Und?"

„Er hat mir einen Korb gegeben."

„Nein."

„Wahrscheinlich ist es zu spät. Er ist schon zu alt, um noch einmal in einer neuen Familie von vorn anzufangen. Er ist glücklich in der, die er sich in dem Heim in Richmond geschaffen hat."

„Das ist doch reinster Pferdemist", erklärte Graham mit einer Vehemenz, die Nick überraschte.

„Was meinst du?"

„Der arme Junge hat eine Heidenangst – nicht davor, sein Heim zu verlassen oder bei euch zu leben. Ich habe ihn doch mit euch beiden zusammen gesehen. Der liebt euch zwei von ganzem Herzen."

„Was ist es dann?"

„Er fürchtet, ihr könntet eure Meinung vielleicht noch ändern, wenn er euch zeigt, wie sehr er euch liebt und das enorme Risiko eingeht, bei euch zu leben. Denn wo landet er dann?"

„Aber das wird doch nie passieren!"

„Du weißt das, und ich weiß das. Aber weiß er es? Es muss ihn beschäftigen."

Nick dachte an die Unterhaltung mit Scotty in dem Restaurant. Hatte er Scotty tatsächlich genau erklärt, dass dieses Angebot für immer gemeint war? Hatte er dem Jungen deutlich und glaubhaft genug gezeigt, wie sehr er und Sam ihn liebten? Wenn Graham recht hatte, dann war ihm das wohl nicht gelungen.

„Ich werde noch einmal mit ihm sprechen."

„Gib ihn nicht auf. Vielleicht muss er erst spüren, dass du es ernst meinst, bevor er mit gutem Gefühl eine dauerhafte Bindung eingeht."

„Das ist definitiv ein besseres Szenario als die Alternative."

„Es wird sich alles klären. Er wird sich glücklich schätzen können, euch zwei als Eltern zu haben. Glaub nicht, er weiß das nicht."

„Danke für dein Vertrauensvotum."

„Jederzeit." Graham richtete seine Aufmerksamkeit wieder auf den Übungsplatz. „Gut machst du das, Junge. Zeig ihr, dass du das Kommando hast. So ist es richtig."

Das breite Grinsen von Scotty berührte Nicks Herz. „Kann ich dich um einen Gefallen bitten?"

„Um alles."

„Wäre es okay, wenn ich ihn über Nacht hier bei dir und Laine lasse? Sam möchte ihn während dieser Ermittlungen in den Mordfällen lieber außerhalb der Stadt wissen."

„Selbstverständlich kann er bleiben. Wir würden uns freuen."

„Ich muss es mit Mrs. Littlefield klären."

„Achte darauf, dass du mich in dem Gespräch *Senator* O'Connor nennst."

Lachend erwiderte Nick: „Mach ich. Danke, Graham."

Graham drückte Nicks Schulter. „Ist uns ein Vergnügen, mein Sohn."

„Mein Name ist Terry, und ich bin Alkoholiker."

Lindsey beobachtete ihn aus der dritten Sitzreihe im Gemeindesaal in Capitol Hill genau. Sie rieb sich die feuchten Handflächen an der Jeans, während ihr Herz derart heftig raste, dass sie sich fragte, ob sie gleich eine Herzattacke erleiden würde. Warum hatte sie nur darum gebeten, mitkommen zu dürfen? Was hatte sie damit beweisen wollen? Dass sie als Erwachsene besser damit zurechtkam als in ihrer Kindheit?

Sie hatte schon etliche Treffen der Anonymen Alkoholiker und mit Angehörigen von Alkoholikern hinter sich. Hatte reichlich Geschichten gehört. Und geweint. Was also machte sie hier schon wieder? Gerade als die Panik sie zu beherrschen drohte, sah sie zu Terry, und der Blickkontakt beruhigte sie. Genau deswegen war sie hier. Seinetwegen. Für ihn. Für sich selbst allerdings auch. Sie musste seine Geschichte hören.

„Jahrelang", begann er mit einem selbstironischen Grinsen, das seine dunklen Augen nicht erreichte, „war ich der scheinbar sichere Erbe, der dafür geschaffen war, für den Sitz meines Vaters im Senat zu kandidieren, als der sich nach über vierzig Jahren zur Ruhe setzen wollte. Während ich darauf wartete, an die Reihe zu kommen, erhielt ich eine Ausbildung an einer der Elite-Universitäten und führte das Leben des verwöhnten Sohnes eines reichen Mannes. Nach der Uni lief ich durch die Stadt mit dem Gefühl, regelrecht einen Anspruch auf Erfolg zu haben. Der Sitz im Senat gehörte mir. Mein ganzes Leben lang war ich darauf vorbereitet worden. Ich verdiente ihn allein durch meine Geburt, und die mächtigen Leute in der Stadt schmeichelten sich bei mir ein, weil sie wussten, dass meine Zeit kommen würde. Ich wurde überall eingeladen. Ich hatte jede Menge Frauen. Meine Wahlkampfkassen waren prall gefüllt. Ich war der nächste Senator von Virginia und hatte die Welt bei den Eiern, als die Amtszeit meines Vaters endete. Alles in meinem Leben war auf diesen Punkt zugelaufen, und nichts würde mich aufhalten. Bis ich mich eines Nachts, drei Wochen, bevor ich meine Kandidatur bekanntgeben sollte, mit meinen College-Freunden betrank und es für eine gute Idee hielt, anschließend nach Hause zu fahren."

Lindsey fühlte mit ihm, als sie den Schmerz in seiner Stimme hörte. Verschwunden war die Arroganz des Anfangs. An ihrer Stelle war echtes Leid.

„Ich wurde ausgerechnet auf der 14th Street Bridge erwischt." Er lachte ironisch. „Ziemlich symbolträchtig. Ich war auf halbem Weg zwischen Virginia und Washington, als das Leben, das ich geplant hatte, in Rauch aufging. Ich wurde wegen Trunkenheit am Steuer angeklagt, mein Blutalkoholspiegel überschritt den gesetzlich zugelassenen Grenzwert um das Doppelte. Kein politischer Einfluss der Welt konnte mich da rausboxen. Über Nacht wurde ich vom Erwählten zur unerwünschten Person. Ich strauchelte nicht nur, ich befand mich im freien Fall. Die gleichen Leute, die mich noch am Tag vor meiner Verhaftung am Telefon belagert hatten, behandelten mich am nächsten Tag wie einen Aussätzigen. Mein Polizeifoto wurde in sämtlichen Zeitungen Washingtons abgedruckt. Die Nachrichtensendungen, die sich einst um mich gerissen hatten, verspotteten mich nun. Das Schweigen meiner ‚Freunde' war ohrenbetäubend."

An irgendeinem Punkt merkte Lindsey, dass er direkt zu ihr sprach. Obwohl sie bewegt war von seiner schonungslosen Offenheit, konnte sie den Blick nicht abwenden vom intensiven Ausdruck seiner Augen.

„Am schlimmsten war die Enttäuschung meines Vaters. Ihn vor allem hatte ich stolz machen wollen. Nie werde ich seinen Gesichtsausdruck vergessen, als er die Kaution für meine Entlassung aus dem Gefängnis bezahlte. Selbst meine Mutter schien mir nicht in die Augen sehen zu können. Als alle anderen mich verließen, blieben meine guten Freunde Whiskey und Bier bei mir. Wir drei wurden die besten Freunde." Terry machte eine Pause, um einen Schluck Wasser zu trinken. Er wandte dabei den Blick nicht ab von Lindsey.

„Mein Vater wollte nichts mehr von mir wissen, und plötzlich galt mein jüngerer Bruder als berechtigter Nachfolger, obwohl der gar keine Ambitionen hatte, für den Senat zu kandidieren. Er war Mitbesitzer eines erfolgreichen Unternehmens und wollte mit Politik nichts zu tun haben. Unser Vater ist ein Mann mit großer Überzeugungskraft, und wenn er etwas will, ist es verdammt schwierig, Nein zu ihm zu sagen. Mein Bruder knickte unter dem enormen Druck schließlich ein und erklärte sich einverstanden, für den Senat zu kandidieren. Er war gerade erst dreißig geworden und daher nur knapp berechtigt. An dem Abend, an dem mein Bruder seine Absicht verkündete, das Amt unseres Vaters zu übernehmen, das dieser vier Jahrzehnte lang innegehabt hatte – das Amt, das eigentlich meines werden sollte –, betrank ich mich zum ersten Mal bis zur Besinnungslosigkeit."

Tränen rannen Lindsey über das Gesicht, ohne dass sie es verhindern konnte.

„Natürlich gewann mein Bruder. Mit der Maschinerie meines Vaters im Rücken war er praktisch unschlagbar. An die nächsten fünf Jahre erinnere ich mich nicht mehr genau. Alles, was mich interessierte, war, betrunken zu sein und es zu bleiben, um nicht mitzubekommen, wie mein Bruder den Job machte, der meiner hätte sein sollen – und den er nicht einmal wollte. Der Job, den ich mit jeder Faser meines Seins wollte. Ich wurde zur permanenten Enttäuschung und Schande für meine Eltern und meine Familie. Mein Vater verschaffte mir einen Job in einem Lobby-Unternehmen in der Innenstadt. Man gab mir ein Büro sowie einen Titel, aber im Prinzip nichts Vernünftiges zu tun. Dadurch hatte ich massenhaft Zeit und Geld – um meine Sucht zu finanzieren. Und das tat ich. Ich verlor ganze Tage durch

Blackouts. Oft wachte ich an fremden Orten auf, mit fremden Leuten, ohne die leiseste Ahnung, wie ich dorthin gekommen war. Ich hatte völlig die Kontrolle verloren. Nach einigen Jahren gaben meine Eltern und Geschwister ihre Versuche auf, mich dazu zu bringen, mit dem Trinken aufzuhören. Sie hörten auf, mich anzuflehen, ich solle mir Hilfe suchen. Sie überließen es mir, den Tiefpunkt ganz allein zu finden."

Lindsey wischte sich hektisch die Tränen aus dem Gesicht.

„Und dann wurde mein Bruder in seinem Apartment in Washington ermordet und ich galt plötzlich als Hauptverdächtiger, weil er am Abend seines ersten Sieges bei einem Gesetzgebungsverfahren ermordet wurde. Ich war außer mir über die Verdächtigungen, ich könnte etwas mit dem Mord an meinem eigenen Bruder zu tun gehabt haben. Andererseits – warum sollte ich es nicht getan haben? Leute haben schon aus deutlich niedrigeren Motiven als meinem Neid, der seit Jahren an mir fraß, getötet. Ich wurde von der Polizei befragt und konnte ihnen nicht sagen, mit wem ich die fragliche Nacht verbracht hatte. Und zwar weil ich mich schlicht und einfach nicht mehr daran erinnern konnte. Ich wusste, dass ich mit einer Frau zusammen gewesen war, mit ihr gefeiert und Sex gehabt hatte, aber ich konnte mich absolut nicht mehr daran erinnern, wer sie war oder wo wir gewesen waren. Da stand ich also, mit Motiv und ohne Alibi.

Die vorangegangene Enttäuschung meines Vaters war nichts im Vergleich zu diesem Vorfall. Als er merkte, dass ich für den Tag der Ermordung meines Bruders kein Alibi vorweisen konnte, weil ich zu betrunken gewesen war, um mich an die Frau zu erinnern, sah er mich voller Verachtung und Abscheu an. Ich habe keinen Zweifel daran, dass er in diesem Moment gedacht hat: Wenn ich schon einen Sohn verlieren muss, warum konnte es nicht diese Null sein statt meines talentierten Lieblingssohnes, der eine Quelle des Stolzes für mich war? Und um ehrlich zu sein – ich konnte es ihm nicht verdenken. An seiner Stelle hätte ich wohl genauso empfunden. Die nächsten Tage verbrachte ich mit der fieberhaften Rekonstruktion jener Nacht. Ich suchte all meine üblichen Kneipen und Bars auf, redete mit Bartendern und den Leuten, mit denen ich ständig trank. Niemand konnte sich daran erinnern, mich mit einer Frau weggehen gesehen zu haben. Ich verbrachte Tage ohne einen Drink, und die Entzugserscheinungen brachten mich fast um. Meine Hände zitterten so heftig, dass ich kaum fahren konnte. Ich blieb vier Tage hintereinander voller Panik wach."

Er holte tief Luft, und Lindsey sah, dass seine Hände auch jetzt zitterten. Trotzdem wandte er den Blick nicht ab von ihr. „Der Grund für meine Panik war, dass ich nicht mit absoluter Sicherheit behaupten konnte, meinen Bruder *nicht* getötet zu haben. Schließlich hatte ich ihm bestimmt tausendmal den Tod gewünscht, seit er mir mein Leben ‚weggenommen' hatte. Und es war auch nicht so, als hätte ich mir nicht vorgestellt, ihn zu erwürgen, damit mein Vater mich wieder so ansehen würde, wie er es früher getan hatte. Zu dem Zeitpunkt hatte ich mir die Wahrheit dahingehend umgedeutet, dass mein Bruder für meinen Niedergang verantwortlich war. *Er* war die Wurzel allen Übels. Mein erster Gedanke, als ich von dem Mord an meinem Bruder hörte, war: O nein, habe ich es tatsächlich getan? Mein Tiefpunkt war, als die Polizei mich im Morgengrauen aus dem Haus meiner Eltern holte und wegen Mordverdacht verhaftete. Als hätten meine Eltern mit der Planung der Beerdigung ihres jüngsten Sohnes nicht genug um die Ohren gehabt. Nun drohte dem älteren Sohn auch noch eine Anklage wegen des Mordes an seinem Bruder. Ich wurde die längsten neunzig Minuten meines Lebens verhört von einer der besten Mordermittlerinnen des Landes, und während ich die ganze Zeit meine Unschuld beteuerte, war ich mir gar nicht sicher, ob ich tatsächlich unschuldig war. Abgesehen von einer vagen Erinnerung an eine Party und eine Frau wusste ich nichts mehr aus jener Nacht.

Glücklicherweise hatte die Polizei nicht den kleinsten Beweis, der mich mit dem Verbrechen in Verbindung gebracht hätte. Später erfuhr ich, dass die Frau, mit der ich die Nacht verbracht hatte, sich gemeldet habe, nachdem sie aus den Nachrichten von meiner Verhaftung gehört hatte. Ich weiß bis heute weder ihren Namen noch wie sie aussieht oder wo wir den Abend verbracht haben. Ich wurde aus dem Polizeigewahrsam entlassen und nach Hause geschickt, um an der Beerdigung meines Bruders teilzunehmen. Der beste Freund und Stabschef meines Bruders wurde gebeten, das letzte Jahr der Legislaturperiode im Senat für John zu beenden. Ich ging zu seiner Vereidigung, weil ich wusste, dass meine Eltern das von mir erwarteten, und ich wollte sie einfach nicht mehr enttäuschen. Hinterher nahm mich der neue Senator beiseite und stellte mir eine Frage, die ich bis heute nicht recht fassen kann. Er bat mich, sein stellvertretender Stabschef zu werden. Er meinte, er wolle meinen politischen Scharfsinn in seinem Team. Völlig verblüfft nahm ich sein Angebot an. Daran war jedoch eine Bedingung geknüpft – dreißig Tage in einer Entzugsklinik. Ich verbrachte gleich sechzig Tage dort, um ganz sicher zu sein, dass ich mich dem Leben ohne Alkohol stellen konnte.

In den fast hundert Tagen seit dem Tod meines Bruders habe ich nichts mehr getrunken. Nach meinem Aufenthalt in der Entzugsklinik habe ich meinen neuen Job angetreten, zu dem auch die Organisation der Kampagne zur Wiederwahl des Senators gehört. Ich bin zurück in dem Spiel, das ich liebe. Jeden Tag stehe ich auf mit dem Gefühl, ein Ziel zu haben, so wie ich es noch nie vorher empfunden habe. Mein Vater ruft mich täglich an, um zu erfahren, woran ich arbeite und um verschiedene Themen mit mir zu besprechen. Er schätzt meine Meinung und ich seine Weisheit. Er sieht mich nicht länger an, als sei ich die größte Enttäuschung seines Lebens. Derzeit kann ich mir keine Situation vorstellen, in der ich wieder anfangen könnte zu trinken oder in dieses sinnlose Dasein zurückkehren, in dem ich zuvor verharrt habe. Ich habe gelernt, dass niemand ein Recht auf irgendetwas hat und dass die besten Dinge im Leben Liebe, Respekt und harte Arbeit sind. Dieses Programm hat mir das Leben gerettet, und ich bin jeden Tag dankbar für das Leben, das ich jetzt führe. Danke fürs Zuhören."

Die Gruppe applaudierte, als Terry zu seinem Platz neben Lindsey zurückkehrte. Sie wagte es nicht, ihn anzusehen, daher ergriff sie nur seine Hand und hielt sie zwischen ihren Händen.

„Du hast toll ausgesehen da draußen, Kumpel", sagte Nick, während Scotty sich die Hände vor dem Abendessen wusch. Er hatte gerade eine Stunde am Telefon mit Christina und Terry verbracht, um die Wahlkampftermine auf die Vorschläge der Capitol Police abzustimmen. „Graham meint, du seist ein Naturtalent auf dem Pferd."

Das Gesicht des Jungen hellte sich auf vor Freude über dieses Kompliment. „Wirklich?"

„Jap, und er weiß, wovon er spricht."

„Sie haben gesagt, ich soll sie Graham und Laine nennen, aber ich fühle mich unwohl dabei. Mrs. Littlefield meint, es ist respektlos, Erwachsene mit dem Vornamen anzureden, besonders ältere Leute."

„Du redest mich und Sam auch mit Vornamen an."

„Das ist doch was anderes."

Nick lehnte sich an die Frisierkommode im Badezimmer und verschränkte die Arme. „Inwiefern ist das etwas anderes?"

„Na, das seid ihr, du und Sam. Ihr seid anders."

Ein warmes Gefühl breitete sich in Nick aus, während er den Jungen, den er inzwischen sehr ins Herz geschlossen hatte, beobachtete. „Ach ja?"

„Ja." Scotty sah ihn an. „Ich habe über das nachgedacht, was du gesagt hast. Gestern."

Halt den Ball flach, dachte Nick. „Was ist damit?"

„Na, es gibt etwas, was ich dich fragen will, aber du sollst nicht denken, dass ich nur unsere Freundschaft ausnutze oder so was. Du hast schon so viel für mich getan."

„Was immer es ist, du brauchst nur zu fragen. Ich werde niemals denken, dass du nur meine Freundschaft auszunutzen versuchst. Was glaubst du, warum ich dich gefragt habe, ob du bei uns leben willst? Sam und ich wollen alles für dich tun." So viel zum Vorsatz, den Ball flach zu halten.

„Das ist echt nett von euch. Ich kann es immer noch nicht fassen, dass ihr so für mich empfindet."

„Tun wir aber, und hier kommt noch etwas, was du wissen musst – unsere Liebe und Freundschaft ist für immer. Ganz gleich, wie du dich in der Frage, ob du bei uns leben möchtest, entscheiden wirst, wir werden in jeder Hinsicht stets für dich da sein."

„Das ist echt cool", sagte Scotty mit leiser Stimme, und seine großen braunen Augen glänzten von unvergossenen Tränen.

Um diesen Moment ein wenig aufzulockern, wuschelte Nick ihm durch die Haare. „Und jetzt nutz meine Freundschaft aus. Was willst du mich fragen?"

Scotty zögerte, dann holte er tief Luft. „Einer meiner Freunde in der Schule besucht in diesem Sommer dieses unfassbar coole Baseball-Camp in D.C. Es sind drei Wochen, und es ist bestimmt teuer ..."

„Natürlich kannst du hin. Es ist mir egal, wie viel es kostet."

„Das ist keine verantwortungsbewusste Antwort. Mrs. Littlefield meint, man soll sich immer vorher informieren, wie viel etwas kostet, bevor man es kauft."

Nick lachte und musste den Jungen einfach umarmen. „Da hat Mrs. Littlefield absolut recht."

Scotty schlang die Arme um seine Taille. Nick hoffte, er würde nie mehr loslassen. „Wenn es für euch okay ist, könnte ich während des Camps bei euch wohnen, dann sehen wir, wie es läuft."

„Ja, Kumpel", sagte Nick und musste vor Rührung die Augen schließen. „Das wäre schön."

Sam hielt vor dem Haus der Morgans, in dem sie einst nicht wenig Zeit verbracht hatte, auch wenn sie sich dort nie richtig wohl gefühlt hatte.

„Wie lautet der Plan?", fragte Freddie.

„Ich gehe an die Tür und tue so, als wäre ich zufällig in der Gegend gewesen", antwortete Sam. „Vielleicht finde ich heraus, wo Melissa sich aufhält."

„Und wenn sie da drinnen auf dich wartet?"

„Das wird sie nicht."

„Und woher weißt du das?", wollte Gonzo wissen.

„Das würde die Spannung zerstören", erklärte Sam, hochkonzentriert und den Faden ihres Vaters aufnehmend. „Sie wird den großen Auftritt wollen, irgendetwas Dramatisches. Eine Pattsituation vor dem Haus ihrer Eltern würde ihrem narzisstischen Verlangen nach Ruhm nicht entsprechen."

„Trotzdem", meinte Freddie. „Ich finde, du solltest da nicht allein hingehen."

„Na schön. Bleib beim Wagen stehen und gib mir Rückendeckung, aber lass dich nicht sehen." Sam stieg aus und ging die Stufen zur großen Veranda hinauf, die dekoriert war mit weißen Korbmöbeln und Topfpflanzen mit farbenprächtigen Blüten. Sie klopfte an die Tür und spähte durch ein Fenster, konnte jedoch wegen der Gardinen nichts erkennen.

Nachdem sie erneut geklopft hatte, schaute sie zu den Nachbarhäusern. Eine ältere Dame goss Pflanzen auf der Veranda nebenan.

„Hab die schon seit einigen Tagen nicht mehr gesehen", erklärte die Frau.

„Ist das ungewöhnlich?"

„Irgendwie schon. Normalerweise erzählen sie mir, wenn sie weg sein werden, damit ich ihre Blumen gieße und die Post reinhole. Das machen wir gegenseitig. Schon seit bald dreißig Jahren."

„War die Tochter der beiden in letzter Zeit hier?"

Das Lächeln der Frau wich einem Stirnrunzeln. „Ich habe sie nicht gesehen. Warum, stimmt was nicht?"

„Wir sind uns nicht sicher." Sam zeigte der Frau ihre Dienstmarke. „Haben Sie zufällig einen Schlüssel?"

„Na ja, den hab ich, aber ich weiß nicht ..." Sie nestelte am Kragen ihres Hauskleids herum. „Es käme mir nicht richtig vor, eine Fremde in ihr Haus zu lassen."

„Ich bin Polizistin, Ma'am. Lieutenant Sam Holland vom Metro Police Department."

„Oh! Sie sind diejenige, die diesen gut aussehenden Senator geheiratet hat!"

Sam spürte, wie ihr Gesicht heiß wurde. „Ja, Ma'am."

Die Frau lehnte sich über ihr Verandageländer. „Ist er im wirklichen Leben so attraktiv wie auf den Fotos?"

„Ja, Ma'am."

„Das dachte ich mir." Sie fächelte sich Luft zu. „Sie sind ein glückliches Mädchen."

„Ja, bin ich. Was ist nun wegen des Schlüssels?"

„Da ich jetzt das Gefühl habe, Sie zu kennen, hätten die Morgans sicher nichts dagegen, wenn ich Sie ins Haus lasse. Ich bin gleich wieder da."

Während die Frau verschwand, schaute Sam zu Freddie und Gonzo, die sich vor stillem Lachen nicht mehr einkriegen wollten. „Haltet den Mund", warnte Sam sie mit zusammengebissenen Zähnen.

„Sooo berühmt", meinte Gonzo.

„Ich sagte, haltet den Mund."

„Ich persönlich finde ja, dass er auf den Fotos besser aussieht als in natura", erklärte Freddie, ohne die Miene zu verziehen.

Sam zeigte ihm den Finger, was die beiden erst recht zum Lachen brachte. Offenbar war es ihr Schicksal, von Clowns umgeben zu sein.

Die Nachbarin kehrte zurück und kam ihre Stufen herunter. Auf dem Weg nach nebenan nickte sie Freddie und Gonzo zu. Sie kam zu Sam auf die andere Veranda und gab ihr den Schlüssel.

„Ich muss Sie bitten, hier draußen zu warten", sagte Sam. „Nur für den Fall."

„Welchen Fall?"

„Das weiß ich noch nicht." Ein ungutes Gefühl beschlich sie, und Sam hatte gelernt, auf solche Warnzeichen zu hören. Sie schob den Schlüssel ins Schloss und öffnete die Tür. Sofort schlug ihr der Verwesungsgeruch entgegen.

Anscheinend roch es auch die Nachbarin, denn sie schnappte erschrocken nach Luft und stieß einen Schreckenslaut aus.

„Cruz, Gonzales", rief Sam. „Kümmert euch bitte um sie und ruft Verstärkung. Sofort." Sich mit der einen Hand Mund und Nase zuhaltend, betrat Sam die Hölle. Waren die anderen Morde Melissas gekennzeichnet gewesen durch Schlichtheit, hatte sie sich hier für große Dramatik entschieden, als wollte sie absolut keinen Zweifel daran lassen, dass diese Leute tatsächlich ermordet worden waren. Blut war auf dem Fußboden, den Wänden, dem Teppich.

Mr. Morgan lag hingestreckt im vorderen Zimmer, das seine Frau stets für Gäste bereithielt. Soweit Sam es erkennen konnte, schien er mit einem stumpfen Gegenstand erschlagen worden zu sein.

Durch den Mund atmend, ging Sam weiter ins Haus hinein, das sich in den zwanzig Jahren, seit sie zuletzt hier gewesen war, nicht viel verändert hatte. Sie fand Mrs. Morgan, ebenfalls erschlagen, in der Küche. Auf dem Fußboden neben ihr lag ein gut einen halben Meter langes Metallohr, das mit Blut und Gehirnmasse beschmiert war.

Sam war von Trauer überwältigt. Es waren schwierige, starrsinnige Eltern gewesen, aber das hier hatte niemand verdient. „O Melissa", murmelte sie. „Warum?"

„Heiliger Strohsack", brummte Freddie, als er zu ihr kam und das Blutbad betrachtete. „Bisschen anders als die anderen, was?"

„Das dachte ich auch gerade. Sie wollte, dass es diesmal keine Zweifel gibt."

„Gonzo ist von einer Streife informiert worden, dass Melissas Exmann und die Kinder für diese Woche im Urlaub außerhalb der Stadt sind."

„Und die Quelle ist sicher, dass sie die Reise auch angetreten haben?"

„Hat sie zum Flughafen gefahren."

„Dem Himmel sei Dank", sagte Sam. „Diese Reise hat ihm womöglich das Leben gerettet, wenn nicht ihnen allen."

Sie machten Fotos von den Opfern und verrichteten schweigend ihre Arbeit am Tatort, bis Lindsey McNamara auftauchte.

„Was haben wir hier?", erkundigte sich die Gerichtsmedizinerin.

Sam bat Freddie, sich in der Nachbarschaft umzuhören, dann informierte sie Lindsey über das, was sie wusste und über Melissa erfahren hatte.

Lindsey nahm das alles kommentarlos zur Kenntnis und machte sich an die Arbeit, zuerst bei Mrs. Morgan und anschließend, nachdem die Leiche aus dem Haus gebracht worden war, bei Mr. Morgan. „Zeitpunkt des Todes vermutlich gestern Vormittag. Ich kann es genauer eingrenzen, sobald ich die zwei im Labor habe."

„Ist alles in Ordnung, Doc?", erkundigte sich Sam.

Lindsey schaute auf zu ihr. „Warum fragen Sie?"

„Sie wirken ein wenig abwesend."

Lindsey richtete ihre Aufmerksamkeit wieder auf Mr. Morgan.

„Haben Sie Terry gesehen?"

Lindsey nickte. „Könnte man so sagen."

„Oh, aha … wie war es?"

„Erstaunlich."

Sam fing an zu lachen, bremste sich jedoch angesichts des Ortes und dessen, was sie hier taten. „Ich freue mich für Sie. Für Sie beide."

„Ich war heute mit ihm bei einem AA-Meeting und habe seine Geschichte gehört." Erneut sah sie hoch zu Sam, und die Emotionen standen ihr ins Gesicht geschrieben. „Ich hatte keine Ahnung, was er durchgemacht hat. Aber das Beeindruckendste war, dass er niemanden außer sich selbst dafür verantwortlich macht. Keine Ausreden, kein Selbstmitleid."

„Das klingt vielversprechend."

Lindsey nickte. „Ich hatte befürchtet, eine Litanei von Entschuldigungen zu hören und Schuldzuweisungen, wie bei meinem Vater früher. Aber davon gab es nichts."

„Er scheint sein Leben wirklich geändert zu haben. Ich frage mich nur …"

„Was?"

„Er ist noch nicht lange aus der Entzugsklinik raus. Ich würde Sie ungern verletzt sehen, wenn er rückfällig wird."

Lindsey richtete sich auf und zog ihre Latexhandschuhe aus. „Ich schätze, ich muss diese Möglichkeit in Kauf nehmen. Zumindest tue ich es offenen Auges." Sie gab ihren Mitarbeitern ein Zeichen, die Leiche abzutransportieren.

„Ich hoffe, es funktioniert für Sie beide", sagte Sam, während sie zuschauten, wie Mr. Morgan aus dem Haus gebracht wurde.

„Wir werden sehen."

Sam überließ das Haus der Spurensicherung und traf draußen auf dem Gehsteig Malone, Gonzales und Cruz. Sie brachte Malone auf den neuesten Stand. „Wir müssen die Tatsache, dass wir ihre Eltern gefunden haben, aus den Medien heraushalten", erklärte Sam mit bedeutungsvollem Blick zu Tweedledee und Tweedledum, die mit großen Augen und weißen Gesichtern dastanden, nachdem sie den Abtransport der Leichen verfolgt hatten.

„Ich werde mich darum kümmern", versprach Malone.

„Wie sieht der Plan aus, Lieutenant?", fragte Gonzo.

„Gib mir eine Minute", erwiderte Sam. „Lass mich

nachdenken." Auf dem Gehsteig vor dem Haus der Morgans auf und ab gehend, unter den wachsamen Augen der Kollegen und der Nachbarn, dachte sie über die Frau nach, die sie einst so gut gekannt hatte. Die Frau, die sie einst zu ihren engsten Freunden gezählt hatte, bis diese Freundin zu anstrengend geworden war.

Während sie auf und ab ging, sprach Malone mit den Nachbarn. Wahrscheinlich bat er sie darum, nicht mit den Medien zu sprechen.

Sie und Melissa waren verrückte Teenager gewesen, die gemeinsam die ersten Schwärmereien und Verliebtheiten durchgemacht hatten. Sie hatten sich jede Einzelheit ihres Lebens anvertraut, bis das alles eines Tages ohne ersichtlichen Grund aufgehört hatte. Melissa hatte Sam nicht mehr zurückgerufen und die Freundschaft beendet. Warum, wusste Sam bis heute nicht.

Einige Jahre später, während der Collegezeit, war Melissa wieder aufgetaucht und hatte sich benommen, als sei nie etwas gewesen. Sie hatte Sam erklärt, sie würde heiraten und hatte sie gebeten, Brautjungfer bei ihrer Hochzeit zu sein. Sam war überrascht gewesen – und traurig –, dass Melissa zu dem Zeitpunkt keine anderen Freunde hatte, die ihr so nahestanden. Obwohl sie eigentlich nicht der Hochzeit hatte beiwohnen wollen, tat Sam es. Dort waren ihr Crystal und Jed Trainer begegnet. Die Erinnerung wurde nun klarer, da Sam wusste, wo sie sich begegnet waren. Crystal war eine Studienfreundin von Melissa gewesen. Sam fragte sich, ob Crystal auch die Nase voll gehabt hatte von Melissas Hang zum Drama und dafür mit ihrem Leben bezahlt hatte. Morgen würde sie Jed Trainer danach fragen und sich seine Affäre mit Melissa schildern lassen.

Nach ihrer Hochzeit hatte Melissa in den folgenden Jahren sporadisch Kontakt gehalten. Als Sam Peter geheiratet hatte, hatte sie Melissa zur Hochzeit eingeladen, doch die war nicht gekommen, weil Sam sie nicht auch zum Polterabend eingeladen hatte. Als sie das nächste Mal wieder aufgetaucht war, hatte sie zehn Kilo zugenommen und zwei Kinder, mit deren Erziehung sie überfordert war. Ihre Ehe lief schlecht, und ihr Mann, in den sie heftig verliebt gewesen war, hatte sich als riesige Enttäuschung entpuppt – zumindest hatte sie das behauptet.

Sam hatte Melissa und ihre eigensinnigen Kinder ein paarmal

besucht. Als Melissa danach erneut abgetaucht war, war Sam fast erleichtert gewesen. Sie war mit ihrer Karriere beim Police Department vollauf beschäftigt gewesen und hatte Melissas Dramen nicht gebrauchen können.

Jahre waren vergangen, ehe Melissa wieder in ihr Leben getreten war, indem sie Debbie gebeten hatte, ein Treffen zu arrangieren, da Sam etliche Anrufe von Melissa ignoriert hatte. Als Sam begriffen hatte, dass Melissa sie und Debbie manipuliert hatte, hatte sie die Party verlassen, ohne ein Wort mit ihrer früheren Freundin gewechselt zu haben. Seitdem hatte Sam nichts mehr von ihr gehört oder gesehen. Das Timing der Mordserie machte Sam stutzig, denn die hatte nur Wochen nach der Hochzeit begonnen, zu der sie Melissa nicht eingeladen hatte.

Sam blieb unvermittelt vor ihren drei Kollegen stehen. „Ich muss mit Amanda Lynch sprechen."

31

Nachdem sie vier Stunden vergeblich gewartet hatten, dass Sam zurückkam und mit ihnen über den Fitzgerald-Fall sprach, gaben Jeannie und Will es auf.

„Meinst du, sie weiß, dass wir ihr etwas über ihren Dad erzählen müssen, das sie lieber nicht hören will?", fragte Will, während sie um acht Uhr an diesem Abend ein Sandwich im Konferenzraum aßen.

„Ich glaube, damit rechnet sie nicht. Sie hat mir diesen Fall gegeben, um mich wieder zum Arbeiten zu motivieren, ohne dass es zu stressig wird und ohne den Druck, den ein aktueller Fall immer mit sich bringt. Hätte sie gewusst, dass Skip diesen Fall verbockt hat, hätte sie uns nie und nimmer darum gebeten, ihn uns noch einmal vorzunehmen."

„Stimmt auch wieder. Jeder weiß, wie nahe die zwei sich stehen."

„Äh, verzeihen Sie, Detective McBride?"

Jeannie wischte sich den Mund ab und stand auf.

„Ich bin Sams Schwester Tracy. Wir haben uns auf der Brautparty kennengelernt, wissen Sie noch?"

„Ja, natürlich. Kommen Sie herein. Dies ist mein Partner Will Tyrone."

Tracy nickte Will zu. „Freut mich."

„Was können wir für Sie tun?", fragte Jeannie und bot Tracy einen Platz an.

„Sam ist nicht hier, oder?"

„Momentan nicht."

„Gut." Tracy knetete nervös ihre Hände.

„Ist alles in Ordnung, Tracy?"

„Sam hat mir erzählt, dass Sie sich mit dem Fitzgerald-Fall befassen."

„Das ist richtig."

„Ich habe mich gefragt ... Konnten Sie etwas Neues in Erfahrung bringen darüber, was mit Tyler passiert ist?"

„Wir haben Vermutungen", erwiderte Jeannie und sah zu Will. „Aber nichts, was wir beweisen können."

„Mein Dad hat ziemlich hart an diesem Fall gearbeitet."

„Das können wir anhand seiner Notizen bestätigen."

„Es war ... hm, eine schwere Zeit für ihn."

Das höre ich jetzt zum zweiten Mal, dachte Jeannie. „Wie meinen Sie das?"

„Das bleibt alles unter uns, ja? Sie tragen nichts davon an Sam weiter?"

Jeannie tauschte erneut einen Blick mit Will. „Sie bringen uns in eine unangenehme Situation, indem Sie uns bitten, unserem Lieutenant Dinge vorzuenthalten. Mir ist schon klar, dass sie Ihre Schwester ist, aber ..."

„Ich weiß, und ich sollte auch gar nicht hier sein ... aber ich wollte, dass Sie wissen ... Mein Vater hat einiges durchgemacht, während er an diesem Fall gearbeitet hat. Das hatte nichts mit dem Fall oder der Arbeit zu tun." Tracy atmete tief durch und rang sichtlich um Fassung. „Damals verließ meine Mutter ihn zum ersten Mal. Ich habe sie streiten gehört. Sie warf ihm alles Mögliche vor. Sie behauptete, er sei ihr untreu, trinke zu viel, sei mit seiner Arbeit verheiratet. Sie sagte, so könne sie nicht mehr leben. Am nächsten Tag war sie fort, als wir aufwachten. Dad erklärte, sie unternehme eine Reise mit ihren Freundinnen, und meine Schwestern glaubten ihm. Aber ich wusste es besser. Noch Wochen danach war er am Boden zerstört, während der gesamten Ermittlung im Fall Fitzgerald. Ich habe ihn am Telefon sagen gehört, er habe einen Verdächtigen, könne dieser Person jedoch nichts nachweisen. Er sagte, wenn es ihm gelänge, würde es die Fitzgeralds noch mehr zerstören als ohnehin schon. Er klang schrecklich hin- und hergerissen. Ich verstehe nicht, was das alles bedeutet hat. Ich weiß nur, was ich gehört habe."

Sie räusperte sich und sah die zwei Polizisten an. „Ich habe keine Ahnung, was Sie bei Ihren Ermittlungen in Erfahrung gebracht haben, aber ich wollte Ihnen nur sagen, dass mein Dad stets versucht hat, ein guter Polizist und ein guter Mann zu sein."

„Wir haben nichts Gegenteiliges herausgefunden", versicherte Jeannie ihr. „Sam weiß davon nichts?"

Tracy schüttelte den Kopf. „Sie verehrt ihn. Das würde ich ihr niemals nehmen wollen, und ich hoffe, das werden Sie auch nicht. Wie die Leute hier ihn behandeln ... das war eine enorme Unterstützung für ihn."

„Wir werden diese Informationen, die Sie uns gegeben haben, aus dem Bericht heraushalten", versprach Jeannie.

„Dafür wäre ich Ihnen sehr dankbar. Mein Vater hat diesem Department so viel gegeben."

„Ja, das hat er. Wir sind froh, dass es ihm schon wieder besser geht."

„Wir auch." Tracy stand auf. „Danke für Ihre Zeit und Diskretion."

„Danke, dass Sie zu uns gekommen sind. Sie haben uns einiges zum Nachdenken gegeben."

Nachdem Tracy gegangen war, saßen die beiden Detectives eine ganze Weile schweigend da und dachten über das nach, was sie gerade erfahren hatten.

„Was machen wir jetzt?", fragte Will.

„Wenn ich das wüsste."

Sam setzte Freddie und Gonzo am Hauptquartier ab, damit sie mit der Suche nach Melissa beginnen konnten, und machte sich anschließend auf den Weg nach Woodley Park. Im Haus der Lynchs fand sie Amanda in der Obhut ihrer Schwester vor. Sie waren gerade zurück, nachdem sie einen Sarg für Mr. Lynch ausgesucht hatten. Amandas Gesicht nach zu urteilen, hatte sie nicht viel geschlafen, seit Sam sie am Tag zuvor gesehen hatte.

„Es tut mir leid, Sie erneut behelligen zu müssen, Mrs. Lynch", begann Sam, „aber es haben sich noch einige Fragen ergeben, die nicht warten können."

Amanda winkte in einer hilflosen Geste ab, die Sam zu Herzen ging. Was kümmerte es sie noch, ob Sam Fragen hatte? Ihr Leben war zerstört worden, und nichts, was Sam sagte oder tat, würde etwas daran ändern. Sam konnte sich nicht annähernd ausmalen, wie Amanda sich fühlte, und wollte es auch gar nicht.

„Kennen Sie eine Frau namens Melissa Morgan?"

Amanda dachte eine Minute darüber nach, dann schüttelte sie den Kopf. „Die einzige Melissa, die ich kenne, ist eine Melissa Woodmansee." Ihre Miene verdunkelte sich. „Eine echte Zicke, die sich an meinen Mann herangemacht hat. Als wir sie damit konfrontiert haben, hat sie versucht, uns die Schuld daran zu geben, dass ihr Mann sie verlassen hat."

Sams Mut sank. Sie hatte gewusst, dass es da eine Verbindung gab, aber es zu hören, führte ihr traurig vor Augen, was sie Amanda würde sagen müssen.

„Was?", fragte Amanda. „Sie wissen etwas. Sagen Sie es mir. Bitte."

Sam holte tief Luft und ergriff Amandas Hand. „Wir haben Grund zu der Annahme, dass Melissa Ihren Mann getötet hat."

Amanda Lynchs lautes Wehklagen trieb Sam Tränen in die Augen. Sie hatte schon früher mit den Hinterbliebenen von Mordopfern mitgefühlt. Aber seit sie Nick hatte, empfand sie ein noch viel tieferes Mitgefühl für Leute wie Amanda, die die Liebe ihres Lebens verloren hatten.

„Warum?", wollte Amanda wissen und suchte in Sams Augen nach Antworten, die Sam nicht hatte. „Warum sollte sie meinen Jimmy umbringen? Wir haben sie seit Jahren nicht gesehen!"

„Weil Sie sie ausgeschlossen haben. Sie haben nicht mehr mit ihr gesprochen."

„Natürlich nicht! Sie hat versucht, meinen Mann ins Bett zu bekommen. Wir waren angewidert davon, dass sie glaubte, ihn mir wegnehmen zu können. Sie hatte keine Ahnung, wie sehr er mich liebte, wie sehr wir einander liebten." Ein Schluchzer entwich ihr. „Sie hatte überhaupt keine Ahnung."

„Ich kannte sie ebenfalls. Vor Jahren. Auch ich habe den Kontakt zu ihr abgebrochen."

„Hatte sie es auch auf Ihren Mann abgesehen?"

Die Frage bohrte sich wie ein Messer in Sams Herz. Noch während sie den Kopf schüttelte, wurde ihr klar, dass Nicks Ausflug nach Boston mit Scotty ihm wahrscheinlich das Leben gerettet hatte. Bei der Vorstellung zog sich ihr Magen zusammen. „Sie ist in mein Haus eingebrochen und hat sämtliche meiner Kleidungsstücke zerfetzt, einschließlich meines Hochzeitskleids."

Amanda verzog das Gesicht. „Sie ist krank. Ich habe zu Jimmy schon immer gesagt, dass mit der etwas nicht stimmt. Aber er meinte, sie sei bloß eine Drama-Queen."

„Da hatte er auch recht." Sam drückte die Hand der anderen Frau. „Ich werde sie erwischen – für Sie und für Jimmy und für all die anderen Menschen, deren Leben sie zerstört hat."

„Was immer Sie tun, lassen Sie nicht zu, dass sie Ihnen den Mann nimmt. Diesen Schmerz wünsche ich niemandem."

„Um an ihn heranzukommen, müsste sie erst an mir vorbei."

Sam hatte Nick am Telefon, noch ehe sie zur Tür der Lynchs ganz hinaus war. „Wo bist du?", erkundigte sie sich, erleichtert darüber, seine Stimme zu hören.

„Auf dem Heimweg von der Farm. Und du?"

„Arbeite noch. Du musst etwas für mich tun."

„Alles."

„Triff dich mit mir im Hauptquartier."

„So spät? Was ist denn los?"

„Das erkläre ich dir, wenn ich dort bin." Froh, ihn noch erwischt zu haben, ehe er zu Hause war, fuhr Sam mit nur einem Ziel zum Hauptquartier – Nick in ihrer Nähe zu behalten, bis Melissa festgenommen war.

„Ich schwöre, das ist eine Krankheit", verkündete Sam, als sie ihr Büro betrat und erkannte, dass ihr Mann wieder einmal seine extreme Pingeligkeit an ihrem Schreibtisch ausgelebt hatte. In

Wahrheit aber war sie dermaßen glücklich, ihn zu sehen, dass er von ihr aus den ganzen Raum von oben bis unten hätte aufräumen können. „Es ist krankhaft."

Er grinste sie auf eine Weise an, die ihr stets aufs Neue weiche Knie bescherte. „Du hattest doch alles vor der Hochzeit aufgeräumt. Was ist passiert?"

„Morde sind passiert", entgegnete sie und beugte sich herunter, um ihn zu küssen.

Er legte ihr die Hand in den Nacken, damit sie sich nicht gleich wieder aufrichten und er sie leidenschaftlicher küssen konnte.

„Keine öffentlichen Zuneigungsbekundungen, Senator", warnte sie ihn, obwohl ihre Augen geschlossen waren und das Blut heiß durch ihre Adern rauschte.

Als jemand an die Tür klopfte, löste Sam sich von ihm. Sie drehte sich um und entdeckte Jeannie McBride mit ihrem Partner Will Tyrone. Bei ihnen war ein wütender Agent Hill. „Shit", murmelte Sam, als sie McBride und Tyrone sah. „Ich war viel länger weg als eine Stunde, oder?"

„Und nach allem, was ich gehört habe", meinte Hill, „waren Sie auch nicht die ganze Zeit im Krankenhaus."

„Was soll ich sagen? Die Pflicht hat gerufen. Wir haben diesen Fall gelöst, Agent Hill, Sie können also zurück nach Quantico oder wo auch immer Sie herkommen."

„Ich werde nirgendwohin gehen, solange Chief Farnsworth mir nicht sagt, dass ich hier nicht länger gebraucht werde."

„Sie werden hier nicht länger gebraucht, Hill", kam es von Farnsworth hinter ihm. „Es war voreilig von mir, Sie einzuschalten, aber ich bedanke mich für Ihre Hilfe."

Sam grinste Hill selbstzufrieden an. Er verließ mit wütender Miene ihr Büro und stürmte aus dem Kommissariat. Sam hatte allerdings das Gefühl, ihn eines Tages wiederzusehen.

„Lieutenant", begann Farnsworth. „Sie haben also herausgefunden, wer unser Mörder ist?"

„Genau genommen war es mein Vater." Sam erläuterte ihm, wie Skip die richtigen Schlüsse gezogen hatte.

„Ist das wahr?", fragte Farnsworth, stolz und zufrieden. „Der alte Mann hat es immer noch drauf, was?"

„Allerdings, und dem Himmel sei Dank, dass wir ihn noch haben." Zu Jeannie und Will sagte Sam: „Ihr zwei wartet schon lange darauf, mit mir zu sprechen. Gehen wir in den Konferenzraum."

Jeannie sah Will an, und der nickte. „Ehrlich gesagt", begann Jeannie, „wir haben alle Fall-Akten durchgesehen und noch einmal mit Zeugen gesprochen. Letztlich ist es uns nicht gelungen, neue Einsichten zu dem Fall zu gewinnen."

Enttäuscht nahm Sam den Stapel Ordner von Jeannie entgegen. Zu gern hätte sie ihrem Dad berichtet, dass sie den Fall für ihn hatten lösen können. „Na ja, danke für den Versuch. Schadet nie, mal wieder einen Blick auf einen alten Fall zu werfen."

„Lieutenant", meldete Farnsworth sich mit dieser strengen Stimme zu Wort, die er gut beherrschte. „Bitte sagen Sie mir, dass Sie einen Plan haben für die Verhaftung dieser Frau, die in meiner Stadt unschuldige Menschen umbringt."

Sam setzte ein gewinnendes Lächeln auf. „Selbstverständlich habe ich einen, Chief." An Nick gewandt, sagte sie: „Wir geben eine Party, Senator."

Als der Plan stand, Unwägbarkeiten geprüft waren und man einen Plan B zumindest in Betracht gezogen hatte, war es ein Uhr morgens. Das Eisenrohr, das im Haus der Morgans gefunden worden war, befand sich im Labor, doch die Ergebnisse der Untersuchung lagen noch nicht vor. Gonzo hatte anhand der Kreditkartendaten festgestellt, dass Melissa sich in einem Hotel außerhalb der Stadt versteckt hielt. Sam befahl zwei Detectives von der Nachtschicht, sie zu observieren. Sam hätte sie gern bereits in dieser Nacht festgenommen, doch da der Polizei keine Beweise gegen sie vorlagen, brauchten sie ein Geständnis. Indem Sam sich in Melissa und ihr Verlangen nach Aufmerksamkeit hineinversetzte, hatte sie ihren Plan entwickelt.

Sam schickte Melissa eine Textnachricht, in der sie ihr mitteilte, dass sie eine kleine Party für alte Freunde veranstalten wolle, am nächsten Tag um vier, damit diese ihren Mann kennenlernen konnten. Sie hoffe, Melissa könne kommen. Dazu schrieb sie ihre Adresse in der Ninth Street. Sam beabsichtigte, Melissa auf der „Party" zu einem Geständnis drängen zu können und ordnete an, dass sich ihr Team am nächsten Tag um drei bei ihr zu Hause treffen sollte. Dann schickte sie alle nach Hause und trug ihnen auf, zu schlafen.

„Wird sie in der Zwischenzeit versuchen, einen weiteren Mord zu begehen?", wollte Farnsworth wissen, nachdem Sam ihm die Details ihrer Planung dargelegt hatte.

„Das glaube ich nicht." Zumindest hoffte sie es. „Das Ziel ihres Rachefeldzugs war doch, alle Leute zu beseitigen, die ihr in der Vergangenheit Unrecht getan haben, und meine Aufmerksamkeit zu bekommen. Ich glaube, sie hat sich ihre Eltern – und mich – bis zum Schluss aufgespart."

„Und wenn sie nicht gesteht?"

„Dann wechseln wir zu Plan B."

„Und der wäre?"

„Weiß ich noch nicht genau, aber falls ich einen Plan B brauche, werde ich einen haben."

„Halten Sie mich auf dem Laufenden."

„Ja, Sir."

Sie war so müde, dass sie nicht widersprach, als Nick darauf bestand, sie nach Hause zu fahren.

Sie waren schon in der Lobby, auf dem Weg zum Parkplatz, als Joseph Alvarez durch den Haupteingang hereinkam.

„Du lieber Himmel", murmelte Sam bei dem Gedanken an das, was sie dem armen Mann über den Tod seines Sohnes würde beibringen müssen.

„Lieutenant", begrüßte er sie, offenbar überrascht, sie zu sehen. „Ich habe nicht erwartet, Sie um diese Uhrzeit an einem Samstag hier anzutreffen." Er schaute sich in der verlassenen Lobby um. „Ich konnte nicht schlafen und hatte gehofft, irgendwer könnte mir vielleicht neue Informationen über den Fall geben."

„Mr. Alvarez, dies ist mein Mann, Nick Cappuano."

Die beiden Männer schüttelten einander die Hände.

„Freut mich, Sie kennenzulernen, Senator."

„Ebenso. Mein herzliches Beileid."

Der Ausdruck des Mitgefühls trieb dem anderen die Tränen in die Augen. „Danke."

Sam deutete auf eine Sitzecke vor der Tür, die zu den Büros führte. „Nick, würdest du uns einen Moment allein lassen?"

„Das ist nicht nötig", versicherte Mr. Alvarez ihr. „Es gibt keinen Grund, warum er es nicht hören sollte. Vermutlich weiß er es längst."

Sam sah zu Nick, der sie mit seinem einfühlsamen Blick ermutigte.

Sie setzten sich, und Sam erklärte: „Wir wissen, wer Ihren Sohn ermordet hat."

Mr. Alvarez wirkte perplex. „Oh."

In möglichst knappen Worten berichtete Sam ihm von Melissas Rache für früher erlittene Kränkungen.

„Aber was hat das mit Danny zu tun?", fragte er verwirrt.

„Überhaupt nichts", antwortete Sam. „Es tut mir leid, sagen zu müssen, dass er einfach nur zur falschen Zeit am falschen Ort war."

Mr. Alvarez ließ den Kopf auf die Brust sinken und brach zusammen.

Sam legte ihm die Hand auf die Schulter. „Er war ein guter Junge, Mr. Alvarez. Ich konnte niemanden finden, der etwas Schlechtes über ihn gesagt hätte. Wir haben schon die ganze Zeit vermutet, dass es nicht um ihn ging."

„Danke." Er wischte sich eine Träne aus dem Gesicht. „Ich weiß es zu schätzen, dass Sie so schnell gearbeitet haben, damit ich Antworten bekomme. Es ändert nichts, aber es hilft schon, zu wissen, warum."

„Ich melde mich bei Ihnen, sobald wir sie in Gewahrsam genommen haben."

Mr. Alvarez stand auf und hielt ihr die Hand hin. „Danke."

Sam schüttelte ihm die Hand. „Noch mal mein herzliches Beileid."

Er sah zu Nick. „Kümmert euch gut umeinander."

„Das werden wir", sagte Nick und stand ebenfalls auf, um Mr. Alvarez die Hand zu schütteln.

Als Mr. Alvarez zur Tür ging, ließ Sam es zu, dass ihr Mann den Arm um sie legte und sie an sich drückte. Normalerweise verbat sie sich Zuneigungsbekundungen bei der Arbeit.

„Ziemlich hart", meinte Nick und küsste sie auf den Kopf.

„Ja."

„Du hast das gut gemacht, Liebes."

„Was soll man in einer derartigen Situation sagen?"

„Er musste die Wahrheit erfahren, und du hast sie ihm gegeben."

„Lass uns bitte nach Hause fahren."

32

Hand in Hand gingen sie zum Parkplatz, wo Nick die Wagentür für Sam aufhielt.

Sie setzte sich in den weichen Ledersitz und lehnte den Kopf zurück.

„Was ist, wenn sie nicht auftaucht?", gab Nick auf der Heimfahrt zu bedenken.

„Die taucht auf. Sie ist viel zu neugierig, um es nicht zu tun."

„Sie muss wissen, dass du ihr auf die Spur gekommen bist."

„Nicht unbedingt. Sie glaubt, dass sie sehr clever war – und ehrlich gesagt war sie das ja auch. Abgesehen von ihren Eltern handelte es sich um saubere Tötungen, ohne den kleinsten Beweis am Tatort zurückzulassen. Ihrer Überzeugung nach hält sie alle Trümpfe in der Hand, während ich mich im Kreis drehe. Genau das, was sie wollte."

Sie erreichten ihr Zuhause, und Nick nahm ihr die Jacke ab, um sie in den Flurschrank zu hängen. Sam schaute zum Sofa, denn dorthin hätte sie die Jacke geworfen.

„War es für Scotty in Ordnung, heute Nacht auf der Farm zu bleiben?"

„Machst du Witze? Er war begeistert. Als ich wegfuhr, brachte Laine ihm gerade bei, wie man Eis mit einem altmodischen Butterstampfer herstellt. Er war mit Feuereifer bei der Sache."

„Das ist großartig. Ich freue mich, dass er Spaß hat und Neues ausprobiert."

„Ich mich auch. Du hättest ihn mal auf dem Pferd sehen sollen. Er ist wirklich selbstbewusst geworden. Graham meint, er sei ein Naturtalent." Während er sprach, massierte Nick ihr die verspannten Schultern.

Sie schloss die Augen und genoss, was er tat.

„Jetzt hör dir das an – er hat mich gefragt, ob er in diesem Sommer an einem dreiwöchigen Baseballcamp in der Stadt teilnehmen kann, und ob wir einverstanden wären, dass er in der Zeit bei uns wohnt."

Sam öffnete die Augen und drehte sich zu ihm um. „Im Ernst?"

Nick strahlte. „Ja. Du hättest mal hören sollen, wie süß er mich wegen des Camps gefragt hat. Einer seiner Schulfreunde nimmt daran teil, daher wusste er davon. Es war ihm unangenehm, mich zu fragen, weil es angeblich teuer ist. Er dachte, ich würde glauben, er versuche unsere Freundschaft auszunutzen."

„Ich hoffe, du hast ihm versichert, dass es dir vollkommen egal ist, was das Camp kostet."

„Natürlich, und daraufhin bekam ich von ihm zu hören, das sei eine verantwortungslose Aussage."

Darüber mussten sie beide lachen, doch als sie einander in die Augen schauten, wurden sie gleich wieder ernst. „Geschieht das wirklich?", flüsterte sie.

„Ich hoffe es. Wir müssen ihm zeigen, wie toll es wäre, immer bei uns zu leben."

„Das können wir. Bringt Graham ihn morgen nach Hause?"

Nick bejahte. „Ich habe Scotty gesagt, dass wir nächstes Wochenende kommen, um ihn zu besuchen."

„Gut. Etwas, worauf wir uns freuen können."

Nick nahm ihre Hand. „Komm mit, ich habe eine Überraschung für dich."

„Ist das eine Anmache?"

Lachend führte er sie die Treppe hinauf ins Schlafzimmer. „Warte hier." Er ging über den Flur und kehrte mit dem rot und weiß gepunkteten Bikini zurück, den sie in ihren Flitterwochen getragen hatte. Er hatte ihn auf Anhieb so sehr gemocht, dass sie prompt im Bett gelandet waren, ehe sie es endlich bis zum Strand schafften.

Sam lächelte bei der Erinnerung daran und wünschte, sie könnte einfach die Augen schließen und wieder in Bora Bora sein, wo alles viel einfacher war. „Ich bin froh, dass wenigstens ein Teil Melissas Wut entgangen ist."

„Er befand sich noch im Koffer."

„Ich habe dir ja gesagt, es besteht kein Grund, sofort alles auszupacken."

Er zwickte sie in die Nase. „Zieh den an und komm mit." Er küsste sie und fügte hinzu: „Ich weiß, du bist erschöpft, aber glaub mir, es wird dir gefallen."

Sie hegte nicht den geringsten Zweifel daran, dass ihr alles gefallen würde, was mit ihm zu tun hatte, besonders wenn es dieses jungenhafte Grinsen bei ihm auslöste. Sam ging ins Badezimmer und zog den schlichten Bikini an, zu dessen Kauf Angela sie überredet hatte, als sie für Sams Flitterwochen shoppen gewesen waren. Zuerst hatte Sam ihn ja zu gewagt gefunden, doch Angela hatte ihr versichert, Nick würde begeistert sein. Und sie hatte recht behalten.

Sam bürstete sich die Haare und putzte sich die Zähne, bevor sie zu ihm zurückkehrte. Inzwischen trug er eine der Badehosen, die er auf Bora Bora getragen hatte, und Sam gönnte sich einen Moment, seine wie gemeißelt aussehende Brust zu bewundern. „Hm, dieser Anblick wird mir nie langweilig."

Verlegen wie immer, wenn sie einen Kommentar zu seinem sexy Aussehen abgab, nahm er ihre Hand in seine. „Schließ die Augen und komm mit mir."

„Wohin gehen wir?"

„Wirst du schon sehen. Halte die Augen geschlossen. Ich führe dich."

Obwohl sie ihm überallhin folgen würde, konnte sie es ihm doch nicht allzu einfach machen. „Du weißt, dass ich keine Überraschungen mag."

„Ich verspreche dir, diese wirst du mögen."

Sie gingen nach oben in das leere Loft im oberen Geschoss des Stadthauses.

„Was ist hier oben?", wollte sie wissen, denn sie roch plötzlich den Strand. Es kostete sie große Selbstbeherrschung, die Augen geschlossen zu halten und ihm die Überraschung nicht zu verderben.

„Bleib einen Augenblick genau hier stehen."

Sam gehorchte, aber leicht fiel es ihr nicht. Vor ein paar Minuten noch war sie völlig erschöpft gewesen, doch jetzt war sie hellwach und gespannt.

Eine Minute später war er wieder bei ihr, legte von hinten die Arme um sie und küsste ihren Nacken auf eine Weise, die ganz andere Regionen ihres Körpers weckte. „Du kannst jetzt hinsehen."

Sam öffnete die Augen und musste mehrmals blinzeln, als sie sah, dass er auf diesem Dachboden ihren Lieblingsstrand von Bora Bora nachgebaut hatte, mit unechten Palmen und einem Doppelliegestuhl, ähnlich dem, den sie während ihrer Flitterwochen benutzt hatten. Das einzige Licht in dem Raum waren Kerzen, die er auf einem Tischchen neben dem Liegestuhl arrangiert hatte. An einer Wand wurden die Fotos, die sie im Urlaub geschossen hatten, als Diashow gezeigt. Tahitianische Musik spielte im Hintergrund und entführte Sam sofort wieder zurück zu diesen paradiesischen Tagen und Nächten auf Bora Bora.

„Gefällt es dir?"

Sam war verblüfft. „Wann hast du das denn gemacht?"

„Mir kam die Idee neulich, als du meintest, du würdest alles geben, um wieder nach Bora Bora zurückzukommen. Ich fand, wenn wir diesen verborgenen Ort hier oben für uns haben, können wir in gewisser Hinsicht jederzeit wieder nach Bora Bora."

Sam sah ihn an. „Das ist die beste Überraschung, die ich jemals bekommen habe. Ich liebe es, und ich liebe dich." Sie stellte sich auf Zehenspitzen, um ihn zu küssen. „Ich habe den besten Ehemann auf der ganzen Welt."

Zufrieden über ihre Reaktion, drückte er sie an sich. „Ich hoffe, du wirst immer so denken."

„Ich weiß, dass ich das werde. Aber wie hast du das mit dem Strandgeruch hinbekommen?"

„Kerzen." Er hielt ihr eine Tube Sonnencreme hin. „Cremst du mir den Rücken ein?"

Lachend nahm Sam die Tube und genoss jede Sekunde, in der ihre Hände über seinen muskulösen Rücken glitten. „Dreh dich um."

In seinen braunen Augen loderte es, als er sich umdrehte.

Sie ließ sich viel Zeit dabei, die Sonnencreme auf seiner warmen Haut zu verreiben und dabei jeden Zentimeter seiner Brust zu erforschen, die ihre Fantasie beherrschte. Seine Bauchmuskeln vibrierten leicht unter ihren Fingern, und der Duft von Sonnencreme versetzte sie zurück an den Strand.

Er nahm ihr die Tube wieder aus der Hand. „Jetzt bin ich an der Reihe." Auch er ließ sich viel Zeit und entfachte das Feuer in ihr mit den sanften Berührungen seiner Finger auf ihrer erhitzten Haut, genau wie während ihrer Reise. Mehr als einmal hatte das Eincremen zum leidenschaftlichen Liebesspiel geführt.

„Ich glaube, ich werde Sonnencreme nach unserer Reise nie mehr ansehen wie früher."

„Wer hätte gedacht, dass sie ein solches Aphrodisiakum ist?"

Er raubte ihr den Atem, indem er die Oberseite ihrer Brüste streichelte, ehe er die Hand hinunter zu ihrem Bauch und von dort zu ihren Beinen gleiten ließ. Sam war völlig willenlos, als er fertig war.

„Bitte sehr", sagte er. „Das sollte dich vor Sonnenbrand schützen. Und nun setz dich, während ich uns etwas zu trinken besorge."

„Gibt es denn keine Kellner in diesem Resort?"

„Nur meine Wenigkeit."

In die eine Ecke des großen Raumes hatte er einen Kühlschrank gestellt und einen Mixer.

„Wow, du hast an alles gedacht! Wann hattest du denn dafür Zeit?"

„Ich konnte nicht mehr einschlafen, nachdem du neulich Nacht wegmusstest, daher bin ich aufgestanden und habe mich beschäftigt. Es hat nur ein paar Stunden gedauert. Da heute jeder Laden rund um die Uhr offen hat, habe ich alles geschafft und war trotzdem pünktlich bei der Arbeit. Ich konnte es kaum erwarten, dir das endlich zu zeigen."

„Immer wenn ich glaube, ich würde das ganze Ausmaß deiner Großartigkeit jetzt kennen, übertriffst du dich selbst."

Er brachte für sie beide Margaritas und legte sich zu Sam auf den breiten Liegestuhl. „Ich sollte zusehen, dass ich mich in den nächsten sechzig Jahren selbst übertreffe."

Sam küsste ihn auf die kalten Lippen. „Ich freue mich schon darauf."

Während sie an ihren Drinks nippten, sahen sie sich die Diashow an und erlebten noch einmal die außergewöhnliche Schönheit Bora Boras.

„Ist es schlimm, dass es mir nie in den Sinn käme, so etwas für dich zu machen?", fragte Sam.

„Wenn du so etwas machen würdest, würde ich denken, du hast eine Affäre."

„Hey!", rief sie empört und amüsiert zugleich. Er kannte sie verdammt gut, „So unromantisch bin ich nun auch wieder nicht."

„Äh, doch, Liebes, das bist du. Aber ich würde dich nicht anders haben wollen."

„Hört sich für mich nach einer Herausforderung an."

Nick lachte. „Tu dir keinen Zwang an!" Er nahm ihren Drink und stellte ihn auf den Tisch neben dem Liegestuhl. „Komm her."

„Nein, ich bin wütend auf dich."

Noch immer lachend, zog er sie an sich. Sie zuckte bei der Berührung seiner kalten Hände mit ihrer warmen Haut zusammen. Seine Lippen waren genauso kalt, aber das hinderte Sam nicht daran, sich ihm entgegenzubiegen, als er sich ihrem Hals widmete. „Dieser Bikini macht mich verrückt. Wann immer du mich mal wütend machst, was vermutlich nicht selten passieren wird, zieh einfach dieses Ding an, und alles wird vergeben sein."

„Ach ja?" Sie grinste.

„O ja." Er setzte sich auf, ohne den Blick von ihr abzuwenden, nahm sein Glas vom Tisch und trank einen Schluck, während er ihr Bikinioberteil aufband, um ihre Brüste daraus zu befreien. Dann beugte er sich herunter und saugte mit seinen eiskalten Lippen an ihrer Brustwarze. Sam sog scharf die Luft ein, als er die inzwischen harte Knospe mit der ebenso kalten Zunge umspielte.

Die Empfindungen waren so überwältigend, dass sie kaum atmen konnte. Während er sich küssend an ihrer Vorderseite hinab bewegte, brannte sie vor Verlangen nach ihm. Mit gespreizten Fingern griff sie in seine Haare. „Warte", hauchte sie. „Komm wieder hoch."

„Noch nicht. Entspann dich, Babe. Lass mich dich lieben."

Als er sich zwischen ihren Beinen in Position brachte, ließ sie die Hände sinken. Er fuhr mit seinen Händen von ihren Knien bis zur Innenseite ihrer Schenkel und spreizte diese. Seine Lippen folgten demselben Weg, konzentrierten sich kurz auf den Punkt dazwischen und machten auf der anderen Seite weiter.

Sam wand sich und versuchte ihn dorthin zu dirigieren, wo sie ihn am dringendsten haben wollte, doch er hatte eigene Pläne und weigerte sich, davon abzuweichen. Als er zum zweiten Mal den Punkt zwischen ihren Schenkeln erreichte, verweilte er dort und verwöhnte sie mit der Zunge durch den Stoff ihres Bikinislips hindurch. Und dann lagen seine Hände auf ihrem Po, um sie anzuheben, seinem heißen Mund entgegen. Auf diese Weise machte er weiter, bis sie kurz vor dem Höhepunkt war. Er zog sich zurück, jedoch nur, um die Bänder seitlich an ihren Hüften zu lösen und die zwei Stoffdreiecke, die sie noch bekleideten, zu entfernen.

Er legte sich ihre Beine über seine breiten Schultern und spreizte sie noch ein wenig mehr. Die Hände erneut auf ihrem Po, um sie in dieser Stellung zu halten, begann er von Neuem, seinen Zauber mit Zunge und Lippen zu vollführen. Sam blieb nichts anderes übrig, als sich ihren lustvollen Empfindungen ganz zu überlassen. Das war das einzige passende Wort, das umschrieb, was sie fühlte – Magie. Er brachte sie um den Verstand, indem er sich immer wieder kurz zurückzog, bis er sich ganz auf das Zentrum ihres Verlangens stürzte und ihr damit zu einem derartig intensiven Orgasmus verhalf, dass ihr Tränen in die Augen stiegen.

Ohne ihr Zeit zur Erholung zu geben, drehte er sie um und küsste ihre Wirbelsäule bis hinunter zu ihrem Po. Schon begann das sinnliche Prickeln zwischen ihren Beinen wieder. Sie hätte es nicht für möglich gehalten, so bald wieder zu kommen, aber sie hatte bereits gelernt, Nick in dieser Hinsicht nicht zu unterschätzen.

„Nick", stieß sie hervor, und es klang fast wie ein Schluchzen.

„Kann jetzt nicht reden. Bin damit beschäftigt, deinem prachtvollen Hintern zu huldigen."

Sie bekam einen sinnlichen Schock, als er mit dem Finger durch ihre Pofalte fuhr, während seine Zunge ihren Kitzler wiederfand und sie erneut zum Höhepunkt brachte. Diesen Anschlag auf ihre Sinne vervollständigend, drang er von hinten in sie ein, indem er ihre Hüften gepackt hielt.

„Oh, wow!", gab er stöhnend von sich. „So heiß!"

Er schlang den Arm um ihre Taille und hielt sie auf diese Weise, sonst hätten womöglich ihre Beine nachgegeben. Mit der freien Hand erkundete er ihre Pofalte, während er gleichzeitig immer wieder mit langen harten Stößen tief in sie eindrang, bis sie gemeinsam zu einem alles verzehrenden Orgasmus gelangten. Es geschah in einem Moment aufregender, wundervoller Harmonie, ehe sie schwer atmend niedersanken.

Sam drückte ihre Hand auf die Brust und versuchte, zu Atem zu kommen. Der Duft von Strand, Sonnencreme und Sex strömte auf ihre Sinne ein, während ihr Herz vor Liebe überfloss. „Danke für das hier."

Er küsste ihre Schulter und dann ihre Wange. „War mir ein Vergnügen."

Freddie wachte früh am Sonntagmorgen auf und schmiegte sich an Elins warmen Körper.

„Warum bist du so früh wach, wenn du doch gar nicht arbeiten musst?", murmelte sie.

„Und warum bist du wach?"

Sie legte ihre Hand auf seine. „Weil du wach bist."

„Tut mir leid, wenn ich dich geweckt habe."

„Macht nichts. Worüber denkst du nach?"

„Übers Zusammenziehen. Deine Wohnung oder meine?"

„Ich finde, wir sollten eine gemeinsame Wohnung finden und irgendwo neu anfangen."

„Das ist eine gute Idee", sagte er, froh darüber, dass sie offenbar schon Gedanken zu dem Thema gemacht hatte.

„Apropos Neuanfang – ich hatte letzte Nacht eine erstaunliche Unterhaltung mit meiner Mutter, in der sie sagte, es sei falsch gewesen, dich so zu behandeln. Sie möchte eine Chance bekommen, dich besser kennenzulernen." Er wartete gespannt darauf, wie Elin reagieren würde.

„Freut mich für dich, dass sie beschlossen hat, uns das Leben nicht mehr schwer zu machen."

„Ich dachte ehrlich gesagt, du würdest etwas anderes sagen."

„Was denn?"

„Vielleicht: ,Schön für sie, aber ich bin nicht interessiert.'"

Elin drehte sich um und sah ihn an. „Ich weiß, wie sehr du sie liebst. Das würde ich niemals sagen. Dafür liebe ich dich viel zu sehr."

Freddie fühlte sich, als wäre er von einem Elektroschocker getroffen worden. Elin diese Worte völlig ungezwungen und selbstbewusst aussprechen zu hören, war unglaublich. Er umfasste ihr Gesicht und küsste sie. „Möchtest du das noch mal wiederholen, damit ich sicher sein kann, dass ich richtig gehört habe?"

„Ich liebe dich, Freddie. Ich hatte nicht vor, dich zu lieben, aber du warst so verdammt beharrlich und irgendwie auch süß."

Seine Brauen zogen sich zusammen. „Nur irgendwie?"

„Ich kann dir die Wahrheit nicht sagen. Du würdest glatt unerträglich werden."

Begeistert über ihre Worte, küsste er sie erneut und schaute anschließend auf die Uhr. „Ich muss los."

„Wohin?"

„In die Kirche."

„Im Ernst? Endlich haben wir einen Tag, an dem wir im Bett bleiben können, und du gehst in die Kirche?" Sie fuhr ihm mit dem Zeigefinger von der Brust abwärts bis zu seinem Bauch und von dort noch weiter, um ihn wissen zu lassen, was ihm entgehen würde.

Sein Körper reagierte vorhersehbar.

Sie schloss die Hand um seinen Schwanz und massierte ihn. „Kannst du es nicht *einmal* ausfallen lassen?"

Er stoppte ihre Hand. „Ich werde meinen Vater nach dem Gottesdienst treffen."

Sie sah ihn an. „Tatsächlich?"

Er nickte und versuchte, das plötzliche Pochen seines Herzens zu ignorieren, das der Gedanke an das Treffen mit seinem Vater nach zwanzig Jahren des Schweigens auslöste.

„Könnte ich vielleicht mitkommen?"

Überrascht fragte er: „In die Kirche?"

„In die Kirche, zu dem Treffen mit deinem Dad, alles."

„Willst du wirklich?"

„Ja, Freddie, das will ich wirklich."

Er verschränkte seine Finger mit ihren. „Gern."

33

Um halb vier war alles bereit. Essen, Getränke und Musik, was für eine Party eben gebraucht wurde. Sam kämpfte gegen die Nervosität an. Was, wenn Melissa nicht auftauchte? Was, wenn sie kam, Sam sie aber nicht dazu bringen konnte, die Mordserie zu gestehen?

Nick trat von hinten an sie heran und massierte ihr die verspannten Schultern. Er machte das so gut und wusste genau, wo sich der Stress sammelte. „Ich hatte dich bereits aufgelockert, und jetzt bist du schon wieder ganz verkrampft."

„Ich fürchte, ich habe die ganze Sache falsch aufgezogen."

„Wie meinst du das?"

„Na ja, wenn sie nicht auftaucht ..."

„Lieutenant", unterbrach Freddie sie, als er in die Küche kam. „Wir haben gerade von ihren Bewachern gehört. Sie ist unterwegs, fünfzehn Minuten von hier."

Sam seufzte erleichtert. „Showtime." Zu Nick sagte sie: „Sagst du bitte allen Bescheid?" Das Haus war voller Cops, die als Partygäste auftraten. „Ich muss Cruz einen Moment sprechen."

„Klar." Nick gab ihr einen flüchtigen Kuss und ließ sie mit ihrem Partner allein.

„Was hab ich denn jetzt schon wieder angestellt?", wollte Freddie wissen und schnappte sich einen Windbeutel.

„Sag du es mir. Warum guckst du komisch?"

Er hielt beim Kauen inne. „Tue ich das?"

Sam nickte. Sie beobachtete, wie er die Nascherei verschlang und sich den Mund mit einer Serviette abwischte. „Ist alles in Ordnung?"

„Ich habe heute meinen Vater getroffen."

„O Mann. Wie war es?"

„Es war … na ja … in gewisser Weise überwältigend. Er war genau wie in meiner Erinnerung, älter natürlich, aber immer noch ganz er."

Sam ging durch den Raum und legte ihm die Hand auf den Arm. „Ich kann mir schwer vorstellen, wie das für dich gewesen sein muss."

„Ein Teil von mir wollte wirklich wütend auf ihn sein, verstehst du?"

Sie nickte. „Das kann ich sehr gut verstehen."

„Aber der andere Teil von mir, der Zehnjährige, der ich war, als ich ihn zum letzten Mal gesehen habe, war begeistert davon, dass er nur über mich und mein Leben und meine Arbeit und meine Freundin reden wollte. Elin hat mich übrigens begleitet."

„Klingt, als würde er sich echt Mühe geben."

„Ja."

„Das ist gut, oder?"

„Klar ist das gut. Meine Sorge ist wohl, was ich tue, wenn ich ihn zurück in mein Leben lasse und er das Gleiche wie damals wieder macht."

Sam dachte daran, wie oft sie Melissa eine neue Chance gegeben hatte, nur um stets aufs Neue verletzt zu werden. „Ich glaube, du solltest ihm klarmachen, dass er keine dritte Chance bekommt, sollte das noch einmal passieren."

„Das soll ich ihm auf den Kopf zusagen?"

„Warum nicht? Du bist keine zehn mehr. Du kannst diesmal deine eigenen Regeln aufstellen."

„Stimmt."

„Ich habe den Eindruck, du willst ihm eine Chance geben. Hab also keine Angst vor dem Risiko, denn es könnte sich wirklich lohnen."

„Das ist ein guter Rat. Danke. Übrigens hat meine Mutter beschlossen, Elin eine Chance zu geben."

„Das ist gut für sie und für dich."

Gonzo kam in die Küche. „Sie ist gleich da, Lieutenant."

An Freddie gewandt sagte Sam: „Lasst uns diesen verdammten Fall abschließen."

Melissa hatte deutlich zugenommen, seit Sam sie das letzte Mal gesehen hatte. Ihr einst glänzendes schwarzes Haar war auf eine unvorteilhafte Länge abgeschnitten, die leider nur ihr dickliches Gesicht betonte. Sam war sich nicht sicher, ob sie die frühere Freundin überhaupt wiedererkannt hätte, wenn sie ihr irgendwo anders begegnet wäre. Einst war sie modebewusst gewesen, doch heute trug sie einen schlabbrigen Sweater zur schwarzen Hose.

„Hey", begrüßte Sam sie und schluckte ihre Abscheu herunter. „Komm doch rein. Ich bin sehr froh, dass du es spontan geschafft hast."

„Eigentlich hatte ich andere Pläne", erwiderte Melissa steif. „Aber ich konnte sie noch ändern."

Sam fiel es schwer, eine Mörderin in ihrem Haus willkommen zu heißen. Um sie herum taten getarnte Polizisten, als würden sie das Essen und die Getränke genießen.

„Ich wollte dir meinen Mann vorstellen, Nick Cappuano."

Nick kam zu ihr und hielt Melissa die Hand hin. „Freut mich, Sie kennenzulernen. Sam hat mir schon viel von Ihnen erzählt."

Melissa zögerte, bevor sie ihm die Hand schüttelte. „Von Ihnen hat sie mir gar nichts erzählt, *Senator*. Aber ich habe natürlich alles über Sie beide gelesen."

Diese Bemerkung lieferte einen weiteren Hinweis darauf, was Melissas Zorn ausgelöst hatte. Sie, die sich immer nach Ruhm gesehnt hatte, konnte es nicht ertragen, dass Sam derartig viel Aufmerksamkeit bekam.

„Kann ich Ihnen etwas zu trinken holen?", erkundigte sich Nick, ganz der freundliche Gastgeber.

„Nein, ich kann nicht lange bleiben." Melissa schaute sich prüfend um, als wäre sie nicht schon einmal auf ihrer Kleiderzerstörungsmission hier gewesen. „Hübsches Haus."

„Danke", sagte Nick.

„Viel Platz für zwei Leute."

Nick legte den Arm um Sam. „Wir hoffen, dass wir nicht lange zu zweit bleiben werden."

„Ich dachte, du könntest keine Kinder bekommen", meinte Melissa, sichtlich unglücklich, etwas anderes zu hören.

Das Letzte, was Sam jetzt mit dieser Frau diskutieren wollte, waren ihre Kämpfe mit ihrer vermeintlichen Unfruchtbarkeit. „Das dachte ich auch. In jüngster Zeit hat sich das als Irrtum erwiesen."

„Du warst *schwanger*?"

Nick hielt Sam fester. „Kurz." Es tat immer noch sehr weh, an das Baby zu denken, das sie vor Kurzem verloren hatten. „Wie geht es deinen Kindern?"

Sie zuckte die Schultern. „Sind beim Vater."

„Du siehst sie nicht?"

„Gelegentlich. Ich habe gehört, auf deinen Vater wurde geschossen?"

Junge, die lässt aber nichts aus. „Ja."

„Habt ihr denjenigen erwischt, der das getan hat?"

„Noch nicht", antwortete Sam und zwang sich weiterhin zu einem freundlichen Ton.

„Das muss einen Rockstar-Detective wie dich ja ganz schön wurmen."

„Es macht mich nicht gerade glücklich, dass Dad im Rollstuhl sitzt, während die Person, die auf ihn geschossen hat, frei herumläuft." Sam faltete die Hände, um Melissa nicht an die Kehle zu gehen und das Geständnis aus ihr herauszuprügeln. „Wie geht es deinen Eltern?"

„Wie immer", sagte Melissa ohne das geringste Zögern. „Meckern ständig wegen irgendwas an mir herum. Nichts, was ich tue, ist ihnen je genug. Das gleiche alte Lied."

„Mein Dad erzählte, er habe deine Mom neulich im Supermarkt getroffen."

„Hat sie nicht erwähnt."

„Willst du wirklich nichts essen oder trinken?"

Melissa wandte sich plötzlich ab, womit sie Sam und Nick ebenso überraschte wie die anderen Cops im Raum, die sofort in Alarmbereitschaft waren. „Ich muss los."

„Jetzt schon?"

„Ich hätte gar nicht erst herkommen sollen."

„Warum nicht?"

„Weil ich nichts von deinem glücklichen Leben mit deinem attraktiven Senator-Ehemann und deiner erfolgreichen Karriere hören will. Das macht mich krank."

„Tut mir leid, dass du das empfindest."

„Verrate mir mal eines – warum wolltest du damals nicht mehr mit mir befreundet sein?"

„Äh, tja, weil ich es satt hatte, dass du ständig in meinem Leben aufgetaucht und wieder verschwunden bist, als würde dir unsere Freundschaft überhaupt nichts bedeuten." *Ganz zu schweigen von der Tatsache, dass du mich zu bestehlen versucht hast.*

„Sie hat mir alles bedeutet!" Im Raum wurde es still, als die anderen aufhörten so zu tun, als würden sie die beiden Frauen nicht genau beobachten. „Ich habe geglaubt, du würdest für mich da sein, egal was kommt. Aber du warst wie alle anderen. Leute geben vor, meine Freunde zu sein, und dann verlassen sie mich. Von dir hatte ich mehr erwartet."

„Tut mir leid, dich im Stich gelassen zu haben."

„Ist schon okay", entgegnete Melissa mit trügerisch engelsgleichem Lächeln. „Nur kann ich nicht zulassen, dass du alles hast, während ich gar nichts habe."

„Melissa ..."

Plötzlich zog sie den weiten Pullover hoch, und darunter kam eine verdrahtete Weste zum Vorschein, die Sam sofort als Bombe identifizierte. Melissa hielt den Auslöser hoch über ihren Kopf und wedelte damit herum.

„Raus hier!", schrie Sam. „Lauft!" Niemand rührte sich, bis auf Melissa, die herumwirbelte und ein Dutzend Waffen auf sich gerichtet sah.

„Ist es nicht erstaunlich, was man heutzutage alles im Internet kaufen kann?", meinte Melissa.

„Sam", sagte Nick mit angespannter Stimme. „Lass uns verdammt noch mal von hier verschwinden."

„Nein."

„Samantha ..."

„Begreifst du jetzt, wie es sich anfühlt, nichts zu haben?" Aus Melissas Augen funkelten Irrsinn, Wut und Trotz. „Ich habe

diesem Bastard Jed Trainer gezeigt, wie es sich anfühlt, alles zu verlieren. Er hat mir *Versprechungen* gemacht. Dabei hatte er nie vor, sie zu verlassen, diese perfekte kleine Frau und Mutter. Zu blöd, dass sie im Bett nichts taugte. Ich habe ihm gezeigt, was ihm fehlte."

Sam zwang sich zu atmen, während ihr Herz heftig schlug. Fünfzehn, nein zwanzig andere Leute befanden sich noch im Haus. Sie durfte nicht zulassen, dass sie alle starben. Ihr Verstand spielte alle möglichen Szenarien durch, aber sie kam nun einmal nicht an der Tatsache vorbei, dass Melissa Morgan direkt vor ihr und Nick mit einer Bombenweste am Leib stand.

„Was hat James Lynch dir getan?", fragte Sam, in der Hoffnung, etwas Zeit zu gewinnen für einen Plan, um aus dieser Situation herauszukommen.

„Er und seine Frau haben meine Ehe zerstört. Sie haben behauptet, ich hätte mich an ihn herangemacht. Mein Mann hat ihnen geglaubt und mich verlassen." In Melissas Augen tanzte das Böse. „Der arme Jimmy hat wie ein Baby geweint, als ich ihn zwang, in den Pool zu steigen."

Sie wedelte weiter mit dem Auslöser über ihrem Kopf und führte Sam damit beinahe in Versuchung, sich darauf zu stürzen. „Was wird die Superermittlerin denn jetzt machen? Wenn sie schon die Person nicht finden kann, die auf ihren Vater geschossen hat, hofft ja wohl keiner hier darauf, dass sie euch lebend aus dieser Sache herausbekommt."

Ein Schuss zerfetzte die Stille und riss Melissas linke Hand ab.

Sie stieß einen unmenschlichen Schrei aus, und Blut sprudelte aus dem Armstumpf.

Nick stürzte sich auf den Auslöser, während Gonzo Melissa auf die Knie zwang.

„Ruf das Entschärfungskommando und einen Krankenwagen", befahl Sam und bückte sich, um die Pistole zu ziehen, die sie vor der „Party" unterm Hosenbein befestigt hatte.

„Schon geschehen", rief Jeannie aus der Küche. Neben ihr stand die Staatsanwältin Faith Miller mit geschockter Miene. Sam hatte sie gebeten, hier zu sein, um das Geständnis mit anzuhören, dass sie nach wie vor aus Melissa herausbekommen wollte.

Vorsichtig legte Nick den Auslöser in Sams Hand.

Sie kniete sich neben Melissa, die weiter kreischte. Tränen rannen ihr übers Gesicht. „Ich wette, das tut weh."

„Du verdammtes Miststück!", schrie sie. „Du weißt genau, dass es wehtut!"

Sam legte die Hand auf die Wunde, was einerseits die Blutung stoppte, andererseits den Schmerz maximierte.

Melissas Schreie wurden noch lauter.

„Willst du, dass der Schmerz aufhört?"

„Ja", flehte Melissa. „Mach, dass der Schmerz aufhört. *Bitte mach, dass er aufhört.*"

„Dann erzähl mir, was du Crystal und Mr. Jeffries und deinen Eltern angetan hast."

„Das werde ich dir nicht erzählen. Lieber bin ich tot, als ins Gefängnis zu gehen."

„Niemand wird heute sterben", sagte Sam und drückte fester zu. „Also fang an zu reden oder leide weiter."

Sanitäter erschienen an der Tür, doch Sam schüttelte den Kopf, damit sie draußen blieben, bis sie hatte, was sie brauchte, um den Fall abschließen zu können.

„Gib mir etwas gegen die Schmerzen!"

„Erst wenn du mir sagst, was du getan hast."

„Ich habe Crystal mit einem Hammer erschlagen und Mr. Jeffries zu Boden gestoßen. Es war so leicht, ihnen heimzuzahlen, was sie mir angetan haben." Ein Schluchzen schüttelte sie, und Rotz und Tränen rannen ihr übers Gesicht. „Meine Eltern haben es nicht anders verdient. Sie wollten mich einfach nicht in Ruhe lassen. Du hattest es auch verdient. Du hast mich ignoriert!"

Sam drückte weiter auf die Wunde. „Was haben Carl Olivo und Danny Alvarez dir getan?"

„Er hat mich gefeuert, weil ich ein bisschen von seinem kostbaren Geld genommen habe. Hast du eine Ahnung, wie viel Einnahmen dieses Restaurant jeden Tag bringt?"

Sam hatte, was sie brauchte, deshalb ließ die Melissas entstellten Arm los. Melissa traten die Augen aus dem Kopf und sie stieß einen lautlosen Schrei aus, während das Blut erneut zu strömen begann. Sam gab den Sanitätern ein Zeichen, zu übernehmen.

Zu den anderen im Raum sagte sie: „Wer hat geschossen?"

Alle Augen richteten sich auf Freddie.

Er sah geschockt aus und hatte die Waffe noch in der Hand, allerdings hatte er den Arm längst kraftlos sinken lassen. Sam wusste, dass er zum ersten Mal im Dienst seine Pistole abgefeuert hatte.

„Freddie."

„Ich habe ihr die Hand abgeschossen."

„Ja, das hast du, und du hast uns allen das Leben gerettet. Jeder hier im Raum schuldet dir Dank."

Er wurde noch blasser, deshalb nahm Sam ihm die Waffe ab, steckte sie hinten in den Bund ihrer Jeans und schob Freddie in einen Sessel, um ihm den Kopf zwischen die Knie zu drücken. „Atme."

„Ich kann nicht glauben, dass ich ihr die Hand abgeschossen habe."

Sam sah zu Nick.

Er sandte ihr ein kurzes Lächeln der Erleichterung.

Im Nu wimmelte es im Haus von Detectives, Mitarbeitern des Bombenentschärfungskommandos und ranghohen Polizisten. Sam und ihr Team schilderten die Vorkommnisse mindestens sechsmal, ehe der Chief zufrieden war und sich ein umfassendes Bild machen konnte.

„Ich habe gehört, Lieutenant Stahl war nicht gerade begeistert, dass Sie eine weitere Anhörung verpasst haben", meinte Farnsworth, die Hände hinter dem Rücken gefaltet.

„Ja, Sir. Mich ständig mit Beschwerden zu behelligen scheint seine Hauptbeschäftigung zu sein, seit er bei den Internen Ermittlungen gelandet ist."

„Ich habe mich um die jüngste Angelegenheit gekümmert, aber sehen Sie zu, dass Sie ihm nicht dauernd ins Fadenkreuz geraten."

Bei der Vorstellung, wie Stahl auf Farnsworths Einmischung reagiert haben mochte, hätte Sam am liebsten gekichert, was sie jedoch im Beisein des Chiefs tunlichst vermied. „Das werde ich, Sir."

„Detective Cruz", bellte Farnsworth.

„Sir. Ja, Sir."

Der arme Freddie war immer noch blass und zittrig, aber Sam war stolz auf das, was ihr Schützling vollbracht hatte.

„Sie sind der Ansicht, der Schuss war gerechtfertigt?"

„Ja, Sir, das glaube ich. Sie hat wie wild mit dem Auslöser für den Sprengstoff herumgewedelt und hätte uns alle umgebracht."

Farnsworth streckte die Hand aus. „Ich brauche Ihre Dienstmarke und Ihre Waffe."

Freddie klappte die Kinnlade herunter. „Sir? Warum?" Mit zitternden Fingern übergab er seine Dienstmarke.

Sam zog die Pistole aus dem Hosenbund und gab sie dem Chief.

„Reine Routineuntersuchung", beruhigte Farnsworth ihn. „Ich rechne nicht nur damit, dass Sie die Sachen schon bald wiederbekommen, sondern sehe auch eine Belobigung auf Sie zukommen. Gut gemacht, Detective."

„Oh, äh, danke, Sir."

„Detective Gonzales hat ebenfalls unglaublichen Mut gezeigt", wandte Sam sich an Farnsworth. „Er hat sie überwältigt, ohne einen Gedanken an seine eigene Sicherheit zu verschwenden."

„Gut gemacht, Detective", sagte Farnsworth zu Gonzo, den dieses Lob verlegen zu machen schien. „Ich erwarte Ihren Bericht bis zwölf Uhr morgen Mittag. Gute Arbeit, alle zusammen." Zur Tür weisend fügte er hinzu: „Lieutenant, die Medien erwarten ein Statement."

„Können Sie Darren Tabor bitten, hereinzukommen?", bat Sam. „Ich schulde ihm einen Gefallen."

„Wie Sie wünschen, Lieutenant." Farnsworth lächelte voller Zuneigung. „Im Namen des Departments entschuldige ich mich bei Ihnen und dem Senator dafür, diesen Irrsinn in Ihr Haus gebracht zu haben."

„Danke, Sir."

Auf dem Weg zur Tür schüttelte er jedem aus Sams Team die Hand.

„Bevor du mit Darren redest, brauche ich dich eine Minute", meldete sich Nick zu Wort, ergriff Sams Hand und führte seine Frau in die Küche. Dort schloss er sie in die Arme und drückte sie so fest, dass sie beinahe keine Luft mehr bekam. Doch sie beklagte sich nicht. „Heilige Scheiße." Seine Stimme klang brüchig, und sie fühlte ein leichtes Zittern seiner Muskeln. „Heilige *verrückte* Scheiße."

„Betrachte es mal von der Seite – es kommt nie Langeweile auf."

Das entlockte ihm ein widerwilliges Lachen. „Ein bisschen ruhiger dürfte es von Zeit zu Zeit schon sein."

„Ich würde gern herausfinden, wie das ist."

Er hob ihr Kinn, um sie zu küssen, und erwiderte: „Wird in diesem Leben nicht mehr passieren, Babe."

Sam grinste und genoss diesen Kuss, dankbar für das Leben mit ihm.

EPILOG

Stunden, nachdem der letzte Officer gegangen war und Darren Tabor sein Interview bekommen hatte, waren Sam und Nick endlich allein in ihrem Haus. Als Erstes rollte Nick den Wohnzimmerteppich zusammen, der durch Melissas Blut ruiniert war, und trug ihn nach draußen in den Vorgarten.

Dann kam er wieder herein, verriegelte die Tür und setzte sich zu Sam aufs Sofa.

Sie bekam die Bilder dessen, was geschehen war, nicht aus dem Kopf. Wie ein Horrorfilm liefen sie wieder und wieder vor ihrem geistigen Auge ab.

Nick nahm ihre Hand. „Woran denkst du?"

„Ich kann es immer noch nicht fassen, dass sie mit einer Bombenweste hier aufgetaucht ist, um uns alle umzubringen." Sie sah ihn an. „Chief Farnsworth hat es bereits gesagt, aber es tut mir auch aufrichtig leid, dass ich diesen Wahnsinn in dein Haus gebracht habe. Wenn ich auch nur geahnt hätte, dass sie etwas Derartiges vorhat ..."

„Samantha ... Liebes, es war nicht deine Schuld. Letzten Endes hast du die Person gefasst, die all diese unschuldigen Leute umgebracht hat. Und übrigens ist es *unser* Haus."

„Du bist derjenige, der es gekauft und eingerichtet hat. Technisch betrachtet ist es deins."

„Morgen rufe ich Andy an", meinte er, auf seinen Anwalt anspielend, „und lasse es auch auf deinen Namen eintragen."

„Das ist nicht nötig."

Er legte den Arm um sie. „Und wenn ich es will?"

„Du musst das nicht tun."

„Das weiß ich, aber alles, was ich besitze, ist auch deins. Ich dachte, das wüsstest du."

„Du hast viel mehr in diese Ehe gebracht als ich. Ich habe bloß ein paar hübsche Schuhe besessen, bevor Melissa sie zerhackt hat."

„Wir werden diese hübschen Schuhe ersetzen. Und was du in diese Ehe mit einbringst, kann man nicht kaufen."

Sie sah ihn an. „Empfindest du das so?"

„Ja." Er legte ihr den Finger ans Kinn, damit sie den Blick nicht gleich wieder abwenden konnte. „Wenn man mir morgen sagen würde, ich müsse alles weggeben, was ich besitze, um dich behalten zu können, würde ich es ohne zu zögern tun. Du bist das Einzige, was wirklich für mich zählt. Dieses Haus ist sehr schön, aber es ist nur ein Gebäude. Die Menschen, die darin wohnen, machen es zu einem Zuhause. *Du* machst es zu meinem Zuhause – dem ersten richtigen Zuhause, das ich je hatte." Diese wundervollen Worte besiegelte er mit einem noch wundervolleren Kuss.

Sie schlang ihm die Arme um den Nacken und zog ihn hinunter auf das Sofa neben sich.

„Was geht dir durch den Kopf, Liebes?", fragte er mit diesem sexy Grinsen, das sie über alles liebte.

„Ich denke an unseren Dachboden und wie viel es mir bedeutet, dass du das mitten in dieser nervenaufreibenden Ermittlung gemacht hast."

„Freut mich, dass es dir gefällt."

„Ich *liebe* es, und ich liebe dich. So sehr. Ich bin froh, dass du endlich einen Ort hast, den du dein Zuhause nennst, und genau deshalb hasse ich, was heute hier geschehen ist."

„Ich weiß."

„Und ich hasse, wie verrückt ständig alles ist."

„Das gehört nun mal zu dem Leben, das wir gewählt haben, und es bedeutet, dass wir die friedlichen Momente, die uns geschenkt werden, zu schätzen wissen müssen." Er küsste sie erneut. „Hast du mit Freddie gesprochen?"

„Ja."

„Wie geht es ihm?"

„Er ist noch immer geschockt, aber er weiß, dass es ein guter Schuss war. Andernfalls wären wir alle tot. Als ich sie da sah, keinen Meter von dir entfernt, mit einer Bombenweste ..." Sam erschauerte bei der Vorstellung, wie nah die Katastrophe gewesen war. „Wenn dir jemals etwas zustoßen sollte, würde ich sterben."

„Jetzt weißt du, wie ich mich jedes Mal fühle, wenn du zur Tür hinausgehst, um deinen Job zu machen."

„Es ist ein schreckliches Gefühl."

„Ja, das ist es, aber weißt du, was einen dafür entschädigt? Das Gefühl, wenn du nach einem langen Tag wieder durch diese Tür hereinkommst. Dann bin ich erleichtert, glücklich, aufgeregt, scharf ..."

Sam lachte über den letzten Punkt auf dieser Liste. „Sie sind unersättlich, Senator."

„Nur in Gegenwart meiner wunderbaren Frau."

„Ich würde dir auch raten, bei anderen Gelegenheiten lieber nicht scharf und unersättlich zu sein."

„Ich habe nur Augen für dich, Babe." Er schmiegte das Gesicht an ihren Hals und hinterließ eine Spur aus Küssen von ihrem Ohr bis zu ihrem Schlüsselbein. „Möchtest du für ein paar Stunden nach Bora Bora zurück?"

„Ich dachte schon, du würdest nie fragen."

Er überraschte sie, indem er sie vom Sofa hob. „Halt dich gut fest."

Sie schlang ihm die Arme um den Nacken und legte den Kopf an seine Schulter. „Ich werde niemals loslassen."

ENDE

DANKSAGUNG

Mein Dank geht wieder einmal an Capt. Russel Hayes vom Newport, Rhode Island, Police Department fürs Lesen und Durchsehen des Manuskripts sowie für wertvolle Einblicke. Außerdem an die erste Lektorin der Fatal-Serie, Jessica Schulte. Danke! Mein besonderer Dank gilt den Testlesern Ronlyn Howe und Kara Conrad, die mir dabei halfen, den „fatalen Fehler" dieses Buches zu finden und rechtzeitig zum Abgabetermin zu beheben. Ohne ihre hilfreichen Kommentare hätte ich es nicht geschafft. Ich danke all den Lesern, die Sam und Nick ins Herz geschlossen haben – danke für eure Unterstützung und Begeisterung! Ich kann mich gar nicht mehr daran erinnern, wann diese zwei Charaktere nicht als echte Menschen in meiner Fantasie existiert haben, und ich freue mich schon jetzt auf viele weitere Abenteuer mit ihnen.

Macht mit bei der *Fatal Flaw*-Lesegruppe bei *www.facebook.com/groups/FatalFlaw/* und der Fatal Series-Lesegruppe unter *www.facebook.com/groups/FatalSeries/*, um euch mit anderen Lesern über die Serie auszutauschen.

Danke fürs Lesen!

WEITERE TITEL VON MARIE FORCE

Wild Widows

Someone like you – Neues Glück mit dir

Someone to hold – Nur mit deiner Liebe

Die Fatal Serie

One Night With You – Wie alles begann (Fatal Serie Novelle)

Fatal Affair – Nur mit dir (Fatal Serie 1)

Fatal Justice – Wenn du mich liebst (Fatal Serie 2)

Fatal Consequences – Halt mich fest (Fatal Serie 3)

Fatal Destiny – Die Liebe in uns (Fatal Serie 3.5)

Fatal Flaw – Für immer die Deine (Fatal Serie 4)

Fatal Deception – Verlasse mich nicht (Fatal Serie 5)

Fatal Mistake – Dein und mein Herz (Fatal Serie 6)

Fatal Jeopardy – Lass mich nicht los (Fatal Serie 7)

Fatal Scandal – Du an meiner Seite (Fatal Serie 8)

Fatal Frenzy – Liebe mich jetzt (Fatal Serie 9)

Fatal Identity – Nichts kann uns trennen (Fatal Serie 10)

Fatal Threat – Ich glaub an dich (Fatal Serie 11)

Fatal Chaos – Allein unsere Liebe (Fatal Series 12)

Fatal Invasion – Wir gehören zusammen (Fatal Serie 13)

Fatal Reckoning – Solange wir uns lieben (Fatal Serie 14)

Fatal Accusation – Mein Glück bist du (Fatal Serie 15)

Fatal Fraud – Nur in deinen Armen (Fatal Serie 16)

Fatal Serie Bände 1-6

Fatal Serie Bände 7-11

First Family

State of Affairs – Liebe in Gefahr, Band 1

Furchtlos (Quantum-Serie 2)

Vereint (Quantum-Serie 3)

Befreit (Quantum-Serie 4)

Verlockend (Quantum-Serie 5)

Überwältigend (Quantum-Serie 6)

Unfassbar (Quantum-Serie 7)

Berühmt (Quantum-Serie 8)

Andere Bücher

Sex Machine – Blake und Honey

Sex God – Garrett und Lauren

Five Years Gone – Ein Traum von Liebe

One Year Home – Ein Traum von Glück

Mein Herz für dich

Nicht nur für eine Nacht

Take-off ins Glück

The Fall – Du und keine andere

Dieses Mal für immer

Helden küsst man nicht

Küsse für den Quarterback

Gilded Serie

Die getäuschte Herzogin

Eine betörende Braut

ÜBER DIE AUTORIN

Marie Force ist New-York-Times-Bestseller-Autorin von zeitgenössischen Liebesromanen und Romantic Suspense. Zu ihren Büchern gehören unter anderem die beliebten Reihen „Fatal", „First Family", „Gansett Island", „Butler Vermont", „Neuengland", „Miami Nights" und „Wild Widows" sowie die erotische „Quantum"-Serie. Ihre Bücher haben sich weltweit bislang mehr als zehn Millionen Mal verkauft, wurden in ein Dutzend Sprachen übersetzt und standen über dreißigmal auf der New-York-Times-Bestseller-Liste. Außerdem ist sie USA-Today- und #1-Wall-Street-Journal-Bestseller-Autorin und in Deutschland Spiegel-Bestseller-Autorin.

Ihre Ziele im Leben sind einfach: Bücher zu schreiben, solange sie kann, ihre beiden Kinder weiter dabei zu unterstützen, glückliche, gesunde und produktive junge Erwachsene zu werden, und niemals in einem Flugzeug zu sitzen, das Schlagzeilen macht.

Tragen Sie sich in Maries Mailingliste ein, um alles Wichtige über neue Bücher und Veranstaltungen zu erfahren. Folgen Sie ihr auf *Facebook* und auf *Instagram*.